漫天精灵

第九届小小说金麻雀奖获奖作品集

杨晓敏 梁小萍 主编

文化发展出版社
Cultural Development Press

图书在版编目(CIP)数据

漫天精灵:第九届小小说金麻雀奖获奖作品集/杨晓敏,梁小萍主编.—北京:文化发展出版社,2021.6
ISBN 978-7-5142-3461-9

Ⅰ.①漫… Ⅱ.①杨…②梁… Ⅲ.①小小说-小说集-中国-当代 Ⅳ.①I247.82

中国版本图书馆CIP数据核字(2021)第103205号

漫天精灵:第九届小小说金麻雀奖获奖作品集

杨晓敏　梁小萍　主编

出 版 人：武　赫	策划编辑：肖贵平
责任编辑：孙　烨	责任校对：岳智勇
责任印制：杨　骏	责任设计：侯　铮
排版设计：辰征・文化	

出版发行：	文化发展出版社（北京市翠微路2号　邮编：100036）
网　　址：	www.wenhuafazhan.com
经　　销：	各地新华书店
印　　刷：	嘉业印刷（天津）有限公司
开　　本：	880mm×1230mm　1/32
字　　数：	320千字
印　　张：	13.5
版　　次：	2021年7月第1版　2021年7月第1次印刷
定　　价：	49.80元
Ｉ Ｓ Ｂ Ｎ：	978-7-5142-3461-9

◆ 如发现任何质量问题请与我社发行部联系。发行部电话：010-88275710

目 录 CONTENTS

陆涛声 \ 作品
LU TAOSHENG

银 洋 /2
怪 厨 /5
奇 赌 /9
古 玉 /13
古 砚 /17
古 盘 /21
挑 脚 /25
财 运 /29
怪味瓜子 /33
梅桩紫砂壶 /36

秦 俑 \ 作品
QINYONG

如果猫会数数 /40
有一天发生的事 /44
最会讲故事的人 /48
带着母亲去方特 /51
虚 构 /55
写情诗的男孩、星巴克男孩和像死了一样的男孩 /59
慢递男孩、硬币男孩和电子宠物男孩 /63
积木男孩、空调男孩和喜欢麻雀的男孩 /66
化 妆 /69
彼岸花 /72

赵文辉\作品
ZHAO WENHUI

黑羊白汤 /76

崖上人家 /80

凉菜上齐后我们在等待什么 /84

转 让 /87

老笨叔 /91

传菜少年 /94

父亲和鸭贩子 /98

母亲离开之后 /101

百羊川 /105

刨 树 /108

邢庆杰\作品
XING QINGJIE

白 鸦 /112

借款记 /116

冬夜箴言 /119

初 心 /123

宝 刀 /126

扎西的菜园子 /130

有『短』的女人 /134

1979年的鸡 /138

关 系 /142

讨 水 /144

宋以柱\作品
SONG YIZHU

起个名字叫雀儿 /148

摸 灯 /151

小五子 /154

洗 澡 /157

馋 狗 /160

地瓜窖里的年轻人 /164

细雨中的宋三哥 /167

电动三轮车 /170

相 逢 /174

鸡头的故事 /178

戴智生 \ 作品
DAI ZHISHENG

树 神 /184

年 货 /187

半座桥 /191

上 梁 /194

严溪锁钥 /197

小年说事 /200

春 条 /203

堆婆家 /206

武 娘 /209

加 油 /212

肖建国 \ 作品
XIAO JIANGUO

爷父子 /216

桃花流水鳜鱼肥 /220

天下仙人渡 /224

惊弓之鸟 /228

我的名字叫农夫 /232

三更月呜咽 /236

1974年的黄头绳 /240

神 道 /244

谁人知道杜家的哀 /247

我们的命运叫等待 /251

薛培政 \ 作品
XUE PEIZHENG

一盏马灯 /256

夜 行 /259

寻 宝 /263

皮 狐 /267

冬 夜 /270

夙 愿 /273

长庚爷的心事 /276

打 囤 /279

谢 幕 /282

夜 遇 /285

戴 涛 \ 作品
DAITAO

- 朴树下 /290
- 忏悔 /292
- 绿地 /295
- 油腻 /298
- 计划 /300
- 老胡同志 /303
- 生存 /306
- 等候 /309
- 浦东和浦西的故事 /312
- 双胞胎 /315

王若冰 \ 作品
WANG RUOBING

- 对面的碗 /320
- 第37个女孩 /324
- 寻找埃芬伯格 /327
- 魔鬼的忏悔 /330
- 布朗太太的房子 /333
- 祖父往事 /336
- 此去经年 /340
- 七彩屋顶 /343
- 康熙的花瓶 /346
- 离婚 /349

入围作品
RUWEI ZUOPIN

- 石狮子 /354
- 兄弟 /357
- 巴音诺尔的旗 /360
- 细花 /363
- 祥符调 /366
- 古槐 /369
- 小牿子 /372
- 家法 /375
- 焊花 /378
- 一件趁手的工具 /381
- 叫上他吧 /384
- 小呀小米牙 /387
- 水 /391
- 等待轮胎 /394
- 龙须巷 /397
- 鹅飞时 /402
- 抓药 /407
- 买米的钱不能买布 /411
- 鸳鸯帕 /414
- 渡亭 /417

代序

小小说金麻雀奖

杨晓敏

麻雀的生存能力极强，有其自由自在、无拘无束的天性。无论春夏秋冬，天涯海角，处处可见其灵动活泼的身影。麻雀又是唯一遍布五大洲的鸟类，被誉为"空中的平民"。当代小小说读写数十年方兴未艾，使文学的原始生命力得以蓬勃复苏，这些特征和麻雀的生存状态何其相似。用简洁的语言概括小小说的特点，就是麻雀虽小，五脏俱全。

以麻雀来命名这一奖项，也是为了体现其民间立场，赋予这一奖项浓郁的平民意味。由文学界专家、业界编辑组成高规格的评委会进行评选，具有全国性、公正性和权威性。旨在遴选佳作，推举名家，以带动全国范围内小小说创作的健康发展。参评作家只有靠作品，靠实力，才能真正站在领奖台上。

在"评奖标准与条例"中规定，该奖项以每位作家在规定年度内公开发表的十篇小小说为参评单元，一方面针对每篇参评作品的思想内涵、艺术品位和智慧含量进行品评；另一方面通过这种十篇集束式的阅读，基本上可以衡量出作者整体的综合创作实力。小小说金麻雀奖主要体现在两点：一是评选范围具有全国性，不受一些报刊命题征文的局限；二是以十篇小小说作品为参评单元，又能增加小小说作品的整体厚重感。

小小说金麻雀奖的设立，调动了广大小小说作者的写作热情，自发调节、改善着一支业余创作队伍的散兵游勇状况，对于倡导和规范小小说文体，催生一代高品位的重量级的小小说作家，带动出一个小说品种的繁荣起到了重要作用。

自2003年首届评选开始，小小说金麻雀奖的获奖作家中，既有对小小说情有独钟的文坛大家和小说名家，如王蒙、冯骥才、汪曾祺、林斤澜、孙春平、聂鑫森等，还有专门从事小小说创作或以小小说创作为主的人，而且较为完整地涵盖了庞大的小小说作家队伍中的老、中、青三代的代表性人物。其琳琅满目的作品，也包罗了各类不同的题材内容、艺术个性和审美风格，基本上彰显了当代小小说创作领域的一流水准与发展趋向，已成为当代文坛极具影响力的重要文学奖项之一。

当代小小说从20世纪80年代发轫萌芽，经过20世纪90年代的大力倡导与规范，到新世纪之初已渐趋成熟。为了这一新兴文体的发展繁荣，一茬又一茬的小小说写作者们进行了不懈探索，许多报刊和有识之士，用汗水、心血和智慧营造出小小说良好的生存环境。海外华文小小说作家，也神往这只翱翔天空的金色小精灵。民间性的小小说金麻雀奖，构成了当代全球华文领域的小小说创作的至高荣誉。

遴选佳作，推介作家，传播文化，服务社会，以促进小小说事业的发展繁荣：即鼓励以小小说创作为主的作家，建设小小说作家队伍的梯次结构，选优拔萃兼及不同艺术追求和创作个性，注重小小说文本的倡导规范，举荐小小说名家名篇的标志性示范作用。一种文体的兴盛繁荣，需要有一批批脍炙人口的经典性作品奠基支撑，需要有一茬茬代表性的作家脱颖而出。正是这些作家的优秀作品支撑起小小说的艺术大厦，代表了小小说的艺术高度与价值尺度。

小小说金麻雀奖评选出来的作品结集出版，为后学者奉献出思想性和艺术性兼具的创作范本，也凸现一种新文体在字数限定、审美态势、结构特征以及在艺术规律上的大致界定。旨在总结、梳理和展示当代小小说创作和理论研究的主要成就，为广大小小说作者和爱好者提供有着艺术水准、适合阅读和学习、值得欣赏和珍藏的经典读本，为小小说研究者和评论家提供一部可供参考、内容精当、有典籍意义的小小说作品选集。

近 40 年来，小小说读写的奇迹已成为一种令社会各界瞩目的大众文化现象，其文体意义、文学意义、文化意义、教育学意义、产业化意义和社会学意义均彰显丰沛，成为当代文化建设中被大众解读的关键词。设立小小说金麻雀奖，在创意上属于灵光一现的"神来之笔"，站在文学乃至民族文化传承的立场上，即使怎样评价它都不会显得过分。因为在若干年里，它催生了一种新文体由弱小到壮大、由散漫到规范，主要以民间读写和组织的形式，创造了这样一件具有文化创新意义的事情。

小小说金麻雀奖动机纯粹，品相庄严，又因为它的全国性、公正性，经数年经营，早已赢得社会各界的广泛认同，在业界内外有着良好口碑，有不可取代的权威性，在数十年间起到了"推介佳作、扶掖作家、文体示范"的作用。

陆涛声

LU TAOSHENG

江苏常州人，中国作家协会会员，研究馆员。作品见《人民文学》《山西文学》《百花园》等报刊，多次入选各类年度精华本，出版个人作品集12本。短篇小说《再见千岛湖》获第八届小说月报百花奖，并选入语文出版社编选的高等职业学校《语文课外读本》第四册。

【参评作品】

《银洋》《怪厨》《奇赌》《古玉》《古砚》《古盘》《挑脚》《财运》《怪味瓜子》《梅桩紫砂壶》

【颁奖词】

陆涛声的作品故事传奇，立意高古，洞察世道人心，传递温暖情怀。拍案惊奇的情节，擅长以"物"讲人，弘扬历史风物与仁义道德。作品里折射出来的生活底色与稳健文风，是在饱经沧桑、看透人情世故后，所氤氲出的悠长的传统文化味儿。通过曾经的故事表达了生活哲理和人间真情，结尾旁逸斜出，文笔老辣，直指世道人心。

银　洋

民国段祺瑞临时执政时,江南小城毗陵有个姓汤的,开了一爿小小的南北杂货铺子。他有个交情很深的老朋友,姓宋,在离城七八里的乡下种十亩水田,日子过得还算富裕,每逢上城来买点什么,总要到他店里来坐坐聊聊天。他也总要备一些小菜与老宋一道小酌两盅。老宋自酿了米酒,逢年过节总要给汤老板送上五斤十斤;汤老板到外地添货捎回上好的高粱烧,也总要给老宋留三两瓶。老宋早年曾走南闯北到过大半个中国,很有些见识。汤老板遇到什么疑难事,总要找老宋商量。

汤老板开了十年南货店,年终结算,积攒了三百块银洋,想用这笔钱做市面大些的生意。究竟做什么好,拿不定主张。

新年正月初五,老宋来拜年,汤老板想与老宋私下商议,特地在房内四仙台上备下小菜两人对酌,喝酒时候,汤老板就向老朋友吐了心事,还兴冲冲从枕头下取出用布卷着的银洋让老朋友过过眼。

老宋停杯凝神望着银洋愣了好一会,说:"当年'长毛造反'江南被烧了不少屋,如今砌房造屋的人家逐渐多起来,需要用木材的多了,你这后门外就是城河,可以放木排,不妨从江西山里进一批木头开一家木行。这生意大进大出,赚钱快,又没有风险。"

汤老板觉得是好主意,当即说,过几天就到江西山里去买。

老宋却又叫他莫慌,到江西去批货,路途遥远,这季节砍伐下的木头还都堆在山里,用人力往外运很麻烦,花用又大。不如等两三个月,雨季发水时,他们那边就会将大批木排顺着山间水流放出山,从河道撑运过来,沿河各城镇兜售,经过我们这里,到时只要多留心河道里过来的木排,就地收买,既方便,成本也低。

汤老板又佩服又感激,收起三百银洋放到床上枕头下,陪着老宋,一杯又一杯,喝了个痛快,一瓶酒不够,又去货橱里再拿了一瓶。

眼睛一眨,三个多月过去了,果真有一批江西木排经过毗陵城河。汤老板和木材商谈妥交易,便到枕头底下去取那三百银洋。哪知晓,翻遍床上床下,一卷银洋不翼而飞!十年积蓄,一下丢失,怎么了得!

他一时急得浑身直冒冷汗。想来想去,这钱除了妻子只有老宋一人知道。记得那天把银洋摊在台上时,姓宋的一直盯着发愣。他又想起他把银洋放在枕头下时,老宋也是看见的。那天他出去添第二瓶酒时,姓宋的曾一个人留在房里的。汤老板想去报官,怎奈无据无凭。他便先叫木材商等两天,然后备了点酒菜,连夜赶到乡下,把姓宋的请来。三杯酒过后,他客客气气地说:"哎,宋兄,我枕头底下的三百块银洋,是你借去用的吧?"

老宋一脸愕然:"银洋?"

"嘿嘿,你当时……你当时可能跟我说了借的,都怪我酒喝多了,记不清了。"

老宋愣愣地望着他,一言不发,嘴唇一直微微抿动着,似在品酒。汤老板又皱起眉头,苦苦哀求道:"老兄啊,你知道,我苦了十年,才积下那么点钱。刚才找不到,急得我正想投河、上吊,想到是你老兄借的,才稍微放心。只是眼下与木材商谈好交易,正等这笔钱用……"

姓宋的紧皱眉头连喝了几口酒，突然笑着说："老弟别急，三百块钱……既然你有急用，我后天一早一定送来。"果然，第三天老宋送来了三百块银洋。

汤老板买下几排木头，木行开张，生意兴隆，当年就赚了一大笔钱。自从有了三百银洋的纠缠，他再也看不起老宋，老宋也不再露面。

汤记木行，越开越兴旺。三年之后，便扩大店面和改造住宅。拆除旧屋撬起地板时，汤老板突然发现地板下有个布卷，解开一看，三百银洋一块不缺。原来房里的地板年久失修，床头下靠墙那块地板烂了一截，有了一大窟窿。显然是他当时放银洋后，不知何时从床头落下掉了进去，而且滚到了另一块地板下。

汤老板醒悟到自己冤枉了好朋友，想想自己这几年生意发达，本是靠老宋指点，而且是用了老宋的本钱，万分愧疚，准备诚诚恳恳赔罪还钱。

他带上三百银洋，匆匆来到老宋住的村上，大吃一惊：三年前，老宋为了凑足三百银洋给他应急，除了倾尽一生积累，竟还卖掉了三间堂屋和十亩上好的水田，如今住着简陋的茅草屋，只种三亩薄田，生活十分清苦，人也苍老得多了。汤老板望着老朋友，悔恨不已，不由落泪，双膝一屈跪下，捧上银洋说："老兄，我害苦了你。我真该死，这三百块钱你收下，我还要加倍还你，还要……"

老宋连忙和蔼地把他搀起："老弟不必这样。三百五百块钱，与你我之间交情相比，又算得了啥？别再提它。我有三年不到你家喝酒了，走，上你家喝几杯。"

汤老板心里更加难受：是啊，真诚的情谊和信任，哪是三百五百银洋能买得到的！

陆涛声

怪　厨

　　江南有个姓孙的厨子，得了祖传绝技，专做鱼肴，用鲤鱼能烧出上桌时满身还冒火焰的"火龙"，用草鱼能烧出像成串葡萄的"葡萄鱼"，用青鱼能做出像朵朵菊花的"菊花鱼"……至于南北各地风味烧法，没有一样不精通。他凭着这身本事，在长江边的小城毗陵开了一爿鱼菜馆，既当老板，又当厨师，烧三江五湖捉来的各种鲜鱼，迎南来北往上下三等客人。毗陵驿是苏南通往苏北的重要渡口，在曹雪芹《红楼梦》中贾宝玉与贾政最后一别便是在毗陵驿外。这里过路客多，尝了孙老板烧的鱼，都赞不绝口，说他烹制鱼肴堪称绝世无双。他一开心，就叫裁缝缝制了一面长条旗幡，绣上"绝世鱼肴"四个大字，天天高挂在菜馆门口。他的名声便不再仅限于毗陵小城，而是扩散到了大江南北。

　　一天清早，孙老板开店门挂"绝世鱼肴"旗幡时，有个衣衫褴褛的老叫花子来到他面前，说自己无家可归，求他收留在店里当个帮工。孙老板店里已雇了五个伙计，生意越来越兴隆，再添个把人手也不嫌多。可这老头儿蓬头垢面，瘦骨嶙峋，能做什么？孙老板想回绝，却又觉得他可怜，行点儿善积点儿德吧！管他能做多少，即使养着他也没啥了不得，每天客官吃剩的饭菜供他吃就足够了。孙老板当即叫个伙计找来一套干净的旧衣裳，让老叫花子洗澡剃头。

老头儿在店里过了一段安定日子，精神渐渐好起来。孙老板叫他专门烧火，他烧得认真、专心，锅里要什么火候，他就烧到什么程度，一点儿不出差错。他平时难得说上一句两句，声音很低，从来不提自己的身世姓名。

那绣有"绝世鱼肴"的旗幡每天早升晚降，本来是孙老板亲自动手，但店里事越来越忙，他见老叫花子做事笃实，就想把这事交给老头。不料，老头儿不但不接受，还劝他不要再挂那旗。孙老板老大不开心，问他为啥。老头儿没有直接回答，只讲了个故事：

十年前，还在清光绪年间，扬州有个名厨，也是专做鱼肴，"火龙""菊花鱼""葡萄鱼"烧得都极为出色，最拿手的绝技是烧"神仙鱼"，人家吃了都想象不出是怎么烧出来的，竟有人传说他的手有仙气。他的名气越传越大，竟传到慈禧太后耳朵里。老佛爷也馋"神仙鱼"吃，金口一开，就把他召进皇宫当了御厨。他在宫里，终年不能与家人团聚，这事还小，没满两年，无意中得罪了一个管事的太监，惹下横祸，蒙冤落个想毒害老佛爷的罪名，便从宫中御膳房消失了。后来，有人说他被杀了头，也有人说太后身边有个好心的太监偷偷放他逃出了皇宫。到底生死如何，没人说得清楚。反正，连累全家老小遭了杀身之祸是确实的。

这故事，孙老板年少时也曾听父亲讲过，没想到这老头儿也知道。他父亲说那厨子是被杀了头的，"神仙鱼"的烧法从此失传，要不他也不敢挂出"绝世鱼肴"的旗幡。他听出了老头儿讲这故事的意思，想听从，一时又放不下面子。他既不责怪，也不强求，依旧天天自己挂收旗幡。

一晃五年过去，老头儿已年过花甲。有一天，他主动提出，自己已风烛残年，故土虽然没有亲人，但还是想叶落归根。他拱手深深一拜，感谢老板收留之恩。孙老板见他去意已决，便不再挽留，有心接济他一把，对他说："要多少盘缠，还要点儿什么，只管说。"老人却说："盘缠不计较多少，但要求临走前能痛痛快快喝顿酒。"仅这点儿要求，孙老板满口答应，说："你要吃什么鱼？我亲自烧。"老头儿说他吃的鱼他自己烧，只要给他一条一斤重的鲜活鲈鱼。

孙老板依了他。第二天，老头儿打点好包袱，就动手在江上送来的一批鲜活的鲈鱼里挑了一条，进了厨房。孙老板正忙，没顾上他。

不一会儿，老头儿端了一碗酒和烧好了的鱼，在店堂的角落里一张空桌子边坐下。那鲈鱼依旧是整条的，放在大菜盘子里，肚着盘底背朝天，头抬着，口微张，尾巴翘起，四鳍伸开，像在江河里游的神态，身子颜色还像没有烧煮过的活鱼。老头儿喝口酒，却一直不动筷子夹鱼肉吃，只是把嘴凑到鱼嘴上吮一口，像就着茶壶嘴饮茶。他喝着吮着，在旁边桌上吃饭、饮酒的客人看了，都当老头儿是个痴子，脑子有毛病。

老头儿喝尽一碗酒，就拎起身边的包袱，也不向谁告别，自顾自出门向江边走去。那条鲈鱼还完完整整地伏在盘子里，还在散发着一股淡淡的香味儿。好奇的客官们都围着桌子大惊小怪地议论起来，引来了老板，也引来了伙计。一个伙计说鱼肯定不是生的，他看见老头儿放到锅里去烧的。这个伙计想尝尝，用筷子轻轻一夹，鱼身竟破了。原来盘子里只留有一层薄薄的皮和一副骨头，鱼肉已一丝都不剩，在场的所有人都惊呆了。

孙老板猛地想起，父亲在世时说到的"神仙鱼"好像就是这样。难怪那老头儿会讲出"还有逃出皇宫"的说法，他自己分明就是那死里逃生的厨师。孙老板原以为"神仙鱼"的烧法已经失传，想学只恨没门；这时恨自己粗心大意，名师就在身边，这么多年都没能发现。孙老板二话没说，冲出店门朝老头儿走的方向追去。

孙老板到江边，不见老人，找人一打听，说是坐小船过江去了。他失望极了，悔恨不已。再细想想，老人既然不辞而别，这么多年没露身份，本就不打算将绝技再传给别人。即使追着他人，也未必能学到绝活儿，便断了此念头。

孙老板回到家，伙计交给他一张字条，是在老头儿吃过的鱼盘子下发现的，用毛笔写了两句话："虚名终是虚，绝招易绝己。"孙老板心里微微一震，望望挂在门口的"绝世鱼肴"旗幡，心一悸背一凉，随即把旗幡降下，从此不再悬挂。

陆涛声

奇　赌

民国初年,江南毗陵城里有个姓李的富商,开了三家当铺。他爱热闹,常约朋友来家喝酒谈天说地,还喜欢开玩笑打赌。趁酒兴打赌,还赢过人家一只金壳怀表。

这年腊月,雪下得特别大,天特别冷,天井里水缸中的大半缸水竟冻到底把缸胀破了。李老板身穿狐皮袍,躲在屋不出门都觉得冷,只能手捧铜手炉脚踏铜脚炉,却又觉得无聊,见下的雪开始变小,便差伙计去请锦货店王老板、米行周老板、银楼朱老板三位酒友来小聚。

四人喝着聊着,兴致正浓,管家进来禀告说,大门外有个叫花子,上身只裹着一件空壳破棉袄,下身穿着破单裤,脚上一双单鞋都破得裸露着脚趾,要求施舍一双旧棉鞋和旧棉裤。

天冷到这种程度,叫花子身上那点衣裳能熬得住?李老板有点惊奇,忍不住放下酒杯到门口去看看。

那叫花子三十多岁,真的是破棉袄裹在身上腰里用草绳扎紧着,两手相拢在袖管里,手里拿着一只破陶体,一根打狗棒夹在腋下,身子蜷缩着,不停地跺着脚。李老板问他冷不冷,他说还好。再问他天这么冷在哪儿过夜,他说在对面巷子的茅厕里。又问他盖多厚的被子,他说没有被子,只有三个稻草把子。李老板说,吹牛,我才不信。叫花子说,不信就打个赌。

李老板本来好打赌,这时酒已喝到五分醉,听叫花子一说,好似被突然注射了鸡血,兴奋地大声喊好,就说:"我给你一捆稻草一条被子,今天晚上你真能在那个茅厕睡一夜吗?"

"不用被子,只要一捆稻草就行。"叫花子说,"如果我这样过了一夜,赢了,你能给我什么?"

"我就输给你一爿当铺,让你也当大老板。"李老板一冲动,发起大兴。

叫花子说:"老板你别跟我开这种玩笑取笑我!我赢了只要一身棉衣棉裤一条棉被,让我吃顿热烫烫的饱饭。"

李老板心里一咯噔。旁边看热闹的米行周老板插嘴说:"李老板从不开这种玩笑,说话绝对算数。"锦货店王老板也紧跟上说就是。李老板没了退路,心一横,也说:"是的,我从来说一不二,你愿意赌,就写个赌约,请这三位老板做证人。不过也得有言在先,你若冻死,也与我无干。"

叫花子将信将疑,说那是当然。

当时便立下字据,双方及中证人都按了手拇印。

黄昏,李老板让叫花子吃饱喝足。叫花子便抱着一捆稻草去茅厕。这茅厕左右两面借两边人家的墙,顶盖茅草,后靠和门是芦扉用竹子夹成的,外边风多大里边也有多大,外边有多冷里边也有多冷。叫花子把一捆稻草一分为三,一份铺到茅厕里一侧地上,一份当枕头,一份散开当作被子盖在身上。四位老板看他睡下,便各自回家了。

夜里又下了一场大雪。

第二天一早,四位老板按照隔夜约定一齐来到茅厕边。

茅厕的茅草盖顶和芦扉门都被积雪压塌了。

李老板说:"肯定死了。"

话音刚落,被积雪压塌的茅草顶和芦扉忽地被掀开,叫花子猛地坐起,揉着眼睛说:"你们来得这么早呀!"

叫花子姓吴,赢了一爿当铺,由地狱升入天堂,也成了毗陵小城里数得着的老板,与李、王、周、朱四老板平起平坐,也住高厅大屋,也娶太太纳小妾,穿绫罗绸缎,吃山珍海味,夏天有人给打扇,冬于穿裘皮捧手炉踏脚炉……

眨眼三年过去,又到寒冬腊月,又是大雪纷飞滴水成冰。吴老板闷得慌,便邀请李、王、周、朱四位老板来家喝酒闲聊。酒过三巡,米行周老板旧话重提,对吴老板说:"三年前李老板和你打赌,你赢了一爿当铺,如今你俩敢不敢再赌一赌。"

吴老板心想,若再挨一夜冻,能再赢一爿当铺,多容易呀,便应道:"好啊!"

周老板又问李老板。李老板原本输了一爿当铺后悔不已,萎蔫地摇了摇头。

周老板问:"你不想赢回那一爿当铺?"

李老板说不想。

周老板忽然端起一盅酒一仰脖一饮而尽,把空酒盅往台上重重一放,带着几分醉态大声嚷道:"吴老板,你再到那茅厕睡一晚,我的米行就归你,赌不?"

吴老板欣然答应,忽有一瞬迟疑:"还穿当年那种破棉袄单裤盖稻草吗?"

周老板豪爽地说:"不用,你就穿这身皮袍子吧。"

于是又一份赌约签成,这回李老板也和王、朱两位老板一起成了证人。

李老板虽没有参赌,却寻思:他上次破棉袄单裤都没冻死,这回穿皮袍、棉裤还戴皮帽,哪会冻死!他暗暗为周老板担心。

第二天一早，李老板和王、朱两位跟着周老板，踏着雪冒着刺骨寒风来到茅厕前，茅厕里根本没吴老板人影。四人随即赶到吴老板府上。吴老板因为夜里冻得实在受不了，逃回家，正在发高烧。

周老板赢了一爿当铺，吴老板又变成叫花子。

周老板邀李、王、朱三位喝酒，笑着对李老板说："其实我断定他这回一定会输，才劝你赌的；你不敢了，就让我捡便宜了。哈哈！"

"周老板怎么就能断定他会输呢？"李老板想不明白。

周老板没正面回答，沉重地叹道："这也是对你我的警示啊……"

古　玉

一个秋天的晚饭后,老作家舒启正与老伴散步,换了一条街,看到一家古玩店,下意识摸了摸腰上系的古玉佩,随后取下请老板鉴定鉴定。

古玩店老板接过去,先双手合着捻摸,再拿出放大镜,细细观察了一会,把玉佩托在手心里,以意外的口气说:"老先生,恭喜你,这是真货,是春秋时的,本埋在地下,该是宋代出土的。"还要求让他拍了照,叮嘱说:"这可要好好保管呀。"

其实舒老也早知道它是古货……

早在十年前,他还在职时,比他小六岁的好友赵自安第一本随笔集出版,是他作的序。赵自安在把新书送给他时,从腰里皮带上解下这块古玉佩递给他:"你看看这东西怎样?"

玉佩是圆形,有块月饼大,近八毫米厚,中褐色,有深浅差异,中间有个一厘米直径的圆孔,一面刻有粗犷的古代装饰图案,一面是光的。舒启正平时对玉并没有兴趣,接过来礼貌性看了看。他早在与赵自安闲谈中得知,赵自安的父亲年轻时在上海的一个大资本家家里当过听差,见识过主人收藏古玩,新中国成立初回本城开了家中档饭店。一些家道中落的食客,把家中藏品拿来暗暗抵账,他父亲便陆续收下许多大小物件。

舒启正料想是赵自安的父亲留下的,不过说不出名堂,只说："是块古玉。"

赵自安问："你喜欢不？"

舒启正一生淡泊，对古玩并没有浓厚的兴趣，再说，为朋友作个序，岂能接受回报！他把玉佩放到对方手里说："你家传的，这我可不要。"

"送给你。"赵自安再次把玉佩放到舒启正办公桌上。

舒启正知道，赵自安是个十分谨慎的人，万事需经反复琢磨才会决定，送这玉佩实是来表示谢意的；可见赵自安对他写的序非常满意，他也感到安慰。面对赵自安的真诚，又觉得却之不恭，便任赵自安把玉佩留下。

之后，他也像赵自安那样，常把玉佩系在皮带上。时间一久，便习惯了把那玉佩当成自己的东西。

古玉佩如今被行家这样肯定，在舒启正心里加重了分量。他觉得挂在腰上委屈它了，就用一个精致的手镯盒装上锁在柜子里。

转眼又过了五年，舒启正年过七十，成了"舒老"。他参加一次市佛教文化研究会活动，遇上了一个三十年前他辅导过的业余作者倪臻，倪臻告诉他，这些年自己一直从事古玉、古瓷器研究。时过不久，倪臻又来看望他，他便从柜子里取出玉佩来让倪臻再鉴定一次。

倪臻随身带着放大镜，拿着玉佩走到窗前最亮处看了一会儿，也说："是春秋时的，可值钱呢。"

舒老好奇，便问："值多少钱？"

倪臻想了想，说："二十万。"

大出舒老意料。他将信将疑："值这么多？"

倪臻随口又问："老师是否有意出手？如果出手，就让给我。"

舒老觉得这玉得慎重对待，说："朋友送的，哪能卖钱。"

倪臻作了估价，古玉佩不再是玉，而是金钱，成了一块压在舒老心头的重石：再留着，岂不是占有朋友之财！于是，他决定归还给赵自安。

可是，赵自安也退休四五年了，去上海靠着儿子生活，头三年逢节日回故地还常来看看他，总留下吃顿饭。这两年却不知怎的没了信息，打手机已经是空号。他找了好几个人才打听到，赵自安的号码已换成上海的，这才联系上，便约赵自安再回故地时来他家小聚。他想，还玉时该有人在场做个见证，便打算还请另一位老同事老金到时作陪。

在等待赵自安期间，一天黄昏看电视，看到央视《鉴宝》节目展示出一块秦代古玉佩，样子、颜色与他这块非常相似，专家鉴定后估价竟高达上千万元，他震惊得目瞪口呆，《诗经》曰："言念君子，温其如玉。"现在"君子"竟成天价商品！他更加急切地盼着赵自安早日来，于是又打电话催问。

赵自安和老金终于都来了。

舒老便取出玉佩递给了赵自安，以谐趣的口吻说："代你保管了十五年，现在完璧归赵，保管的责任就还给你了。"

赵自安愣了愣，没有说话，收下了玉佩。

因为老金在场，舒老没有展开关于玉佩的话题，赵自安也没再提。两人留下吃过饭，便告辞。舒老特意送他俩出小区，直到公交车站。等老金先上一路公交离开后，舒老把古玉两次鉴定过程和二十万出价，以及央视《鉴宝》中所见，坦荡地全对赵自安说了。这时，他被自己的直诚、无私深深感动，自觉得有神圣感。回家路上，他觉得一身轻松，也有灵魂洗涤一净的舒爽，还有人格升华的自豪。

过了些日子，有两个早年他辅导过的作者来看他。他俩也都已从报纸记者岗位退休，与他最贴心，几乎每月都要相约来陪他喝茶聊天。闲谈时，他把还玉佩的事告诉了他们。

两人都说了敬佩的话。年纪偏小的一个随后问："你还给他，他推了没有？"

舒老说没有。

年纪偏大的也问："他该说些感动的话吧？"

赵自安没有说一句与玉佩有关的话，不过舒老没有回答。

偏小的为他抱不平："对老师这种高尚的举动竟不当回事！"

偏大的也说："缺点礼貌。"

舒老的心弦也被两人的话拨动，还玉时他也曾觉得赵自安欠点礼貌，心里曾隐隐不适，这时这种不适又加重了。

一天他打开久不登录的电子邮箱，发现赵自安早在还玉的第二天就写了一首七言绝句《赠舒公》：

温润玲珑声清越，

有价良玉贵无瑕。

如水之交冰洁品，

系碧春秋续佳话。

这诗给舒老的心猛一撞击，他又不由得反思：显然说明赵自安不礼节性推拒，也是为了别在老金面前张扬。古玉本就是赵自安的，何况是好友，他推与不推，与我要归还的心愿又有什么关系呢？我在乎的是那点客套？

他觉得自己的灵魂还有隐垢，心生惭愧。

陆涛声

古　砚

　　年已古稀的舒启正的书台上新添了一方古砚，用木盒装着，古砚长方形，古朴的橙色，上沿有刘、关、张三顾茅庐的半身浅浮雕，凹处嵌有墨垢，看上去有了年代。舒老并不爱好收藏，对名砚、古砚没有深入研究。不过能认出这是块澄泥砚，是中国四大名砚中唯一用土陶烧制的。

　　这是姚斌送的。

　　姚斌是教育局副局长，爱好文学，写了一批生活随笔结集出版，请舒老作的序，送舒老古砚是表示谢意。舒老早就听说，姚斌善于接受新的教育理念，善于思考，早有几分欣赏，乐意接受。

　　舒老早年曾做专业美术工作，三十多岁改行从事文学创作和艺术评论，在全国有些影响，业余还一直与书画做伴，书法也享誉一方，常有人求"墨宝"。早在二十年前，当地有人出书就请他作序。十多年前他就听说，有些名家作序也有行情，得给润笔。舒老原本从事文学创作时，也长期做业余创作辅导工作，接受作序任务后，仍有辅导的习惯，总要认真看书稿，分析提炼，肯定长处，指出进一步提高的建议，作序从不收润笔。也有人求他书法作品，他也没有要人酬谢的念头。不过，请他作序或写字的人也总会送点什么小物件、食品、茶叶、酒之类的礼物，他每回都拒收，然而对方大都坚持留下。

姚斌送这方古砚,是在请舒老吃饭时,他说:"这是别人送我的,我不写书法不画画,给您才能派上用场。"

舒老万事力求简朴,写字不讲究砚台档次,书台上用的,是20世纪70年代末在文物商店买的是歙砚,虽也属名砚,只是普通级别。姚斌送这澄泥砚价值如何,他无法判断,推了几次推不掉,只好收下。吃饭时,舒老谈了些关于文学、书法的话题,姚斌边饮边听,似乎很佩服,激动地说:"我还有一块古砚,也是别人送的,上面雕着龙,是乾隆年间的,在老家,我下次回去看老母也取来送给你。"口气里显然有比澄泥砚还珍贵的意思。

舒老忙说:"我哪用得了这么多砚台!千万不要!"

时隔不久,姚斌还是托人送来了。

这方砚台是不规则的圆形,灰黑色,沾满墨垢,上半周刻着的深浮雕,其实并不是龙,而是一只头似龙的麒麟,纯写实造型,形很准;底部有一方雕刻的印章:"大清乾隆年制",按颜色看,可能也是歙砚。舒老想,姚斌并不写毛笔字,人家送他可能是有事求他帮忙,而他只能是作为藏品。舒老无意去较真其中的是非,又一次表示拒收。

代送者却拒绝带走:"我受姚局长之托,得忠他之事,求您别为难我。"

舒老无奈,任其留下。他专心于写作,没有兴趣弄清它的价值,把它放到博古架上。

时隔半年,好友俞季年来访。俞季年是雕刻大师,对古玩比舒老内行,看到博古架上的古砚,便搬到书台上仔细鉴赏,拿起小刀在砚台背面边沿刮了刮,说:"是假的,而且不是一般地假,连普通的天然石头都不是,是石头碾成粉末拌胶用模子压成的。根本经不起墨磨。这麒麟也不是刀雕刻的,是模具压出来的。"

舒老也用小刀刮看，果真是假的。不过他认为，姚斌并不知道是假的，绝不会故意欺骗他，而是受了别人的骗。他反而为姚斌不平："该把真相告诉姚斌。"

俞季年却又说："他好意送你，既然你相信他不是有意弄假骗你，你一说穿，他脸往哪儿搁？"

舒老只好作罢。

过后，他还是感到有点委屈：不向姚斌说明，姚斌还认为我收了名贵的真古砚，岂不冤！承受还是洗清？这种纠结不时缠绕着他的心。

舒老早年辅导的许多学写作的学生中，有两个也已经退休了，定期来看望他，陪他聊天。闲聊间，他随意提起了假古砚的事。

一个学生说："说明真相，姚局长脸上确实难堪。"

另一个说："是的，他还会觉得亏了你，会想法用别的方式再补情，就更复杂了。"

舒老只好再次打消说明的念头，假古砚的事从此沉入记忆底层。

又过了六年，舒老年已近八十，月退休金过万，度晚年富足有余。人生到这一步，渐生彻悟，觉得财富确实是身外物，存有的古董、名人书画、雕刻艺术品，或为人写字或给人作序人家送的，也许值些钱，可是还要钱做什么！也不应该留给儿孙靠变卖这些享受。

舒老决定逐一归还原主。

姚斌送的砚台，这回两方一并归还，其中一方澄泥砚是真的，就不再有因是假的才归还的嫌疑，不会伤及对方面子，也不会再涉及补不补情。

姚斌也已经退休在家，住在市郊。

这天，舒老叫一个曾经的学生开车，把两方砚合送到姚斌家。他本想就在门口递给姚斌后马上离开，姚斌偏要他坐坐喝口茶。他一坐下，率真本性便占了上风，觉得假砚台的事还是该告诉姚斌，免得姚斌再当珍宝再送别人，便脱口说了。

姚斌一阵惊呆一阵尴尬："那老兄也真是，怎么用假砚来糊弄我？"

舒老顿时又后悔，连忙帮补救说："我想，送你的人也不会故意骗你，可能也受了卖砚台的人骗。"他的分析又深了一层，也是为帮姚斌缓解窘迫。

姚斌愣了愣，似有所悟，感激地说："真相在您老心里憋了这么多年，您背了这么久的包袱，让我不安。幸好您今天终于告诉我真相，否则我还会无心地去糊弄人。"

舒老想想也是，轻松了，洒脱地说："是呀，说明你我都需要真相，不要包袱。"

坐车回家路上，舒老不由得回想，虽然有过几次想说明的冲动，别人认为不宜也就作罢，根子还是自己受"常理"的束缚，包袱背了这么多年，其实还是自己不敢放下；求真，还缺了点破茧而出的勇气！

陆涛声

古　盘

　　年过七十的舒启正忽然想起，许福元好久没有来了，便拨手机找他，却说是停机，再通过熟人打听，终于知道，他家连遭横祸，先是在化工厂做工的大儿子不慎跌入化工池身亡；祸不单行，不久他自己也中风瘫痪，住进康复医院。舒启正心里十分难受。

　　与许福元相识，是在六年前。那时舒老年正七旬，受邀去加拿大举办了个人书法展，回来在本市美术馆举办了回报展。之后有好些书法爱好者登门造访，或是"请教"，或求"墨宝"，许福元便是其中一个。

　　当时许福元已六十出头，家在离市区七十多里的乡村，喜欢书画，拿着几幅他写的行书和画的花卉来求指点。他个子不高，言谈举止礼貌谦恭，一副忠厚老实相，还信佛吃素。原只念到初中二年级，几经转行，中年起为乡镇园林公司承包修缮的古建筑工程描画彩绘雕梁画栋。现已经退休，有两千多元退休金，有自留地种蔬菜自给自足，在苏南农村勉强可以衣食无忧。

　　在舒启正眼里，许福元的行书属半入门，运笔有些滞涩，与性格有关，不过也透露出后天努力的积累，实际修养明显超越原有学历。舒启正对他印象良好，便以肯定为主，略提些技法上的建议，还送了他一幅自己写的行草和一本书作册页。

　　隔了几天，许福元又特地赶来，送来了一只画国画用的调色盘，紫砂的，二十五厘米直径，盘中拦隔成七个小池，都搪着一层白瓷，供存七种颜料。盘盖是一朵梅花的形状，盘结着数朵梅花的折枝作为把子，盖朝里一面也搪有白瓷，可供调色，盘底有"顾天佑制"的印。盘内还用一张红纸做了个标签，用毛笔写了"舒启正师惠存，许福元敬赠"。许福元说："这是光绪时的，'文化大革命'结束那年我从江西一个朋友手里淘来的。放在我那儿受屈，配老师您用！"他送得郑重、虔诚、恭敬。显然，这古调色盘在他心里分量很重。

舒启正有受敬重的安慰，也被真诚感动。不过他素来只重实用，不中意收藏，早有青花瓷调色盘，便拒绝收下。

许福元执意要送，舒启正执意谢却，两人一番推来推去，许福元的脸竟由涨红到泛白，最后两眼湿了。舒启正不得不让步，不过为表示感谢，回赠他一套四体书丛帖和一本书法作品集。紫砂古调色盘他用不着，只能搁置在柜里。

之后，许福元不仅经常带自己的书作来请教，他还有个念初中的孙儿也学书画，在参加考级，他也带孙儿的书画来请舒启正指点。有时还为朋友求字，舒启正也总是有求必应。他每回来都带礼物：他们那一带是培植苗木的"花木之乡"，这回带株梅花树苗，下回带一盆月季……来来往往，关系也就亲近了。

一晃过了四年。一次，许福元带来一本打印的诗稿，说他从青年时起就爱写七言、五言诗，记录人生随遇的感受，积累了五百多首，想编印一本集子，要请舒启正看看，写个序。

舒启正抽时间看完，觉得许福元的诗通俗质朴，有生活趣味，也有因信佛而生的慈悲情怀，他对许福元更增好感。然而自己不写诗，觉得没把握写这诗集的序，只能归还诗稿，深怀歉意地说："你另找人写序吧，到正式排版印集子时，我给你题写个书名，再写个祝贺题字。"

舒启正依稀记得，在这以后许福元似乎就没再来过。如今得知他连遭不幸，想去医院探望，更想为他做点什么。首先想到了那冷搁着的紫砂调色盘和他孙儿也学书画，觉得那古盘应该作为他的传家宝传给他的子孙；还想到那本诗集，是他一生的心灵历程的记录，对他及孙儿都有不寻常的意义。但是即使只印两三百本，光印刷费起码也得花好几千元，他家经济原不宽裕，如今更不可能承担这笔开支。他一旦离世，那本诗稿便成他人生最大的未了之愿，舒启正决定也资助他印刷费用。

舒启正带着紫砂调色盘，买了水果和营养品，请人开车，到了三十里外的康复医院。他把古盘交给了许福元的老伴，又表示了愿意资助印刷诗集并且帮助编印。许福元的老伴既感激又觉得不好意思。许福元躺在病床上，已不能言语，头脑似还清楚，不仅认出了舒启正，还听懂了关于古盘和诗稿的事，激动得右手一直挥动，嘴里发出"嗬嗬"的声音。许福元的老伴说诗稿在家里，舒启正便嘱咐她找到后邮寄给他。

舒启正收到的诗稿，仍是那份打印的，没有电子稿。他先请人打字，又亲自细细加工修改、校对、分类、编辑、排版，按早先的许诺，题了书名，写了祝词，整整花了十天时间，还亲自到市新闻出版局代许福元申请了省出版局的准印号。为赶时间保证能让许福元亲眼见到书，他还不断催促印刷厂。

诗集印了三百本。舒启正坐印刷厂送书的车子到了康复医院，拿出一本诗集翻着让躺着的许福元看。许福元浑身颤抖，眼里流出泪水，随后右手僵着朝他老伴挥挥。他老伴懂他肢体语意，拿签字笔给他，托着一本本子让他写。他抖着手艰难地写下两个歪歪扭扭的字："假""骗"，接着就狠敲自己的头。

许福元老伴解释说:"您把紫砂盘还来之后,我二儿子拿去找行家鉴定了,制盘的顾天佑不是光绪时人,是解放初的,也算不上大名家,那盘不算古董。福元知道真相后非常难过,原本认为是古董才送给您的,其实是欺骗了您。"

许福元喉头发出"嗬嗬"的声音,表示认可。

其实舒启正从来没有在意过是不是古物。然而他这时心头不由一阵疼痛:已瘫痪在床不能言语,得知当年把假古盘误当真古董送人,坦诚说明了真相,还如此苛刻地自责,是多么纯净的灵魂!在舒启正眼里,那两个歪歪斜斜的字,是两朵洁白晶莹的莲花,是一颗真诚和纯粹的心里开出的,比真的古盘宝贵百倍。他不由得动情地恳求:"这张纸给我留做纪念好吗?"

许福元的老伴把纸从笔记本上小心地撕下,交给了他。

舒启正珍惜地折好,放进了左胸襟的内袋。

陆涛声

挑　脚

　　20世纪30年代,上海等城市的"洋货"涌向江南乡下,乡下农副产品也销往城市,都越来越多。江南柳林镇店家进货出货的数量不断增加,于是有了定期开往常州的载客、带货的挂帆班船,搬运活也就多了。

　　这一带称搬运工为"挑脚"。镇上的"挑脚"不断增多,有时活多人不够,有时活儿少就抢着干,常发生争执。

　　有个被人叫"老巴子"的,二十七八岁,个子瘦小,老被人欺得轮不上干活。这回东街外茧行里要挑蚕茧装船运往苏州,老巴子事先找茧行王老板讲好,搬运也算他一个。这天他提早吃了早饭,头一个赶到。茧行这天原只需要五个挑脚,却来了六个,多了个叫长根的大个子,事先并没有说好,硬要参加挑茧,要把老巴子挤掉。老巴子不买账,跟长根争吵起来。长根自恃身高力大,就伸手把老巴子推搡得趔趔趄趄,要赶他走。老巴子宁输拳头不输嘴,骂个不停。长根就揍他,下手越来越重。老巴子鼻子、嘴里都流血了,长根还不停手。

　　有个叫荣福的,也是挑脚,这天本在为永昌南货店挑货,正扛着扁担络绳经过,不由得停住脚看吵闹。他住得离老巴子家不远,知道老巴子家有个年近六十的瞎眼老娘,和两个还没有台子高的孩子,全靠老巴子卖力养活,生活着实艰难。荣福同情老巴子，为他不平。长根又揪住老巴子衣领，扬起拳头，要朝他面门砸去，千钧一发之际，荣福一个箭步冲上去，一把抓住长根握拳的胳膊肘子："欺侮弱小算什么好汉！放开他！"

长根先是一愣，随后冷冷地盯着他："要你多管什么闲事！"

荣福松了手，轻蔑地一笑："路不平，众人铲。"

长根放开老巴子，冷笑着说："你想跟老子交交手？"挑明要较量的意思。

"不服就试试！"荣福立马应战。

茧行老板王家佬怕闹出大祸，忙劝阻："都是为要活干，是小事，不必争了，今天我就多用一个人。"随后又说："你们挑脚里最好有个头儿，每天歇工时把第二天要干的活排排，轮流分配，省得老是难为主家。"

挑脚们都赞成。

"你们说，这个领头的该让哪个当？"长根急切地问挑脚们，盼别人提他。

"我！"荣福不等别人开口就硬声硬气接应。

"你？"长根大有横枪立马之势，"那先得比试比试！"

王老板又忙把两人隔开，想出一个主意："你们都要靠力气赚钱过日子，万一哪个伤了，会连累家小受苦。不如用挑担比力气定高下。"

于是，歇工后便召齐众挑脚到徐记茶馆，定下比赛办法和规则，由几个商铺老板做中人，立了字据，当事人和中证人都捺了指印。

这比赛的消息一下传开了，第二天早饭后，小镇上的人纷纷涌到河边码头围观。

是比挑小麦上船，用麻袋装好的，有五十斤和二十斤两种，挑时用麻绳络子络着,随挑者装。荣福和长根都找来了最粗壮最硬的扁担。

先是由长根挑,装了二百四十斤,从河岸上沿码头,一步一步踏下十四级石阶,再走过跳板踏上船头,把跳板压得微弯,船头压得也微低。他在船头上慢慢转了个身,回头又走过跳板,蹬十四级石级挑到岸上,稳当放下担子。

轮到荣福了,他不动声色,用绳络着装了三百斤。他弓下身把扁担搁上肩,两腿摆成坐马势,用劲一挺,身子站直挑了起来,正要迈步,"嘎巴"一声,扁担断成两截。显然,没有一根扁担可以经得起挑三百斤。他也早就另备了一根茶缸粗细的毛竹扛棒。围观人中有好些人劝他,别意气过盛压伤身子。他一言不发,用扛棒挑起了担子。论个子他没有长根高,可他的身板阔达达厚墩墩,像是铁铸铜浇的;两条臂膀就像两条蜷曲的粗铁棍;两腿就如两根移动的石柱,那三百斤的担子犹如搁在一块厚厚的石碑上。他脚穿着布筋编织的"草鞋",一步一步跨下码头石级踏上跳板,跳板随他移步下晃,踏上船站定后,故意耸耸肩晃了晃担子,把船头压得连连点头,河面泛出一圈圈波纹。他稳笃笃转过身,再走过跳板蹬着石级回到岸上,不紧不慢把担子放下,直挺挺站定,两条粗臂交错在胸前望着长根,气都不喘。

镇上人原都知道荣福从小练甩石锁,力气大,究竟大到怎样并没有数,这回一见,都惊讶不已,有人说,他是大力星下凡,李元霸再世。

长根脸发了红,掠过一丝尴尬的神色,迟疑了一会,突然上前托起荣福放下的担子,身子一倔,挑得站了起来,跟跟跄跄向码头石级跨去。人们都大吃一惊。王老板发急说:"你就别再挑啦,万一弄坏身子,老婆、儿子就都得跟你受罪呀!"

长根还是不听,强着要下石级。

荣福从长根挪出两三步,就掂量出,他根本没能耐挑着下完十四级台阶。听王老板一说,心倒软了几分:不可怜长根,还得可怜他的家小,便不声不响快步抢到长根前头,连冲下五六级石阶,等着长根担子下来。

长根摇晃着沿石级往下跨着,荣福也一点一点往下退。长根跨到第五级石阶时,忽然一晃,担子一头拖撞到石级,顿时失去平衡,要往下跌。眼看就要出大事闯出大祸,荣福跨上一步,双臂猛地抱住长根身子,右肩侧着往上一挺顶住扛棒,随后就接过担子挑回岸上。长根一下瘫软地坐到石级上,面孔发白,气喘得呼呼响……

荣福当了挑脚班头。

过后,老巴子问荣福:"你怎么还帮长根?"

荣福反问:"你怎么不问我干吗要帮你?"

陆涛声

财　运

　　许庆生十八岁那年，柳林镇这一带流行瘪罗痧（霍乱）。他所在的许家村里就死掉三十多个人。他家最倒霉，死掉四个，只剩他一人。请郎中买药，到买棺材安葬，八亩水田三分不值二分钱地全部卖光。他原跟父亲学会种瓜，却没有田地可种，有时有人家雇他帮种几亩香瓜，得些工钱；不种瓜时帮粮行、木行、茧行挑运货物，干杂活。虽有两间旧瓦房，但没有田产，到四十岁还打着光棍。

　　柳林中街杂货店老板许长发，是许庆生同族堂兄，在镇西北有块约一亩的老房基，满处破砖碎瓦。荒了多年，日本人投降后第三年，忽然想清理出来种瓜，便雇许庆生。

　　许庆生用钉耙垡挖土捡碎砖瓦时，意外刨到一个粗陶缸盆，装着两只大疙瘩，像元宝，只是黑乎乎，不知究竟是金是银是铜，决定私下请中街银匠店的陆老板看看。

　　天黑后，许庆生用衣服裹着两只元宝悄悄走进银匠店。

　　银匠店陆老板问他哪来的。他说是自家屋后地基上掘到的。陆老板张着玻璃美孚灯，用板锉在一只元宝一翼锉下些碎屑，细看看，说是成色十足的好银子，两只一百两，值一百二十块大洋，能买十亩上好的水田。

　　值这么多钱！发财了，许庆生高兴得直颤抖，问陆老板要不要买。陆老板说要,当下先预付二十块银洋,相当于十担稻,说还有五十多担稻存在周记粮行里,明天就去兑成大洋。

许庆生回家路上心想:这么多钱,买六亩田,再讨个老婆,能为祖上传代。他心想着西街一个外号叫"小青菜"的女人,是中央军军官抛弃的小妾,异乡人,三十出头,长得好看,带着个十岁的女儿,生活没来源,靠街上有几个老板轮着暗里补贴。她倒对他说过,你哪天能养活我们母女俩,我就跟你过正常的日子。这时他忍不住走上小青菜的门,说他有钱买田了,能娶她了,她也高兴。

当天夜里,他做了个梦,鞭炮声、唢呐声、欢笑声好不热闹,是他娶老婆了,竟是个白花水嫩的大姑娘,穿着专门租用的大红凤冠霞帔,双手握一只金黄灿灿小元宝……他在梦里好开心。

早上醒来,眼前老闪着梦里新娘手捧的小金元宝——那是当地拜堂成亲必备,都是从银匠店借的,银皮做的空心的,镀着金。他觉得奇怪,怎会做这么个梦?对了,晚上陆老板锉碎屑,他也凑着灯看,好像也有点黄。该不是祖宗托梦提示那两只元宝是金的?若真是,那财就发大啦!他越想越可能,得叫陆老板把元宝剖开看个究竟。他早饭都顾不上吃,急匆匆赶到中街银匠店。

可是太早,银匠店门还没开。许庆生只好先到东街小吃店吃早饭。经过天泰绸布店,想起这店老板刘大头早年也很穷,拆旧屋时拆到五根十两的金条,才开了这三开间门面大店,五十多岁还娶不满二十的大姑娘。如果两只元宝是金的,就有刘大头的双倍,还娶什么小青菜呀,该开更大的店,娶梦里那样的漂亮黄花闺女。

他吃过早饭回到银匠店,门已开,陆老板一听要凿开元宝,没好气:"你竟有这种洋盘心思!真是笑掉人牙!"

许庆生哪会死心，坚持要凿。陆老板只好把一只元宝放上铁墩头，拿起大凿子和短柄大榔头拦腰凿。银洋宝中段有近二寸厚，凿时震得发出"腾！腾！腾！"的响声，传得大半条街都听见，引来不少围看的人，都很惊异，盯住许庆生问来历。许庆生咬定自家屋后挖到的。

陆老板出了一身黄汗，元宝终于凿断。

许庆生拿过断元宝到亮处横看竖辨，是银白色，心瘪了，只好按隔夜说定的结账。陆老板拿出十八块银洋，说，粮行里也一时拿不出这么多现钱，只有这点现钱，答应其余的在夜饭前凑足送来。

许庆生只好暂且收下。刚要出银匠店门，许长生突然赶来，拦住他问："元宝是我家旱地上挖到的是不是？"

许庆生一惊，强着牙关说："不，是我家屋后挖到的。"

"走，到你家屋后去看看。"

许庆生怂了，只好让步，咬咬牙说："一人一半，总好了吧？"

许长生问清陆老板付了多少钱，对庆生诉说："你拿了三十八块银洋就算，其余全归我。"

许庆生岂会买账！想到了理由："你休想！没有我挖，你一个铜板都得不到！"

许长生气势汹汹说："好！你不服，走着瞧！"说完就走了。

于是一连串官司开始。

两人都是许氏族人。先是族长做了公断：各人六十大洋。

许长生不服，随后找储保长，再评判：庆生佴得三十八块就该满足。

许庆生不死心，再约到茶馆去"吃讲茶"，请镇上有威望的储大先生当众公断：各人六十。

许长生还不服，竟请葛乡长再断。在乡公所，葛乡长坐在正中，两边还站着两个背长枪乡丁，阵势吓人。判定许庆生得三十八块银洋已经足够，其余的款子，陆老板应全部付给许长生。还签了文书，定下铁案。

许庆生的三十八块银洋，拼官司一路打点，只剩下八块，买田娶亲的梦又破了。原给许长生留的瓜秧，只能挑到街东头街边摆好摊子卖。

他刚席地坐下，冤家对头许长生突然走来，竟跟他搭讪："这批秧原是为我留的吧？"

许庆生不愿搭理。

许长生并不动气："还是到我家那旱田上种吧。"

"你发了横财，还在乎种那点旱田的瓜？"许庆生挖苦说。

许长生叹了口气说："不瞒你说，名义上我拿八十二块银洋，一次次折腾，其实只剩五十块。过后想想，我们堂兄弟俩何必争来争去，各人还能得六十块呢。"

许庆生没好气地说："你咋没早点这么想呢？"

"你呢？如果不争，至少三十八块一块也不会少吧！"

陆涛声

怪味瓜子

生产科大扫除清理出一批废纸，大家公推勤快的小王送到废品收购站，卖得二元二角四分钱。这点儿钱怎么处理呢？经过讨论，做出了决议：买点怪味瓜子，大家嗑嗑，小乐一下。

"谁去买？"科长提出了一项议程。

屋里一下变得鸦雀无声。

也难怪，厂子坐落在市郊，到市区食品店，自行车两个轮子还得滚上好一会儿呢，何况外面正寒风刺骨。科长当然不会轻动大驾，他的目光反复巡视着，在戴眼镜的女会计脸上稍稍停了一下。

女会计立即做出反应："叫我们女同志去跑路总不通情理吧！"紧接着引起连锁反应：有人说正感冒，有人说腰痛，有人说不会骑车……唯有小王一声不吭。

科长苦笑了一下，目光转向小王，似乎很不过意："只能再辛苦你了。嘿嘿，这是为了大家服务，大家也会认你的情。"

小王本来就容易被差遣，虽不乐意，却不好意思推辞。临出门时，女会计特地追上叮嘱他："七个人，每人一包瓜子三角钱，三七两元一，还余一角四，就买一分一颗的水果硬糖，正好每人两颗。"

市面上正风行有奖销售，小王到副食品公司买的怪味瓜子，意外地得了两张兑奖券。他回到科里，笑着对正在品尝怪味瓜子的同事们说："这兑奖券可得作为我的跑腿报酬啦。兴许还能碰上好运呢。"

同事们有的用打趣的口吻表示了同意；有的懒得介意，也默认了。

不久，机修车间一个青工抄到了公布的兑奖号码，正好被小王看到。小王想起意外获得的兑奖券，就也用纸把兑奖号码转抄了下来。回到办公室取出兑奖券一对，正巧，其中一张编号为41586的，竟是二等奖，奖品是14寸进口彩电一台，价格一千多元。还不光是得到这个价值，这年月进口彩电得凭票供应，票可不是容易得到的，一张票都值二百多元。小王十分欣喜："看，跑腿能交这么大的好运！"

同事们全都一下陷入沉默。好一会儿，女会计终于尴里尴尬地笑着开口了："呃，你一人独得，怕不大合适吧。买瓜子的钱可是公处的，大家有份呢！"接着还有好几个人附议，态度都很明朗。

"当时大家同意的，现在又反悔！"小王很气愤，"哼，我可不管！"

素善做思想工作的科长给小王递上一支"大前门"香烟，耐心地说："你还是冷静想想，即使当时大家同意奖票给你，如今得了价值一千多元的彩电，你独占了能心安理得吗？年轻人，可不能让利欲迷住心窍，该多想想大家的利益呀。你要彩电也是可以的。我看，还是把它的价值一分为七，你拿出六份的钱，这样，你还净得一百五十六元外快呢。另外买得了紧俏商品，作为报酬，也不算低啦。大家还是通情达理的，都会同意。"

科长裁决英明，理能服人，得到大家拥护。小王看到一双双紧盯着的目光，感到了一股难以承受的压力，只好投降。

共同利益，大家都很关切，下班后都跟着小王一道赶往副食品公司领奖。天正下着小雪，刮着寒风，谁也没叫冷和累。而小王，却觉得像让人当罪犯押着，浑身难受。

到了领奖处，负责发奖的一看兑奖券，却说号码不对。大家簇拥着小王到公布号码的牌子前细细一看，二等奖是两个号码，有一个跟他们兑奖券相似的，是41580。小王拿出自己抄的号码对了对，想了想，肯定是青工抄写的末尾那个"0"误出了点头，他错看成"6"抄下了。

一个好大的空心汤团！同事们一个个都耷下了眉毛，神色颓唐，唯有小王反觉得浑身轻松了。那曾经分得的一包怪味瓜子，还有一半，他不由捻一颗放进嘴里，嗑着品着，这才品出"怪"的真味。

梅桩紫砂壶

　　要不是儿子领着觅者上门来,他几乎忘记家里还有一把紫砂茶壶。

　　还是改革开放初期那次回故乡,他到一少年时的同学家去串门,见老同学六岁的儿子拿着一把茶壶到水罐里舀水洒着玩。他拿过来看了看,那是把宜兴紫砂壶,造型是一节苍老的梅树干,嘴和柄都是节节疤疤的梅枝,贴绕老树杆的几支小枝缀有几朵梅花和几粒花苞,古朴典雅,他随口称赞了几句。主人竟慷慨地说:"你若喜欢就给你。我留着也没用,说不准哪天会让小家伙打碎了事。"

　　茶壶的来历就如此平常。他虽在城里文化部门工作,并没有收藏珍稀的癖好;平时喝的是绿茶,也用不上这种茶壶,只能作为一件还不算俗的物品保存,做个饰物。十多年过去了,随着孩子们长大成人崇尚时新,家饰不断增添和变迁,它便受到冷落而屈居一隅。

　　觅者进门先敬来良友香烟,接着开诚布公:"我要觅把紫砂茶壶,是位香港朋友所托的……"

　　香港?他近年也曾听说,宜兴紫砂壶在香港引起奇热,不少有钱人求取珍品,若迷若疯,不惜代价,宜兴紫砂厂有几个工艺师在香港出了名,他们手里出的货每把都可以卖几千甚至上万元港币。

这些原是耳听为虚，眼下觅者登门，可见是实。他心头豁然一亮，急于想弄清家里的茶壶价值到底如何，忙叫儿子找出来。

来者看了看壶盖和壶底两处制作者的篆字印章，沉吟片刻说："四百元卖给我，怎样？说老实话，我还能去赚一点，不多，一百元。"

值这么多钱？他月工资才八十元。真没想到天上掉下的一笔小财！他妻子儿子都望着他，眼神显然是催他答应卖掉。他心头一热，一个"行"字冲到嘴边，忽又咽回肚里：慢，此人开口就出这个价，转手肯定不止赚一百。多少？这就难料，赚个三千五千都说不定呢……他决定先弄清这壶的品位档次，就问对方，印章上的姓名是不是在香港名声很响的工艺师之一。

来者始终只就价论价，不回答他的问题。

他怕吃大亏上大当，拒绝出卖。

觅者悻悻而去。

他一时没法查明茶壶制作者的身价，也就没法确定它究竟值多少钱。他想，反正，它肯定不止值五百元。无价才为贵，要不怎会有"无价之宝"一说，家里留着一件宝物有什么不好！

不过，他并没有经常玩赏它的兴致，它也并不具有百赏不厌的魅力，他只能把它当摆设陈列在书柜一角。有一天他妻给书柜掸抹灰尘，不慎失手把它掸落到水泥地上，壶身总算没破，壶柄断成了三截，宝物变成废物。

他心一沉，怒不可遏："你怎么的，眼瞎了！"

"狠啥？我又不是故意的！"妻子自卫带出反击，"那回你要是答应卖了，好歹还有四百元钱呢，也不会有今天这事。"

他哑了炮。想想也是，真懊悔。

妻子捡起断柄壶要当垃圾扔掉。他好心疼好惋惜，犹豫了片刻,从妻子手里夺了回来:"这柄,好想办法用胶水粘起来,摆着看看也好吗。"他特地买来一支"百得胶",细心地把断柄接起来粘上茶壶,他依旧把壶放在书柜里。粗看看它似乎恢复了原样,若用心端详,柄上几条不规则的断痕仍清晰可辨。他多看几眼,心里就毛乎乎的怪不舒服:唉,终究破了相,留着它也不过是留留而已!他不再当它是一回事。

时隔不久,他女儿别出心裁,把它当盆养上一株水仙花,放在客厅里的茶几上。有个同事前来串门,先赞茶壶里养水仙真别致,接着就有发现:"难怪用它养花,柄是断过的。"

他顿时觉得有句话值得一说:"柄没摔断时,有人上门来求,出四百元我都没肯卖……"

同事说:"怪不得你要把断柄粘上,看来是把它当珍贵文物修补的哩。"

言者是否有意不可知。他这听者却有了心:是呀,文物、名画破残,经修补后价值依旧极高。这壶上有图章可鉴,有朝一日能证实它是出自名家之手,而那名家若是年高或去世不能再有出品,即使它断过柄,或许也能成为珍稀而价值连城呢……

当天,他就把女儿养的水仙花移去,把断柄茶壶放回书柜里。隔天又买来一只玻璃罩把它罩好。从此他经常要走近它看看,总仿佛见它在散放着奇异的光彩,耀得满室熠熠生辉……

秦 俑

QINYONG

湖南娄底人，本名伍建强，中国作家协会会员，河南省小小说学会副会长，郑州市作家协会常务副主席，《小小说选刊》主编。出版小小说集《纪念日》《被风吹走的夏天》，主编《中国当代小小说大系》等图书二十余种，曾获《小说选刊》年度奖、河南省优秀图书奖等奖项。

【参评作品】

《如果猫会数数》《有一天发生的事》《最会讲故事的人》《带着母亲去方特》《虚构》《写情诗的男孩、星巴克男孩和像死了一样的男孩》《慢递男孩、硬币男孩和电子宠物男孩》《积木男孩、空调男孩和喜欢麻雀的男孩》《化妆》《彼岸花》

【颁奖词】

秦俑讲求作品的寓意，联想丰富，追寻着新颖的表达方式，善于在复调叙事中展现不寻常的意味，注重以生活片段表达对现实的体悟。语言简洁凝练，构思新颖智慧，情节回环缠绕，融入了诸多探索与创新。对话推进细节，适合青年的阅读心理。文笔较为放纵自由，体现出浓郁的人文主义情怀，对社会和人性充满期待。

如果猫会数数

寒假回家，刚放下碗筷，冬生就到大伯家去看望祖母。

几月不见，老人家自然欢喜得不得了。冬生嘘寒问暖一番，讲起他在奥运会做志愿者的事，眼见祖母身形消瘦，说话都没了力气，便退了出来。

出到外头，大伯叹了口气，说："不中用了，时好时坏的，净讲些胡话。"

冬生鼻子一酸，正想说点儿什么，只听到豆子在一边喊："爷爷，小叔，猫咪快生宝宝了。"豆子是堂兄春生家的孩子，刚满六岁。

冬日的阳光懒懒地爬到了北墙根。冬生走过去，看到一只黑猫卧在草堆里，身体有些臃肿，一副似睡非睡的模样。

豆子伸手过去，"喵"的一声，猫警觉地缩起身子。

"外头冷，进屋去。"大伯过来拉起豆子，转头对冬生说，"回吧，得空多来瞧你奶。"

过了几日，冬生娘炖了鸡汤，叫冬生盛一碗端过去。

祖母精神头儿还是不好，喝了几口汤，顾自讲起胡话来："地震了，要地震了……"

冬生说："地震都过去大半年了，咱这地方，不会有地震。"

"地都裂开了，该有多少人遭罪啊……"

"是老鼠精，老鼠精又出来害人了……"

"告诉你爹……多囤点儿粮食……"

这样子，多半是难得大好了。冬生轻轻地摩挲着祖母的手背，嘴里念叨着"没事没事"。脑海里回想起小时候夜半惊梦，祖母也是这般安抚他的。

祖母慢慢平静下来，屋子外头传来几声清晰的猫叫。

"怕是要下雪了，"祖母说，"你去将猫窝挪到屋里头。"

"猫穿着大毛袄子，不怕冷。"

"想来是怀上崽了，猫崽子怕冷呢。"

"那我去了。"冬生给祖母掖了掖被角，起身出去找豆子挪猫窝。猫似乎并不领情，叫唤着走开了。

又过了几日，祖母被送到医院，隔两日又接了回来。一家人都揪着心，掰着指头数日子，生怕她熬不过这个年。

小年那天，大伯传话过来，说老人家怕是不中了。

二伯、冬生爹和冬生先赶过去，在堂屋摊了厚厚的稻草，上面置一床竹席，铺上新毯子和毛巾被。媳妇们给老人家擦净身子，换上之前偷偷备好的素服，再将人抬到竹席上。

一时半刻，春生和春生媳妇赶了回来，大姑一家也相继到了。堂屋里挤满了人，儿孙们依次过来告别，老人家知道自己大限将至，竟比平时清醒许多。

"娘，这是你老憨子（小儿子）。"大伯指着冬生爹说。

老人家点了点头。

"这是你幺孙冬生，你没少疼他，如今也出息了。"

老人家又点了点头……

"娘，可想吃点儿啥？还有啥放心不下的？"大姑向前问道。

老人家动动嘴，似乎有话要说。

大姑将耳朵凑过去,听到老人家吐出来三个字——"你爹呢",顿时红了眼圈,跪到地上,带着哭腔说:"娘呃,你是不是糊涂了?俺爹早没了,都走了四十多年哩!"

老人家脸色黯淡下来,一口气始终提着,一时好一时坏的,一时又说想喝水。

冬生忙去倒了一杯半温的水来。

喝了水,老人家像是精神好转,四下看了看,问:"怎么没见老四老五?"

"老幺我就在跟前哩,俺家兄弟姊妹四个,哪来的老五?"冬生爹哽咽着说。

见娘亲这么问,大伯、二伯和大姑也都抹起泪来。

大伯是家里掌事的,将兄妹几个叫到里屋,一商量,老娘苦了大半辈子,临走还惦记着早逝的男人和孩子,可不能叫她走得不舒坦,便叫春生、冬生装两个叔伯。

春生和冬生依言过去,大伯说:"娘,老四老五回来看你了。"

春生和冬生叫一声"娘",老人家激动起来:"一家子总算齐了。"顿了顿,又打起精神问:"俺娘家没派人来?"

大姑忙戳自己儿子后背:"娘,这是俺舅家孩子,快叫姑姑。"

大姑家的表兄本就机灵,赶紧上前叫了一声"姑姑"。

老人家沉默好一阵,说:"你们哄俺,俺娘家人讲的是阜阳话……"

大姑再也忍不住了,眼泪吧嗒吧嗒往下掉,嘴里像是念着词儿:"俺苦命的娘呃……那年闹饥荒,你阜阳的家人都没熬过来,还带走了爹爹和俩弟弟……他们可都在下边等着咱呢……"

老人家没再说话,眼睛睁着,一行泪顺着眼角直往下淌。大伯后来说:"俺娘快三十年没哭过了,这一行眼泪流完,她这辈子的苦才算是受完了。"

一家人正伤感,豆子忽然在外头放声大哭。媳妇们忙过去看,原来是家里的猫在北墙根生了崽,生六只死了俩。豆子看到,又是害怕,又是伤心。

大伯母抱起豆子,唬道:"快别哭了,再哭,狼把子来背人了。"

"我不要小猫咪死……猫妈妈会难过的……"豆子还是哭着,说不出个囫囵话来。

"傻孩子,猫又不会数数,怎么知道难过?"春生媳妇也过去帮忙哄。

过了好大一会,外头安静下来,屋里传出大姑一声长长的哀号:"俺的个苦命的娘呃——"

哭声很快便淹没了这个黄昏。

窗外,那场憋了一冬天的雪,也不知道什么时候纷纷扬扬地下了起来。

很多年后的一个早春,冬生家豢养的狸花猫生了三只猫崽,有两只刚出生便夭亡了,女儿特别伤心,妈妈在一边安慰孩子:"别难过了,猫又不会数数,它不知道自己有几个孩子呢。"

那时冬生正窝在沙发里刷微博,刚好看到一则新闻:《武汉封城导致大量猫狗滞留家中,志愿者伸出援手》。他听到母女俩的对话,觉得似乎在哪里听到过的,又恍惚了好大一会儿,才想起多年前的那个冬天,那只黑色的猫,还有它刚出生的四个儿女,不知道它们后来怎么样了。

漫天精灵

有一天发生的事

有一天,这一天到底是哪一天并不重要。我是谁也不重要。反正是有一天,临下班前,单位领导找我谈话。领导先是扯了些有的没的,最后才进入话题,单位最近要选派一名员工下去挂职。

我说,听说了。

你的优秀是大家公认的,派你下去,多让你锻炼一下也是应该的。但是(听到这个词后我心头一凉),你现在的岗位非常重要,无人可替,如果派你下去,整个单位的工作都会受到影响……

我说,我很珍惜这次的机会……

下班回家吧,要不,你再考虑考虑?

领导很客气地结束了这次谈话。但在我看来,这样的谈话,相当地粗鲁。这样的逻辑,相当地狗屁。在这种单位里,类似狗屁的逻辑总是大行其道。

我觉得有些委屈。于是,我委屈地扫了一辆共享单车,委屈地往家的方向一路蹬下去。

仿佛这一天里注定要发生些什么。在回家的路上,我接了两通电话。

先打电话的是我女友的父亲。我与女友异地三四年,是时候结婚了。女友的父亲说,我不反对你们在一起,但有一条,你们要先结婚，只有结婚了她才能辞职，再去你那边工作，这样我和她妈才会放心。

老人家嘛，一心为女儿着想，这要求不算过分。我连连答应，好好好，先结婚先结婚。

很快，我又接到我母亲的电话。母亲在电话里显得很是担忧。她说，别的事都好商量，这事没得商量。她要是不先辞职，不和你同在一个城市，这婚还是不要结了。异地长久不了的，到时要孩子也是个问题。

母亲就是因为异地才和父亲离婚的，她对我的异地恋一直表示反对。她说的，也不是全无道理。而且，这个问题，就跟先有鸡还是先有蛋一样，是争不过来的。我只好连连答应，好好好，先让她来这边再说结婚的事。

挂了电话，放下单车，我心里更堵了，一边是工作挂职的事，一边是调动结婚的事。脚里像灌了铅，不知不觉地，我走到了小区楼下。

我家住26楼。楼层是女朋友选的。她说，你越是恐高，就越要选高层，这样才能克服心理障碍。这话没毛病，一年多下来，我都敢上阳台了。

但是，我依然讨厌电梯。

电梯里总共四个人，三个男的，一个女的。

女的先在2楼下了。看看现在的女孩子，都懒成什么样了。

那两个男的，一个在19楼下，一个在31楼下。等到电梯里只剩一个人，我才惊觉，我好像忘了按26楼；又或者是，我按了键，却没下电梯。

果然，工作和爱情会让一个男人变蠢。我的脑子里一团糨糊。

电梯开始下行，我按了26楼，可是（我早就说了，仿佛这一天里注定要发生些什么），电梯在26楼并没有停下，它继续下行，直接回了1楼。

没有人进电梯。我晃了晃一团糨糊的脑袋。理性告诉我，我按键的时候，电梯可能刚好下行到26楼，或者已经到了25楼，所以，它没有理由在26楼停下来。

我又按下26楼。这一次，我确认我按下了电梯键，而且，我按的就是26楼。

电梯还是没有停，它一路上行，马不停蹄跑到了最顶层的32楼。

我又试了几次，这电梯还真是邪门。它可以在1楼停，在32楼停，甚至在5楼13楼24楼也能停，就是不在26楼停。

一定是哪里出了问题。第一时间，我想到了给物业打电话。

手机里传出一个好听的女中音：对不起，您的电话已欠费停机。

我想给手机充值，打开APP，才发现因为欠费停机，网络已不可使用。也就是说，我要想上网，必须先充值；而想要充值，又必须先上网。

操蛋，我忍不住爆了一句粗口。

这个时候，电梯又回到1楼。有人上来，就有人下去。有多少人上来，就有多少人下去。这是电梯的能量守恒定律。

这电梯好像忘了有26楼这回事。又或者，我的存在是一个BUG？

我满头大汗，恐高症发作，眼前渐渐模糊。直到听到一个阿姨的声音，小伙子，你是要上几楼？

26楼。我说，这电梯好像坏了，它停不到26楼。

你可以在27楼下，再走到26楼。阿姨友好地提醒我。

是啊，我怎么就没有想到呢？就这样，我从27楼下了电梯，步行到26楼。家门在望,我有些恍惚,不知道刚刚经历了什么。

电梯正在下行,我心里一咯噔,快速按住下楼键。电梯竟然在26楼停了下来!

我上了电梯,下到1楼,又按了26楼。这一回,电梯好像恢复了记忆,它神奇地在26楼停了下来。

又上上下下了几回,证实电梯不再有问题,我才满意地回了家。连上家里的Wi-Fi,一分钟后,我给手机充了值。

母亲的电话急吼吼地打进来了。她先是埋怨了一通手机停机(完全不考虑我的手机就是她打爆的),然后问,怎么样,结婚的事你考虑好没?我都是为了你好。

我说,是啊,都是为了我好。要不,咱先不结婚,晚几年再说。

电话那头沉默了好大一会儿。

再不结婚,我可真跟你急了。母亲粗声粗气地说,儿大不由娘,你自己的事情,你自己看着办吧。说罢就有点置气地挂了电话。

爱情有了,工作的事,明天再说。现在急需解决的,是肚子问题。

想着那上上下下的电梯,我心里突然就轻松起来。

最会讲故事的人

有土地的地方，就有讲故事的人。正是这些讲故事的人，塑造了王国的历史、文化和精神。有一天，国王心血来潮，他想知道在他的王国里，谁最会讲故事。于是，我谋到了一份差事，我将踏遍这个国家每一寸土地，去寻找那个最会讲故事的人。

我翻过7座山，蹚过14条河，穿过21个村镇，听过不计其数的故事，但我想象中的那个人一直没有出现。

第二年春天的时候，在白哈巴镇，我见到了"无人不知的扎玛"。扎玛是一个画匠，他一生只画一个人。

扎玛画的是他的救命恩人。9岁那年冬天，他不小心掉进河里，一个长着一头鬈发的帅小伙救了他。他冻傻了，等到他想起要向那个救他的哥哥说一声谢谢时，却只看到他消失在人海中的背影。"从那天起，我就一直在寻找他。"扎玛说起60多年前的那些往事，好像它们就发生在昨天。

在扎玛的画室里，我见到了那个帅小伙的画像。刚开始的时候，扎玛三个月画一幅他的画像，后来改为一年一幅。扎玛一年一年地长大，他结婚了，他有了孩子，他脸上的皱纹一天比一天多，他头上的白发一天比一天稠。画像上的帅小伙，也随着扎玛一起长大变老。那天的阳光有些忧郁，在那间小小的画室里，我看到时间像河水一样缓缓流淌，像最动听的音乐。

"每一年,我都会抽出时间,带着画像,去寻找我的恩人。我走访过白哈巴镇的每一条街道,问过住在那里的每一个人,都没有找到他。"这么多年过去,扎玛的脸上还会流露出失落的表情。他后来去过很多相邻的城镇,那个鬈发的帅小伙已经长成了白头发白胡子的老人,他们还是未能相见。

我用很长的时间才从扎玛的故事里走出来。我说:"我好奇的是,这么多年来,你做了那么多的善事。我一路在走,一路在听你的故事。你花60年时间去寻找你的恩人,你的恩人没有找到,你却成了很多人的恩人。"

"40岁那年,我预感自己找不到他了,但我并没放弃希望。有一次,我遇到一个轻生投河的少年,我救了他,就像当年他救我一样。那一天,我的世界豁然开朗,与其盲目无助地寻找,不如在旅途上做一些善事,用这些善事去感念他。于是,我一路寻找,一路做善事,大家都叫我'无人不知的扎玛'。"

那个下午,扎玛给我讲了许多故事。最后,在画板面前,70多岁的扎玛又画了一幅恩人的画像。画中的老人还是帅帅的,一头鬈发全白了,连胡子也是白白的,卷卷的。我看了看画中卷白胡子的老人,又看了看面前卷白胡子的扎玛,惊讶地说:"扎玛,你看看,你画中的恩人,越来越像你自己了。"

扎玛好像没有听到。或许他听到了,却不知道要怎么回应我。

告别扎玛后,我继续上路。我又翻过7座山,蹚过14条河,穿过21个村镇。在一个秋天的傍晚,我到达黑木河镇,找到了"彩虹爷爷的老院子"。这一路上,在不同的城镇,我遇到过17家"彩虹爷爷的老院子",每一家都说是跟"黑木河的洛伊娜"学的。

在"彩虹爷爷的老院子"里,我见到了洛伊娜。黑夜将临,她和72位老人一起,在与另一位即将离世的老人告别。老人已经无力说话了,他走得很安详。他闭上眼睛,就像进入了一个没有尽头的梦境。"这几年,我告别了27位'老爸爸',他们有的被亲人接走,有的永远离开了。每次有人告别,老院子都会安静好几天,好在会有新的老人住进来。"说这些的时候,洛伊娜的脸上写满了忧伤。

10年前,洛伊娜的父亲走失了。他患有严重的阿尔茨海默病。为此,洛伊娜十分自责,这些年她一直在寻找父亲。她没有找到他,倒是遇到了很多流离失所的老人。父亲走后,给她留下了一笔丰厚的财产。为表达对父亲回家的期盼,她开办了"彩虹爷爷的老院子",专门收留无家可归的老人。10年间,这里共收留过99位老人。对每位老人,无论男女,洛伊娜都亲切地称呼他们为"老爸爸"。

洛伊娜现在是7个孩子的母亲,她有7个孩子,却有99位父亲。"我还清楚地记得,父亲出走那天,刚好下着太阳雨,天边有一道绚丽的彩虹。"洛伊娜说,"直到现在,我仍然相信我的父亲还活着。在接下来的旅途中,如果你遇到他,你一定能认出他来。他的左下巴长着一个瘊子。他已经失去所有记忆,只会说一个词语:麦片。"

我静静地听着洛伊娜的讲述,内心却波涛汹涌。就在一周前,在另一个镇子的"彩虹爷爷的老院子",我跟一群人一起,向一位老人告别。他真的太老了,弥留之际只会重复说一个词:麦片,麦片,麦片……他的左下巴处,就长着一个刺眼的瘊子。

"我也相信,他一定还活着。我还会去很多地方,我会帮你寻找他。"和洛伊娜告别时,我不敢看她的眼睛。

前面还有很多的山,很多的河,很多的村镇。我还会听到不计其数的故事,我依然在寻找那个最会讲故事的人。

如果你恰好遇到他,请你告诉我。

秦俑

带着母亲去方特

去年暑假，母亲带着小侄女和小外甥来郑州做客。

母亲在电话里唠叨，说我北上郑州，我妹远嫁广东，一家人难得团聚。今年夏天，小外甥到湖南外婆家过暑假，天天念着要到河南来找他的作家"大豆腐"（广东话谐音，大舅父）。

我揣摩着，母亲一定是想我了，又不好意思开口说，便提早帮他们预订了往返郑州的火车票。

那天我到车站接母亲，远远地便看到她一手牵着小侄女，一手提着一篮鸡蛋，背上还背着一个大包。小外甥跟在后头，懂事地帮外婆推着行李箱。我心里有点儿内疚，母亲都五十好几的人了，这几年身体发福，走路爬楼梯都吃力，我怎么着也该去站台迎接一下的。

到家后，将老人小孩安顿好，我还得去单位上班。下班回来，母亲早做好了几样从老家带过来的菜肴：干笋烧腊肉、坛子酸刀豆、腊味合蒸……

母亲一来，家乡的味道便浓郁起来了。

我一边吃着饭，一边安排着这几天的行程：再上两天班就是周末，周四晚上带两个小孩去看电影；周五晚上有豫剧表演，我知道母亲好看戏，就特意托人找了几张票，顺便带他们去尝尝豫菜，吃吃烩面；周六去郑东新区走一圈，逛逛动物园；周日我开车带他们去登封，游少林寺，看少林功夫。

两个小孩听得直拍手。母亲说，你安排吧，别影响工作就好。犹豫了一会儿，又问，去少林寺多远路程？门票多少钱？

不远，开车一个多小时。门票也不贵，大人一二百，小孩子半价……话一出口我就后悔了，母亲勤劳节俭了一辈子，她哪里舍得花钱出去旅游？

果然，母亲不愿意了，少林寺就别去了，你上班累，周末正好休息休息。

花不了几个钱，你都大老远来了，就一起去看看吧。我劝母亲。

母亲没有再反对，到周六晚上，临睡前，才小心翼翼地跟我说，今天走了一天路，腰也酸了，腿也乏了，少林寺那么远，就不去了，下回再去。见我面露不悦，她又补充说，要不，我们换个离家近点儿的地方，随便转转就行了。

想了半天，那就去绿博园吧。天气不热，逛公园对老人小孩都适宜。玩半天，还能休息半天。商量妥当，母亲这才安心睡下。

没想到，第二天又出了岔子。那天绿博园刚好做活动，我看到进园的车子排着长队，便掉头将车停到了路对面"方特欢乐世界"的停车场。刚下车，小外甥和小侄女就往方特大门跑，叫都叫不住。

我们去方特吧。小外甥拉着外婆的手，央求着。

我要去玩过山车。小侄女也跟着直嚷嚷。

这两个小家伙儿，也不知道从谁那儿听说过方特，这会儿早被方特大门的彩色城堡给绊住了脚，迷住了魂。我劝了好一阵，好话说了一箩筐，俩熊孩子就是不听。

母亲本来就宠小孩，这会儿全没了主意，直看着我，不知道如何是好。

我两手一摊，要不，今天就玩方特吧。

买票进了园子，母亲一路开启了埋怨模式：俩小兔崽子，一张票好几百呢。后来看小孩们玩得兴起，自己也跟着乐呵起来。

这一辈子，比花钱还让母亲心疼的，恐怕就是这几个孩子吧。

小侄女和小外甥像是上满了发条的机器人一般，先玩了一些小孩子的项目，又兴冲冲地跑到过山车那边。

母亲几乎是一路小跑，跟在两个小孩屁股后头。这里说说要注意安全啊，眼睛要看好前方，鞋带先系好；那边又嚷嚷拉住扶手，系好安全带，手不要乱动……一圈下来，小孩们没累着，母亲的额头上早渗出了一圈细细的汗珠。

到坐过山车的时候，母亲说，这个你也可以玩，你带他们玩吧，让我歇歇。

排队的当儿，母亲给俩小孩递水递吃的，眼看着别人在过山车上坐了一回，上上下下转着圈儿，眼都看直了，一个劲儿问我，这么高，这么快，还倒着开，能保证安全不？

我说，放心吧，安全着呢。

我们下来的时候，小孩们兴奋得还在尖叫。我看到母亲的脸色有些发白，额头上的汗珠更密了，似乎她那颗心还悬在半空中。

太吓人了，我看着眼睛都不敢眨一下。母亲这样说着，把我们都逗笑了。

又玩了几个项目，有些项目本来母亲也可以参与，但她说得留人看包包衣物，而且刚看我们坐过山车，这会儿腿还是软的。

最后一个项目是4D电影《飞越极限》，我再三邀母亲参加。我说，你也是买票进来的，一个项目都不玩，太浪费了。

母亲终于答应了。排队进去后，工作人员走过来询问母亲的年龄，还特意安慰她，不要紧张，将身体放轻松，就当是看电影环游世界了。

俩小孩一刻也闲不住，短短几分钟里，两个人一直在比赛谁认的地方多。小外甥明显要胜出一筹，嚷嚷着做起了"导游"：外婆，快看，这是里约基督像、伦敦大桥、纽约自由女神、巴黎埃菲尔铁塔、埃及金字塔……到中国啦，喜马拉雅山、布达拉宫、长城、北京故宫、东方明珠、维多利亚港……

场面宏大真实，甚至有点儿惊险刺激，我担心母亲，眼睛不时地往她那边瞅，但直到影片放完开灯，影院里都是黑漆漆的，什么也看不到。

回家路上，俩小孩还在嚷嚷着回味今天玩过的项目。母亲可能真的累了，坐在副驾上打了会儿盹。见她醒来，小外甥问，外婆，今天你就玩了一个项目，你觉得好玩吗？

好玩，好玩。母亲笑着说，只要你们玩得开心，我就觉得好玩。

我在一边接腔，妈，其实你还不到六十，那里的很多项目你都能玩，下次再来，遇到害怕的地方，你就使劲喊出来，那样，你就不会怕了。

我哪敢看啊，只看了一眼，我闭着眼睛晃过来的。母亲轻轻地嘟囔了一句。

坐在后座的小孩们没有听到，依然在饶有兴趣地讨论着他们的话题。我却听得很清楚，心里突然有种莫名的悸动。作为一位母亲，她的快乐是那么简单，就是陪在孩子们身边，心疼他们，让他们开心。

以后，我们也该多花点儿时间陪陪母亲。是时候我们来心疼心疼她了。

秦俑

虚 构

说件有点儿意思的事情吧。

去年这个时候,我回老家参加高中毕业20周年的同学聚会。说是聚会,也就是一起说说话,喝喝酒,然后去KTV,继续说话,继续喝酒。到后半夜,男生几乎都喝多了。除了我。你说,一个压根儿不喝酒的男人,他会喝多吗?

女生还算矜持,但也有一个人喝吐了,吐完后闹着还要喝,拦都拦不住。是一个叫清的女生,曾经的班花,现在仍然是众人的焦点。大家轮流和她碰杯,她来者不拒。酒量再好,毕竟是人,不是酒罐子。

再热闹,也终将散场,一众男女相拥告别。清住在市区西郊,我主动要求开车送她回去。那时已过凌晨一点,经过市中心的青山公园时,清突然叫我停车,蹲在马路边吐了半天,吐得眼泪鼻涕都出来了。

我拿水给她漱口,递纸巾给她擦嘴。我说,吐吧,全吐出来就好了。

真的喝多了。她像是清醒了一些,不好意思地说,能陪我坐会儿吗?

于是我们在公园门口的长椅上坐下来。聊天。聊过去的事情。有些事情印象很深刻,有些事情,听着感觉很遥远,很陌生，甚至有点儿别扭，像是在听别人的故事。

聊着聊着，就聊到了初恋。

清说，你不知道吧，其实那时候亮喜欢我，我也喜欢亮。

确实不知道。亮和我一个宿舍，是无话不说的好兄弟，竟然从未与我提起。

她似乎沉醉在甜蜜的回忆里。

是很单纯的回忆。金童玉女，珠联璧合。高考前一周，无故旷课算是天大的事情。他俩一起逃学，相约去了海边。大海离学校有七八十公里，当时我们都没有去过。

在她的讲述里，那是多么美好的一天。

清风徐徐，浪涛阵阵。天一定很蓝，海也一定很蓝。

那一天具体发生了什么，她没有说，我也没有问。

然后，送她回家，一路上没再说话。

这次聚会，亮是唯一没有到场的同学。没人能联系上他，他就像消失在我们的世界里了。

第二天，我们在外地工作的陆续返程，留在老家的十几个同学一起相送。

清没有来。

大家恋恋不舍，似乎有说不完的话。

不知怎的又说到了亮。我提起昨晚的事，清和亮，那场隐秘而美好的初恋。

大家一脸惊讶。有同学说，不对，那时候追清的明明是伟，约清去海边的也是伟。

伟刚刚打车去了火车站，一时无从求证。

媛说话了。媛曾跟清一个宿舍，一对好闺蜜。媛说，伟喜欢清，他一直在追清，约清去海边的就是伟。

但清喜欢的是亮。媛又补充说,清一直暗恋亮,暗恋了很多年。

大家七嘴八舌,记忆拼贴到一起,真相便慢慢浮现出来。

又是一片唏嘘感叹。

聚会归来。我心里一直想着这件事,越想越有意思,于是写下来,写成了小说。

我将小说给老婆大人看,老婆大人看得很没耐心。看完了,说,你编的吧。

我说,有生活的原型,也有艺术的虚构,生活永远比小说要精彩。

这孤男寡女的大半夜逛公园聊天儿,你信吗?老婆大人显然不相信,她朝我翻一下白眼,说,喊,你就继续编吧。

这件事到这里本该结束了,但是有一天,我接到了李志伟的电话。

李志伟,就是小说主人公伟的原型。

李志伟在电话里奚落了我一顿。大意是说,他看到我新发表的小说了,说我不该把"帽子"往他和孙亮头上扣。当年咱们三人都喜欢李海清,他跟孙亮是明追,自然无功而返,只有我最执着。同学三年,我暗恋她三年,在伟和亮面前念叨她三年。高考前一阵子,我像发疯似的,想约她去海边。信都写好了,但不敢递给她。最后我旷了课,一个人骑着车子上路,半夜才到海边,还给她打了电话,让她听大海的声音。

李志伟说,除了你,谁还会有这么文艺、这么矫情的想法?

我极力否定。老婆大人还在身边听着电话呢。

而且,就算李志伟说得再有鼻子有眼,我也没印象了。这小说情节,多半是我编出来的。你说,真要是将生活过成小说了,这生活还过得下去吗?

李志伟说，不会吧，你这鳖孙，都是你自己亲口说的，你竟然忘了？你要不信，打电话问问李海清，看你是不是在海边给她打过电话，让她听海的声音。

我还真打了电话。不过是在几天之后，我才不会傻不愣登在媳妇面前做蠢事。

电话通了，拐弯抹角地说了许多有的没的。最后，我问李海清，高三前一周，我是不是在海边给你打过电话，还让你听大海的声音了？

李海清愣了一下，随即哈哈大笑起来，秦大作家，你小说写多了吧？

我一本正经地追问，到底有没有这事？

没有。回答得那么干脆。

挂完电话。我又想了很久，结果是，越想越模糊，越想越混乱。

也许，时间久了，记忆真的会出现问题。比如说，本来是发生在初中的事儿，你却记成了高中；本来是发生在张三身上的事儿，你偏记到了李四身上。

很正常的事儿，有时也会变得很不正常。

看来，这篇小说，是不会有结局了。

秦俑

写情诗的男孩、星巴克男孩和像死了一样的男孩

写情诗的男孩

暗恋是会生根的。

他的暗恋,全长在诗歌里。

他每天都写诗。整整一年,他写了三百多首诗。

每一首,每一行,每一个字,都是他对她美好的幻想。

这些诗写在本子上,写在博客上,写在校刊上。很多人都知道,在中文系,有这么一个写情诗的男孩。

她似乎蒙在鼓里,毫不知情,她始终只是他生命中那个渐渐远去的模糊的身影。而他也没有勇气,将这份爱公之于众。

后来出现了另一个她。

第一次,有女孩主动邀他看电影,去夜色朦胧的江边散步。而且,这个女孩还红着脸说,都说学长你有才华,我觉得学长你长得也很好看啊。

就是这样,好像只有经历过无望的爱恋,才会真正懂得珍惜触手可及的缘分。

他们走到了一起。谈婚论嫁,生儿育女,只是时间的问题吧。

但他还是忍不住，偶尔去翻翻那些长满了诗歌的日记本。

那一天，他决定要将几大本诗歌与她分享。他讲他的第一次心动，那些冷的热的、甜的酸的，暗恋的日子。

她笑着说，其实我都知道啊。

你知道什么？

我知道你这些诗都是写给我的啊……其实，学姐早就告诉我这个秘密了。那个叫穗子的学姐，你还记得她吗？

他又怎么忘得掉这个名字。

那个他曾经暗恋的她，那个叫穗子的女孩。

星巴克男孩

在星巴克，她又遇见了他。她的前任男友，准确地说，是前前前任。

有两三年没见了吧，他还是瘦高瘦高的，脸还是那么好看，在吧台里认真地忙碌着，连背影都是那么熟悉。

现任就坐在边上，正为咖啡里加糖太多可能会让肚子变大而埋怨着。

她记得前任也不懂咖啡的，不喜欢喝，甚至有点儿讨厌。

她也说不上有多喜欢吧，就是想凑个热闹，排个队，拍个照，发个朋友圈，然后自己给自己点个赞。这么多年，好像一直就是这么过来的。

他是不是也看到了她？她心里想，要不要过去跟他打一声招呼？或许可以问问他，你不是不喜欢咖啡吗，怎么来星巴克工作了？

他应该还记得她。毕竟他们在一起两年多。他也许会很惊讶，因为她和他分手就去了另一个城市。他也许已经有了新女友,他也许会说,哦。

她有些走神,全然没注意现任因为咖啡加糖太多,去吧台找前任说事。他的嗓门那么大,好像全星巴克的顾客都能听到似的。他说:"你们的咖啡也太甜了吧!星巴克的糖都不要钱吗?"

她迅速逃出了星巴克,桌子上的咖啡还冒着热气,连照片都没顾上拍。

只有不懂咖啡的人,才害怕咖啡是苦的吧。

像死了一样的男孩

说分就分,她开始着手从生活中清除与他有关的一切。

先是各种联系方式:微信、微博、QQ、手机号码、电子邮箱……能删除就删除,能拉黑就拉黑,甚至连曾经的共同好友,也多数都删了个遍。

然后是家里的大扫除,他用过的水杯、盖过的被子、看过的书、趿过的拖鞋、看了一半的DVD……恨不能将与他亲热过的自己,也一并垃圾桶里见。

她说,一个合格的前任,就应该像是死了一样。

但他不这么想,他还是会不经意地在她的生活里横冲直撞。

有时是一张明信片,有时是一个陌生电话,有时是一个新的好友关注,有时他出现在朋友与她的谈话中……一切细节都在显示,他还在关心着她,通过朋友的朋友的朋友,通过一切可能的方式,就好像他从来没有离开过。

这让她心生厌恶,更加处心积虑地防着他。而她的防备,又反过来让他变本加厉地想要窥探她。

他就像她的影子,只要有光,就会投射到她的墙壁上。

直到半年后,她和他相遇在地铁站。

这是一场没有预谋的相见。她看到了他,他应该也看到了她。她想躲开他,但无处可躲。他正面走了过来。两个人擦肩而过,就好像从来都没有认识过。

这个时候,她才知道,在他的世界里,她其实也早已经死过了。

秦俑

慢递男孩、硬币男孩和电子宠物男孩

慢递男孩

这个世界变得越来越快,慢递男孩只想活得慢一点。

他从不坐飞机,高铁也嫌快,能走路就走路,能骑车就骑车,不行就搭公交。实在要出远门,绿皮火车也还不错吧。那种一天到晚"咔嚓咔嚓"的声音,让他觉得生活的火气没有那么重。

他不用QQ,也不用微信,要是连手机也不用,那该多好。

友人给他介绍女朋友。问他要微信,他没有。问他要QQ,他没有。问他要手机号,他说,打电话谈恋爱,多尴尬啊。

那你给她写封情书,快递过去。友人半开玩笑半认真地说。

"那样也太快了吧。"

于是,慢递男孩花了一夜的时间,写了一封长长的信,然后投到女生宿舍楼下的邮筒里。

他开始等待回音。

往返几百米的距离,走了整整一周。

这才是他想要的恋爱的感觉,享受那份慢慢地等待,慢慢地煎熬。

女孩收到信,竟然回信同意与他交往。

这个世界上，总是有一些相同的奇怪的人，用他们的方式相遇相识。

那一晚，在夜色如水的江堤上，慢递男孩想吻女孩。女孩推开他，说，你不觉得我们这样太快了吗？

硬币男孩

遇到难以决定的事情，硬币男孩总是通过抛硬币来做出决定。

比如说，他要追一个女孩，那个女孩很优秀，他拿不准自己有没有追她的勇气。于是，他拿出硬币，往空中一抛，掉在手心里。

是字面，去追吧。

明显追不到。那么优秀的女孩，又怎么会看上他？

他又拿出硬币，往空中一抛，掉在手心里。

还是字面，继续追。

又被拒了。硬币男孩还是不死心，因为硬币抛出去掉在手心里，总是字面。是字面，就没有理由不继续追下去。

到后来，女孩动心了。问他，是什么让你这么死心眼？

是硬币。硬币男孩拿出那枚硬币，它抛出去，掉在手心里，总是字面。

女孩不相信，你这枚硬币，两面都是字面吧？

硬币男孩将硬币给女孩看，一面是字面，一面是花面。与普通硬币，没有什么不同。

女孩还是犹豫：一个靠抛硬币来做决定的男孩，是不是值得托付终身？

硬币男孩说，那就再抛一次硬币吧，如果是字面，我们就在一起；如果是花面，我们就当没有认识过。

于是，他拿出硬币，往空中一抛……

这一次，硬币没能掉进他手心里，而是掉在地上，滚到了街边的下水道里。

电子宠物男孩

唧唧唧，唧唧唧。

她的手机响个不停，提示音显然特别设置过，像一只蛐蛐在叫。

"很忙吗？"我问她。

"还好。"

唧唧唧，唧唧唧。

"你消息真多。"我问，"是谁啊？"

"是我新交的男朋友。"她将手机递过来。

满屏都是一个人的信息提示，有文字的，有语音的，也有图片和视频。几分钟一条。多数是疑问句式：在哪里？干吗呢？起床了吗？吃饭了吗？下课了吗？想我了吗？如此种种。

"这样子，你不嫌烦吗？"

"还好吧。"她说，"反正都还没见过面。"

正说着话，唧唧唧，蛐蛐又叫起来。是一条语音，一个脆生生的声音："老婆你想我没？你现在和谁在一起啊？"

"和一个朋友。"她喝了一口咖啡，回了一条语音。

唧唧唧，简直秒回："男生还是女生哦？"

"当然是女生。"她看了我一眼，说了一句假话。

沉默了一会，我问她："那他是你男朋友，我算什么啊？"

"网上刚认识的吗，都说了还没见过面。"她又喝了一口咖啡，像是很认真地对我说，"你就当他是一只电子宠物好喽。"

积木男孩、空调男孩和喜欢麻雀的男孩

积木男孩

没有人知道,积木男孩其实是自己拼装起来的一堆积木。

每次恋爱,他都是那么小心翼翼,生怕一用力,就会伤害到他心爱的女孩,更怕伤了自己,让身体变得支离破碎。

因为,每次分手,他都会丢掉一块积木——也不知道是被女孩们带走了,还是自己弄丢了,又或者,是掉进了时间的旋涡里。

接下来,他需要找一个藏身的地方,一边疗伤,一边用剩下的积木重新拼装好自己,让别人看不出他缺少了什么。

记不清这是积木男孩第几次失恋了。

他满以为这会是他这辈子最后一次恋爱。那么好一个女孩,简直是他的世界里最好的一个。谁知道呢,可能就是因为太好了吧?好的东西都不会长久,就像一个美丽的泡泡,或者是一道彩虹。

破了,消失了。

连伤心都来不及,积木男孩回到住处,锁上门,先检查一下,他又少了身体的哪一部分,然后再想一想该怎样重新拼好自己。

这一次,积木男孩丢掉的只是一小块积木,但花了好几天时间,还是没能拼出一个完整的他。

看着满地零落的自己，积木男孩有点儿想哭。

这一次，他丢掉的，是一颗心。

空调男孩

恋爱中的女孩都有特异功能，她们能将男朋友变成她们想要的任意形态。

旅游的时候，他是一台跟拍的美颜相机。

逛街的时候，就让他变成一台ATM取款机。

出了门，他就是汽车，是保镖，是超级英雄，是行走的荷尔蒙。

回到家里，要秒变家务机器人，管拖地洗衣，买菜做饭，情话要说得像巧克力那么甜。

这个夏天很热很热，女孩觉得自己都快要融化了。

于是，她让男朋友变成了一台空调。

智能的那种，能自动控温控湿，静音舒适，还省电节能。

这个夏天很长很长，天气转凉的时候，女孩发现，男朋友变不回来了，他成了一个空调男孩。

"空调男孩也很好啊。"最好的男人，就应该冬暖夏凉，体贴入微。

可是，有一天，当空调男孩从睡梦中醒来，他发现自己心爱的女朋友不见了。

他找啊找，找啊找，最后在被窝里找到了一团水渍。

闻一闻，还有草莓的味道。

空调男孩伤心地哭了。

昨晚，气温突降，空调男孩一定是自动开启了暖风模式。

他忘了，她是一个草莓味的冰激凌。

喜欢麻雀的男孩

有人喜欢猫,有人喜欢狗。有一个男孩,他喜欢上了一只麻雀。也许是因为孤独吧。

男孩没有朋友,连说话的人也找不着。

那只麻雀经常飞过来,它不敢靠近男孩,总是远远地,躲躲闪闪地,扑棱着翅膀,和别的麻雀一起,说着让人脸红的悄悄话。

男孩想,它一定是饿了吧,要不,给它放一些稻子,或者一些陈年的麦粒。这样,我就可以和它说,我们做朋友吧?

但男孩动不了,他只能想啊想……

终于有一天,一个男人来了——是男孩的爸爸。他带来了一些陈年的麦粒,放在离男孩不远的地方。

那只麻雀开始有些胆怯,但它实在是太饿了,躲躲闪闪地,扑棱着翅膀,飞了过来。地里的稻子还没熟呢,这些陈年的麦粒,够它饱餐一顿了。

男孩看着麻雀。它第一次离他这么近,他几乎能听到它慌乱的心跳。

男孩闭上眼睛,鼓起勇气说,我们做朋友吧?

麻雀似乎没有听到,它扑棱了几下翅膀,麦粒还没吃完,就倒在了男孩面前……

第二天,那个男人又来了。

他看到地上有一只僵死的麻雀,骂了一句,蠢鸟!

回过头,他看到了歪倒在地上的稻草人——你猜对了,就是那个喜欢麻雀的男孩,他朝着死鸟的方向,四肢散落了一地——那个男人还以为是被风吹倒的,忍不住嘟囔了一句,晦气,得重新扎了!

秦俑

化 妆

上大学那会儿，女生都爱扎堆儿，你三个一群，我五个一伙，一块儿上食堂吃饭，一块儿到图书馆晚自习，甚至闹起别扭来，也是拉帮结派的。

315是新组合的宿舍，一共六位姐妹。新学期刚开始，就明显地分成了两派：一派五个人，吴莎莎、谭芳、曾丽、刘思琦，还有我；另一派，就只有陆小璐一个人了。

话说陆小璐长得很漂亮，站到人堆里头，一眼看去，很容易就能找出来。天生一张"明星脸"也就算了，偏偏她还特别臭美，每天都化妆，一大早就起来试穿衣服，弄得自己跟赶演出似的，衬得宿舍里其他姐妹都成了"灰姑娘"。加上她平时很少与人搭话，一到周末总有人开车来接，慢慢地，与大家便有了距离。

有一段时间，陆小璐突然变得无精打采起来，虽然天天还是一大早就起来化妆，试穿漂亮衣服，但她的精神明显没有过去好。睡在下铺的吴莎莎告诉我们，她经常半夜听到陆小璐在上铺翻来覆去的。

我们都想，可能有什么事情要发生了吧。果然，从周一开始，陆小璐就没有回宿舍。刚开始几天，谭芳和曾丽还说些不着边际的风凉话，可时间一长，我们都开始担心起来。刘思琦是寝室长，想给陆小璐打手机，一问，才发现我们五个人都没有记她号码。第二天，有人开车过来拿陆小璐的铺盖衣物，大家都担心地问怎么回事。来人说，小璐特意叮嘱我转告大家，她要请假半年。

请假半年？我们都挺疑惑的，但这种事也不好细问。还是曾丽机灵，周一的时候，她去问辅导员。辅导员说，你们不知道吗？陆小璐请假做手术啊。

知道这个消息后，我们都很难过。虽然大家都不喜欢陆小璐，可她也不是什么坏人啊。刘思琦几个便四处打探她的消息，原来事情比大家想象得还要糟糕：陆小璐有先天性的心脏病，一直不敢做手术，最近检查，发现不能再拖了。按照医生的建议，她将要接受四轮手术治疗，手术成功就可以恢复正常生活，但每一次都有很大的风险。

知道事情的真相后，宿舍里顿时安静下来，连续几个晚上，都没有一个人说话。最后，还是刘思琦拿的主意，大家一块儿去医院看望陆小璐。

不知道为什么，那天我们的心都慌慌的。在白色的病房里，我们见到了陆小璐，她正认真地对着一面镜子描眼线，打腮红，涂唇彩。从她的脸上，看不到一丝临危病人的迹象。忙完了，她转过头来，一眼就看到了我们几个，脸上闪过一丝惊喜。接着她连忙将头背过去，说，你们来了，怎么也不通知我一声。过了一会儿，又缓缓地回过头来，说，其实很久就知道是这样的结局了，没什么啦，瞒大家那么紧，是不想让更多的人为我担心。

姐妹几个都不知说什么好。陆小璐仿佛又恢复了往日的神采，有说有笑地告诉我们，下午是第一轮手术，进去可能就出不来了，所以一上午都在给自己化妆，我参加过别人的追悼会，殡仪馆的人化妆很差劲的，我可不想死得那么难看……

等了好几个小时，我们的脑袋里都是一片空白，甚至连互相对视的勇气都没有。终于，陆小璐被人从手术室推了出来。手术很顺利，她安详地躺在病床上，仿佛睡熟了一般。一圈人将她送回病房，315的几位姐妹一块儿回家，一路上我们都沉默不语。

后来，我们陆陆续续地去过医院几回，也陆陆续续地听到她手术成功的好消息。大家都为她感到开心，这个陆小璐啊，真不是一般人，每次上手术台前，她都要给自己化妆，每次都是那么地一丝不苟，就好像她要去的地方不是手术室，而是准备去赴一场晚宴。

但最后还是没能如愿。最后一轮手术前几天，陆小璐突发高烧，接着昏迷了几天，就再没有醒来。事情来得太突然，当我们接到通知赶到殡仪馆时，一个肥胖的女人正在给陆小璐化妆。

我们看着安安静静地躺着的陆小璐，她瘦了，脸上的颧骨明显地突了出来。那个胖女人正在给陆小璐描眉毛，她看起来一点也不用心，将一条眉毛画得弯弯扭扭的。我们都无声地哭了，平时最讨厌看陆小璐化妆的吴莎莎，突然很激动地冲上去，一把夺过那个胖女人手中的眉笔。胖女人露出一脸的不解。吴莎莎大声叫道，你怎么可以把她的眉毛画得这么难看！胖女人很诚恳地说，不要难过，人死不能复生。吴莎莎哭着将眉笔丢到地上，说，她很漂亮的，求求你，你不可以把她的妆化得这么难看！

第二天是追悼会。陆小璐的亲属怕我们再次"激动"，就没让我们参加。那天是星期六，天阴沉沉的，下着小雨，我们315的五个姐妹静静地守在宿舍里，不知是谁先开始的，我们都含着泪、对着镜子开始化妆。我们用这种独特的方式，为一个叫作陆小璐的美丽女孩儿送行。

彼岸花

阿姐，你真漂亮。

阿姐，你做的文身真好看。

阿姐，等我念完大学，我跟你学文身吧。

是子茹的声音。那个才上高二却喜欢偷偷抹口红的女孩。她说她叫尹子茹。

我没有理会。谁知她安的什么心呢？而且我很忙。独自来到这座南方小城，开了一家文身店，原本只想讨个生活，没想到生意竟会如此好。

阿姐，他真的很帅哦。见我开始拾掇工具，她又凑了过来。

我笑了。才多大点儿，不好好念书……

阿姐，你知道曼陀罗华不？她像在探询，又像在央求，阿姐，帮我文一株曼陀罗华吧。

果然就暴露出来真实的意图。我头也不回，拒绝。等你十八岁的时候再说吧。

她无奈地走了。但还是经常会过来。不管我的热情或冷漠。也许，只是想找个人听她说说话吧。

阿姐，他跟我约会了。

阿姐，他跟我表白，你说怎么办才好呢？

阿姐，他昨天亲了我。

我总是笑一笑，算是回应。

阿姐，今天我逃课了。那天傍晚的时候，她走进店来。我正好忙完最后一宗生意，在收拾屋子。她自顾自地坐在一边，眉心似藏着很重的心事。

阿姐，我不知道这样做对不对。我和他……欲言又止，低下头去。我会猜不出来发生了什么？意外的是，她突然趴在桌子上，抽泣起来，让我手足无措。

阿姐，真的好疼。

阿姐，我不知道这样做对不对。

阿姐，我是真心爱他的。

我抚着她的头，让她慢慢地平静下来。

阿姐，我想求你一件事。她看着我，眼神渐渐坚毅起来，你一定要答应我。阿姐，我想求你将他的名字文到我的胸口，靠近心脏的地方。

想了想，竟破例同意了。又怎么忍心去伤害一颗这般单纯的心。

让她写名字，歪歪扭扭的字迹：周小天。挺阳光的一个名字。

有点疼，你忍一忍。我说。

不疼，阿姐。真的不疼。她的眼里分明闪着泪花……

阿姐，我让他也在身上文上我的名字，他没有答应。

阿姐，我看到他与其他女生在一起。

阿姐，我有时很矛盾，这是不是就是恋爱的感觉？

她还是偶尔会来，但明显没有以前来得勤了。我似乎在期待什么，每天关店门前，我都会坐着等一会儿，就像在等一个习惯。

这样过去了两个月。是一个雨天，她突然出现在店中。刘海湿湿的，像是淋过雨。

我看着她说，好久不见。

是好久了。她放下雨伞，脸上的稚气明显地淡了。阿姐，我想将文身的名字改一下。

没等我回话，她自己拿起了笔。

同样歪歪扭扭的字迹。同样阳光的名字：宋磊。

我没有多问什么。只是把自己掩饰得更像个生意人的样子。

褪掉它会更疼，你忍着点儿。我说。

我知道，我不怕疼。

褪完文身之后，要隔三个月才能再次褪。我问她，你考虑好了，真的要文上新名字吗？

嗯。她一直别着脸，大颗的眼泪吧嗒吧嗒地往下掉。

又是许久没见。再次见面，是在大概半年后。她走进我的店里，脸上多了几分陌生的成熟。她跟我打招呼，阿姐。

我看着她，又要换新名字？

不是。她的脸色有些不自然，阿姐，你帮我把文身褪掉吧。

以后还是不要这样，会留下瘢痕。我提醒她。

没事，阿姐。你知道曼珠沙华吗？我想文一株曼珠沙华。

我摇摇头，不知道。

她没有再说话。直到出门前，才对我说，阿姐，你是个好人。

我叹了口气，用手摸了摸自己的心跳。就在那里，在离我心脏最近的地方，曾经文过一株白色的曼陀罗华，还有一株红色的曼珠沙华。

那是一种叫作彼岸花的植物。开白色花的叫曼陀罗华，开红色花的叫曼珠沙华。前者代表"我只想着你"，后者代表"悲伤的回忆"。

赵文辉

ZHAO WENHUI

河南辉县人,中国作家协会会员,河南省小小说学会副会长,新乡市作家协会主席。作品散见《北京文学》《小说选刊》《小小说选刊》等报刊,并入选各类年度选本。曾获第一届河南省文学奖、第二届杜甫文学奖等奖项。

【参评作品】

《黑羊白汤》《崖上人家》《凉菜上齐后我们在等待什么》《转让》《老笨叔》《传菜少年》《父亲和鸭贩子》《母亲离开之后》《百羊川》《刨树》

【颁奖词】

赵文辉以平实的文字以及沉稳的叙事,描写豫北乡镇的人物世情,表现底层劳动者的生活百态,展现小人物的善美情怀,文笔细腻传神,真实而有意蕴。生活面广阔,叙事能力强,现实中的人情世故跃然纸上。作品场景丰富,生动亲切,文风朴素,用独特的视野,地域性的语言表达来塑造人物个性,惟妙惟肖,趣味盎然,令人忍俊不禁。

漫天精灵

黑羊白汤

　　是一个清冷的冬夜，我和老婆骑着电动车，在这个江湖气十足的豫北小县穿行。我们的饺子馆转让五年了，我很想念它，也时不时地下下馆子，找找那种感觉。老婆鬓角已见醒目的斑白，我也成了一个双下巴的蓝围裙大叔——如今我们在家包饺子，去小吃店推销，还上了美团外卖。

　　一家"黑羊白汤"的吸塑发光招牌吸引了我，进门时老婆像往常一样提醒我："一人一碗羊肉汤，不准要菜啊。"她知道我爱面子，像很多下馆子的人一样，总觉得单吃一碗烩面不是那回事。

　　这是一家民院改造的饭馆，主营烧烤、烩面、羊肉汤。院子里黑乎乎一片，楼梯、烧烤炉集满了黑烟，给我印象最深的是地面的油腻粘掉我两次鞋底。生意却不孬，满满一屋子人。厨房是明档，一口直径近一米的大铁锅里咕嘟咕嘟冒着热气，一套全羊骨架在锅里起伏，时隐时现。"好汤！"我情不自禁在心里叫了一声。有一桌客人刚走，我们坐下来。服务员边摆小件餐具边问我们吃什么。老婆报了一碗羊肉汤，一碗杂碎汤，说咱俩可以换着吃。

　　一会儿工夫，羊肉汤和杂碎汤端了上来，浓香的白汤上飘了一层翠绿的香菜末。一眼就能看出是纯骨头熬的，没有借助三花淡奶增白。我挖了一勺羊油炒制的辣椒面儿撒进去，很干的那种，见了热汤便有一轮让人心悦的娇丽红色慢慢洇开。口水都快出来了，我迫不及待盛了一勺。热汤正要进口，啪一声响，接着一声严厉的喊叫："服务员！"

我手中的勺子一哆嗦。

扭头一看，邻桌坐了四个和我年龄差不多的中年人——那种在城内三关混油了的生意人：有俩小钱儿，到哪儿嗓门都贼大贼大。给我们点菜的那个服务员笑吟吟走过去，问他们有啥需要。一个"地包天"指着桌上一盘湘味小炒肉，责怪五花肉过油了，不是生炒的，他一口就吃出来了；另外酸辣土豆丝是用刨菜器刨的，没有刀切的味道好。"地包天"一副内行得意的样子，服务员连连道歉，说下回一定注意。另外仨人黑着脸不说话，一人嘴角叼了一根香烟，像是要跟人打架一样。我心里突然七上八下起来。凭我的经验，一碰见这样的客人，麻烦就到不了头。

后来他们点了主食，一人一个手工馒头，还吩咐服务员送一碟小米椒，切成细圈，再倒点生抽。我咧了一下嘴，今年的小米椒跟去年的香菜差不多，死贵死贵，18元一斤了。果然，服务员迟疑了一下，说需要请示老板。"地包天"马上变了脸，手中的酒杯狠狠一墩。柜台里的老板娘看出他们不好惹，忙起身吩咐服务员："快去厨房端吧。"

对这一碗靓汤的兴致全没了，我额头瞬间挂满了汗珠，老婆也全身绷紧。我在心里提醒自己，又不是自家开的饭店。但我还是管不住眼睛，留心着那边的动静。

馒头端上来，只一会儿一碟小米椒就吃完了，他们要求再送一碟。老板娘犹豫片刻，还是答应了。第二碟小米椒上来，其中一个人突然一拍桌子，我心里猛然一咯噔。当年在我们饺子馆，不少客人招呼你的方式就是这样。他一脸怒气，举着手里的手工馒头叫老板娘看,说他们饭馆儿竟敢拿发霉的馒头来坑人。老板娘赶紧从吧台里出来,说她愿拿小店13年的声誉保证,手工馒头都是今天下午新蒸的。"地包天"在一旁冷笑一声,问这些黑点如何解释,老板娘答不上来,喃喃道,真是新蒸的呀。那四个人很不好惹,扬言要给食监所打电话。服务员从厨房端出一个不锈钢蒸格让他们看,里面的馒头还冒着热气。他们依然不依不饶,又是拍照又是录视频,扬言要发朋友圈。"其实是发酵粉没揉开,我们在家蒸馒头,也遇见过这种情况。"屋角就餐的一对老夫妻替他们解了围,这对白发苍苍的老夫妻轻声慢语,却不容质疑。我进来这么长时间,愣没注意到这对老夫妻。最后"地包天"他们很不情愿地安静下来。

　　我和老婆额头沁满了汗珠,只想赶快喝完汤走人。按我平时的习惯是要加一次汤的。这时那四个人先去结账,问多少钱,老板娘告诉他们276元。"地包天"以命令的口吻说:"把零头免了!"老板娘点点头,"好吧,给二百七吧。""地包天"差点儿跳起来:"你打发叫花子吧!"看来他心目中的零头和老板娘的零头完全不是一回事。他们沉默了一会儿,见老板娘没有表态,就把账结了。"地包天"扫完微信问老板娘要发票,老板娘给他们撕过,笑着说:"慢走,欢迎下次光临!"她的笑容马上凝固了,只见"地包天"把发票一点点撕碎,像电影里的慢镜头一样,又一片一片扔到了吧台上。我的心颤了一下,我老婆比我还紧张。我再次提醒自己,这不是我们开的饭店。我想起开饺子馆那些年,我们一直小心翼翼,还是不能让客人满意。他们走后台布上会留下几个烟头烙的窟窿,还有的临走撂下一句,"再不会来第二回了",吓得我们追到车跟前苦苦哀求却不告诉我们原因。

　　"地包天"他们走后,我喝完最后一口汤又抽了一张餐巾纸，打算去结账。我站起身的时候，听见有一桌客人喊道："服务员，开水！"

"嗯，来了。"我怎么都没想到，我老婆居然脆生生地答应了一声，接着，她的腿像装了弹簧一样跳起来，拎起我们桌上那壶开水飞奔而去。"黑羊白汤"那个慢了半拍的服务员和我一样瞪大了眼睛。

崖上人家

根叔打了几次电话要我回去一趟，他在电话里说，你是市报记者，又是咱村第一个大学生，叔心里这疙瘩全指望你了——其实我只是20世纪80年代一名小中专生，村里人高看我了。从电话里我听出了根叔的纠结和苦闷。

星期天，爬了十八道弯，又驱车穿越了那条著名的挂壁公路，我回到了生我养我的崖上村。这是一个美得不说理的地方，一年四季，天空湛蓝得使人窒息。望着乡邻们院前院后那些正在努力卷心的白菜，乡愁的烧疼瞬间包围了我。我们整个村子都建在悬崖上，地势险绝，清一色的石头房，石巷石路石磨石碾，古老的风格被顽强地留存。根叔的"崖上人家"，更是悬崖中的悬崖，石屋的根基是从崖边第一块石头开始的。当年我的一幅照片引来了数不清的摄影爱好者，也有千里迢迢跑来瞄一眼扭头就走的游客。如今，这里已经提升为5A级景区，乡里县里市里都在争抢这块宝地。

根叔还是老样子，快七十岁的人了身子骨依然山枣木般结实，他给我让烟。几十年来他一直抽这个牌子的香烟：软蓝色的河南产的散花烟，他一直有勇气把这款三块钱一盒的香烟当作自己的口粮，尽管"崖上人家"给他挣来了意想不到的财富。当初来这个景区的客人，一半冲着挂壁公路，一半冲着他家的炖土鸡：在山坡捡吃松子青草的走地鸡，肉质鲜嫩紧致，有嚼头，出锅时上面黄澄澄一汪鸡油。那时的景区还很纯真。

烟从根叔鼻孔里喷出来，汇入秋分时节清冷的空气中，根叔叹一口气，讲了不久前发生的一件事。他下山去镇里修理柴油三轮车，像以往一样，修车师傅一打开水箱就笑了：崖上来的吧？根叔很骄傲地点点头：用了五年的三轮车水箱里愣没一点水垢，就像"崖上人家"那些电热壶一样。修车师傅冷不丁问他："听说你们一只土鸡卖到一百八十块了？"

根叔摇摇头，"五一""十一"的时候，景区门口黑压压一片，部分游客排一天队都进不去。炖土鸡的价格也从最初的60元，80元、100元、120元、150元，一路飙升到180元。根叔狠不下这个心，一直标价88元。三轮车快修好的时候，那位师傅突然说："你们卖的是假土鸡！"接着他告诉根叔，县里农贸市场送小鸡的在他这修过车，一整车宰好的白条鸡，全是鸡场淘汰的蛋鸡，都被送进景区当土鸡卖了。"一只蛋鸡不过二十多块钱，收人家180，真敢要啊！"修车师傅愤愤不平地说。临走，他又指着修好的水箱说："崖上的人心，不如崖上的水清啊！"

根叔像被人狠狠抽了一巴掌，脖子根都红了，恨不得找个地缝钻进去。

我听了叹了一口气，人心不古，乡邻们的确变了。刚才来崖上的时候，经过那个著名的小陡坡，晒满了玉米，多次上过电影电视的陈奶奶端着簸箕坐在门洞一块青石上，陈奶奶的脸是核桃壳颜色的，皱纹累累。有几个采风的艺术家冲她举起了相机，还有两个美院学生支起画夹。这时我看见陈爷爷从门洞里走出来，手里举着一只牌子，上面用粉笔歪歪斜斜写着：当模特，一次五元。

我问根叔这次要我回来做什么。根叔的指甲边缘上落了一坨烟灰，他说他心里憋屈得很。这些年来，一心想保证土鸡品质的他在后山用铁丝网圈了十几亩山坡。他没卖过一只假土鸡。客人并不买账，人家150元，他88元，很多客人摇摇头走了。那些饭店门口都用笼子圈了几只土鸡，客人相中哪只把哪只拽出来到厨房宰杀。一进厨房，小鸡的嘴就被铁丝绑住了。

　　根叔的表情很痛苦，他的身后是一棵被闪电劈开的古柏，树干枯焦，树顶却是绿意盎然。根叔摇摇头：去年，香菜涨到25元一斤，他仍然使用香菜，客人却没有叫好。最后，根叔仿佛做了一个重大决定似的抬起头看着我："你能不能写一篇报道，假土鸡的报道？"

　　我沉默了。我想起了另一件事，那一年的蜂蜜事件。一对从信阳来的夫妇在山弯处支下一百多只蜂箱，天天穿着防蜂衣在现场割蜂蜜，游客抢着买，甚至留下联系方式要求邮购。后来村里一个发小告诉我，那一百多只蜂箱只有三十几只有蜜蜂出入，后面伸进山坳里的都是空箱。我一时很愤怒，就写了一篇报道。结果县领导找到报社，指责我在扼杀一个刚刚起步的景区，阻挠家乡的经济发展。再回村里，很多人见了我都绕道走，我为此郁闷了好长时间。

　　假如我答应根叔的话，除非我不想再回老家了，也可能涉及我的饭碗问题。可是我又不忍拒绝根叔，根叔的忧患深深灼疼了我，我需要时间来处理这件事。这时已近中午，来"崖上人家"就餐的客人多起来，根叔带着几个家庭成员忙起来。

　　那天中午，根叔一共卖出六份炖土鸡，有一个长期在山里创作的老画家带着几个朋友来品尝，离开的时候冲根叔伸大拇指："他们捆到一块，也不如你！"他对山里的农家饭庄了如指掌，他清楚那些鬼把戏。

当时根叔还在院子的地锅上炒最后一道菜,手掌与勺子的接触,在他的心中猛然唤起一股柔情。令他自己都吓一跳的是,泪水瞬间盈满了他的眼眶。

赵文辉

凉菜上齐后我们在等待什么

那天晚上,县医院神经内科黄主任的儿子结婚宴请,预订了25桌宴席,凉菜上齐后一数桌数,才16桌,人还坐得还稀稀拉拉。

黄主任没有来,不久前医院组织去西安学习,其实是给几个即将退二线的中层干部安排的休假,他却栽倒在宾馆的浴池里了,回来后核磁共振查出右脑一个缺血灶,两处毛细血管堵塞。替他来张罗事的,是他的女儿黄一萍,还有口腔科田医生和放射科孙医生。田医生是个热心人,做事干净利落,无懈可击,医生护士家里有了红白喜事都找他,名副其实的"老总"。孙医生是个大下巴,习练过庞中华字帖,记礼账的事一般离不开他。他总觉得自己被埋没了,要是让他当"老总",会更出色。

25桌凉菜上齐后,有人提出开席,田医生望一下门口说:"再等等,说不定还有科室在开会。"十几分钟后又有人来催,说晚上还值班哩。没等田医生开口,孙医生就宣布:再等五分钟,五分钟之后上筷!五分钟后,孙医生自作主张把16桌合并成15桌,然后吩咐我们的大堂经理:"上筷,上热菜!"

大堂经理站着没动,没有去执行孙医生的命令。孙医生一脸疑惑,黄一萍也一脸疑惑。大堂经理不得不认真给他们解释:"你们预定了25桌,实际只有15桌,少了10桌。"

他们点点头,孙医生说:"对呀,15桌,为啥不上筷子?"

"剩下的10桌怎么办？"大堂经理很着急，不知道孙医生是装马虎还是真不知道规矩。这时黄一萍开口了，我认得她，在县报和几个公众号上读过她写的诗——其实就是一些分了段的句子；我还有她的微信，知道她是诗词学会理事，经常跟一些自称才华逼人、怀才不遇的诗人们去采风。黄一萍一脸懵懂地瞅着大堂经理："我们坐几桌开几桌，那10桌菜你们留着再卖吧。"

大堂经理哭笑不得，指着已经上桌的凉菜让她们看：飘香带鱼、千层脆耳、香菜木耳、肉丝带底、苦菊杏仁，还有自制牛肉——都是上等牛肉，筋腱部分透明，盘饰是经典的香芹配杨兰。这时，我也上前来，帮大堂经理给他们解释："除了凉菜，还有部分热菜也做好了，清蒸鲈鱼、西红柿炖牛腩……这些菜不可以二次销售，饭店损失会很大！"

"那你说怎么办？"孙医生晃动着长下巴，很不满意地问，"总不能一直不发筷子吧？"

大堂经理实话实说："按惯例主家要把欠坐的凉菜和部分热菜打包买走。"孙医生一听跳了起来："打包？10桌啊！真是岂有此理！"

我很抱歉地对他说："没想到会欠坐这么多。"

黄一萍又开口了，她脸上有一种叫人十分惊讶的防御性神色，她转移了我们的话题："人都不来，还不是因为我爸有病，不当主任了。"她叹一口气，眼圈忽然红了。

田医生一直没说话，我知道，他的沉默不语含有一种指责意味。这些年来，县医院的红白喜事他都安排到我们饭店。我心存感激，有一年春节备了一份大礼包送到他家。他坚决拒收，说选择我们饭店一是饭菜质量不错，二是离县医院近。后来他闺女出嫁也在我这里宴请，最后一分不少把账结了，他是我遇见的头一个不肯接受打折的顾客，他只要求把饭菜做好，干净卫生，味道足。

我想我应该主动站出来，给田医生一个面子——这是一个非常值得尊敬的人。没等我开口，田医生却说话了，他提出双方都退让一步，把人员再调整一下，15桌变成18桌，余下的不再提了。他用征求的目光望着我，我连连点头：听田医生的！黄一萍也同意了，还冲我说了一声："谢谢老板照顾。"

宴席结束后，黄一萍说接下来还有宴请问一齐结账行不行。我没有拒绝她。

谁知道黄一萍这一去再没回头，一个多月过去了，别说来结账，连个电话也没有。打了她几次电话，老说来送钱就是不见人影。后来我和大堂经理找到她家，她有些烦躁，但是仍不失礼貌。在她家里，我不明白她为什么把自己写好的诗给我们看，一边给我们看，一边好像自己在对牛弹琴一样。最后她提出了打折，口气开始变得强硬起来。

"在全县城你找不到第二家388元的包桌，硬菜还这么多！"大堂经理告诉她，"况且那天……"

黄一萍脸色突然难看起来，原本柔和的目光变得像一根刺。她指责我们的饭菜有问题：蒜蓉西兰花死咸死咸，撒尿牛肉丸没有大家期待的爆浆，还有一块肉片上看到半枚动物检疫部门的蓝紫色印章。最后，她硬是少给了我们一千块钱。

从黄一萍家里出来，大堂经理爆了一句粗口，埋怨我当天就不该给她上筷。又说，再遇见这种情况，你交给我们就别管了。

果真，后来又遇见几次类似情况，大堂经理和收银坚决不上筷，两个细皮嫩肉、柔声细语的小姑娘，硬是让主家把欠坐的部分一分不少拿了出来。人都是被逼出来的！大堂经理每次都这么说。

赵文辉

转 让

  今天又是一个重霾天气，压得人喘不上气来。他们在等一个人，给饭馆供应木耳的那个东北人。
  俩人都没有吃早餐，大伟给艳菊冲了一碗鸡蛋水，艳菊根本没有心情碰它，它慢慢地变凉，变凉。饭馆里空空荡荡，曾经的喧哗和人声鼎沸已成过往，明天，这里的一切就不属于他们了。
  俩人是从农村来的"80后"，属于那种"家里没矿、身后没人"的阶层，能在城里安个家，考个驾照，让儿女顺利进入县城某所学校，成了他们这一代人朴素而热烈的愿望。他俩在同一个饭店打工，非常优秀。大伟英气逼人又舍得吃苦，从配菜工干到厨师长，尽管他出身寒门，母亲天生残疾，艳菊那个圈子里的女孩们却依靠私下里抓纸蛋来决定谁做他的女朋友。艳菊从收银员到大堂经理，付出了常人无法付出的辛苦。三十岁那年，他俩用全部积蓄和借款开了一家不到一百平方米的小店，主营私房菜和鸡汁面，还起了一个特别亲切的店名："小菜一碟"。大伟的拿手菜——百年老汤鱼锁住了很多客人的胃，加上艳菊丰富的管理经验和人脉，"小菜一碟"开业后出奇地火爆。有一天，"小菜一碟"的营业额突破了5000元，俩人都吓了一跳。他们像编制绳索般严谨地还清了最后一分钱，并在开店的第三个年头分期付款买下一个118平方米的单元房。

自从度过最初艰苦奋斗的岁月，他们懂得了珍惜，每一分钱都花得恰到好处。就在他们计划购买一辆哈弗小型越野车时，艳菊一个在秦皇岛发展的闺蜜找上门来，执意要带她去见识一下自己的事业。艳菊去了一趟秦皇岛，立即被那种热血沸腾的赚钱方式迷住了。先是说服大伟把酒店的节余全部拿出来，后来又动用了供货商的材料款，再后来就身不由己地借了高利贷。秦皇岛半年，她收获了两件事：一次小型车祸造成的挥鞭式头疼，另外就是刷新了对闺蜜的认识——所谓闺蜜，就是让你在最短的时间内倾家荡产的人。最后，他们不得不把住了不到一年的房子卖掉，同时把"小菜一碟"转让给了一个觊觎已久的同行，这个同行没有趁火打劫，出了一个不菲的价格，交接期限也很宽容。

　　签过转让合同，他们开始着手退还客人寄存的酒水和发放出去的充值卡，供货商的欠款更是头等大事。他们不打算逃避，转让费根本不够支付这些欠款，剩余的他们重新打了欠条，然后认真地捺下自己的指头印。今天是最后一天了，木耳商去东北订购木耳，他在微信里回复今天一定来，还说有一个重要的消息告诉他们。大伟和艳菊决定等到最后，虽然囊中空空，他们还是要等到最后。他们非常留恋这里的一切，转让后，他们不知道还有勇气踏进"小菜一碟"没有。

　　一整天俩人都在打扫收拾饭馆，从前厅到后厨，里里外外，每个细部都不放过。在这个不足一百方平米的小店里，随处可见一个脚踏实地的女人的精明和细心。傍晚的时候，终于结束了，大伟摘下蒙在头上的毛巾。俩人坐下来喝水，艳菊额头冒着细密的汗珠，她把脖子上那条货真价实的千足金项链摘下来。她想不出别的办法了。大伟一阵惊慌："不，不！"他的眼睛里噙满了泪水，艳菊装作没看见："等将来有钱了，你再给我买。"接下来艳菊迅速转移了话题,谈起了那个木耳商。

木耳商是一个完全不像东北人的东北人,清瘦单薄,双眸明亮,每次来送货,过完秤拿到收条就走,他活得不声不响。即便是那一次月结,他把几张欠条都丢了也没着急。那是饭店给供货商的唯一凭证。不像那个粮油供货商,长了一副亵渎神明的模样,丢过一张欠条仿佛天塌了一样跑来找他们。这一回又是第一个跑来要账,一分钱的欠条都不让打。那次艳菊和大伟翻看存根后就把木耳商的账结了,从此后他们就成了朋友。

暮色一点点加重,整个城市街道开始变幻,准备融入黑夜之中。商家纷纷拉下卷帘铁门。艳菊头又开始疼了,好像有根铁丝在脑袋里搅动一样。她把十根手指头插进头发里,使劲揪拽。她让大伟去药店买复方羊角颗粒,她决定加大剂量。大伟出门时差点跟一个人撞上,四季自吸门帘被撞开又合上,木耳商一脸倦容地站在他们面前。

木耳商端起桌子上的水就喝,脖子鼓了一下又一下,水珠顺着下巴滴下来。放下水杯他就从夹克兜里掏出"红旗渠"牌香烟,抽出一根递向大伟,又抽出一根,捏一下海绵嘴,往嘴里送。两只鼻孔冒出第一批烟雾后,他开始说话了:"我刚从老家订购木耳回来,你们知道不知道,今年木耳丰收了,品相好价格也不贵,我订购的数量是往年的双倍。"也许这就是他在微信里说的重要消息了。艳菊给他续上水,请他坐下来。木耳商又开了口:"我需要帮手,需要在各县区设立送货点,你们明白吧?要是你们不嫌弃的话……"这时,木耳商抬起低垂的眼睛,面孔大大张开了,出现了一个男人的全部诚意。艳菊面对这个木讷、诚实、不善于花言巧语的东北人感到很踏实,她轻轻叹了一口气。

大伟愣在那里,点燃的火柴燃疼了他的手指。他从内心感激木耳商的好意，显然，木耳商来之前已经知道了他们的遭遇。木耳商等待着他们的答复。"小菜一碟"出现了从来没有的寂静，只有门帘被风掀动的声音。

最后，大伟和艳菊还是拒绝了他的好意。他们有自己的打算，他们决定还去干老本行，他们已经联系好了打工的地方。他们觉得自己还年轻，希望之火没有熄灭。无论如何，那个傍晚因木耳商的到来突然明媚起来。头突然不疼了，艳菊的手指从头发里抽了出来，她的头发很黑，像是上过漆似的。她去洗了洗手，开始张罗"小菜一碟"的最后一场酒宴。

大伟进厨房精心烧制了一锅冬瓜排骨汤，余下的菜交给艳菊了。一瓶"牛二"被木耳商拧开口，咕嘟咕嘟倒进了两只酒碗里。

老笨叔

赵文辉

几年前,老笨叔来饭店应聘,正好缺一个打荷工,老板收留了他。老笨叔是20世纪80年代的小中专生,原来在供销社下边的轧花厂上班,供销社倒闭后下面的企业都死了。下岗这些年来,老笨叔一直找不到一个像样的工作,越混越差:老婆跟人跑了;在大学读书的儿子对他不冷不热,除了要钱平时一个电话微信都没有;同学们除了一年一度的同学聚会平时很少有人跟他联系。这是他的第7份工作了,工资不算高,但管吃管住也算过得去。

对这份工作老笨叔非常珍惜,也很卖力,可就是做不好:面对淀粉袋子的封口线经常束手无策,除了手上不离创可贴外,还不断招来二灶徐小胖的责骂——有一回,做烧茄子的时候,老笨叔递番茄酱慢了(那种铁罐包装开起来相当麻烦),徐小胖大发雷霆,手中的勺子带着热油在老笨叔头上猛然一敲。这些年来,老笨叔对这种粗暴的对待已经非常有经验了,所以也没觉得这么一下有多痛苦。

徐小胖几次三番去找老板,说老笨叔比个猪还笨,打荷不合格,总是耽误出菜。他说前厅催菜都是老笨叔的责任。老板叹一口气:"人也不懒,就是太笨。让他干到月底吧,发了工资再走。"老笨叔听到了风声,感觉天昏地暗,走投无路的他悄悄去一家输送海外捕鱼工的中介机构填了表,还一个人去医院做了阑尾切除手术，也许漂泊的渔船才是自己的归宿。

那天，老板把老笨叔叫到吧台，准备给他结算一下工资，请他另谋职业。尽管有心理准备，老笨叔还是很紧张，额头上爬满了密密匝匝的汗珠，两只手不住地颤抖。

就在这时，门口出现了一阵骚动，几个在散台吃饭的客人站了起来。起因是一位年轻女人拉着她的两三岁的孩子去寻厕所，或者打算到店外的空地上把事情解决掉，谁知孩子跑到正门口却憋不住了，蹲下来就把问题解决在了饭店的大堂里。嘴里咬着肉块的客人放下筷子，脸上露出了不满和无奈的表情。这是一个大腿肚、双下巴、发髻高挽、脖子和手腕上金光闪闪的女人，走路非常有力，高跟鞋仿佛要把地板戳出几个窟窿似的。她一边抱怨饭店一楼为什么没有厕所，一边拽起孩子就走，把难题留在了店内。

老板很气愤却又不能发作，服务员们都退让着，没有人愿意上前处理这个难题。正在用餐的客人纷纷抗议，把怒气全转向了饭店，有的甚至提出了退餐，如果不能让那团秽物迅速从他们眼前消失的话。是时候了！老笨叔果断站了出来，一边对自己嘟囔了一句，一边抓起餐桌上的一叠餐巾纸，神色凝重地朝那个难题走去。

最后老板心一软就改变了主意，让老笨叔留了下来。技术活老笨叔真的难以胜任，于是安排他干起了洗碗工。

老笨叔时常摸着自己的阑尾疤痕，庆幸自己劫后余生，从此也把饭店当成自己的家，开始拼了老命去维护它。要是一连几天包桌，他就会像个陀螺一样停不下来。洗碗间的盘子堆积如山，老板雇来的帮工都被老笨叔一个个撵跑了：他想给老板省工资。除了洗碗，他还和老板一起去市里进菜，天不明就起床。晚上义务值班，陪伴拖台的服务员。老笨叔一天就睡四五个小时，其他时间都给了饭店。往往零点已过，拖台的客人仍然没有结束的意思,好多回,睡魔犹如骤雨般袭上身来,刚才还点头应承着服务员,转眼间身子就从椅子上向前栽歪了一下,夹在两指间的香烟也掉在了地上,老笨叔一惊,又睁开眼来,去捡地上的香烟。

有一回排烟系统的风机不转圈了,这个家伙确实有些年头了,里里外外沾满了厚厚的油泥。先后叫来几个维修工,他们没见过这么肮脏的机器,拒绝上去维修。老板不得不从市里的厨具城叫来一个油烟设备供应商,打算换一个新风机,供应商报过价后老板却又犹豫了。这时老笨叔找来一件破衣裳,让几个厨师打下手,一头钻进了那台老式风机里面。老笨叔几乎忘了在轧花厂上班的时候自己还是棉花加工组组长呢,当年鼓捣过的风机少说也有几十台。嗨,今天能派上用场真让老笨叔高兴。等风机轰隆隆正常运转时,天色已经大亮。"算算吧,一大笔银子啊。"市里厨具城那个供应商报价时的脸皮可厚着呢。

这之后老板更离不开老笨叔了,老笨叔现在一个人干着三个人的差事,除了洗碗、采买还兼顾捅捅下水道、换换水龙头一类的修理活。三年了,厨师和服务员的工资都涨过两次了,他的洗碗工工资一直原地不动。徐小胖鼓动他去找老板,可他高低都张不开嘴。尽管如此,他还是盼望饭店能忙起来,脏盘子越多,他就越兴奋,如果一连几天没有包桌,他就会无精打采。

老笨叔不提工资的事,老板也不提。老板已经离不开老笨叔了,他用老笨叔用上了瘾。老笨叔是个正经人,他希望通过打拼过上有尊严的生活:换一个比现在大点敞亮的房子,给已到谈婚论嫁年龄的儿子分期付款买一辆国产轿车,能有人上自家的门——每年春节几个外甥总是放下年礼就走,生怕穷气染上他们。

无论怎样,老笨叔有了一个比较长期稳定的工作。用徐小胖的话说,只要老板不撵老笨叔,老笨叔是永远不会说走的。

漫天精灵

传菜少年

　　这年头，找个靠谱的传菜员可真不容易：年龄大的踏实能干，只是看不清菜单总上错菜，要是跌一跤就更麻烦了；年富力强的嫌工资低，养活不了一家老小；来应聘的小年轻倒不少，就是坚持不了几天，不是我炒他们的鱿鱼就是他们不辞而别，不少人穿着工装就没影了。一直到宋少华出现，我眼前才猛然一亮。

　　厨房门口晕黄的灯光下，一个精精神神的小伙子，微黑的皮肤，乌亮的眸子，不太张扬的飞机头，脑袋右侧两道清晰的闪电刻痕代表了他们这个年龄段的审美追求。我问他干过传菜没有？他说以前在"三锅演义"干的就是传菜。问他为啥不干了？他怯怯地笑了，说那里传菜员太多，需要走一个。我同意他留下来试试。

　　宋少华干起活来真不含糊。大包桌的时候，他一托盘端五盆米酒小汤圆，上下楼梯健步如飞，汤汁在盆中激荡却无半滴溢出。自打他来之后，托盘、传菜柜和传菜部的白瓷砖墙变得干干净净，调料碟、大汤勺、镊子、酒精锅仿佛被施了魔法一样，都找到了自己的位置。"工具不回家，我就不回家。"我喊了半年的口号第一次被宋少华执行到位。宋少华是个闲不住——干完本职工作后，帮前厅扫地，替砧板择菜，和洗碗阿姨一起洗小件餐具，眼里啥时候都有活，一刻都不消停。要是一连几天大包桌，宋少华会早来晚归，像个机器一样停不下来，回到宿舍后腰都抬不起来了，有一回正泡着脚就睡着了，厨师们把他抬起来放到床上，他竟一点都不知道。

后来，一个从"三锅演义"跳槽过来做了主管的女孩"揭发"了他的假话："少华就是个闲不住，在那里除了传菜，啥活都抢着干，他呀，是自己把自己累跑了！老板舍得放他？"她还告诉我，在那里大家送了宋少华一个绰号："停不下来"。

忽然有一天，我的办公桌上放了一份辞职报告。我一惊，思考自己哪点做错了没能留住这个孩子。宋少华吐了真话："叔，我知道你对我好，我也舍不得离开烙馍村——"十七八岁，技校毕业，没找到一件自己愿意干上一辈子的事情，宋少华也很迷茫。母亲是一位勤劳而正派的独身女人，依靠打零工把他和妹妹养大，却没能力给他买房买车，将来娶媳妇也全靠他自己。母亲一直在攒钱，想从黑市中介手里买一份社保，行情一年一个价，从最初的四五万涨到了十几万，涨价速度跟县城的房子差不了多少。母亲经常叹息，于是他想帮母亲实现这个愿望。他打算去深圳那家著名的公司，去挣更多的钱。讲完这些，少华的眼睛里开始噙满瞬间而来的泪水，我装作没看见。我知道留不住他了。

宋少华一去就是两年。我不时会想起这个传菜少年，那种牵肠挂肚的想，好像是自己的孩子出远门一样。一开始，我们经常在微信里聊天，他有一个你一次就能记住的昵称：你是猴子请来的救兵吗？他会在我的朋友圈留言点赞，翘大拇指，充满了激情。后来联系就少了，我想他可能是忙的缘故吧，他好像说过他们基本上没有星期天。

有一天，一个中年妇女来参加亲戚的婚礼，结束后找到我，说她是少华的母亲，少华从南方回来了，还想来烙馍村上班。果然，几天后少华出现了，骑着一辆新买的电动车，护膝部位装了一款样式别致的棉挡风。还是那款飞机头,那两道闪电刻痕,除了脸上多出几粒粉刺外,跟离开时一模一样。我高兴得直搓手,冲他打招呼:

"嘿,你是猴子请来的救兵吗?"

在场的人都笑了。少华却绷着脸,严肃的样子我从来没见过。

没几天我就发现,少华变了。以前那个激灵勤快的传菜少年不见了,取而代之的是另一副模样:行动迟缓、丢三落四、慢慢吞吞,传菜柜上堆满了菜他也不会快走一步。跟我好像路人一样,我不主动打招呼,他从来都不搭理我。那个从"三锅演义"跳槽的女孩,如今做了我们的大堂经理,少华见了她也形同路人。我忍不住问少华,你不记得她吗?她叫什么名字?少华点点头又摇摇头,好像想起了什么:她是个爱罚款的娘们。少华的记忆真的出了问题,有一回我让他端了一份藤椒龙利鱼送到9号餐桌,他下到一楼又端了回来,站在我身边也不说话,我问他怎么了,他反问我:几号呀?我感到问题的严重了,又极力说服自己这不是真的。

那天,少华突然举着一根紫茄问另一个传菜员:"这是什么玩意?"我在一旁看见,心都碎了。我去找少华的母亲,拐弯抹角给她讲了少华的反常表现。少华的母亲迷茫地看看我,满腔的忠厚老实:"我只是觉得他这次回来话少了,更依赖我了……"我上上下下打量着这个一贫如洗的家,感到腹内充满寒气:他们是这个社会最庞大的下层土壤,无法完成他们经济与道德上的义务和职责。

我去找过他母亲不久,少华一连七天不见露面,打电话问他母亲,说是遇到一点麻烦。正要去他家里,他又来上班了。问他这几天去哪了?他双手比画着,很激动的样子:"去了一个管吃管住的地方，妈妈给我送的被子牙刷，警察叔叔让我给一个农民伯伯赔了600元钱。"我越听越觉得不对劲，决定去他家问个明白。

　　起初他的母亲还很平静，给我讲了事情的经过。讲着讲着她突然泪流不止，歇斯底里般地吼叫起来："为什么！为什么倒霉事都叫我们碰上！他只不过想多挣点钱，去了那家员工爱跳楼的公司，你知道的，叫人加班加不到头！他一到那就说自己喘不过气，我真傻！"

　　我再次感到腹中充满寒气：在那里，少华究竟遭遇了什么？生活肯定粗暴地对待过他。我想知道，可又怕知道。

父亲和鸭贩子

一九八四年的初夏,十点钟的天空像牵牛花一样发蓝。父亲的作坊门口,猫高高地蹦起来进攻尺蛾,一对来杭母鸡在原色的柳圈椅扶手上打盹,喉咙发出咕咕的叫声。那时那刻,我的"嘉陵100"梦已经破碎,断了三根肋骨的父亲正躺在床上呻吟。

几日前,父亲还蹲在这把柳圈椅上,手里端着一只漆皮剥落的搪瓷茶缸,笑意盎然地看着一簸箕又一簸箕破壳而出的鸡崽从作坊端出来。十里八村捉小鸡的大婶大妈围了一圈,每人胳膊上都挎着一只竹篮,提前铺好了麦秸。一只只鸡崽被她们捧在手里端详,遇见特别漂亮的,会忍不住亲一口鸡崽的小嘴嘴。最后,挑好的鸡崽被小心翼翼地放进竹篮,用带来的小棉被盖住,仰起头问父亲:"赵师傅,小鸡捉回家咋喂呀!"

父亲不厌其烦地一一回答:小米先用温水泡软了,一次少喂点,勤饮水……其实她们都知道怎么喂,还是觉得问一问父亲心里踏实,仿佛只有听了父亲的交代这些鸡崽才肯长大似的。

那一年,极度厌学的我任凭父亲用鞋底抽打,就是不肯拿起书本,最后,无奈的父亲只好收留他的儿子做了一名学徒。其实我的理想是养长毛兔,要么学无线电修理,没敢说出来,怕父亲揍我。父亲开始手把手教我孵小鸡技术,最先学的是照蛋:一只空纸箱两边各挖一个小孔,里面悬一只60瓦的电灯泡。作坊的灯全关掉，红色的光从两只小孔射出来。已经孵化了7天的鸡蛋需要全部在小孔里照一遍，我跟着父亲学习识别已经开始发育的胚胎，无精蛋被筛了出来。无精蛋被做成松花变蛋出售，我经常被派去赵家祠堂折松树枝，扔进熬料的大锅里。我一直认为变蛋上的松花就是这样修炼而成的。

  我学艺很上心，专门买了一个笔记本，松花蛋的配方、鸡的发育过程一一记在上面。父亲早已从当初的不快中解脱出来，对我疼爱有加，郑重其事地告诉我：攒够了钱给你买一辆摩托车。"真的？"我都不敢相信我的耳朵，问父亲："建设50还是嘉陵100？"父亲一撇嘴，建设50算个球，连个档位都没有。我差点蹦起来。要知道，当年看过《人生》之后的我一直以高加林自拟，在悄悄寻访身边的刘巧珍。我相信，一辆"嘉陵100"，肯定会缩短我与"刘巧珍"之间的距离。

  不只孵小鸡，父亲的作坊也孵鸭子。母鸭崽值钱，公鸭崽不值钱，那时候，豫北一带不兴吃鸭肉。但是公鸭崽从没积压过，每次都被鸭饭子趸光。有一个叫江山的鸭贩子，是我一个远门表哥，老是抱怨给他留得少。起初我很纳闷，当地人都不稀罕的公鸭崽为什么到他们手里这么受欢迎。直到有一天，姥姥被二舅用手推车推着闯进我家，气冲冲给了父亲一巴掌，还把我家熬稀饭的牛蛋锅掷到地上，我才知道了事情的原委。

  父亲和我当初一样，都以为江山他们能耐大——他们往南到过南阳，往西到过山西，一定是找到了公鸭的大买主。我们错了。他们只要一出方圆二十里就开始他们的买卖：把公鸭崽的生殖器掐掉当母鸭卖，早在两年前就开始了。捉鸭人醒悟后采取了措施，不再付全款，只付三分之一。鸭贩子的坏主意也跟着来了：给公鸭崽灌石灰水，赊给人家不到七天，肠子烧坏全死掉。

三分之一鸭款到手,他们已经赚了——莇我们的价钱很低很低。

他们打一枪换一个地方,手段也在不断升级。江山居然带着两大笼子公鸭崽去了我姥姥那个村,在我姥姥的帮助下全赊了出去。姥姥中午还管了他一顿鸡蛋卤捞面,半斤烧酒。没几日,江山又来了,头戴孝帽脚穿白鞋,去赊过他鸭子的人家挨个叩头,鼻一把泪一把,说他娘倒头了没钱埋葬……不到半天,赊出的鸭账收回七八成,不少好心人家甚至一分不差给他结清了。又过几天,这些鸭子全蹬腿儿了。大家觉得不对劲,找村里的兽医解剖后,真相大白。又有人打听到,江山的娘几年前就已经去世了。捉鸭人愤怒了,寻上门来,把姥姥家的门框都快挤崩了,还有人用石头把姥姥过年给我们蒸"十大碗"的一口20印铁锅砸了个大窟窿。

父亲涨红着脸,二话不说,找出存折去村里的信代员家把钱全取出来,骑上车就出了门。他沿着江山他们行骗的足迹,走村串户,赔礼退钱。父亲一天走了方圆几十里的十几个村庄,返回时天已经彻底黑了,加上两顿没吃饭,筋疲力尽的父亲一不小心栽进了路边的深沟,车把狠狠戳住了胸脯,当场就晕了过去。我们找到他时已是后半夜,那天晚上天色凝重,一片漆黑,黑得可以用小刀一块一块切下来。

来年春天,我们家的作坊又开工了。鸭贩子来我家莇鸭崽都小心翼翼——父亲的脾气变坏了,一句话不顺,就把他们撵出门外。公鸭崽一个都不卖,倒入村西的黄水河里。我记得那时候的黄河水深流急,在石头上翻卷着白色的浪花,公鸭崽被岸两边茂盛的灯芯草收留,生死未卜。

赵文辉

母亲离开之后

那些年，单位的人经常开着车来我家喝酒。母亲喜滋滋卷起袖子给我们张罗酒菜，父亲会端着他的大茶壶到街上照看客人的车辆，唯恐有小孩子在上面划下印痕。父亲常常等我们到深夜，大口大口地抽他的"彩蝶"牌香烟。后来我在城里安了家，星期天一家三口都要回老家团聚。每次返城的时候，母亲会拾掇一些干豆角干萝卜丝，还有她腌制的芥菜疙瘩，用食品袋装了挂在摩托车车把上。妻子抱着我们的儿子跳上后座，母亲会追出胡同口冲我们喊："用呢子大衣包住孩子的脚，路上风大。"

有一天，母亲坐在门槛上，膝盖上放着一只簸箕，老花镜耷拉在鼻尖上，簸箕里面是父亲开小片荒收获的黄豆。母亲起身后突然一阵头蒙，一下子栽倒在地。送到县医院CT检查后，是脑干出血。母亲从此丧失了行动和语言功能，把自己的余生交给了轮椅和父亲。我和爱人上班，只有星期天才有时间。父亲倒是满不在乎，他腰杆挺拔，脸色红润，六十多岁的人了找不见几根白发，身子结实得像一截老树墩子。他抱着母亲，就像抱了一口袋麦子似的，噔噔噔，从里间一口气抱到院子里的柳圈椅里，让母亲晒太阳。母亲坐在那里，垂着头，瞪着岁月在小饭桌上留下的道道划痕。小饭桌上经常晾着一碗加热过的羊奶，鲜羊奶。他热好羊奶，从小铁锅倒进花瓷碗里，用调羹刮掉上面的奶皮，一口一口喂母亲，不时用毛巾擦去顺着母亲下巴淌下来的奶水。几只母鸡蹲在墙头上，一眨不眨地盯着两位老人。院墙根那棵上了年纪的老榆树下，功勋满满的老母猪独自哼哼，几只满嘴乳汁的小猪崽，竖直耳朵谛听风刮树叶的沙沙声。父亲一年出售两窝猪崽，我们给他零花钱他坚决不要，硬给了也会趁我们不注意塞进他孙子的书包里。

母亲又一次复发，再没有醒来。母亲安详地躺在床上，看起来很瘦小，她手上的青筋几乎要撑破皮肤。虽然没有挽留住母亲，但在母亲卧床的这几年，父亲尽心尽责，呈现了一生中从未呈现的温柔，一个豫北乡下农民的温柔，一路上有很多相随的美。我们担心父亲过分悲伤，见他在母亲的丧事上忙前忙后，饭也没少吃。我们放心了。但是我们很快发现我们错了。有一天，父亲醒来在床边独坐了很久，叫了他两次吃饭也不见出来，忽然双手啪啪拍着床沿哭起来，声音不大却很揪心。这是一个乡下老人的哭泣：安静、孤单、筋疲力尽。我被父亲的哀恸震惊了：年近七十，满头白发仿佛一夜丛生，有生以来第一次如此心碎。

厕所墙角里堆满了输液瓶，还有针头没来得及拔出来的输液管，上面粘着胶布。屋里屋外到处都有母亲生前的气息，我想给父亲换一个环境，把他接到了县城。

还不到半年，我发现父亲苍老得可怕，脸上的皱纹像是刀刻出来一样，头发灰蓬蓬一片，用手一抓，一把碎头发。我晚上回到家，经常看到这样一幅情景：父亲瘫坐在沙发里，电视频道还是我离开时给他换好的中央十一套，茶几上几块饼干完好无损，一杯热水早已变凉。前些年，只要电视里播放"梨园春"，那他说什么都不会出门，可现在，他只会在电视机前打盹。躺下后又总是睡不着觉，吃安眠药也不管用，枕头和沙发上到处都是父亲的白发。我提议让他去体育场找老头们打打麻将,父亲半天不说话,最后摇摇头:"你妈一走,我的魂儿也叫她带走了。"

父亲开始变得痴呆,老是找不到回家的路。迷路的时候,好心人问他儿子的名字,他想半天竟然想不起来,最后呜呜哭了。遗忘是一个巨大的海洋,上面只有一条船在扬帆破浪,那就是记忆。对于绝大部分人来说,这条船最后都归结为一条可怜的破船,随时都有可能进水。父亲的这只船破裂得太严重了,水几乎淹没了船只。

父亲的状况越来越不好,接连住了两次院。医生发现他有严重的早搏,还有骨质疏松引发的脊柱疼痛,走路摇摇晃晃,出院后我们给他配备了一根多足拐杖。父亲很少活动,只有去卫生间时才拿起拐杖,哆哆嗦嗦着,老是滴到马桶外面。后来,他连小便也不知道了。每次给父亲脱了衣裳让他躺下,我都会在他身下垫一块成人尿不湿。我半夜里起来去看父亲,把父亲的被子往上拉拉,盖住他的半个肩膀。这时父亲会睁开眼,用浑浊的眼睛看着我,嘟囔一句:"有仨人在房顶打麻将,你妈等八万。"我知道他在说忆怔话,他经常梦见母亲。

最后一次住院,父亲已经离不开轮椅了。在院里时常狂躁,手足乱舞,把送到脸前的水杯和药片打掉。有一天,爱人打来电话,说父亲的情况不太对头。等我从单位赶到医院时,父亲的床前站满了医生,我大声呼叫父亲,他的头歪在一边,没有回答我。父亲的胸膛上下起伏,床头监视器里弹跳的绿线条记录下那机械的跳动越来越弱。无论医生护士如何尽力,最后,那根绿线条变成了一根平行线,静止在那里。

……我们将父亲葬在母亲身边,她才走了仅仅一年。那天,我最后看了一眼父亲的遗像,把他面朝下扣在了里间的三斗柜上。这是豫北乡下的规矩,三周年后才能拿出来与母亲挂在一起。照片虽然扣着,但我相信:他们的婚姻没有消失,那段相随的美,令人不舍的时光,会留存于儿孙,留存于街坊邻居,留存于记忆中。

赵文辉

百羊川

豫北乡下走一走，要不就是黄土丘，要不就是尖山洼，平原总是被村庄阻隔，辽阔不起来。黄土丘蹚过，除了绕脚的灰土和地头几棵狗尾巴花，再没有什么让你注目的地方。"呸，亏你还是吃小米饭长大的！茄庄百羊川知道不知道？长贡米的，皇帝，皇帝老儿吃的！"弓身如虾、眼角挂着眵目糊的老人很不满，把轻视豫北乡下的后生训得一溜跟头，"大碾萝卜香菜葱，茄庄小米进北京！知道不知道？"

百羊川坐落在茄庄屁股后面的山坡上，别以为真能容得百只羊撒欢，豫北不好找策马扬鞭的场地，更别说在山上。百羊川才一亩几分地，居然平平坦坦，就像山水画上捺下的一枚印章。这可是块好印章：茄庄的坡地靠天收，没有机井，山又是个旱山，一秋不下雨，坡上还真的收不了几把米。唯有百羊川旱涝保收，越旱小米还越香！老辈人迷信说百羊川是神田，其实是这块田占对了山脉，下面一定是一根水脉。因水质特别，加上土是黑红黑红的胶土，长出的谷穗又肥又实，碾出的小米喷香喷香，黏度好。明朝年间潞王落魄于此，一尝便不再相忘，居然餐餐不离茄庄小米。并且年年上贡茄庄小米，又修了一座望京楼天天眺望，以表忠心。这不过是一段野史，无从考证，倒是当年从豫北走出去的那个农业部副部长，因为爱吃茄庄小米，要把百羊川的主任提拔成公社书记的事,却是千真万确。

这主任就是水伯。水伯的祖上就有过要被提拔的经历,说是提一个县令,祖上没去,依然布衣老农守了下来,就一直守到了水伯这一辈。水伯不稀罕什么公社书记,他只稀罕百羊川的秋天,风吹嫩绿一片朔朔,最后变成满坡金黄沙沙作响。农闲的水伯在屋前屋后堆积草粪,坑是上辈人挖好的,水伯只管把青草、树叶、秸秆一股脑儿填下去,再压上土浇上大粪,沤成肥壮肥壮的松软的草粪,一担一担挑上百羊川。要不就是去拾粪,跟在牲口后面,牲口一撅屁股,便抢宝一样撵上去。水伯从祖上接下这个活,一直干到现在。茄庄的大人小孩都知道,百羊川的小米一直到今天还这么好吃,都是沾了草粪的光。

水伯家的小米每年秋后都有人开着小车来家里买,买的人多,米少,买主常常为此吵嘴。后来干脆提前下订金,再后来就比价,比来比去,一斤小米比别人家的竟高出几倍。水伯的儿子受人指点把"茄庄小米"注了册,进城开了门市部,兼卖一些土特产。几年之后在城里置了房,又要接水伯去。水伯确实老了,锄头也不听使唤了,好几次把谷苗当成稗子锄起来。儿子要留下来照看百羊川,水伯不放心,进城前一再关照:"山后的草肥,多割点沤粪。这几年村里掀房得多,给人家拿盒烟说点好话,老屋土咱都要了,秋后翻地撒进去,'老屋的土,地里的虎',百羊川离不开这些!"千叮咛万嘱咐,水伯才步子蹒跚着离开了茄庄。

儿子却不老实在茄庄侍弄谷子,三天两头往城里来。水伯很不放心,问:"你来了,谁看着百羊川?"儿子说雇了村里的光棍老面,老面多老实,叫给地上十车粪保证不会差一锨,老面又是种地的老把式,爹你还有啥不放心的?水伯信了儿子的话,不再为难儿子。再说腿脚也真不中用了，下个楼都要人搀着。有时想回去看看百羊川，又一想自己的腿脚，也就罢了。

这一天楼下忽然响起一声吆喝：茄庄小米！谁要？

水伯的心一阵痒痒，他知道又是一个冒充者。但他知道这冒充者一定是茄庄一带的，他很想去揭穿他，又不忍让他太难堪。家里没有其他人，水伯就强撑着下了楼，问卖小米的："哪的小米？"

"哪的？还用问？百羊川的！"

水伯笑了，说："别说瞎话了，我是百羊川的水伯！"几个正买小米的妇女一听，扔下装好的小米走了。卖小米的很恼火，瞪水伯："你百羊川的咋了？还不跟我的小米一个样，都是化肥喂出来的？"水伯还是笑着说："你可不能瞎说，百羊川的小米，没喂过一粒化肥，我还不知道？"卖小米的收拾好东西推着车往外走："哼，百羊川才一亩几分地能产多少小米，撑死不过一千多斤！你儿子一年卖十几万斤茄庄小米，莫非你百羊川能屙小米？把陈小米用碱搓搓，又上色又出味，哄死人不赔命。哼！"

想再问，卖小米的已走远，水伯愣在那里。

……水伯一人搭乘中巴回到茄庄，见人就问：我儿子真的在卖假小米？被问的人都摇头，说不清楚，问你儿子吧。水伯明白了，跟跟跄跄爬上百羊川。正是初冬，翻耕过的百羊川蒙了一层细霜，一小撮一小撮麦苗拱出来。麦垄上横着几只白色化肥包，阳光一照，泛出刺眼的光，直逼水伯。水伯嗓子里一阵发腥，哇的一口，把一片鲜红，喷向了初冬的百羊川。接着扑通一下倒了下去。这时除了一只山兔远远地窥视着水伯，初冬的山坡再无半个人影。

百羊川静极了。

漫天精灵

刨　树

　　这年冬天的一天，男人吃了饭去邻居家打麻将。男人今天手气真臭，一个劲儿点炮，兜里的十块钱没几圈就输光了。欠人家，人家不让，男人急得脸红脖子粗，说："我还会耍赖？"人家就揭他的老底："谁不知道你家里媳妇当家，去她手里掏钱比解大闺女腰带都费劲儿，她要不给你钱你拿啥还我们？"男人很觉脸上无光，只好腾了位子。在麻将场待了一会儿再没人搭理他，觉得无趣就起身回家。小北风刀子一样刮着，卷起一股股雪面堆到墙根处。一到街上男人就把脖子缩进了袄领里，真冷呀！

　　到了家门口，却见两个汉子蹲在他家门口墙角避风，两辆破自行车像两个醉汉一样歪在一边，每辆车上都绑了一把铁铲子。"刨树的？"男人问他们，他们点点头，身子缩得更小了一些。男人又问："没找到活儿？"一个汉子答："这鬼天气，喊了半天，除了一嘴雪，连个鸟也没有。"男人瞧他俩冻得脸色乌青，清水鼻涕挂在鼻尖儿下，就有些不忍，对他俩说："去家里暖和暖和？"两个汉子捂着快要冻僵的手，连说遇上好心人了。

　　进屋的时候，男人瞅了一眼南墙根那棵榆树，有了一个想法。可是进了屋，却又不敢跟媳妇说。给两个汉子倒了白开水，拔开煤球炉让两人烤火。汉子掏出烟，男人也拿出烟，推让一番，只好交换吸了。过了一个时辰，风一下住了，只有零星小雪飘着，两个汉子站起身。"得去寻活儿了。"一个汉子说，另一个汉子接话："这鬼天气，寻也是白寻。"这时男人又隔着窗子瞅了一眼那棵榆树，望一眼媳妇，等两个汉子快出门了才鼓起勇气对媳妇说："要不，把咱那棵榆树刨了？"男人说罢看着媳妇，有些不安。

媳妇正在专心致志地剪一只花喜鹊，喜鹊眼总是剪不好，急得她头上快冒汗了。听了男人的问话，她连头也没抬，只"啊"了一声。男人犹豫着，不知这一声"啊"是同意了还是没听清，就又问了一遍。这次女人回答清楚了："刨吧。"却又问："不是还不够一根檩条？"男人不吭声，望了媳妇好一阵，才开了口："刨吧，这雪天他俩人……"媳妇没再说啥。

两个汉子一听说有活干，浑身是劲儿，也不觉得冷了。他俩对男人说："刨树还是老规矩，不收钱，树皮归俺，不过晌午得管一顿饭。"又补充说："好孬饭都中，只要叫吃饱，俺的饭量大。"男人知道他们把树皮铲去是做香的，过春节烧的香都是榆树皮做的。刨树时逢上树大了高了，他们除了铲树皮还会收一点钱。男人点点头。一个汉子来到榆树下，往掌心喷了两口唾沫，双手抓着树干"嗖嗖嗖"就上去了。男人心里一惊，这身手要去偷东西，厉害着呢。这时汉子从腰后抽出斧头，开始卸树杈。

媳妇也开始做饭。男人凑过来，问："啥饭？""大米。"

"啥菜？""白菜，还有一疙瘩豆腐。"男人迟疑了一下，怯怯地问："不割点肉？"

女人瞪他一眼："才吃过两天，割啥肉？"

男人不吭了，出去瞧了一会儿刨树的汉子，进屋又对媳妇说一遍："割点肉吧？"媳妇忽然明白了，笑了一下，说想割你去割吧。男人却磨蹭着不走，女人问："你咋不去？"男人说没钱，女人说早上不是给了你十块钱？男人脸红了，说输了。女人心疼钱想发作，却见刨树的汉子正站在院当中，就忍住了。从兜里摸出一张票子递给男人，白了男人一眼。男人前脚跨出门槛，后脚留在屋里，他转过身问："割几斤？"女人说："想割几斤割几斤，还用问我？"声音很大，仿佛说给院子里的汉子听。媳妇就是这样，平时在家霸道得很，一个人说了算，可一有外人，却处处让着男人，很给男人脸面，让男人没法不死心塌地听她的。

这棵榆树对两个汉子来说是小菜一碟，很快就放翻了，开始铲树皮。

吃饭时，汉子见碗里稠稠的肉片，确实意外了一下。俩人吃过饭，把树皮捆扎好，绑到车梁上，一个汉子说："大哥大嫂真是好心人，还专门割了肉，当客待俺呢。"媳妇又往男人脸上贴金："都是你大哥的主意。"推了车要走，男人发现一个汉子没戴手套，这寒冬腊月的！就拿眼瞅媳妇，媳妇明白了，跑屋里拿出一双手套递给那个汉子："把你大哥的手套戴上，要不手会冻烂的。"汉子接了，也不会说啥客气话，跨上车却瓮声瓮气丢下一句话："过两天俺来给你家拗一对小椅子。"

过了几天，两个汉子果真来了。在院子里点下一堆火，拣从榆树上卸下来的几根大树杈放上熏，熏软了开始拗。他们还带了钉子和扒角，拗过了又钉一阵，一对新崭崭的小椅子放在了男人和媳妇面前。小椅子模样很乖，像两个穿了新衣裳准备过年的娃娃一样。

邢庆杰

XING QINGJIE

　　邢庆杰，山东禹城人，国家一级作家，中国作家协会会员，山东省作家协会全委会委员，山东省作家协会小说创作委员会副主任，德州市作家协会主席。发表小说作品200余万字，多篇入选各类年度选本，出版小说专著23部，获山东省泰山文学奖、冰心儿童图书奖等奖项。

【参评作品】

　　《白鸦》《借款记》《冬夜箴言》《初心》《宝刀》《扎西的菜园子》《有"短"的女人》《1979年的鸡》《关系》《讨水》

【颁奖词】

　　邢庆杰的作品题材类型丰富，构思设计巧妙，首尾呼应圆融，脉络清晰合理，内容中常包藏犀利和惊奇，在不寻常中解剖日常生活，注重对价值和意义的表达。语言凝练，文笔明净疏朗，情节推进删繁就简，善于把控叙事节奏和情绪，极具现场感，在反映现实生活的基础上，深入探究人性的闪光点。

白　鸦

那对白色的乌鸦从空中扑向他的一瞬间，朱老三从梦中惊醒了，直挺挺地坐了起来，脸上、身上全是汗珠子。

窗外，电闪雷鸣，雨声如瀑。

奇怪，好多年前的事了，咋又梦见它了呢？

朱老三翻身下了床，右腿画着半圆，一瘸一拐地走到饭桌前，给自己倒了一杯白开水。

大前年的一天早晨，朱老三起床的时候，右腿忽然就不听使唤了，西医、中医都看了，打了无数针，吃了无数药，大半辈子的积累都花光了，也没治好。

朱老三重新躺到床上，却再也睡不着了，外面的雷雨声倒没影响他，他的脑子里，全是那对白色的乌鸦。

朱老三是个护林员，已经干了二十多年了。护林员主要职责就是防火防盗伐。盗伐树木是要入刑的，所以，真的敢来伐树的人并不多，最让他头痛的，是那些来砍树枝的半大孩子，他们专瞅他中午打盹的时候，选个离他远一些的地方，猴子一样上了树，专拣手腕粗细的大树枝子砍。等他听到动静赶过去时，他们早就拉着树枝跑远了。

那年月，农村穷，老百姓买不起煤，冬天取暖做饭，全靠晒干的树枝子这种"硬柴火"。自家的树枝不够烧的，就都打起了集体林场的主意。朱老三原则性很强,他自己决不上树砍树枝子,而是用绳钩子把树上已经枯死的树枝子钩下来用。这样当然不会收集到大量的柴火,但朱老三还有一个办法:拆鸟窝。一个硕大的鸟窝,足够一家人烧多半个月的。这是朱老三的特权,因为鸟窝都筑得非常结实,短时间内是不可能弄下来的,别人都没有机会。

那年冬天,朱老三的儿子刚刚出生,家里那三间四面透风的房子更需要取暖。他就把留了多年的一个最大的鸟窝拆了。那个鸟窝足有一间房子那么大,他从中午一直拆到太阳西斜。拆到最里层时,竟有了意外的收获,里面有四只鸟蛋。他把鸟蛋放在口袋里,就顺着树干溜了下来。

朱老三用地排车把拆下来的柴火运到家里时,太阳已经落山了,整个天空红彤彤的,让寒冷的冬天有了一丝暖意。他正从地排车上往下卸柴火,忽然面前掠过一阵冷风,他下意识地缩了缩头,一只鸟儿贴着他的头皮飞了过去,头皮火辣辣地疼,用手一摸,满手掌的鲜血。他惊恐地抬起头,恰好看见两只白色的影子冲他俯冲了下来!他从地上抄起一根木棍,迎面抡了出去!鸟儿惊叫着,留下了几片白色的羽毛,落在了对面的房顶上。是乌鸦,两只罕见的纯白色乌鸦,冲他愤怒地鸣叫!他忽然明白了,下午拆的鸟窝,应该是这两只白鸦的,它们来寻仇了。

那天晚上,他把四只鸟蛋煮了,给妻子补充了营养。两只白鸦在他的屋顶上叫了一夜,吵得他和妻子一夜都没睡好,孩子更是不停地哭叫。第二天一早,孩子发了高烧,请来村里的赤脚医生,折腾了一天,也没让孩子退下烧来。第三天,等他把孩子送到镇上的卫生院时,孩子已经没有呼吸了。妻子当天就精神失常了,几天后在村后的河里淹死了,不知是失足,还是投河自尽。

朱老三把鸟枪装满弹药,开始找那两只白鸦寻仇,但那两只白鸦再也没有出现过。

天快亮的时候，朱老三打了个盹，醒来时太阳已经一竿子高了。

推开屋门，朱老三吃了一惊，门前的水洼里，躺着两只白色的乌鸦。望着曾经的仇家，朱老三竟没有丝毫复仇的快感，而是从心底升起一阵兔死狐悲的伤感：它们也老了，经不起大的风雨了。

他踩着一地的泥泞，走出院子，吃惊地发现，院外的小路上，也躺着十多只死鸟，有燕子、麻雀、啄木鸟……昨天晚上的风雨太大了，无家可归的鸟儿都被风雨打了下来。

把所有的鸟儿都埋葬之后，朱老三的心情变得异常沉重，脑海里不断闪现二十几年来他拆除的那一个个鸟窝，他第一次感觉到，那不但是谋财害命，也是作孽……

朱老三开始行动，是三天以后的事情了。他找出祖传的木匠家什，伐倒了两棵枯死的榆树，用大锯把它们拆成板子，就开始在护林屋里制造鸟窝。他有祖传的手艺，整个鸟窝，没用一颗钉子，所有的木板都是用卯榫扣起来的，板子之间的缝隙全部用蜂蜡封得密不透风。鸟窝的出口处，上下各安上了一个巴掌大的平板，上面的遮雨，下面的供鸟儿站立。他对自己设计的鸟窝非常满意，就按这个样品，日夜不停地做，困了就睡一会儿，饿了就啃个馒头，喝点开水。一个多月后，他把所有的木板都用完了。他数了数，共做了四十八个鸟窝。

朱老三休息了一天，炖了一只自己养的老母鸡，美美地犒劳了自己一下。

他觉得自己体力恢复了，就扛着一把轻巧的竹梯子，把鸟窝一个一个地安在林场的树上。他的口袋里装着泡透的小米，每安好一个鸟窝，他都撒一把在鸟窝入口的木板上，用以吸引鸟儿来这里安家。

朱老三用了十几天的工夫，才把四十八个鸟窝均匀地安在了林场的各个部位。最远的地方,离护林屋有三四里路。在来来回回的路上,他欣喜地发现,最早安装的几个鸟窝,已经有鸟出入了。

在安装完最后一个鸟窝回来的路上,他忽然觉得有什么地方不太对劲,停下来想了想,却想不出有什么不对劲,就不再想,继续走了几步,才发现,自己的右腿不知什么时候不画圈了,恢复正常了。

他的目光停留在一棵枯死的槐树上,在心里估算着能做多少个鸟窝。

漫天精灵

借款记

电视上正演着抗日剧,老郝却无心观看。开着电视,只是他打发寂寞的惯用办法。多年前,妻子因病去世后,儿子先是在省城上大学,读研,后来又在省城当了大学老师,他一直一个人过日子。每天回来,他第一时间打开电视,让屋里有了响声,然后再动手做饭。今晚他无心弄饭,一根接一根地抽着烟,烟灰缸里的烟头已经满了。

手机响了,竟然是初中同学崔仁义打来的。他们虽是老同学,但因社会地位悬殊,平时很少联系。崔仁义很热情地问他在不在家,说有点儿事和他商量。

老郝初中毕业后就接班进化肥厂当了工人。崔仁义却一路读到大学,分配到了行政单位,多年前就当上了县水利局局长。他们住在一个小区,虽然一个住独体别墅,一个住两室一厅,但平日里还是免不了碰面。开始,老郝见了他总是热情地打招呼,但崔仁义每次都是板着脸点点头,一丝笑模样也没有。老郝知道,人家这是刻意和他保持距离,以后就尽量躲着他。

当下,老郝的儿子在省城找了女朋友,买房子成为迫在眉睫的大事。他已经跑了好几趟省城,和儿子以及未来的儿媳一块看了多处楼盘,无奈,都贵得远远超出他的承担能力。最后,他们只得在郊县定了一套八十多平方米的,也要一百二十多万。他收入有限,虽然一直省吃俭用，却仅存有七万多元。为了凑足三十万首付，他几乎借遍了所有能借到钱的人。就在昨天，他向初中同学赵云借钱时，赵云还提过让他找找崔仁义。

……多年以前，儿子考上大学，老郝却连学费也拿不出来。妻子的病早把家底掏空了。他拉下脸，四处筹借，也只凑了不到一半，只好硬着头皮走进了崔仁义的家门。崔仁义对他还算客气，给他沏了茶，敬了烟，但一说到借钱，脸上就愁云密布，说了一大堆经济拮据的理由，最后，拿出了二百元钱，说算是孩子考上大学的份子钱，不用还了，那一刻，老郝恨不得找个地洞钻进去……后来，厂里知道了他的情况，发动全厂职工给他捐款，才让他迈过了那道坎……

崔仁义进门时，老郝已经将一只盖杯洗得干干净净，沏好了一杯茶。

崔仁义坐下后，问了问老郝的近况。老郝照实"汇报"了，也有意无意地说了给儿子买房的事儿。崔仁义这才说明来意，他从赵云那儿已经知道老郝正四处借钱。

崔仁义问，你需要多少钱？

老郝说，首付三十万，我已经凑了二十万，还差……

崔仁义霸气地打断他说，咱交全款，这个钱我借给你，这些年我们一家省吃俭用的，攒了些钱……

一番话，惊得老郝如在云里，如在梦中，一时竟然失语了，傻了般看着崔仁义。

崔仁义接着说，当然，我也是有条件的，这件事，只能天知地知你知我知，就连你交全款的事儿，也不能跟任何人提起……

老郝赶紧说，这个保证没问题，问题是借你这么多钱，我什么时候还得清呀？

崔仁义笑道，你贷银行的钱就不还了？你儿子儿媳都是大学老师，等几年他们评上高级职称，两个人一年就是三四十万，这点钱算什么？

老郝心下顿时释然，人家是算好了他有这个偿还能力才肯借的，不过，这毕竟是个天大的人情，他对崔仁义千恩万谢。

崔仁义出去了一趟，回来时扛着一个破旧的编织袋子，他反手关上门，将袋子往地上一扔说，你点点，这是一百万。

临走，崔仁义把老郝打的借条撕得粉碎，有些生气地说，你在厂里是多年的优秀党员，谁能信不过你？

第二天，老郝先把这笔钱存到了自己的银行卡上，又转给了儿子。

几天后，老郝听到一个惊人的消息：崔仁义被县纪委留置了，工作人员搜遍了他的几套房子，却没有发现值钱的东西和现金……

老郝把自己关在屋子里，不断地抽烟，抽完了整整一包烟后，打通了儿子的电话。

儿子，房款交上了吗？

还没呢，这几天太忙，没顾得上。

把钱转回来吧，要快。

打完电话，老郝像卸下了一个沉重的包袱，把自己重重摔在了床上。

邢庆杰

冬夜箴言

纪然听到客厅有动静,就悄悄地下了床。他踩着暖暖的地板,慢慢向客厅移动。自从过了五十岁,纪然睡觉就非常浅,一点儿小动静就能惊醒。

客厅又有声音传来,他侧耳听了听,像是有人在轻声拉动抽屉的声音。自从妻子和女儿去了澳大利亚,家里余他一个人后,他半夜经常被一些可疑的声音惊醒。但每次,都是虚惊一场。而这次的声音,似乎更真实一些。他走到玄关,偷眼往客厅里瞄去,借着窗外的夜光,他看到一个黑影正在电视橱内翻找东西。他的心脏忽然之间敲鼓般剧烈跳动起来!怕什么?他安慰自己,闯入者是贼,而我是这个房子的主人,害怕的应该是小偷太对。

他挪步到客厅,摸到客厅灯光的那一排开关,果断地按了下去!

灯光大亮!那个身影顿时清晰起来,他直起身,吃惊地看着纪然,似乎纪然是不速之客。四目相对,两人都愣了片刻。

对方是一个青年人,三十岁上下,刀条脸,身形消瘦,穿一件暗红色的旧面包服,长长的头发凌乱地披在肩上。

还是纪然首先打破了寂静,他轻声问,你怎么进来的?

刀条脸没有说话,目光下意识地往厨房瞟了一眼。

纪然明白了,他是从厨房爬进来的。是自己大意了,忘了关厨房的窗户。

纪然忽然之间就放松了下来,他觉得,这种事情并不像自己想象得那么可怕。

你还真行,穿得这么厚,居然能爬上三楼,当过兵?

刀条脸不说话,满脸大汗,眼珠子不停地转动着,像在思谋对策。

纪然说,你别紧张,我就一个人,你坐下,咱俩唠唠。

刀条脸忽然从怀里掏出一把明晃晃的刀,上前一步顶在纪然的胸口,疯狂地叫道,你不准喊人!

纪然心里慌了一下,但当他看到对方惊恐的眼神后,顿时泰然了,显然,对方比他更害怕。

纪然冲他笑了笑,小声问,是谁在喊人?你这么大声,要让左邻右舍听见,你还跑得了吗?

对方愣了一下,显然,纪然的态度出乎他的想象。他压低了声音问,就你自己在家?

纪然点了点头说,对对,你别紧张,咱坐下聊聊。

刀条脸狠巴巴地说,我可没这闲工夫,你的钱在哪里?

纪然看了看客厅的钟表说,现在是凌晨一点,离天亮还有六个小时,你不差这几分钟。

刀条脸把刀塞入怀中。

纪然说,你坐下,咱们说几句话,我会给你钱的?

刀条脸缓缓瘫坐在了一只沙发上,显然他也累坏了。

纪然给刀条脸倒了一杯白开水,又从茶几上的凉水杯里给他兑了点凉开水,小声说,你先喝杯水,看你出的这一头大汗。

刀条脸端起水,一仰脖子全喝了下去。他的目光始终没有离开过纪然。

纪然问,你是新手吧?怎么在客厅找钱?谁会把钱放在客厅?

刀条脸的表情也放松了下来，他忽然轻轻叹了口气说，唉！我以前从不入户，太不安全了，但现在的人都不带钱包了，让人真没法活了。

纪然说，是呀，大家都用微信、支付宝，谁还带钱包？

刀条脸自己拿起茶几上的凉水杯，倒了一杯水，他冲纪然歉意地笑了一下说，快渴死了，在你们小区绿化带里趴了半宿。说完，将水一口饮尽。

纪然说，一看你就是个新手，一般家庭，现金都放在卧室里，当然，现在谁家里也不会放很多现金。

刀条脸一愣，脸色沉了下来。

纪然冲他笑了笑说，放心，一定不会让你空手走。

刀条脸的脸这才松弛下来，他又给自己倒了一杯水，喝了下去。

纪然说，兄弟，我搭眼一看，你就不是真正的坏人，只是被生活逼得没法了，人都得活吧，是不是兄弟，要不是为了养家糊口，谁肯半夜三更地冒这个险，受这个累？对不对兄弟？

刀条脸点了点头。

纪然说，咱们分析一下哈，假如咱俩打起来，我是说假如，你捅我一刀子，我一喊人，这下坏了，我可能会受伤，也可能会丧命，而你呢，肯定跑不了，伤得我轻了，会坐牢，真捅死我，你也活不了了，兄弟，一看你也是个明白人，这样两败俱伤，你说划算不？

刀条脸连连摇头说，不划算不划算，哥，我不伤你，我只要钱。

纪然说，如果要双赢呢，你也别太贪心，我让你拿钱走人，你出了这个门，咱们就当从来没见过。这样，我也保了个平安，你也弄了个饭钱，咋样，兄弟？你给个话！

刀条脸连连点头说，好好！哥，这样最好。

纪然说，那你等一下，我去卧室给你拿钱。

纪然进了卧室，刀条脸紧紧地跟着。

纪然从床头柜里拿出钱包，在刀条脸的注视下，把钱全拿了出来，有五六百元的样子。

纪然将钱递给刀条脸，兄弟，就这些了，别嫌少。

刀条脸将钱接过来，神色有些失望。

纪然说，兄弟，咱到客厅，给你拿些值钱物。

纪然在客厅翻了半天，又给刀条脸找了两条烟，一斤茶叶，还要找时，刀条脸不耐烦了，他把烟和茶叶拿起来说，哥，就这样吧，我得走了。

纪然轻轻打开门，把刀条脸送了出去。

刀条脸刚走出门，就被几个身穿制服的保安按在了地上。

一个保安说，他刚爬进去就被我们发现了，我们不敢出声，怕他狗急跳墙，伤了人又劫持人质啥的，就一直守在门口。

刀条脸拼命挣扎着，用乞求的目光看着他。

纪然问保安，你们报警了吗？

保安说，当然报了，人都来了。

纪然这才发现，几个人中，有两个是穿正规警服的，手里还拎着手拷。

纪然转脸对刀条脸说，不要怕，你没伤人，钱是我主动给你的，不会有大事。

刀条脸不再挣扎，老老实实地被戴上手铐后，他忽然跪在了纪然面前，连磕了三个响头。

纪然感觉内心一阵酸楚，他背过身去，不让别人看到他眼里的泪光。

邢庆杰

初　心

　　太阳刚刚落山，千户营派出所指导员钟方格就接到县公安局指挥中心的指令，要他组织全所所有干警、辅警在晚上8点前到局里集结。

　　千户营是本县最偏远的一个乡镇，离县城四十多公里，而且全是窄窄的乡村公路，没有一个小时到不了。自从李所长半个多月前被局里抽调到外地执行任务，所里的工作一直由钟方格负责。他当即把所里的十几个人召集起来，分乘三辆车赶赴县公安局。

　　今天又是什么任务呢？钟方格脑子里打了一个大大的问号。作为一名刑警出身的资深警察，他已经多次被抽调参加局里的紧急行动了，知道只有集合起来，把手机都收上去以后，才会知道行动地点和目标。

　　一个小时后，钟方格接到了具体的抓捕任务，去端一个涉毒的地下酒吧。

　　行动起初很顺利，钟方格他们从前后两边同时破门而入，把七八个正在吞云吐雾的人堵在了屋子里。

　　"蹲下蹲下，抱头抱头……"

　　在一片呵斥声中，钟方格看到了一个人，脑袋"嗡"地响了一下，暗叫：真倒霉。

　　那个人既不抱头，也不蹲下，他安坐在沙发上，悠闲地吸着一支烟。

竟然是县公安局新到任的副局长刘东来。

见他不配合，一个民警拿出了手铐……

怎么办？钟方格的大脑急速运转起来。

钟方格原是刑警大队的一名中队长，参加工作以来，屡次立功，本来前途一片光明。六年前，他打掉了一个拦路抢劫的团伙，团伙的头头，竟然是局长的表侄，局长让他想办法给表侄脱罪，但当时已经铁证如山，他不愿昧着良心办假案冤案，最后局长的表侄被判了十年。事后不久，他就被派到那个偏远的千户营派出所，成了一名普通干警。几年来，他一直被压制着，几次升职的机会都与他擦肩而过。直到去年，那个局长被纪委"双规"，新来的陈局长上任，了解到他的情况后，才把他提拔为派出所指导员。最近，局里空出一个刑警大队长的位置，听说要搞竞争上岗，钟方格觉得自己东山再起的机会来了……可是，就在这个节骨眼上……偏偏这个刘副局长就是分管刑警大队的，今天要是得罪了他，恐怕这次竞争上岗又没戏了……唉！刘局长怎么会有这么个恶习呢……

钟方格的这些思想纠结，只在电光火石之间。他下了决心的时候，那个民警已经给刘东来戴上了手铐……

钟方格大喝了一声，都带走！

刘东来冷漠地扫了他一眼，顺从地和其他"瘾君子"一起被押了出去。

钟方格把抓捕的人员全部押送到局里，关进拘留室，就算完成了任务。

他在公安局院子里转了好几圈，纠结了一阵子，觉得还是应该把刘东来的事儿给一把手汇报一下。

陈局长上任以来，只要晚上有行动，他肯定在办公室值守，随时听取汇报，下达指示。

他敲了门,刚进了陈局长的办公室,就听到有人喊道,钟大指导员回来了,刚才好威风呀!

竟然是刘东来,正坐在陈局长办公桌对面的椅子上,冲他微笑。

他吓了一跳,问,刘局,您您……您是怎么跑出来的?

陈局长笑了笑说,提前没有告诉你,今天晚上,刘局是卧底,是配合你们行动的,要不,你怎么会抓得这么准?!

钟方格恍然大悟,心里的一块石头总算落了地。

他不好意思地对刘东来说,刘局,对不起,我怎么也想不到,这么个小案子,您会亲自去卧底。

陈局长哈哈大笑了两声说,刘局可不是专门为了去做卧底,主要的,是对你进行了一场特殊考察呀!

钟方格的汗都要下来了,今天晚上的行动,竟然包含着对自己的考察,好悬呀……

陈局长过来,拍了拍他的肩膀说,方格同志,我知道你以前受到过不公正的待遇,所以我想了解一下,你经历了那一次被贬之后,还有没有保留那一颗初心。

刘东来过来,紧紧握住他的手说,方格老弟,谢谢你,你给我们递交了一份合格的答卷。

钟方格心情骤然舒朗起来,他大着胆子问,领导,那这次竞争上岗,什么时候开始?

陈局长和刘东来相视一笑,几乎同时说,已经结束了。

见钟方格不解,刘东来说,这次我们不搞上台演讲那一套,玩的是实战!

钟方格大喜,他立即给两位领导分别打了个标准的敬礼!

几天后,钟方格如愿地担任了刑警大队长,干上了他热爱的老本行。

宝 刀

关子明靠打铁谋生。但他的名气不是因为打铁手艺,而是他有一把祖传的宝刀。

据说,这把刀已经传了几十代了,是当年关羽遇害后,一个崇拜关羽的吴国副将把青龙偃月刀的刀头作材料,经过数月的火炼水淬精制而成,可以迎风断草,削铁如泥。

拥有宝刀的关子明,据说也有一身的好刀法,但是,镇上的人们都没有见过他练刀,甚至连他的刀也没见过。那把刀,终日被关子明负在背上,外面有一个黑色的刀鞘。

鬼子在镇上修起了炮楼子。

鬼子小队长中村嗜武如命,他从一个汉奸嘴里知道了关子明,就找上门来。

盛夏的天气,关子明封了火,正在铁匠铺子里喝大叶子茶。

中村弯腰进了铁匠铺子,他带来的两个兵一左一右,把住了门。

中村问,你的,关云长的后人?

关子明斜了他一眼,点了下头。

中村说,我的,读过三国,非常佩服关云长,可是,我们隔着这么远的时空,没法交流。今天,能遇到他的后人,我的,三生有幸。

关子明这才站起来,双臂抱在胸前,你说,什么事吧?

中村笑了,他缓缓抽出了东洋刀,我的,想和你切磋一下刀法，你的，敢不敢？

两人在铁匠铺门前的空地上站定。

铁匠铺前很快就站满了围观的人。

中村双手擎刀，刀尖冲天，蓄势待发。

关子明一动不动。

中村叫道，拔刀吧！

关子明摇了摇头，从门前的柳树上折下一根小拇指般粗的柳条儿，用手一撸，碧绿的柳叶儿撒了一地。

中村怒道，你的，敢藐视我们大日本帝国的东洋刀法？

关子明一笑，你尽管来吧！

中村号叫一声，东洋刀闪电般向关子明头顶劈了下来！

关子明手腕微微一动，那枝柳条儿带起一股清脆的风声，后发先至，击在中村的双腕上，东洋刀劈至半路，便软软地落在地上。

中村诧异地看了关子明半晌，说，关，我想领教的，是你的刀法。

关子明说，如果我拿的是刀，你的手还在吗？

中村脸红了，但他仍然坚持说，我的，是想看一下你的宝刀！

关子明说，可以，等你赢了我。

中村叹了一口气，走了。

周围爆发出一片暴雨般的掌声。

此后，中村多次来挑战，均大败而归。

而且，关子明从未拔出过他的那把宝刀。

关子明名声大噪。

后来，八路军武工队的邢队长被组织上安排在镇上养伤。由于叛徒告密，泄露了风声，中村带着一小队鬼子兵在镇上挨家挨户搜查。当搜到关子明的铁匠铺时，关子明一尊铁塔般站在门口，一动不动。几个鬼子刚一靠前,他就将手伸向肩后,握住了刀柄。鬼子吓得连连后退。

中村冷笑道,关,你终于肯拔刀了!

关子明摇了摇头,你的,不配。

中村狂怒道,关,你的明白,今天不是和你私下比武,而是执行大日本皇军的军务,希望你能识相点。

关子明就像一棵树,长在了门口。

中村一挥手,开枪!

几个鬼子端起三八大盖,瞄准了关子明。

关子明探手入怀,然后一扬手,几只飞镖同时飞了出去,鬼子们还没来得及拉开枪栓,就倒在了地上。

中村向天开了一枪,一大队鬼子拥了过来。

中村笑道,关,我的,今天一定要见识见识你的宝刀。

他冲鬼子们说了一通日语,鬼子们都退下弹夹,挺着刺刀向关子明扑了过来!

关子明拳脚并用,在鬼子们的刺刀中穿插自如,鬼子只要挨近他,他或掌劈或拳打,都是一招命中要害,片刻之间,已经有十几个鬼子尸横当场。

鬼子越聚越多,明晃晃的刺刀逐渐将关子明逼到一个墙角,由于可供周旋的空间越来越小,他的大腿上和胳膊上都被刺了一刀。

中村在圈外狂笑道,关,你的,再不拔刀,就死啦死啦的。

关子明伸手握住了肩后的刀柄。

鬼子们忽然退潮般,纷纷向后退了十几步,个个面露恐慌。

借此机会,关子明从地上捡起一支枪,将枪刺卸了下来。

鬼子们见他没有真的拔出宝刀,复又扑了上来!

一场恶战,血肉横飞。

当最后一个鬼子兵倒下时，伤痕累累的关子明也倒了下去。

中村得意地走过来，用手枪指着他道，关，你的刀，要归我了。

一声枪响！

中村倒在了血泊中。

是藏在铁匠铺的武工队邢队长开的枪。

邢队长扶起奄奄一息的关子明，不解地问，都到了生死关头，你为什么还不拔刀？

关子明苍白的脸上掠过一丝笑容，他艰难地握住刀柄，将刀拔了出来……

竟然是锈迹斑斑的一把柳叶刀！关子明轻轻一抖腕子，刀片竟从刀柄处断了。

邢队长不解地看着他，这就是你祖传的宝刀？

关子明惨然一笑，这刀，在鞘里，是一把祖传的宝刀，能震慑敌胆；拔出来，就是一张生铁片子……所以，宝刀，只适合待在鞘里。

漫天精灵

扎西的菜园子

扎西的菜园子,是来自山东的援藏干部老马帮扶着弄起来的。

老马是省农科院的技术员,来到日喀则地区后,在农业局当技术顾问,种菜是行家里手。

扎西本来对种菜不感兴趣,他已经习惯了祖祖辈辈传下来的放牧生涯。可他看到老马什么都亲自动手,从翻地、施牛粪、扎棚、育苗,都盯在菜地里干,就不好意思推辞了,扎西一不好意思,干起活来就特别卖力气。

一个多月下来,扎西的菜园子就郁郁葱葱了。老马一样样指给扎西:看,这是西红柿,这是辣椒,这是茄子……

扎西小的时候,他父亲曾收留过一个汉族的流浪汉,那个男人在他家里住了三年,小扎西天天和他黏在一起。所以,扎西从小就能听懂汉话,这也是当初要选他为帮扶对象的原因。

一转眼,就要过中秋节了,老马休假回山东了。临走,他对扎西详细交代了管理菜园子的方法。

回到家后的第二天中午,饭后,老马斜歪在沙发上正看电视,手机响了。他接起来,就听到扎西急促的声音,马顾问!马顾问!你快快来吧!出大事了?

老马的脑袋"嗡"一下就大了。在少数民族地区工作,他脑子里始终紧绷着一根弦,唯恐哪里出了闪失引发民族问题。

老马定了定神说，扎西，别着急，慢慢说，哪里出事了？

是、是菜园子，菜、菜出事了！扎西由于激动，有些语无伦次。

老马一听，放下心来，心想：菜能出什么事儿？

扎西紧张的声音又传过来，毒药，全是毒药，您快来吧！吓死人了！

老马刚刚放下的心又提了起来，毒药，难道有人投毒？

扎西说，我也不知道是什么毒药，全是红的，一大片一大片的，您还是快点来吧！我们一家都不敢在菜园边住了。

老马一听，这个问题严重了，现在，他们这个援藏点上的技术人员都回来过节了，只有自己跑一趟了。

老马坐飞机赶到日喀则，又坐车来到扎西所在的牧区时，已经是第二天的下午了。

扎西穿得像一头棕熊，正在路边上等着，见了老马，拉着他就往菜园子跑。

来到菜园子门口，扎西不敢往里走了，他指着里边，战战兢兢地对老马说，那里，就是那里，全红了，像血一样红。

老马只看了一眼，就有种想哭的感觉。

那一片红，是刚刚成熟的西红柿。

想到自己大过节的赶了几千公里路奔到这里，只是因为西红柿成熟了，他就有些生气。但他转念一想，这不能怪扎西，西藏这个地方，因为自然条件恶劣，以前除了萝卜土豆，根本就没有别的蔬菜，扎西从来没有见过成熟的西红柿，这是很正常的。恐怕，大多数生活在偏远牧区的藏族同胞，都没有见过西红柿、黄瓜、茄子等内地司空见惯的蔬菜……想到这里，他感觉到鼻子酸酸的，心里沉甸甸的，觉得肩上的担子更重了。

他拉过扎西的手说，扎西，跟我来，这不是毒药，这是世上最美味的蔬菜。

老马摘下一个大大的西红柿,用衣角擦了擦,狠狠地咬了一大口,然后又摘下一个递给扎西说,你尝尝。

扎西看了老马一眼,他相信老马不会骗他的,就学老马的样子,狠狠地咬了一大口!

顿时,扎西瞪圆了眼睛说,好甜!这是糖菜呀!

扎西的菜园子丰收了。

扎西一家吃不了,就到处送人。

老马知道后,给他打电话说,扎西!帮你种菜,不是送人的,你要去卖,以后,这就是你的一项家庭收入。

扎西惊讶地说,卖?怎么卖?卖东西多丢人!

老马知道,传统的藏民,现在还保留着以物易物的习俗,他们还不习惯用人民币来交易。

老马就耐心地对扎西说,扎西,这些东西都是你花力气种出来的,还有大棚、种子等成本,别人拿去吃,给你报酬是应该的,就像你拿牦牛皮去换青稞一样。

在老马的说服引导下,扎西终于答应去卖菜了。

老马帮着扎西把已经成熟的西红柿、茄子、黄瓜摘下来,放在几只篓子里,然后绑在了两头牦牛背上。

扎西要出发了,老马问,你不带秤吗?

扎西一愣,秤?秤是什么东西?

老马笑道,秤是称分量的,没有秤,你怎么按斤收钱?

扎西摇摇头说,这个你不用管,我们藏民,良心就是秤。

扎西骑着马,赶着两头牦牛走了。离这里二十多里的地方,有一个小小的集市。

老马望着他宽厚的背影,心想,这些菜,按斤论价,怎么也得卖个百儿八十的,不知道这个憨家伙能不能卖到钱。

老马钻进了菜园子门口的帐篷里,他要等扎西回来。

一觉醒来,老马看了看表,已经下午六点半了。现在是九月下旬,在内地,这个时间天已经擦黑了,而在这里,太阳还有几十层楼那么高,远处的雪山在阳光下熠熠生辉。

老马走出帐篷,远远地,就看到扎西赶着两头牦牛回来了。

看到老马,扎西忽然兴奋了,他不管那两头牦牛了,打马快跑着赶到老马面前,身姿矫健地跃下马背,有些激动地说,马顾问,钱,卖到钱了。

说着话,他从怀里掏出了一把纸币,炫耀般,双手捧到老马眼前。

老马一看,这些钱有五十元的、二十元的、十元的、五元的……有三百多块。

老马迟疑地问,这都是今天卖的钱?

扎西拍拍胸脯说,是的,都是今天卖的!

老马禁不住好奇,小心翼翼地问,扎西,你没有秤,怎么收钱呀?

扎西说,菜就放在地上,谁喜欢哪样菜就拿走,拿多少都行,钱也是随便给,给多少随心……

老马心里一动,茫然地看着扎西问,这就是你说的,藏民的良心秤?

扎西重重地点了点头说,对!良心!

老马看着这个一脸汗水和灰尘的藏族兄弟,耳际忽然飘过一句他无意中听过的藏族民歌:……布达拉宫顶上的白云,是扎西哥哥纯洁的心……

老马的眼睛湿润了。

有"短"的女人

20世纪80年代后期,我在五合村开过几年诊所。

这天早上,我刚刷完牙,正漱着口,诊所的门就被拍响了,声音很大、很急。

我问,谁呀?

兄弟!我是玉珠!快开门!

我赶紧拉开门,见柳玉珠一手扶着门框,一只手捂着洇着鲜血的下腹,弯着腰站在门口,原本清丽的俏脸因为痛苦扭曲变形了,还溢满了汗水。

我赶紧扶她进来,一边搀她躺在病床上,一边问,怎么搞的?

玉珠摇了摇头说,别问了,小肚子上捅了个口子,赶快给我包上。

看出血的位置,伤口应该在肚脐以下,我解开她用红布条做的腰带时,她下意识地抓住了我的手,两只秀美的眼睛紧紧盯着我。

我冲她笑了笑说,这是疗伤,必需的。

她仍然紧紧地抓住我的手说,你关上门。

我回身把门关上,问她,这么大个事,你家大哥咋不陪你来?

她摇了摇头,泪水顺眼角滴落到枕巾上。

腰带系的死扣,我怎么也解不开,在征得她同意后,把打结的地方用剪刀剪开了。伤口呈不规则的三角形,在脐下两寸多的地方，不深。我用酒精棉球给伤口消了毒，敷上消炎药，几分钟就包扎完毕了。

我猜想，她这伤八成是牛胜勇弄的。

事后玉珠的娘家人找上门来闹，证明我的猜测是对的。那天早上，牛胜勇乘她熟睡，想解开她的腰带，可是怎么都解不开，就拿剪刀剪，这时玉珠醒了，两个人在争执中误伤了玉珠。

玉珠是从很远的地方嫁过来的，结婚那天，有人看见，她从马车上下来时，手脚都是捆着的，脸上的泪痕都风干了。

牛胜勇的爷爷是地主，早年因为他家成分不好，又长了一张麻子脸，一直没有女人肯嫁给他。玉珠进门那一年，他已经三十多岁了。那年月的农村，三十多岁就是老光棍了。谁也没想到，他这种条件的老光棍竟然娶了个天仙般的女人。

成亲当天，村里的长舌妇们就在门口议论，这么漂亮的女人嫁给牛胜勇，肯定有什么"短"。"短"在我们那里就是"短处""缺陷"或者"污点"的意思。果然，后来陆陆续续有传言传到村子，玉珠在娘家时曾怀过孩子，而且打死也不肯说出男人是谁。后来孩子是打掉了，但她的婚姻大事却不好办，附近村里有条件不好的人家想娶她，但玉珠爹娘碍于人家知她有"短"，怕闺女嫁过去受委屈，才托人把她嫁到了一百多里以外的五合村。可是，这世上哪有不透风的墙呀！

这桩婚事从一开始就是玉珠的爹娘强行安排的，玉珠根本没看上牛胜勇。新婚那天，据听房的几个半大小子讲，两人床上床下的从晚上扭缠到早晨，进行了多个回合的较量，牛胜勇整整一夜没有得手。

时间一年两年地过去了。牛胜勇软硬兼施，最终过上了正常的夫妻生活。但是，玉珠的肚子却一直没有动静。

起初，大家都以为是牛胜勇不行。

村长酒后和他开玩笑说，柳玉珠怀不上孕，肯定是你不行呀！人家可是在娘家就怀过。

老光棍二嘎啦对他说，胜勇，你把嫂子借给我一宿，我保证能帮你种上。

又过了两年，牛胜勇无意中才发现，玉珠一直偷着吃避孕药，就把她一顿好揍，还闹着要离婚。这时候，玉珠也三十出头了，她也认了命，向牛胜勇保证，以后不再吃避孕药了，生个孩子，和他好好过日子。但是，她想怀却怀不上了，中医西医都看了，人家告诉牛胜勇，她是长期服用避孕药，把生殖系统破坏了，永远怀不上了。

时光推进到20世纪90年代中后期，已经四十冒头的牛胜勇时来运转，靠养鸡发了财。有了钱的牛胜勇更加渴望有个后，盼子心切的他，竟然偷偷和一个发廊的洗头妹生了个儿子。

孩子满月后，牛胜勇用钱打发了洗头妹，理直气壮地把孩子抱回了家。他以为柳玉珠有"短"，而且他们生不出孩子全是她的错，她没有理由不接纳这个孩子。

不料，当天晚上，柳玉珠就吊死在牛棚里，牛胜勇发现时，人都硬了。村人知道后都道可惜，那一年，玉珠才三十出头，正是一个女人风姿绰约的年纪。

柳玉珠的娘家人闻讯后，纠集了一帮人想来闹事，被村长组织的上百个男子挡在了村外。村长将事情的来龙去脉告知了玉珠的娘家爹，她爹知道理亏，最后只提出一个要求，见闺女最后一面就走。村长答应了，但只允许几个近亲进村。

谁都没想到，玉珠爹掀开闺女脸上的烧纸后，对死去的闺女脸上啪啪甩了两记耳光，然后扭头就走了。

柳玉珠没能进牛家的祖坟，牛胜勇把她埋在了自己家的自留地里。

　　她下葬后不久,一个五十多岁的男人,醉倒在她的坟头上,被人发现时,坟边扔了两个白酒瓶子,已经人事不省。有人拨打了120,不一会儿就有救护车呼啸而来,把他拉走了。

　　这个男人是谁,至今无人知晓。

1979年的鸡

故事发生在1979年的春天。

一大早,吴二嫂就到处找那只棕红色的老母鸡。可是,她找遍了院里院外,房前屋后,也没见到这只鸡的影子。

吴二嫂一个多月没见到这只老母鸡下蛋了,每次见了它就骂"宰了你这不着调的玩意儿",难道它听得懂,跑了?今儿是城里大集,吴二嫂早就打好了谱,今天一早就把这只鸡抓了,拎到集上换成钱,给男人抓药。男人病了五六天了,村里的先生也开好了药方,一直没钱抓药。

鸡没找到,这集也没赶成,自然也没法给男人抓药。吴二嫂一整天都闷闷的。吃过晚饭,她一个人出了门,想到支书那里借点钱,明天去把药抓了,男人今天咳得特别厉害,这病经不起拖了。

这天晚上月光明亮,吴二嫂走在月光里,周围的景致看得一清二楚。快到支书家时,她忽然闻到一股奇异的香味儿,她吸了吸鼻子,竟是炖鸡的味道。这不过年不过节的,谁家舍得炖鸡?她联想到自家失踪的母鸡,忽然警惕起来。她顺着鸡肉的香味儿,一直寻到一个大门口,仔细闻了闻,香味儿就是从这个院里传出来的。这个院子是村里的知青点,以前住了十几个知青,最近,知青们陆续回城了,只有小杜和小陈两个小伙子还留在这里,据村里人议论说,他们两个都因"朝中无人",没有单位接收。

吴二嫂悄悄地进了院子,来到屋门前。借着亮如白昼的月光,她清晰地看到屋门外的台阶下,有一堆棕红色的鸡毛在夜风中瑟瑟抖动。她一时热血上涌,一脚踹开屋门,冲了进去!

两个年轻男人正对坐在八仙桌子前喝酒,惊得赶紧站了起来。

吴二嫂先指了指小杜,又指了指小陈,嘴唇哆嗦着说,你、你们——也老大不小了,怎么能干这种事?

两人面面相觑,同时看着吴二嫂,问,怎么了?

吴二嫂指着桌子上的那盆鸡肉说,你们偷了我的老母鸡,鸡毛还在门外呢,还想不承认?

小陈一听急了,吴二嫂,你可不能乱说呀!今天是小杜生日,这是他从集上买来的鸡……

见他们不承认,吴二嫂又急又气,浑身直抖,她声泪俱下地说,你们真下得去手呀!俺还指望用这只鸡换钱,给孩子他爹抓药呢,没想到让你们偷吃了……她越说越激动,竟然瘫坐在地上,大哭起来。

小杜赶紧上前来扶她,吴二嫂,别着急,你是说,你家吴二哥病了?

吴二嫂甩开小杜的手说,你别碰俺,你赔俺的鸡,你们这两个挨千刀的……

小杜急匆匆进了里屋,一会儿,他拿着一张十元的钞票出来,递到吴二嫂的手里说,吴二嫂,你别生气,是我不对,不知道你家里有病人,这钱你拿去给二哥治病吧!

小陈大喊,小杜,你……

小杜用手势制止他说,你别管,这鸡是我捉来的,和你没关系。

看着手里的十元"大钞",吴二嫂止住了哭声,抽泣着说,俺现在可没钱找给你。

小杜说，不用找了，多余的钱当我给二嫂赔罪了。

吴二嫂说，那可不行，该咋着咋着，俺明天找开钱就还你。

第二天，吴二嫂早饭后就骑上自行车进城了。村子离县城只有五六里路，吴二嫂脚下加紧，不到半个小时就进了城。她先到药材门市部抓了药，又去食品门市部割了一斤肉，就匆匆赶了回来。到村头时，已经晌午了。她顾不上回家，直接奔向知青点。在路上，她盘算过了，一只鸡，按市场价格算，一般就是四五块钱之间，她家的这只鸡比较肥，足有四斤重，算五块钱应该不贵。她恰好剩了五块钱，正够还给小杜。没想到，她来到知青点时，屋里已经空荡荡的了。去问了村支书，才知道小杜他们昨天就接到了回城的通知，今天一早就走了。

这一下吴二嫂蒙了，知青一旦回了城，很可能就不回来了。而且小杜回的这个"城"，不是她上午去的县城，是几百里之外的大城市。他这一走，去哪儿找他？欠人家的钱可怎么办呢？吴二嫂这时又想起了小杜的种种好处。他是知青队的队长，在生产队，脏活累活都是他带头干。吴二嫂家男人身体不好，干不了重活，她家的猪圈，每年都是小杜下了工，用晚上的时间给圈的，干这么重的活，却一顿饭也没吃过她的……唉，那只鸡，他吃了就吃了吧，干吗还要让他赔呢？都怪自个当时太冲动了……

吴二嫂纠结了好几天。

半个多月后，吴二嫂纠结的心情刚刚平静下来，那只棕红色的老母鸡奇迹般出现在院子里，身边还围着十几只"叽叽喳喳"的小鸡。吴二嫂又惊又喜，她忽然之间全明白了：这母鸡把蛋下到外面的一个隐秘之处，自己躲到那里去孵小鸡了。以前只听说过这种稀奇事儿，没想到竟让自己摊上了。可是，自己却冤枉了小杜，小杜真是个好人,明明自己没有偷鸡,却把事儿承担了下来,现在不但欠他的钱,还欠人家一个道歉呢。

吴二嫂又去问了支书,问了村里好多人,但没人知道小杜在城里的地址。这件事在吴二嫂的心里打了一个结,久久不能释怀……

日子一晃,四十年就过去了。

2019年春天的一个上午,吴二嫂正在院子里晒日头,老支书从门外边喊边走了进来,吴二嫂,有人来看你了?

老支书背后跟进来一个衣着整洁的男子,有三十多岁。

已经年近七十的吴二嫂缓缓从躺椅上站起来,茫然地看着眼前的男子,越看越面熟,却怎么也想不起在哪里见过。

老支书笑着说,我给你介绍一下吧,这是市委派驻咱们村的第一书记,杜书记,就是当年的知青小杜的儿子!

一句话,打开了吴二嫂尘封多年的记忆,一刹那,仿佛时光倒流,多年前的那个小杜又站在了面前。吴二嫂上前紧紧抓住杜书记的手说,小杜,你总算回来了,这些年,你让二嫂念叨得好苦。

两行热泪顺着满是皱纹的脸颊流淌下来。

关 系

华姐和我妻子的友好关系是从服装上开始的。

我妻子原是服装厂的,因厂子效益不好,就辞了职,在街面上赁了一间小房子,干服装加工。华姐是附近的居民,以前并不认识妻子,后来在这儿做了条裤子,就连连夸奖妻子的手艺好,活儿细。之后华姐就成了这儿的常客。华姐一家四口的衣服都在这儿做不算,还热心地把她的一些熟人引荐到这儿来。妻子对她很感激,再给她做衣服时总适当少收些钱,华姐似乎也很高兴妻子给她的优惠。两个女人的关系一天比一天亲密起来。后来华姐没事儿的时候也常来这儿说话拉呱儿,两人的交情竟日益发展到无话不说的程度。

有一次妻子便对华姐提起我的情况。说我只会玩笔杆子,不会和领导拉关系。参加工作十多年了还只是个副科长,光正科长都送走了五六个还没能扶正。眼下又要提正科长了,论资历按文凭都该提我了,可公司的老总们私下已放出风来,打算把科员小郑提起来,让我仍干副职。华姐听了这话后很是愤愤不平,临走的时候说,回家我给我们家老赵提提这事儿,共产党的天下还有没有正事!

这些都是女人闲扯的话,谁也没当真。不想几天之后,公司里忽然就召开了个会议,宣布提拔我为正科长。散会后,组织科的老王善意地打了我一拳说,你这家伙,平时不动声色装得孙子似的,啥时候跟赵部长拉上关系了?

赵部长？我一下坠入了雾谷。

回到家，我按捺不住喜悦，先把升"官"的事儿给妻子说了。妻子愣了片刻，忽然一拍手说，咳！弄了半天华姐的丈夫竟然是部长！以前只听她说过在组织部，没想到还是个官儿！经妻子一提醒，我也恍然大悟。

当天晚上，我提了一箱"古贝春"，和一大兜时鲜水果，打听着摸到华姐的家里。华姐一见我手上的东西，当即拉下脸来道，怎么你也来这一套？快坐快坐。我很尴尬，搓着手不知该说什么好。赵部长不在，我向华姐表达了一番我的谢意，请华姐转达赵部长。华姐轻松地说，这点小事你就别挂在心里了，老赵只不过被我逼着给你们老总打了个电话。

临走，华姐留下水果，却把那箱酒抱出门，硬塞回我的手中。

这之后，华姐又来做了几次衣服，妻子都坚持不收钱。华姐强让了几次，没能拗过妻子，就失踪般没了影子。

很久以后的一天傍晚，我和妻子在街头散步，迎面走来了华姐和她的丈夫。我正想打招呼，妻子猛拽了一下我的衣襟。迟疑间，华姐和我们擦肩而过，可我分明看见华姐是发现了我们的。

我们和华姐的关系彻底完了。

可为什么会这样呢？我一直百思不得其解。

讨 水

1977年盛夏的一天，我随母亲到乡政府街上买东西。返回的时候，已经天近中午了。我又热又渴，母亲便就近带我到供销社办公室讨水喝。

那间办公室里只有一个人，是个大胖子，脸色白润，鼻梁上架着一副金边眼镜。母亲说明来意后，那人指了指门外对我说，你自己去看看门口的水缸里还有没有。

我跑到门口，那里果然有一口大水缸。那一年我七岁，那个水缸和我差不多高，但缸里却一滴水也没有，像是很久没有用过了。

我回到屋里，对那个胖子说，缸里没水。

胖子冲我们摊了摊手说，没水就办法了，你们去别处看看吧。

母亲冲他笑了笑说，大兄弟，孩子渴得厉害，我们回去还有三四里路呢，你就行行好，给他倒杯热水吧。

那胖子下意识地看了看身边的暖瓶，拿起来掂了掂说，这里也没有了，这水是从乡政府食堂打来的，外面这么热……

母亲不等胖子说完，拎起我的胳膊就走，临走撂下了一句话，反正你出门也不会背着水缸。

后来母亲对我说，她从胖子拿暖瓶时用的力度上，看出暖瓶里肯定是有水的，只是不想施舍……

我家在村子的最北头，大门朝西。那时，我家门外是一条南北小道。虽然是土路，却是北面十几个村庄进新城的必经之路。乡政府驻地虽然有连接着县城的柏油路，但那要绕很远的路，所以，乡里各部门的干部职工进城，也多从我家门口路过。那时候农村人出行，自行车是极少见到的奢侈品，大多靠步行。需要运送物品的，就赶着牛车、驴车或者马车。家里喂不起牲口的，就用人拉着地排车，肩膀上套上袢，慢慢地行走在大地上。那年月，还没有瓶装水，人们也没有带水的习惯。走渴了，靠近村庄的，就到村头上讨碗水喝。如果赶在前不着村后不着店的地方，就到河边上去，拨开水面上的水草和树叶，洗一把手，然后用手掬起来喝。

我家房后，有一眼水井，水质极好，清洌甘甜，我们半个村庄的人都吃这个井里的水。至今，我回老家，仍用这个井里的水泡茶，味道不是纯净水和矿泉水能比的。而且奇怪的是，泡茶的杯子上几乎不留茶锈。

我家的位置在村口，经常有人上门讨水喝。每次母亲都从水缸里舀上满满的一舀子水，递给讨水者。有时她忙着，就会支使在家里的某个孩子去给路人舀水。天凉的时候，她坚持让讨水者喝开水，为了节约时间，她常常把开水倒在舀子里，把舀子头放到水缸里的水面上飘着，用凉水降温。我们一家一直是这样对待上门讨水的陌生人，所以，母亲对供销社那个胖子的行为非常不满，她纠结了一路。

不就是一口水吗？

从乡驻地回家的路上，母亲把这句话念叨了很多遍。

我渴得嗓子眼里冒火，浑身绵软无力，一句话也不想说，心里恨透了那个胖胖的小气鬼。直到走到丰收河边，我喝了一肚子河水，整个人才精神起来。

如果不是我的亲身经历，我真的不相信世上会有如此巧合的事儿。

那天我从外面"疯"完回家，老远就看到一辆"大金鹿"的自行车闸在门口。进了院子，见一个肥胖的背影正站在我家的水缸前狂饮，母亲在一边站着，不断地说，慢点喝……别呛着……

尽管只是一个背影，但我一眼就认出了他。20世纪70年代，在鲁西北的乡村，连白面馒头都是逢年过节才能吃上的美食，人们都瘦，极少能见到胖子。那一天的经历瞬间涌上心头，我冲过去正想开口，母亲忽然重重地咳嗽了一声，然后用严厉的眼神制止了我，我只好把那句话咽了回去。我想说的那句话是：你出门咋不背着水缸？

胖子临走，冲我友好地笑了一下，说，你们家的水真甜。

看着胖子出了门，我着急地对母亲说，你不认识他了吗？他就是供销社的那个胖子！

母亲冲大门口看了一眼，只说了一句话，不就是一口水吗？谁出门还能背着水缸？

我一时无语，直到很多年之后，我混迹到文学的队伍里，才逐渐明白母亲朴素的话语里，蕴含着鲁西北平原千年的深厚传承。

宋以柱

SONG YIZHU

宋以柱，山东淄博人，淄博市作家协会主席团成员。作品入选各类年度选本及试卷，出版小小说集《旗袍》等，获《小小说选刊》佳作奖、淄博市精品工程奖，淄博市文学艺术奖等奖项。

【参评作品】

《起个名字叫雀儿》《摸灯》《小五子》《洗澡》《馋狗》《地瓜窖里的年轻人》《细雨中的宋三哥》《电动三轮车》《相逢》《鸡头的故事》

【颁奖词】

宋以柱坚守纯文学创作的底线，以人物为故事核心，讲述往事与人世艰辛，时有令人动容之笔。取材独特，人性发掘深入，以不那么完整的故事，有意味的场景，表达生活的智慧、生存的处境。能够以充实的细节强化情节的感染，在讲述故事和人物形象塑造之间，达到一种美妙平衡。

漫天精灵

起个名字叫雀儿

雀儿现在坐在苹果树下。

她刚来的时候，就喜欢上了这一片苹果树。她和娘原来待的地方没有苹果树，只有一片又一片的山，山也不高，好像一个个巨大的黑馒头，光秃秃的。在那儿，雀儿有一个爹，但不是她的亲爹。爹很穷，但是对雀儿很好，他不准娘喊自己死丫头，爹喊她雀儿。爹干农活很累，一有空闲就和雀儿嬉闹。娘总骂爹穷鬼。爹说，你走好了，把雀儿给我留下。爹梳理着雀儿的黄头发说："我要让雀儿读书，读到大城市里去。"爹的手很粗。

雀儿知道娘走不会带上她，娘说她不是雀儿的亲娘，是从很远的东北来的路上，在一个垃圾堆里捡到她的。娘一点也不像亲娘，雀儿就咧开嘴一抽一抽地哭，爹就把雀儿搂在怀里。爹的身上有一股子经年不去的臭味。雀儿在爹的怀里睡得很踏实。

没等娘凑够走的路费，爹就没了。雀儿爱吃酸枣，当然，雀儿也爱吃糖块，拇指大的一块，甜甜酸酸的，雀儿就能快乐半天，但爹没有钱去买。爹就去崖上给雀儿摘酸枣，小小的，比黄豆粒大不了多少。爹攥着一小把酸枣，装在雀儿的口袋里，雀儿一会儿摸一个放在嘴里，一会儿摸一个放在嘴里，也是酸酸甜甜的。爹去最高的崖上摘酸枣，天黑了，才被人从崖脚下抬回来，雀儿没有看到爹的脑袋。

宋以柱

娘卖了窑洞，带雀儿坐长车，坐短车，一直往南跑。雀儿睡了又醒醒了又睡。当她最后一次醒来时，在一片树林里，树上满是红红圆圆的果子。一个红脸的老男人说："吃吧，吃吧，是苹果，可甜。"也是酸酸甜甜的，雀儿好久才吃完一个。

娘还是叫雀儿死丫头。娘要雀儿叫红脸老男人爷。红脸老男人叫她雀儿。娘和爷在外屋睡觉，雀儿自己在小里屋里。晚上，耗子在床底下吱吱叫，来回跑。雀儿不敢叫，只好使劲睡觉。雀儿盼着天明。雀儿愿意在果园里跑来跑去。爷很愿意和雀儿说话，一会儿给雀儿一个苹果，一会儿又给雀儿一个梨。看着雀儿啃苹果啃梨，只是一个劲儿笑。爷的屋里有一个很高大的桌子，桌子身上有好几个能拉开来的洞，有的洞里有钱，有的洞里有糖。爷怕雀儿够不着，就把那个盛糖的铁盒子拿出来，放在下面的吃饭桌上，雀儿想吃就去自己拿。

雀儿的嘴里每天都是甜的。

到了秋天，爷娘要卖好多苹果。每天爷和娘要摘好长时间。屋子外面的一个空地上，是一大堆红红的苹果，把雀儿看晕了。那些苹果都要一个一个的装进纸箱里。等所有的苹果都摘完了，果园边的路上，就会"噔噔噔"开来一辆三个轮子的蓝车，爷和娘把装满苹果的纸箱抱上车子，三个轮子的蓝车子又"噔噔噔"开走了。娘掐着一大摞钱笑得东倒西歪的。这时候，雀儿发现娘又年轻又俊。爷在西边的小屋里，留了一大堆苹果，娘不愿意，娘要卖掉，爷的脸更红了，爷是给雀儿留下的。爷说，让雀儿一个冬天都有苹果吃。

果树上的叶子落光了。风凉起来了。下雪了。雪很小。天气暖和的上午，娘在果树下给爷剃头。爷红着脸坐在树下的凳子上，娘把爷的头扭来扭去，手里拿着推子，慢慢地从下面往上推。爷的头发一朵一朵地落在地上。一会儿,爷就成了一个光头。娘笑得弯下腰去。雀儿在树下玩树叶,看着爷的光头,笑得坐在地上。爷没有剃过光头。爷剃了光头很难看,爷的光头上都是疤瘌。过了年,路边的小草绿起来,爷的头发才会慢慢长起来,等头发盖住那些疤瘌,爷就又好看了,也不显得那么老了。

果树上的叶子都挤满了。爷说等苹果开始变红的时候,雀儿就该上幼儿园了。幼儿园就在果园的北边,只隔着一条大马路。爷说幼儿园的小朋友可多,幼儿园的阿姨可好。雀儿不知道要去幼儿园干什么,雀儿知道爷疼她才让她去的。树上的果子长到山楂那么大的时候,爷却病倒了。

从夏天到秋天,就像爷说的,苹果快红了,雀儿该去幼儿园了。爷的病却越来越厉害了。整日整夜地不睡觉,躺在床上喊疼。爷一天天地瘦下去。雀儿很害怕。晚上,爷喊疼的时候,雀儿就不敢睡觉。娘开始变得烦躁,不住声的在果树下骂人,雀儿听不清她在骂什么。有时候,娘坐车出去,买回来几瓶药水,很小的那种瓶子,有尖尖的头。找了人来给爷打针,爷就会好长时间不喊疼。开始是一天不喊疼,后来是半天,再后来,打上针爷也喊疼。娘就说疼死算了,没有办法了。

苹果红透了的时候,娘找人来一天就摘完了,那些红红圆圆的苹果只堆了一夜,第二天,就有车来"噔噔噔"地拉走了。

苹果卖完了,娘也不见了。现在,爷在屋里喊疼。雀儿坐在苹果树下。

雀儿捡起一个毛茸茸的小球,轻轻地一吹,那些毛茸茸的小球就一下散开,慢慢地飞上天去了。

宋以柱

摸　灯

宋学利，淄博人士，沂河岸边长大。外地人都管淄博人叫"淄博鬼子"，这个称呼的意思里，至少有鬼点子多这一点。宋学利就属于鬼点子多的人，而且是从小就鬼点子多。

宋学利上面有三个姐姐，下面还有一个妹妹，一个弟弟。人多地少，地少人就穷，吃不饱饭的家庭也比比皆是。宋学利家里就经常断顿（吃了上顿，没了下顿），往上看，宋学利抢不过姐姐，往下看，有弟弟妹妹，照顾不到自己。宋学利就只有自己想办法，把自己的肚子喂饱。用他自己的话说，每天只考虑一件事，怎么弄到吃的？生的、熟的、活的、死的，都往嘴里摁。

宋学利上到小学三年级，就坚决回家了。至今，宋学利对自己幼年失学还耿耿于怀，不去学校半年了，爹娘还不知道。用他自己的话说，肚子饿得咕噜咕噜响，根本就坐不住，怎么学字？不去读书，时间多了，就有的是机会把自己的肚子填满，田野里的瓜果梨枣，山上的蚂蚱蝎子蛇兔子老鼠，河里的鱼鳖虾蟹，统统往肚子里塞。别人说不能吃的，他也给自己找一个能吃的理由，想尽办法把它吃进肚子里。

"老鼠肉酸唧唧的，不好吃。"宋学利说的时候，还龇牙咧嘴的，好像那年的老鼠肉还没有咽下去。

每年过年之前的那一两个月，还有过了年清明节前后，是最挨饿的时候。因为人口多,家里的粮食得算计着吃。加之隆冬时节,白茫茫或者黑乎乎的大地那么干净,肚子里就越发空得慌。这时候,就显出宋学利鬼点子多了。年前那一段时间,宋学利基本不在家。一大早,吃上一碗黑乎乎的地瓜干子饭,挎着提篮,扛着锄头,专去田间地头,干吗?地里可没有丁点粮食,比和尚头还干净,哪里有?老鼠窝里。宋学利聪明不?找到一个老鼠洞,只管往下挖,时间不长,就有老鼠吱吱叫着,从不远处的另一个洞里窜出来。高粱、地瓜干、生地瓜、玉米、豆子、豆角,像一个小粮囤。宋学利一点也不客气,扒拉扒拉,全装篮子里。家里人没有一个嫌脏的,几个姐姐也悄悄地跑野地里挖老鼠洞。一家人都小心翼翼的,生怕被别人知道,能不知道吗?村里人也开始去野地里挖老鼠洞。

宋学利带头挖老鼠洞那一年,沂河两岸的老鼠几乎绝了种。

有时候,能挖到冬眠的蛇,一家人都不敢吃,嗷嗷叫着跑开。只有宋学利两手逮着蛇头,一撕到底,退了蛇皮,整条整条地摁到锅里煮,快到熟的时候,撒上一把盐粒,白花花的大半锅,冒着香气。宋学利一个人把头埋进锅里,一个劲儿地吃。直到最后,只剩下几条蛇骨,在锅里唰啦唰啦响。日子慢慢地往前挨。崴过年去,宋学利又瞄准了清明节。

每年的清明节,是必须要去给祖上上坟的。清明节这一天,一个家族的后辈,总要在家族的祖坟那儿集合,一块儿给先人们上酒上菜压坟头纸添新土,如果有谁家的后辈不到,总会被别人指责一年。没有儿子的家庭,闺女也要从婆家赶来,代使男孩的义务,上香磕头压纸添土。最重要的一点,是要给先人们上灯。

黎明即起,去地窖里取胡萝卜、青萝卜,洗净,男主人用一把小刀,又割又雕,做出一个个精致的胡萝卜灯、青萝卜灯,中间插一根缠满棉花的灯芯,倒满豆油,备用。讲究的人家,还要割花边,从有花边的灯沿往下,还要割出类似女人腰的弧度,极漂亮。不管家里有多困难,女主人总要想办法弄一点白面,做面灯,和做馒头一样和好面,用手制成有腰有底座有花边的面灯,上锅蒸熟。等晚上上灯的时候,顺灯芯倒油。油燃尽后的面灯,是美味,尤其是在几乎见不到白面的年代。

家里每个门口上的灯,可以用胡萝卜灯、青萝卜灯。到天黑下来的时候,家家户户都要派出一个成年人去祖坟上上灯,就必须是面灯。沂河西岸有一片坟地,是村里大户人家的祖坟。宋学利瞄准了这片坟地里的灯。黑天半夜,宋学利不敢去。第二天早起,还黑着天,宋学利就提了一个破竹篮,深一脚,浅一脚,往坟地那儿跑。

到坟地那儿,天还没露亮,对面三米外看不清人脸。宋学利连摸了几个坟前的供桌,都是空的。他就感到纳闷,老规矩定好的,给先人上的灯,是不准往回拿的。怎么会没有呢?宋学利脑子快,他立刻就知道,早有人来了,或许还没有走呢?他悄悄蹲下来,等着看个究竟。

天渐渐变成灰白,他才看清,在坟地深处,有一个一袭白衣的人,正在挨个坟前寻找。那是一个不久前死了丈夫的女人,身前大大小小三个孩子。宋学利叹了口气,悄悄地离开了。

"再怎么着,我也不能欺负女人,和寡妇抢吃的。"他和我说这些话的时候,手里把玩着一个灯,青铜的,有很好看的花边,花边以下有女人腰身一样的曲线,灯碗中央是一根灯芯,也是铜的。

小五子

全镇各村老少,称月庄镇驻地的人为街狗子,举横行霸道的意思。我们的街狗子同学们就不把我们乡下孩子当回事,不得已和乡下孩子说话,也是眼珠朝上,双臂环抱,不屑一顾。

小五子就是一只纯种的街狗子。他爷是走完两万五千里长征路的老红军,所以在镇政府大院里有一个四四方方的小院,五间大北屋。偏偏,我和小五子这只街狗子很好,别人都很奇怪,只有我清楚。那次,我和小五子一块尿尿,尿完了,小五子拨弄了几下自己的小鸡,突然问我:"我这里怎么长了几根黄毛,你那里有吗?"我打小就害羞,肯定不会去回答有没有。小五子又说:"晚上,我看看俺爸爸那里有没有?"他们街狗子都喊爷为爸爸,很别扭。第二天,小五子趴我耳朵上说:"俺爸爸那里一大堆,刚着黑,别害怕了,男人都这样。"大概是我知道了小五子的这点秘密,他也就和我格外亲密。

小五子曾经邀请我去他家吃过一次猪大肠。我因此见到了他的爸爸,一个矮小瘦弱、胡子特长的小老头,精神头很好,老眼放光。不难想象,他年轻时,一定像小老虎一样。他不像其他的街狗子那样目中无人,大概见我拘束,他把目光离开电视,扫到我脸上,用烟袋杆指了指一个马扎,大声说:"坐。"电视上,一群穿蓝色军装的战士,在敌人的炮火中,举着上好刺刀的步枪，冒着敌人的炮火，呐喊着冲下山去。我正被电视中的情节紧张着，小老头又大声笑了一下："扯球，有这么打仗的吗？"

一大盆猪大肠端上桌子，一阵香臭砸进鼻子，又窜进肺腑，嘴里立即满了口水。我第一次知道，吃肉还可以这样吃，一下子就是一大盆端上来。那时，我们家一年吃一次肉，一个人就吃几块，肉块和花生糖差不多大小。看着一大盆猪肠子，闻着又臭又香的味，我一阵又一阵晕眩。打小，我就是一个嘴馋的孩子，见到梦中想吃的食物，就会自动晕眩，一阵晕眩之后，是剧烈的想去咀嚼吞咽的渴望，像电视里的战士，猛虎下山一般。

小五子爸爸的目光还在电视上，看着举旗欢呼的战士，摇了一下头，又使劲叹了一声，低头夹一段猪大肠，搋进嘴里，扭头看看我，大声说："吃。"大肠不太熟，牙齿能够咬断，却一时半会儿嚼不细，又怕小五子笑话我一个劲儿地嚼而不咽，是因为馋而不舍得咽，只好整块努力往下咽，噎得我伸了好几次脖子，才"咕咚"一声下去。小五子笑了笑说："肉就是七八分熟才有香味，我们家里都爱吃不大熟的。"怪不得小五子四个哥哥都一脸横肉，吃半熟肉就满脸横肉，还满身长黑毛，这是我从村卫生室的瘸子医生那里的一本书上看到的。不过，在我工作以后，我自己去割肉炒菜或者拿肉丝煮面条的时候，我也喜欢让肉不超过八分熟，而且一直坚持到现在。

后来，好长一段时间，没有见到小五子，只是从同学嘴里，得知他的一点消息，先是他爸爸去世了，小五子的四个哥哥争夺家产，把小五子扫地出门。读高中的第一年，我又见到小五子一次，好像是周日的下午，我刚从家里拿煎饼咸菜回校，还不到上晚自习的时间，我就到一个小市场那儿转悠。在一个投圈的地摊上，我看到一个熟悉的身影，我转到他的正面，果然是小五子，他正手拿一个竹子编的圆圈,专注地盯住前面。前面的空地上,摆放着香烟、小手电、手镯、小圆镜,都是块把钱的东西。套一次一角钱,手中扔出的圆圈,套住哪一个就归自己,套空了,只能自认倒霉。我怕小五子看到我,悄悄地溜走了。我知道,这个时候的小五子是真正的街狗子了,他的那个地方也一定是长了一团黑毛,而且也知道自己为啥长毛了。

在一次同学聚会上,我忽然提到小五子,有个三十年没见的同学说,他和小五子经常聚聚,来往较多。小五子因为有个走完长征路的爸爸,后来被县纺织厂招了工。他在厂子附近一个村子里,租了一间小平房,那家只有两个孤寡老人,无儿无女,小五子就照顾着柴米油盐,两个老人干脆把几间平房给了小五子。十年以后,县城旧城改造,老平房被拆,小五子得到两套新楼房,他住一套,另一套卖掉,买了一辆黄河卡车,走南闯北地跑长途。

小五子啊,混大发了。我那个同学很感慨。

至今也没见到小五子,好像觉得自己亏欠于他,为什么呢?不知道。大概是因为那一锅又香又臭的猪肠子。

宋以柱

洗　澡

　　卞霞来安乐村小学两年了。

　　这两年，发生了两件事。先是，镇教委决定四、五年级学生到镇上去读书。镇教委想调卞霞去镇中心校，因为她音乐教得好，人又漂亮，每年的元旦会演，去县里参加比赛，都得找她去领唱。

　　卞霞老师却不去。卞霞把羊角辫一甩，不去。窈窕的身子就斜进了教室，把镇教委大个子主任晾在了太阳地里。

　　再就是，老校长去世了。老校长姓王，行伍出身，瘸腿，走路一拉一拉的。手掌宽大，两脚似小船。五官是雕刻好了，再安装到脸上，分明得很。复员后安排到教育上，因为是正式工，就当了校长。

　　老校长能抽烟能哈酒，最后是得肺癌死的。老校长对来看他的老师们说，谁也不准欺负卞霞，她是你们的女儿、小妹妹。卞霞站一边哇哇大哭。

　　老校长没了，镇教委就叫徐大个领着大伙干，徐大个是民办老师，高个子，爱哈辣酒爱洗澡，秋天要一直洗到水凉刺骨。卞霞个子矮，要看徐大个的黑脸，得使劲抬头。徐大个常把手掌（大手掌，像蒲扇）盖在卞霞的头上，说：“卞霞，这节课替我上，我得回家看看孩子他娘去。”众人大笑，卞霞就红着脸去上课。不等打上课铃，孩子们脆亮的声音就响起来了。

　　学校在村子中央。原来是两排平房，四、五年级走了后，村里卖了一排给村民。只留了一排,伙房占一间,卞霞住一间,一间办公室,看作业备课,罚皮孩子站,其他的都做教室。老校长就买了三间校舍,在学校的东边,隔着院墙。下了班,大伙都走了,老校长隔着墙头喊:"卞霞,过来帮着做饭。"那时候,卞霞刚送过河的孩子们回来。

三个年级,五十几个孩子,都离家不远。向南走的,要过一条小河。小河不宽,要是夏秋季节,河里的水有点深。河上有水泥桥,很宽,拖拉机能嘣嘣嘣开过去。卞霞也不放心,小母鸡一样把孩子们领过去。看着他们叽叽喳喳走远了,再回学校。

在离桥几百米的东边,靠近崖根那儿水深,徐大个他们,还有镇上的几个男老师,常在那儿洗澡。他们是洗过了澡,就要找个地方去哈辣酒。看见卞霞,徐大个就喊:"卞霞,来来来,搓背。"卞霞也不搭腔,低头红脸往学校走。

有那么一次,晚上,天热。吃过饭,老校长就出去了。校长的媳妇把天井里的灯拉灭,对卞霞说:"来,洗洗,闺女家都爱干净。"那么大一个水泥盆,正合适卞霞用。水是在太阳底下晒了一天,热乎乎的。等卞霞洗好了,回学校了,老校长才回家。再以后,卞霞就经常在老校长家洗澡。卞霞就不用再等到周末回家洗澡了。

卞霞的家在另一个镇上,都是一周回去一趟。周五要在学校住一晚,周六早上,步行半小时到镇上,坐车到县城,转车,去自己家的镇上,到了镇上,再步行七八里路到家,那时已是下午三点多了。星期天早上又要坐早车去县城,再转车,又是到了下午两点多,才回到教书的镇上。多数的时候,卞霞都会在镇上碰到学校的老师,他们骑自行车或摩托车,有买东西的,有走亲戚的。有好几次是老校长,一手扶着自行车,一手掐支烟,在车站那里朝着刚下车的卞霞笑。

时间一长,卞霞就知道,他们都是老校长安排去接她的。所以，镇教委要卞霞去镇中心校，她一口就回绝了。而且，只说了俩字："不去。"就蹬蹬蹬去上课了，像是生了很大的气。周日下午谁去接卞霞，晚饭就在谁家吃，其他的晚上都在老校长家里吃。

现在是卞霞在安乐村小学的第三个年头了，老校长也离开一年了。这一年里，卞霞的工作、生活变化不大。每到周日下午，徐大个到镇上接卞霞，或者安排其他的老师去。周一到周五，晚上还是去老校长家吃饭。有时候，卞霞还和老校长的媳妇干干农活，就像她家的一个闺女。

有个下午，卞霞到老校长家去，家里没人。有一只老鼠被惊吓了，嗖，钻进东屋的卧室了。卞霞追进去，先看到了床东侧的桌子上，有一张放大了的黑白照，一张年轻俏丽的脸，一只手掌托着腮，调皮地笑着。卞霞的心里一紧。听到身后有动静，回头的时候，是老校长媳妇站在门口，一脸的泪水。

"她叫王霞，是我们唯一的女儿，在外面读书，去海里洗澡，就没了。"老校长媳妇慢悠悠地说。

那以后，卞霞不想再去老校长家，老校长媳妇也没再喊她。一个晚上，卞霞自己煮了面条，又在自己宿舍坐了好久。夜已经深了，夏虫的叫声又急又短。

卞霞站起来，走到院子里，站在那口大缸前，半个月亮在水里。村里缺水，两天才放一次水。学校就买了这口缸，按时接满了，给一校师生吃喝洗刷。

卞霞突然用手试了试水温。然后，慢慢脱光自己，踩着凳子到了水缸里。卞霞站在水缸里，水刚好到她的胸下。水很温暖。卞霞慢慢平静下来了。

卞霞慢慢地洗着自己。眼泪慢慢地流下来了。

她突然想去镇上教书了。

馋　狗

　　刘好打小不吃萝卜丸子，也不是打小，是十岁以后，见了萝卜丸子就骂，骂的什么话，只有他自己知道，别人谁也听不清，刘好和我好成一个人，他都不告诉我他骂的什么话。现在回忆他叽里咕噜骂人的表情，我就想起《指环王》里的那个半人半兽的咕噜，丢了指环后，骂人的那种恶狠狠的表情。

　　你可以想象到刘好的恶相。很恐怖。

　　平时刘好不骂人。刘好继承了他爹的矮个子和扁长脸，眼小嘴大，总之不太好看。刘好的娘经常说刘好，说他以后找不上老婆了。只有一次，刘好白了他娘一眼，反问了一句："俺爹怎么找上老婆的？"把个子更矮的娘呛了一个跟头。安乐村的矮个子男人都嘴硬，看来不假。他们是用嘴来弥补个子矮的不足。

　　我和刘好打小在一起，说实话，我对他有点依恋。有一回，我发高烧说胡话，说的全是刘好刘好，我娘说刘好去他姥姥家了，没在村里，我对我娘说我喜欢刘好。我娘说知道知道，他回来我就叫他来。那时候我们还没读小学。刘好的个子矮，但是有一个好处，打小胳膊腿粗壮有力。我们读小学后，经常去山上打柴，有时候是砍树，有时候是割草，到最后都是刘好给我背回来，两大捆柴，他拢到一块，像背着一座山，迈着四平八稳的步子，吧嗒吧嗒就到了家。从后面看，只见一捆柴在动，看不到人。

我俩在一起的时间最多,但我一直不提萝卜丸子。

萝卜丸子也不是说吃就能吃上,是只有过年的时候才能吃到,对我们来说,那就是我们过年的肉。那时候,浑身是馋虫的我们,是万万吃不上肉的,鸡狗鹅鸭猪牛的肉,那是天上的星星,亮晶晶的,你只能看一眼,看第二眼就会挨骂。若是夏天秋天,我和刘好还可以吃到鱼蚂蚱青蛙们的肉,但是,一入冬,你去哪里找它们?所以,要是能吃上萝卜丸子,那就相当于吃肉。什么时间能吃上萝卜丸子?

腊月二十八下午。就是这天下午,家家炸菜过年。

那时暮色四合,炊烟袅袅,油香飘荡。爹和娘在饭屋里炸菜,我蹲在饭屋外,瞪眼瞅着,我知道那些炸猪肉炸鸡肉没我的事,我就对萝卜丸子瞪眼。

萝卜丸子,大小若我爹的酒盅,色如鸡蛋黄,没法描述那个香,我是闻到那个香味就晕,现在闻到萝卜丸子的香味,还是晕晕的,就是那时得的病。你也别想吃个够,村里大部分伙伴,最多吃个仨俩,让嘴唇舌头腮帮子等一干家伙香一下而已,食道捞不着香,因为到食道那里已经没有滋味了。想喂饱肚子?想都别想,你看看伙伴们的爹阴沉的脸就知道了。所以,第二天一大早,我往刘好家跑,刘好往我家跑,目的只有一个:问问吃了几个萝卜丸子。跑得太急,我俩在拐角处碰了个头对头,一见刘好我就问:"吃了几个?"问完这句话,我额头上的疙瘩就出来了,眼泪也往下流。刘好的劲大,额头也硬。有一次,他站在讲台上不肯回答老师的问题,高个子老师撸着他的脖子往前一推,劲大了点,把刘好的脑袋撞黑板上了,把木头黑板撞裂了缝,刘好的头却好好的。

刘好也就是能吃到两个。刘好他爹是老嘎咕。这么说他过的日子吧，晚上吃饭，从不点煤油灯，嫌费油。一家人攥着地瓜面子煎饼吭哧吭哧啃，啃完了就坐着别动，或者是立即睡觉，否则还要消化肚子里的煎饼，更浪费。刘好他爹的小名叫留住，安乐村的人说话爱带上个"子"，所以刘好他爹的小名就成了留住子。村里老人教训儿子就拿留住子说事，指着留住子家的方向说，你看人家留住子，比你能干吧？比你能巴结（能挣钱的意思）吧？就是没有你能哆嗦。留住子是安乐村勤俭持家的榜样。

我们九岁那年的春节之后，就再也没见过刘好吃萝卜丸子，而且像我开始时说的那样，刘好一听到这几个字就开始骂人。腊月二十九那天早上我往刘好家跑，在拐角处，把村里的瘸腿医生撞倒了。他一时爬不起来，只好坐在地上骂我。骂完之后说刘好去镇上的医院了，吃了不熟的萝卜丸子中毒了。萝卜丸子里有爬豆，爬豆不熟那就是毒药。这点事刘好的爹娘还能不知道吗？后来我娘说那是刘好的爹故意的，怕刘好吃一个吃一个还要吃一个，就对刘好他娘说："养了这么个小馋狗，给他一个不熟的，省得没完没了。"

读高三的那年春天，我收到刘好的一封信，只有几个字：X月X日我结婚。刘好还是那么矮，他媳妇却很高，高出一个头去。我说这可好了，你儿子可以高点了。我说刘好你还不到结婚年龄吧，小心挨罚啊。刘好说不结不行了，孩子快出来了。我一直在注意新娘子的白脸，现在才看到一座大肚子。

我和刘好说笑，那边刘好的爹娘却吵起来了。我听出了一个大概，刘好的爹非要上一道菜：萝卜丸子蘸酱油辣椒，来代替肉菜的不足。刘好他娘不愿意，人很矮声音却高，一下子让刘好给听到了。

那时我正好扶着刘好的肩膀，离他太近，我看到了刘好狰狞的五官,十年来第一次听清了刘好骂人的话,他骂的是:你这个馋狗,你这个馋狗。语速很快。一遍又一遍地重复着。

在我们这里,馋狗的意思就是嘴馋的人。

地瓜窖里的年轻人

入冬以后,安乐村的人只害怕两件事:"死牛烂地瓜"。牛要是病死了,一开春,就够人受的了,拉粪,翻地,累死个整劳力,这么说吧,一春的劳作,全指靠着家里那头牛。

地瓜要是烂了呢?这个地瓜指的是地瓜种。时间到了三月份,该育地瓜苗了。家家户户都在家附近,找一块空地,整平,压实,把地瓜种一个一个排好,就像小孩子排队一样,上面铺一层厚厚的细土,槐树条弯成拱形,间隔排好,再用塑料薄膜覆盖。每天早上、黄昏在下面的炕洞里烧火,直到薄膜下慢慢钻出绿芽来,一天一天长长,成为黑绿的一片。天暖了,就可以掀掉薄膜,停止烧火,慢慢让地瓜苗适应光照、风吹,慢慢地强壮起来。栽地瓜的时候,拣长得粗硬的苗子,栽到地瓜沟上去。

如果地瓜种烂了,那就只好到集市上去买,都是人家栽完了剩下的苗子。没有自己喜欢的品种,苗子也蔫不拉几的,自然是不满意了,也会影响一年的收入。到了秋天霜后,人家收获的是圆溜溜的肥成瓜、又长又粗的十五号,自己呢?不知道是啥品种,灰不溜秋的,小且不好吃,一年白干,更不用说拿去换面条、大米、小米和辣酒了。

要想地瓜种不烂,只有一个办法,挖地窖。

几个人轮流着慢慢往下挖,到后来,就要用绳子把土提上来。挖到五六米后，再在下面向东向南，或者向西向北打几个小洞，每家一个，专门用来放地瓜种。地瓜种放好后，为了取暖，也防止人或者鸡狗掉下去，地窖口要盖上一块石板，盖好草苫子。直到第二年开春，要育地瓜苗的时候，才会打开。几家一商量，下去一个人，把几家的地瓜种装到提篮里，上面有人慢慢拉上来。

家家户户都有地瓜窖。

来香回到安乐村的时候，村庄已经从冬天醒过来了。年前立春，河水已经哗哗哗响了。待年后土地一化冻，就得打开地窖，做育苗的打算了。来香拖着艳红的行李箱，咕噜噜咕噜噜从大队部那里走过的时候，夕阳还停在树梢上。闲唠嗑等太阳落山的老少爷们儿，都看到了穿黑大衣的来香。让老少眼睛一亮的是，来香后面紧跟了一个年轻人，脸瘦，身子倒适中，很白，鼻梁上架一副眼镜。来香大概觉察到了大伙的目光，回头狠狠剜了小伙子一眼。后面的年轻人身子一停，往后一退，不安地向村人扫了一眼，接着又去跟来香的步子。

村人就明白，在广州打工的来香，有对象了。那一晚，村里几个喝地瓜干子辣酒的年轻人，就一直在讨论来香的那个男朋友：那个瘦弱劲，能把来香弄倒了？够呛。尤其是，不只是来香的邻居，很多住在村西山坡上的村人，都听到了来自来香家的争吵，主要是来香和她爹在吵。来香好像不愿意这个年轻人住下，撵着他走，来香的邻居听到了最清楚的两个字："你滚。"后面还有一句话："不回家过年，你跟着来这里干吗？"

来香的爹做不了来香的主。来香的爹懦弱。来香初三辍学，就一翅子飞到了广州。村里人都知道来香是在广州，谁也不知道她在广州的哪个地方，又是在干什么活？但是，从来香家的变化，村里人都知道，来香是挣了大钱了。首先是，在来香去广州后的第四年春天，她家的三间草屋，给全部推倒，重建了红砖红瓦的新房。然后是，来香的矮子哥哥竟然定下了媳妇，一万多元的订金，可不是卖地瓜干子玉米粒子能办到的事。

来香在广州干什么工作呢？不光里村老少爷们的猜测满天飞，来香的爹也是满肚子问号。第二天晚上，来香去找小时候的玩伴，走时，和那个脸白的年轻人说："今晚我不回家，明天早上我回家前你赶紧走。"一扭头，走了。

晚上，年轻人喝了两杯酒。对着只会抽烟叹气的来香爹，呜呜呜哭了。来香爹这才知道，年轻人老家是广州乡下。年轻人和来香都是初中辍学，碰巧在一个工厂打工，他们认识五年后开始相好。后来，来香嫌工厂的活累钱少，到城乡接合部的一个镇上学理发，自己开了发廊。从那时起，来香就渐渐疏远他。

"这样，我也没办法管她。你还是回家过年，慢慢地再和来香商量。大过年的不回家，老人都记挂着呢。"来香爹慢悠悠地说。

大年初一，来香嚷着要吃煮地瓜，爹拗不过女儿。他们家的地瓜窖就在屋后，在自家的地里，是来香的爹和哥一块儿打出来的。爹踩着事先挖好的脚蹬，慢慢往下走。来香拿着拴好绳子的小筐，准备等爹喊的时候，把小筐递下去。却听见爹在使劲喊一个人，很快，爹的声音传上来："来香，你看是谁啊！"

来香看见了那件橘黄的羽绒服。这件羽绒服已经买了三年多了。来香喊了一声，声音很大，邻居们都听到了。

来香喊："小利啊。"然后放肆地哭起来。

原来那个脸白的年轻人叫小利。

宋以柱

细雨中的宋三哥

宋三哥高考落榜，大伯把宋三哥的书本埋在了墙角的猪粪里，沤了肥。那一刻，宋三哥靠在门框上，黑着脸，不说话。小弟和小妹趁机出去玩，一下午不敢回家。大娘中风瘫在床上，半年多了，嘴角不断往外流口水。她看着自己的三儿子，只是眨了眨眼，很响地打了一个嗝。

宋三哥不发一言，走出门来。九级台阶下，路中央光滑的石板上，依次摆着锄头、扁担、粪筐。这是宋三哥熟悉的农具。锄头反照着黄色的阳光，扁担若弯月，足有两米长，粪筐像老年人的脸，这都是给成年人用的。宋三哥一言不发，把锄头扁担粪筐扔到猪圈里，顺便撒了泡尿，去瘸子的小卖店买了一包丰收烟，到南园的树林里打了一下午扑克，回来把锄头扁担粪筐从猪圈里拿出来，擦干净猪屎，坐下来吃晚饭。

半晌无话，夺过大伯的酒杯，一口喝净，落下两滴泪来。

高考落榜可以复读一年，这是大伯定下的规矩。宋大哥宋二哥都是复读了一年，一个去了兰州，一个去了沈阳，都读了师范学校。这个规矩到宋三哥头上却改了。宋三哥看了看大伯窟窿密布的老头衫，黑裤子膝盖上的蓝色补丁，喝净一杯。大伯没言语半个字。

生在农村的男女孩子，不管上十年学八年学，或者小学初中大学，周末和假期都要待在地里，大人干啥活，孩子就干啥活，磕了碰了，甚至胳膊脱臼，那只能怨自己。那个时候，家家刚刚吃饱饭，家家的钱包一年到头都瘪着。能吃饱饭，捧上书本，坐在风和日丽的教室里念书，安乐村没有几个孩子有这福气。大伯家孩子多，宋大姐宋二姐都嫁出去了，宋大哥宋二哥一个西北，一个东北，啃着咸菜棒念大学，天天数着指头盼着上班，好早一天把工资递到大伯手里。下面的弟妹，一个念初中，一个念小学，一年中三季打赤脚去学校。宋三哥一下学，弟和妹都躲着他，不好意思见他。

那个暑假以后，宋大哥毕业到县里一个学校教书。大伯老脸有了笑模样。原本见到点笑容的宋三哥，突然之间又沉默了。

那个下午，飘着细雨。宋三哥穿着的确良白衬衣，蓝裤子高挽着，夹着一柄破伞，站在细雨中，看着我家的后墙。我看着雨中的宋三哥，意识到有事要发生，赶忙去叫爹。我爹是大伯亲弟，也是生产队的队长。他明白宋三哥的心思。他站在我家的墙堰上，和宋三哥对视着。宋三哥的身后是北山，在雨中变黑。宋三哥站在一块卧牛石上，任凭雨水冲刷黑糙的面皮，成群的卧牛石，像青色的飞毯，集聚在宋三哥的脚下。爹扭头回屋继续喝酒啃煎饼。

我长久地注视着雨中的宋三哥。后来，我知道宋三哥想去学校的原因，是国家有了新政策：学校的代课教师可以随应届生考师范。就是因为这个事，宋三哥在我家屋后踯躅，想让我爹做大伯的工作，让他有机会参加考试。有一个晚上，宋三哥直接进了我家，又是喝酒又是吃菜，最后只说了一句，当然是对我爹说的，他说你只要保证我爹同意就行，说完，站起身扭头走了。

过了年，宋三哥到镇联中做代课教师，住到学校。周末和假期，只要干完地里的活就回校。有那么一两次，见他骑着一辆飞鸽自行车来回，车子亮闪闪的，铃声清脆，问他不说，只是一笑。脸色不再那么黑，衣服也干净整洁了。每次回来，给瘫在床上的大娘带一包桃酥，一包冰糖，给大伯带半桶辣酒，还给我爹带回一条丰收烟。我爹说这小子可买不起这好烟。

那一年宋三哥没能参加高考，因为有规定，代课必须满一年以上。从那以后，宋三哥回家的次数就更少了。周末让本村的学生捎话回来，或者捎点心回来，让给他捎一包煎饼回去。那年的寒假，宋三哥一声不吭跑到新疆去，年后开学才回来。这件事在安乐村，始终是个疑案，任谁也没有问出结果。一个过年的假期，宋三哥一个人跑到天寒地冻的新疆干吗？宋三哥不说，众人就都蒙在鼓里。

那年的高考发榜，宋三哥考上了市里的师范专科。出嫁了的宋大姐宋二姐回来，给宋三哥庆祝。宋三哥骑着飞鸽自行车，带回了一个洋气的姑娘，给我们介绍说，是高中同学，去年年前全家搬新疆去了，人现在在新疆读大学。大家这才哦的一声。

"她叫王雪艳，去年我去找她辅导数理化了。"大伯把茶碗一放，说："就没有你不敢干的事。"又说，"来了就快坐下，一块吃饭。"

宋三哥念了两年师专，按要求必须回本地工作，就服从安排在镇上教书，这个时候，小妹上了中专，小弟恰好到镇上念初中。

有次去宋三哥的宿舍，见迎面墙上一幅字，正楷，笔画仿欧：人生不相见，动如参与商。

电动三轮车

爹背着我,买了一辆电动三轮车。之前,爹有过这个想法,被我坚决制止了。七十岁的爹,手脚不再灵活,这个年龄开三轮,我不得每天揪着心?

有一晚上,我回家吃饭,娘炒了几个好菜,爹烫了一壶酒,慢悠悠地往酒盅里倒,一边说:"我看还得买一辆小车,拉地瓜苹果,方便轻快,我以前开过拖拉机,和三轮车差不多的事。"

大概因为我是家里老大,爹有个什么事,就和我商量。读初二时,有个周六回家拿煎饼,就在那棵火红的石榴树旁,爹和我说想买一辆二手拖拉机。

他说:"你早晚要到县里读高中,你妹妹要去镇上读初中,花销大了,得闹腾几个钱开支着。"

此前,因为盖新房,家里欠了一堆债,爹的担忧是对的。那天爹和我商量买拖拉机的事,我忘记怎么回答他了,或者一句话也没说,只是望着一朵火红的石榴花,掩饰自己的不安。但那一刻开始,我觉得自己是大人了。

后来,爹去当干部的大爷家借了八千元钱,买了一辆二手拖拉机,拉着大米小米挂面,下村入户换地瓜干,再把地瓜干卖出去,挣点差价。天一亮就出去,顶着黑回来。

正如爹所说,我在镇上复读两年初中,去县里读了高中,最后上了一所自费的大学。妹妹从镇上初中毕业，读了自费的师范。我和妹妹能完成学业，都是因了爹的勤苦和那辆二手拖拉机。

两年前，爹大病一场，我没有再和他商量，把一百多棵果树，换成了操心少的核桃树。但爹还有樱桃园，还有几块闲地，要按季节种地瓜玉米。

"自己吃着放心。"爹这么说，我就不好意思再说别的，好在家里的地也不多了。但是，玉米地瓜总得搬回家里，还要往地里拉肥料，坡长路远，靠推车挑担，实在是太累。这是爹坚持买三轮的一个尚方宝剑。还有一个最主要的原因，我心里非常明白，他买来三轮车后，也为了去燕崖镇卖樱桃。

"燕崖镇是樱桃之乡，去收购的客户多，一斤要多卖一块多钱。"和我想的一样。

"我可以开车去和你卖，樱桃也不多，一次就卖那么几十斤。"我和爹商量。

"那可不行，早上四点多就得去卖，你还要跑几十里去上班，那可不行，上班就要有个上班的样子，心无二事地去上班才像样子。"爹摇摇头，又摆摆手。

这么一说，我就更不同意了。去燕崖镇要跑三十多里路，早上起那么早，路也不好走，有一段很长的盘山路。

"不能买电动车，我想办法去卖樱桃。"我明确了自己的态度。大概我已成家立业，说话有了底气，爹就没再说啥。

想不到，爹偷偷把车买回来了。淡蓝色，粗壮的车身，停在那棵石榴树下，石榴还没开花。再过一段时间，樱桃就要采摘了。

"买了一辆好点的，多花了几百元，很稳当。"爹手扶着石榴树，花白的头歪向我，一脸讨好的笑。

"那你可得慢点，去樱桃园的路太陡，来来回回是去沂河拉沙的大车。"既然已经买了，就让他高高兴兴的吧。

"去燕崖镇卖樱桃，晚一点走，别那么早，不就是少卖个块儿八角的。"

"行，行，放心就是。"爹用手摸索着车身，我感觉那手像在我的头上。

"村前的那块地，包出去了，承包费正好买了车，轻来轻去的，拉点东西，也怪好。"娘端着锅去饭屋，脚步轻快，一脸笑，还是怕我和爹生气。

"你可别坐车，不稳当。路又太陡。"我对娘几乎是喊了。娘瘦弱，只有八十多斤，坐在车上，我没法放心。开车的爹，坐车的娘，七十多岁的父母，在摇摇晃晃的车上，就成了我日日挂念的一件心事。

在单位，和同事说到老人骑电动三轮，同事一声大叫："可别叫老人家骑电动车。前天，我老家的邻居，七十多岁，从他家出来，到大路上拐弯，路很宽，就是没拐过去，直行下了地堰，胳膊压在车底下，骨折了。年龄大了胳膊腿不灵活了，不行不行。"

我听到这个，觉得心在使劲缩小，像给铁拳攥住。

有位长者说过，一件事在你心里念叨久了，不定哪天就会如你所愿。我不愿意此事如我所愿，但还是发生了。

一年后的一个下午，爹去燕崖镇卖樱桃，在一个三岔路口被大车撞倒，责任全在爹，因为没看红绿灯，幸亏遇到一个老司机，幸亏那位司机是好人，把父母送到医院。爹的小腿骨折，娘脸上胳膊上腿上全是血，好在只是皮肉伤。

看着在病床上躺着的爹娘，我无法压住心里的怒火。这差点无法挽回的大事故，全是因为爹的一意孤行，不听劝阻。娘知道我的心思，拉我出去低声劝我："这也是为你们减轻点压力，我们还能动,就自己挣点,你可千万别再发火了。你爹也后悔着呢,又花你们不少钱。"

娘的伤轻点,我转头埋怨她:"说了不让你坐三轮车,爹年纪大了,不安全,现在好,弄一身伤。"

娘笑了笑,说:"你爹自己开车出去,我不放心。"

看看我没生气,又说:"你爹到底是年纪大了,他不服老啊,就知道他有一天会磕着碰着,我才坐在车上和他一块儿的。"

娘的脸上肿得老高,能不疼吗?但她还是使劲笑了一下。

相 逢

第一眼看见小男孩,李晓的心像被细长的针扎了一下,一丝尖锐深长的痛,慢慢泅满胸腔。男孩真像一只小老鼠,身体弱小,脸脏发乱,眼睛躲躲闪闪,看你一眼,又赶紧挪开,脏手无处安放。

看到这个小男孩,李晓想起了女儿小多。男孩和女儿的眼神太像了,怯怯的,像受惊吓的小老鼠,时刻想逃跑。

李晓也想逃跑,但她无处可逃。她能跑到哪里去呢?丈夫去世后,不只给她留下了女儿,还给她留下了已逾七旬的公婆,婆婆体弱有慢性病,靠吃药养着,公爹心脏不好,不能干重活。丈夫是独子,她能一走了之吗?

丈夫生前干过好多工作。其实,那也不叫工作,就是打零工。跟着搬家公司抬家具,去住楼的人家里捅下水道,给人家送纯净水,都是零碎的杂活,这里干一点,那里干一点,一天能挣几十元钱。要是挣到一百以上,就会在晚饭的时候,摆在桌上,一脸庄重,又毫不掩藏自己的快乐,那老实坦率的样子,让李晓心里乐开了花,李晓觉得幸福就是这样。直到丈夫趴倒在早餐车前。

去年冬天的那个黄昏,丈夫在院子里喊她,是一连声地叫,像懒汉捡到了金元宝。原来,丈夫没有和她商量,添置了一辆早餐车。很简单的车,不足两米长,胶皮轱辘,钢管车架,上面是玻璃罩子，玻璃上贴着红字"肉夹馍，两元一个"。玻璃罩子里，右边是液化气炉灶，左边是一块小案板，切肉切馍。是一辆二手车。

　　从那以后，家里的收入稳定了。天刚露一点白，丈夫给家里点上炉火，熬上小米粥。自己推车去学校附近卖肉夹馍。高中生勤奋，都是早起到校门口买点早餐，在教室里边看书边吃。买得最多的就是肉夹馍。丈夫实诚，馍大肉多，生意就好，一个大早上，能卖一百多元。

　　天大亮了，丈夫又去干点别的，到工地上打零工，或者再去搬家公司等活。谁会想到，这稳定的生活，只维持了半年多。那天早上，天阴沉沉的，一个值夜班的病人家属，为了躲避迎面骑车的女学生，猛地左转车头，撞了丈夫的早餐车上。本来也不是多么厉害，早餐车也只瘪了一块。可丈夫正低头切肉，没有看到车碰过来，他手里的半尺长的刀子，一下子掉过头，捅进了自己的胸膛。

　　看着镜框里白着脸微笑的丈夫，李晓的大脑一片空白，整个人木呆呆的。就像几年前，她被那个男人一拳打倒在地，忘记了身上的痛，大脑一片空白一样。

　　李晓患婴儿瘫，右腿略微短一点儿，走路一颠一颠的。找不到合适的工作，只好在家照顾公婆和小多。现在，丈夫的死给她换来了一份工作，在孤儿院干杂活，打扫院子寝室，洗衣物刷碗筷擦桌椅。在孤儿院，到处能看到李晓的身影，前院、后院、食堂、寝室，李晓一刻也不歇着。她怕失去这份工作，心想，如果没有这份工作，一家人可怎么活？

　　一个月一千多块钱的收入，还是交警队的同志操心安排的。

　　现在，除了公婆和女儿，李晓又多了一件心事，就是那个像小老鼠一样怯生生的男孩。

男孩不肯好好吃饭。孤儿院的三餐还算丰富,鸡蛋、面条、牛奶、炒菜、馒头,隔一两天就会调换一次。不过,早上吃得最多的是面条、牛奶和鸡蛋。李晓发现,男孩不喝牛奶。问他,他说不喜欢奶里的腥味。男孩也不吃面条,有一次,他竟然把面条碗推到了地上。问了老半天,他才说:"以前爸爸老是煮面条。"

"妈妈呢?"李晓问他。男孩低头说:"我没有妈妈。"

李晓的心脏又疼了一下。小男孩本来就瘦,现在又黑了,胳膊腿像干巴巴的竹竿。他在风雨亭的紫藤下,会一个人坐上大半天。或者把脑袋搁在腿上,使劲蜷着,像一只小老鼠。李晓在餐厅打扫卫生,隔着窗玻璃,看外面的男孩。

李晓去找院长。她在家长栏里,看到了那个男人的名字,在地址栏里,看到了去过很多次的那个胡同的名字。她的心一阵锐痛,这个小老鼠一样的男孩,难道是……她努力地站稳自己的身体。迎着院长诧异的目光,发出了自己的疑问。

女院长深叹了一口气,说:"男孩的爸爸吸毒,去戒毒所了。男孩的妈妈走了,不知道去了哪里。"从院长那儿出来,在风雨亭的石凳上,李晓挨着小男孩坐着,把手捂在孩子的手上。男孩也有冰凉细长的手指。

她和男孩的爸爸恋爱了三年,因为她的残疾,男友的父母一直不同意,他们在外租房子同居。有一次,男友一家人大吵一架后,男友的父母赌气外出,没想到,竟然出了车祸,双双去世了。男友把父母的死怪罪在李晓身上,时常对她大打出手,她只好选择逃跑。

竟然在孤儿院遇到了日思夜想的儿子。

当天晚上,李晓想了一整夜。

第二天一早,临出门时,她对公婆说:"爸,妈,咱家里要来一位小客人了,是个男孩。他会在咱们家慢慢长大。"停了一停,她又说了一遍。像是对婆婆和公爹说,又像是对自己说。

外面,正飘着雨。走到雨里,她没有打开手里的伞。

鸡头的故事

某夏某日,太阳很凶,端本书在藤椅里,欲睡。诗歌马来电,说去山里吃鸡,半小时后车到楼下接,还有散文张,画家刘。

这位诗歌马,说话做事,不容人推脱,他单位好,钱多,爱热闹,搁家待不住,小县城旮旮旯旯,都有他的动静,因自称"此生唯爱白酒和女人"而名扬县内文化圈。

车上已有散文张,话少,但"语言深刻"。车出城,一村边两间平房,挂着金字牌,字很大:沂蒙山画廊。画家刘,能画画,还能写诗写随笔。和画家刘一块儿上车的,还有一个二十余岁的女娃。散文张说:"是小姚吧,前年七夕情人节,一块儿在黑虎泉吃鱼来着。"画家刘说:"在画室帮忙,兼学画。"散文张"语言深刻":"画童啊。"一个写散文的,一点也不厚道,比小说家的嘴还损。

不过,小姚好看。

车停在村广场,过小桥,前面是民居,再走是土路,三拐两拐,听见鸡叫声。喘吁吁爬上一段土坡,地势一平,有三间屋子,鸡叫声从屋后传来。一间住人,一间厨房,一间隔两小间,放两张桌子,上午两桌,晚上两桌。不早订桌,来也白来,咋来咋回。

人不多,诗歌马请客,做了主陪。散文张年高,做主宾,画家刘在小城文化圈,擅长作陪,坐了主陪对面的副陪。我捡了个副宾。小姚在散文张和画家刘中间,倒水,添酒。

炒鸡上桌,热腾腾一大盆,鸡块匀称,颜色深红,花椒姜块大葱,夹杂在鸡块里,让人捻筷欲拾。诗歌马说不忙,我是主陪,得由我先伺候一下客人。众皆大笑。江湖规矩,菜上四味,即可开席,主陪要夹菜左右,以示对主副宾的尊重。众人大笑的原因是,就我们这几个人,熟得不能再熟,就连谁的相好是谁,都能叫上名字,这般客套,纯粹为了笑料。

有一点不可忽视,那就是鸡头的问题。一桌酒菜,只要有鸡头在桌上,那必属于主宾,别人只能干看着。所以,诗歌马用自家筷子夹了鸡头,颤悠悠要往散文张的碗里搁。散文张把半截烟一丢,起筷就把快到碗里的鸡头夹住了。两双筷子开始刀来剑往。散文张的意思是,他不吃鸡头,放他碗里是浪费,谁好这一口,就给谁。鸡头又回到大盆里。

诗歌马说,这事不对啊老张,你是那个安乐镇的,你们那个镇上的人不是爱吃鸡头吗?

这个我们都知道,在酒桌上,只要有安乐镇的人在,大凡碗里有鸡头,得先让着他们吃,不然的话,就比弄了他媳妇还要命,那得要掀桌子动刀子。安乐镇的人在县里当官的最多,据说与吃鸡头有关。

散文张话不多,能抽烟。别人抽烟漫不经心,他抽烟着急,一支接一支,像小孩子吃糖丸,不住嘴。此刻,他说安乐镇的人为啥爱吃鸡头,我还真不知道,许因为鸡头上有"冠","冠"者,"官"也。我也不是不吃鸡头,是小时候吃"伤"了。这个让我们吃惊。散文张生于20世纪70年代初,在安乐镇农村,他十岁之前能吃饱饭,就是好家庭了。一个吃鸡头吃"伤"了的家庭，得有什么故事呢？

几个人都放下筷子。箭在弦上，散文张点上烟，说了自己和鸡头的故事。

散文张家里人口众多，他是老小，上面还有三个哥哥三个姐姐。他出生的时候，他的大哥结婚，大姐出嫁了。俩哥俩姐在生产队挣工分，年头到年尾，吃不上几顿饱饭。能吃饱肚子的时候，是夏秋季，夏天上山下河，摘野果摸河鱼，凡毒不死人的，生的，冷的，都往肚子里塞。秋天是最好的日子，不光上山下河，还能去地里偷点玉米地瓜豆子，能见到点正经粮食。不管你爱吃啥，还就是粮食能长身子。嘴里能见到的肉，也就是河里的鱼虾山上的蚂蚱，鸡从何来呢？

散文张说，我上面三个哥三个姐，没有一个读书的。只有我，到了年龄，就上学了。他爹的那意思，得有一个读书人撑住老张家门面。到了学校，孩子多了，知道事就多了。那时候，孩子在一起，就是斗嘴比吃的，到了过年的时候，比糖果，比谁家能吃上肉。家里孩子少的人家，多少能割几斤肉，大多数还能杀只家养的鸡。俺家不行，过年能吃上一顿白面饺子，还不能吃饱。

但是有一年过年，到了年三十那天，俺爹突然拿回家来十几个鸡头，大冠子的，小冠子的，眯着眼张着尖嘴。洗净了，搁锅里煮出香味，我啃了仨，我爹啃了两个，其余每人啃了一个，那个春节，就让我一直没忘掉。

散文张说他爹死了以后，他才知道，那年吃的鸡头，是他爹一家一家去攒的，理由是散文张上学，累得整日整夜头疼，医生说吃攒来的鸡头，才能治好。村里人向善，就把自家锅里的鸡头捞出来，给了散文张的爹。散文张说，我知道了以后，就不愿意吃鸡头了。

什么头疼啊,我爹就是想让我们吃上一口肉。

大伙没说话。诗歌马把鸡头夹住,打量了一圈,站起来,放到了画家刘的碗里。画家刘为啥能坐副陪?擅长化解尴尬局面啊,他夹起鸡头说:"还能治头疼?哪天想女人想得头疼,就去买几个鸡头煮上。"说完,一口把鸡冠子咬掉了。

好看的小姚右手伸向了桌子底,画家刘瞬间眼球暴突,张大了嘴巴,鸡冠子一下掉在了地上。

戴智生

DAI ZHISHENG

江西余干人,景德镇工作,江西省作家协会会员,景德镇市作家协会副主席。作品散见《小说选刊》《百花园》《小说月刊》等,多篇入选各类年度选本及试卷,有作品被英译推介。

【参评作品】

《树神》《年货》《半座桥》《上梁》《严溪锁钥》《小年说事》《春条》《堆婆冢》《武娘》《加油》

【颁奖词】

戴智生从地方民俗风情中挖掘小小说创作的丰厚资源,善于从民间风物中捕捉写作素材,笔下那些游走于村落间的边缘人物有特点。老故事韵味淳厚,老人物亲切传神,传递积德行善,褒扬传统。写人传神,叙事生动,难得的是不急不躁,不蔓不枝,收放有度。长于开掘地域文化的历史底蕴,言情状物,开枝散叶,在怀旧情结中保持着生活的执念和温度。

漫天精灵

树　神

　　三爷爷受人尊崇，不完全因为年龄。当然，如果论年纪，他是后湾村最大的。后湾村长寿的老人不少，大都彷徨在84岁的"坎"边上。三爷爷九十有二，身体仍然硬朗，除了缺失几颗牙，面颊稍往里陷外，他鹤发童颜，看上去真有点仙风道骨的样子。

　　他的辈分也最高。

　　但这都不是他受人敬重的全部理由。

　　三爷爷没学过医，没访过奇方异术，却能治多种疑难杂症。有人无名肿痛，三爷爷"神仙手"隔空抓几把就好了；小孩受到惊吓，三爷爷会"叫魂"。最奇的是治婴儿半夜啼哭，三爷爷抄写三张纸条，"天惶惶/地惶惶/我家有个夜哭郎/过路君子念一遍/一觉睡到大天亮"家长贴在三个地方，婴儿半夜就不哭了。

　　纸条人人会写，但都没用，只有三爷爷一笔一画的欧体小楷，才灵验。

　　有人背地里说，那是迷信。

　　话传入三爷爷的耳朵，他不恼。他说，信则灵，不信则不灵！

　　如果说三爷爷就这点本事，那一定小瞧了他。他年轻时确实有过奇遇，一位化斋的和尚路过后湾，见他乐善好施，带他回山庙传授了一个秘方，专治跌打损伤。

　　秘方其实不秘，大家都知道就一味草药，即寄生在樟树枝干上的一种类似苔藓的植物,俗名骨碎草。但别人不清楚药引,更不懂推、拽、按、捺等手法。所以方圆五十里,有人伤筋动骨、脱臼骨折,多求于三爷爷。

三爷爷的正骨方法,比医院动手术、打石膏更省事、更实效。也可能因为,三爷爷接骨不收费。那是老和尚交代的,他从未违背。不过,有样东西三爷爷来者不拒,就是挂在堂前密密麻麻的各种锦旗。

有人事后销声匿迹,三爷爷也不计较。

只要患者找上门,三爷爷总是仔细检查,一阵拔拉牵引,再用捣药罐捣烂新鲜的骨碎草,敷在疾处,喂下药引,轻伤者三天痊愈,重伤者十天半月也有明显好转。

骨碎草当然也是关键,它生长的地方不同,药效决然不同。骨碎草只生长在樟树上,樟树大凡也会寄生骨碎草。后湾四周有成片成片的樟树,唯村口一棵大樟树上的骨碎草最具神效。

这是一棵古樟,树龄逾千年,主干需四人合抱,虬枝曲而舒展,叶绿茂密,覆盖面积几近两亩,气势磅礴雄伟。正因为该树古老苍劲,村民们信奉它为神树。树底下原来还设土地庙,供奉"社公"的牌位。有人患重病,或家禽出现瘟疫,就去大树底下献贡品、挂彩幡、烧香放鞭炮,据说每次都能逢凶化吉。

三爷爷相信法力无边,也认为自己治病一定有神灵相助。至于树神显灵,还是社公保佑,就不得而知了。

又有谁说得清楚?

何况,这里的一切发生了翻天覆地的变化。

城市建设日新月异,后湾村距新城区两里地,早列入统筹规划。村外成片的樟树命名为森林公园,土地庙迁走了,古樟底下砌了一个偌大的圆花台,周围铺满了草坪,已然是一个特色景点。

后湾村热闹了,休闲的市民、慕名而来的游客,每天络绎不绝。这里的零售业也应运而生,古樟旁边搭起一排小屋,经营各种小吃和纪念品,生意火爆。

其中有家小吃店兼营骨碎草,门口竖了一块醒目的招牌:灵丹妙药有备无患!20元钱一小包,现采现卖,供不应求。

村里人告诉三爷爷,他一惊,小步跑去,对着树上的人作揖,一边说,快下来快下来,不要糟蹋了好东西。

树上的人并不理睬,三爷爷也无法,那毕竟是人家的一条财路。

三爷爷年纪大了,很少迈出家门。即有一日,老城区一位老太太摔裂了盆骨,动弹不得,老太太患有高血压,医院不敢贸然动手,子女把她抬到后湾。三爷爷诊视了老太太的伤情,简单!他从里屋拿出蒙了一层灰尘的捣药罐,让人搬把梯子去村口的古樟树底下。

架设梯子前,三爷爷习惯亲自焚香礼拜。仪式虽然简单,但那是对树神的敬畏。

古樟依然巍峨,只是树干光滑如镜,看不见一棵骨碎草。三爷爷望树兴叹,无奈地掏出几粒丹丸,交给老太太的儿子手上,说:回去用米酒熬水送服,赶紧送你娘去大医院吧!

年 货

戴智生

街上的摊位多了起来，到处出售大红大绿的年画。大年还有些时日，家家便一律忙碌起来，大扫除、办年货。

和平的爹娘有分工：娘主内，爹主外。和平是大儿子，读初中，没有寒假作业，便做娘的帮手。家里如何划算，他听到爹娘商量，哪些东西该买，哪些有供应票的也要放弃。

大年一日日临近，爹反而一脸严峻。娘再三交代儿子："办过年的事，不能乱说话，莫惹爹生气。"

糯米是爹从十里湾姑姑家背回来的。爹先送去一些紧俏物资，比如火柴肥皂印花布。糯米、粳米掺在一起浸泡，磨粉，上甑大火蒸熟，倒在模子里压实，便是年糕。年糕"年年高"，是过年不可或缺的。年糕真实的好处，耐饿省下饭菜。只是做年糕烦琐，需要好多帮手，和平自然也要出力气。

和平很不愿做这件事，推磨很累，又枯燥无味，他的心思野在外头。

屋前不远处是河湖，湖畔有块丘地，长了成片的樟树。树上有成群结队的麻雀、白头翁，叽叽喳喳。和平自制了一把弹弓，时不时钻进树林。林边沙滩还栖落一种鸟——乌鸦，迷信说，乌鸦在头上叫不吉利，是凶鸟。

和平最喜欢打乌鸦，他溜出去几次，都被喊了回来。娘说：

"你真不懂事,再偷懒,别想买新鞋。"和平老实了。脚上的鞋,露出脚趾,帮也破了,早想买双新的,爹不给钱,娘做了双千层底,土不拉叽,他不肯穿,就指望过年买双解放鞋。

太平被爹拧着耳朵揪回家,还挨了一个闷响的爆栗。太平是和平的弟弟,人小不用做家务,他挨打是因为坐在地上玩泥巴,裤子磨破了。

"兔崽子,没一个爱惜衣裳。"爹骂儿子总是一块骂。

和平无故受牵连,冲弟弟扮鬼脸。太平摸摸头上的包,隐隐作痛,见哥哥幸灾乐祸,有气没出处,把膝盖上的破洞撕大了一些。

这裤子原本是哥哥的。太平内外穿的是旧衣裳,容易破,为此经常挨打,冤枉!太平觉得受了委屈,抬腿一脚,把屋檐下的鸡笼踢翻了。

这下又闯了祸。

笼子罩着两只鸡,一只预备正月请客,一只是过年的大菜。没有笼子约束,鸡扑扑地往外蹿,瞬间冲出了院子。

太平吓得脸煞白,呆若木鸡。

娘在堂屋发现,脱口说:"发了财!"抓起扫帚往外追。爹又给了太平一个爆栗,随即也追了出去。太平头上火辣辣的,回过神,看爹跑动的姿势,未老先衰,下次挨打前,跑远些,爹肯定追不到。

爹抓鸡回来又要出门,戴上手表,怎么不走针?贴近耳朵听,没有嘀嗒声,发条断了,刚才摘下来做事,明明是好的。

"兔崽子!"爹凶巴巴地扫一眼屋里,不见儿子的踪影,就对厨房孩子他娘嚷:"兔崽子把我手表弄坏了!"

娘心里一震,天!谁又要遭殃?

她立刻停住手中的活,站在通厨房的过道,挡住寻儿子的爹,故作轻松地说:"这块便宜货,不防水不防震,买块新表过年。"

"哪里还有闲钱?"爹白了娘一眼,问,"兔崽子在厨房?"

爹发出第一声,太平就从后门跑了出去。其实这次不是他,是哥哥。和平正在厨房洗筲箕,乖着呢。

和平的神色暴露了一切。爹把娘推开,举起拳头,就要冲到和平的身边。娘的动作更快,抢先一步赶向前。

"打、打一顿!"娘的巴掌打在和平的屁股上,嘴里一边说,"不听话的败家子,打一顿好过年。"

娘下手的时候,身子却护住了儿子。

香菇木耳买了些,储存在米缸里。还有一些年货没办齐,爹有点急,频繁地奔波集市、副食品店。家里计划腌制些咸肉,爹排了几次队都没买到,回家脸色铁青,坐在门口的板凳上骂人:"他妈的,全被开后门的买走了。"

昨天纷纷扬扬下了一场雪,天气特别冷。寻食的乌鸦在屋顶飞来飞去,"嘎嘎"的叫声,闹心,可恶。趁爹娘不在家,和平带着太平去了树林。

和平知道乌鸦停栖的地方,弹弓的技法也不错,一去就射中一只。可惜不致命,受伤的乌鸦歪歪斜斜飞向湖边。兄弟欢快地追过去,乌鸦钻进枯萎的乱草中,不见了。和平又分明看见湖面近处有条鱼,半米长,大鱼!也似受了伤,肚皮翻天,尾巴还在动,原处打转。

这是送上门的年货!

和平默念:鱼头鱼尾用萝卜丝煮,可以煮一大锅,中段用盐腌,年后可以吃好几天。更重要的是,不用花钱买,说不准能讨爹欢心。

和平把自己想乐了,不假思索准备捞鱼。

折一根树枝不够长,岸边结了冰。他小心翼翼踩在冰面上,一步、二步、三步,咔嚓!和平掉进了湖里。水刺骨地寒,和平接连打了几个冷战,大鱼近在咫尺,衣服反正湿透了,他索性游了过去。

　　和平抓到鱼,鱼竟然挣扎,尾巴打得水花四溅。

　　太平开始还快乐地拍巴掌,眼见哥哥越来越吃力,怎么努力也游不回来,才惊呼:"哥哥——哥哥——"

　　太平跑回去喊来人,岸上北风习习,湖面只有一道道涟漪。

戴智生

半座桥

半座桥又叫寡妇桥，寡妇桥无疑与寡妇有关了。

别的桥梁下面都是完整的桥洞，半座桥下面半孔洞。

古藤老树，小桥流水人家，暮归老牛，后面跟着蓑笠老翁。这是涟溪村常见的画面。

涟溪村在偏僻的山里，阡陌蜿蜒，溪涧纵横，小桥必不可少。最简易的桥，横亘两根树木，抑或架块青石板；永久性的桥就是石拱桥了，短的跨度不足三米，长的十几米远、桥下双孔洞。

石拱桥由族人捐建，一石一柱一墩一栏或有刻记。这是相当体面的事情，谁都想光宗耀祖，但不是人人都有资格。涟溪村出茶出笋出木材，也出官吏，他们族姓彭氏，崇尚读书，历代都有子民考取功名。宗谱记载，四十余人先后跻身仕途，最高官职二品侍郎。族规约定，五品以上官员可在故里造一座石拱桥。

至乾隆五十二年，涟溪村兴建石拱桥十八座。

话说当年村里有位员外，拥有几百亩山地，县城多处店铺，经营茶叶、木材和百货。这位豪绅口碑尚可，每逢灾年必开粥厂，祠堂修缮、义塾馆维护，他捐钱最多，人称彭大善人。

彭善人有个心愿，也想在村里建座石拱桥。他找族长，族长摇头，祖宗的规矩不能破。彭善人不甘心，许下重诺，族长不敢擅断，召集几位长老商议，最终同意让他先铺一条石板路。

这路原本就有的，三里便道，极简易，村里人不常走。便道通向茶马古道，皖赣商贸必经之路。茶马古道人来人往，过了涟溪村，上行三十里才有人家，所以经常有人拐进村，借宿煮饭喂马。

虽然桥归桥路归路，但彭善人还是应承了下来。

他包给了一位石匠。

石匠是下黄村请来的。下黄村的男人半数做石匠。黄石匠现场勘察，路基现成的，上面铺层青石板，挺容易。他估算价格，彭善人不还价，两人爽快签字画押。

手艺人讲究信誉，黄石匠也确实不会报虚价。

黄石匠收到钱就开工。采石场在青龙山，相距十里，他开始让人把石材送过来，自己找个帮手搬石垒路。石材送来几次，黄石匠心慌了，仔细核算，造价竟然少报了一大截。

他硬着头皮找彭善人。彭善人没让座，端起盖碗茶，轻轻吹了吹碗沿，说："价钱是你定的，我没少一文，白纸黑字！"

黄石匠无言以对。

他回去告诉老婆，沮丧地说："这下亏死了，怎么办？"

老婆没有责备，而是平静地说："是屎也要吃下去！"

他们成婚多年，日子虽然艰难，但彼此体贴关怀。不知何故，老婆至今没有开怀，他们听见骂人的话"做缺德事断子绝孙"，便浑身不自在，所以做事做人格外小心。

偷工减料不能做，省吃俭用，事必躬亲。石材不用人送了，黄石匠自己用独轮车推，老婆用根绳子在前面埋头拉。帮工辞退了，老婆抬石头，也焖饭。下饭菜是盐水炒小石子，吃口饭吮下石子咸味。生盐吃了反胃，舐过的石子洗净可以重复使用。

过去半年，路上青石板铺了三分之二，黄石匠再也无钱采购石材了。事情到了这地步，他是哑巴吃黄连，更觉没面子，一个小项目都搞砸了，以后怎么在本行当立足。

他整日唉声叹气，是夜，黄石匠在一棵樟树上上吊了。

涟溪村的村民把他就近掩埋在荒山上。

老公一了百了，妇人又悲又恨，她恨老公懦弱，恨得潸然泪下。擦干泪，妇人央求村民在岔路口搭间草屋，青石板不铺完，她决不离去。

她想好了，别的事情做不了，卖点茶水和马草。"宁喝生水，不喝温水。"水要烧开，不能害路人屙肚子；夏天凉粉也做，平时备点山货，过往的行人草屋歇歇脚，借锅造饭，有时也会照顾一些生意。

三年了，她酬到钱就铺路，一丈三丈十丈，总算铺到涟溪村的西头。

西头有条小水沟，上面有块青石板，跨过去就是村里人家。

路人把妇人的行为传开来，她名声大噪，大家誉她刚烈女子。

彭善人不能再无动于衷了，他补偿了妇人一笔钱。

妇人号啕大哭了一会，没有眼泪。她拿着钱找族长："钱我不需要，在沟上面建座桥吧？"

族长同意了。

为了有所区分，又不违背族规，小桥设计成半孔洞，意为半座桥。

碑石铭记了妇人事迹，村外人称这桥为寡妇桥。

上 梁

臧湾是个多姓的古村,南北通衢,曾有商铺九百九。"十里金街"还在,石板路面深凹的独轮车辙,街两旁典雅的"百岁坊"和五座巍峨的祠堂,依稀可见当年辉煌。老店面所剩无几了,原址上盖起了一栋栋水泥楼。

秦礼忠住的仍是老房子,布满霉斑的招牌"香茶油坊"还悬在屋檐下,遇风摇摇欲坠。

儿子问他:"街上老房子快拆完了,我们什么时候盖新屋?"

老秦答得干脆:"莫想!"

原因说过多次,邻里拆不拆是他们的事,自己决不拆祖屋。老秦有些郁闷,儿子怎么听不进他的话呢,特别是房屋改造这件事。

秦礼忠在臧湾也算头面人物,无论哪家婆媳不和、兄弟分家,都请他去。他今年66岁,当过村长,摆理可以摆出一箩筐。

臧天寿的房屋改建,选定吉日上梁,也请秦礼忠去坐镇——这个天寿不请他也会去。臧湾有传统,只要有人办大事,街坊都会随份子。钱不在多,目的是帮忙出力气,借桌子搬板凳,炒菜洗碗筷,各尽其能。老秦当然清楚,上梁是木匠唱主角,他只能打边鼓。

上梁仪式极其神圣,它寄托着这户人家子孙后代的兴衰荣辱。

制作房梁的过程,同样讳莫如深,其间最忌女性触碰。天寿的房梁隐蔽在臧氏祠堂加工,上了桐油画了符。

这天大清早,十几位后生把房梁抬到宅基地。铁匠先钉梁环,木匠接着出场,升梁、就位、挂红,每个环节都要喝彩。那边老秦指挥年轻人放鞭炮,恰到好处,气氛热烈庄重。最后木匠撒麻糍,坐在梁上唱:

福也!

贺喜东家,先到浮梁买芝麻,再到景德镇买糯米。

买了糯米进磨坊,做出麻糍抛栋梁。

一抛东,贺喜东家出相公;

二抛南,贺喜东家出状元;

三抛西,贺喜东家穿朝衣;

四抛北,贺喜东家坐衙门,掌管文武百官权。

仪式临近尾声,老秦悄悄离开了。他信步走向"百岁坊",那是他每天必去的地方。

百岁坊是早年五大家族共同兴建的一座聚德轩,专门赡养孤寡老人。廊屋经历了百年,石栏窗棂都保存完好。里面的设施,倒是跟上了形势,空调电视、抽水马桶,一应俱全。

老秦热衷这里的事务,他积蓄不多,捐款不少,俨然是个领头人。

儿子为此事没少责怪他:"你又不是地主,家里破烂不堪,外面充什么好汉?"

老秦被儿子呛住,蹦出一句粗话:"你懂个屁?滚!"

老子骂儿子天经地义。儿子没有滚,他退一步说:"老房子不推倒重建,也该修缮一下吧?"

"这个可以考虑!"

儿子等的就是这句话,他其实早已相中一根做梁的料。

臧湾东河码头上行三里地,是汪村地盘,山高林密。汪村人习惯把成材的树木砍倒,刨皮去枝后就地风干,等待自用或出卖。

据传,这里原先还有一个风俗:建屋造房,偷梁不究。

一天深夜,秦礼忠被嘈杂的声音吵醒。他披衣走出厢房,儿子在厅堂兴高采烈地给一班朋友散发纸烟,地上赫然卧着一根粗壮的木头。

秦礼忠左脚踩着木头问:"哪里弄来的?"

儿子答:"汪村。"

秦礼忠沉下脸,问:"偷的?"

儿子说:"偷梁不算偷!"

"呸!你懂个鸡巴。"秦礼忠非常生气,大声训斥儿子:"就算偷也要有偷的规矩!烧纸敬香,自己砍树,你做了哪件?你看你们偷来的木头,明明是现成的材料,这叫不劳而获,不是偷是抢啊?!"

声音惊动了左邻右舍,有人过来劝解。邻居说:"既然搬来了就放家里用,你们的房子也该整一下。"

"不行!绝对不行!这种缺德事我们不能做。再说了,我们家也不是建房子,换两根白蚁蛀空的柱子就行,用不着这样的好木料。"秦礼忠说着,走到儿子的朋友面前一一作揖:"辛苦各位了,麻烦大家现在抬回去。"

儿子最终听了他的话,秦礼忠心里宽慰了许多。

第二天一早,秦礼忠打开大门,眼前的一幕又让他吓一大跳。屋檐下,整齐地排列四五根杉木,全是柱子料,粗直老长的。

秦礼忠怒冲冲地把儿子叫醒,正要开口骂,儿子惺忪着眼,举起右手对天发誓:

"真不是我干的!"

戴智生

严溪锁钥

> 锁钥，开锁的器件，比喻成事的关键所在。
>
> ——题记

江文清在门神的下方贴了一张便笺，上书：非经本房东许可，请勿进屋打扰！

字是软笔寸楷，乌黑方正，大小如一，标准的馆阁体。

游客发现门上的字条，有人停顿下来，探头张望一下就走了，也有人根本不注意，径直闯进他的庭院。

江文清并不制止，他坐在堂前的火桶上，腰身以下盖件旧棉袄，面无表情，任人取景拍照。来人发现八仙桌上的剩饭剩菜，竟也猎奇。江文清略有不悦，挪了挪身子，欲言又止，摇摇头干脆闭上眼睛。

他的家是一幢三间穿堂式砖木老屋，雕梁画栋。外面观望，高耸的封火墙，繁缛细巧的砖雕门罩，就很吸引人的眼球。

这类相似的徽派古宅，严溪村还有140多幢。

严溪村坐落在赣东北偏远的山谷里，谷底枕东谷口在西。谷口即为村口，前面横亘一条清澈的溪河。村口有座牌楼，筑在一棵大樟树底下，门牌正中镶嵌匾额：严溪锁钥。跨过石桥，穿越牌楼便是村庄。里面布局叶脉状，酷似迷宫，颇少见。地面清一色青石板路，主道两边均是木门板店面，既住人也经营茶叶和油茶，还有的开设农家小吃。

这里已然是一个旅游景点，慕名而来的游客络绎不绝。

江文清的老屋在一条小巷口，只居家，别无他用。游客频繁闯入，他实在有点不胜其烦。

如果来人对严溪村的历史饶有兴趣，江文清倒也乐意奉陪。他会客气地引你上座，泡上自制的茗茶，与你侃侃而谈；客人兴致浓厚，他会小心地捧出一本毛边纸手抄，里面是他收集整理的资料。

他告诉你，严溪村原先四周长满了桃树，最早叫桃花湾。光武年间，东汉名士庄光，为远离政治，也为避光武帝讳，改名严子陵，隐居于此，终日溪岩上垂钓，悠闲自得，"严溪"便由此而来。

严溪村自古盛产茶叶，闻名遐迩，茶号遍布全国各地。他们有修桥铺路、大兴土木的俗风，祠堂、戏台和私宅都十分讲究。鼎盛时期，这里"门户三千庄八百"。

可惜严溪村经历了一段时期的衰败。

尽管如此，江文清始终以祖辈为荣，曾经的衰落，他也有新的诠释。正因为衰落，这里的古建筑才保存了下来，历久弥新。当然，喧嚣打破原有的宁静，不是他愿意看到的。

乡政府为了保护古村风貌，在村口对岸建起了住宅小区，村民搬迁可以自由选择，江文清犹豫不决。

儿子轮番吵他的耳朵，那边设施齐全，不潮湿，视野开阔，我们搬过去住吧？

他不置可否，心想，我又不痴呆，搬过去自然好，只是穷窝难舍呀，何况老屋也有老屋的好处，冬暖夏凉！

孙子天天跟着他屁股后面转,我们要住新房子,那里离学堂近。

他终于松了口,搬吧搬吧!

两个儿子搬迁过去,一家便分成了两个小家。

那是"树大分枝"的必然规律,他心里仍然不是滋味。

江文清把自己留了下来。房子要住人,房子要通风,不然房子会发霉虫蛀。

再说,他没有想好跟着哪个儿子过日子。

还有一个的原因,他计划撰写有关村史的文章,住在老屋里更有启发。

江文清当过教师,在老一辈里面算是顶有文化的人。年轻人后来居上,但他们喜欢外面的世界,想法也不尽相同。他觉得自己有责任,应该留下一份像样的遗产。

遗产不一定都是物质的,也可以是文化。当然,文化要有点思想内涵。

江文清坐在家里,终日苦思冥想。他孤身一人,平时也没有别的事情做,洗衣弄饭都是儿子轮流照料。这很方便,老屋距新区不远,他吃饭去儿子家,不愿走就让儿子送过来。

他更愿意在村里转悠,祠堂的遗址,倒塌的戏台,正在修缮的义塾馆,都是他常去的地方。江文清有天发现,义塾馆应该少了件东西。他站在院子里回忆,猛然记起堂柱上原来有副对联:"忠厚传家久,诗书继世长"。

严溪向来有兴办教馆的族风,崇尚诗礼传家、邻德里仁的信条,现在好像慢慢淡化了。

江文清走出义塾馆,心里有点失落,又有点兴奋,他似乎找到了可以落笔的地方。

小年说事

　　田蕴鑫的算盘打得精,名下百亩田,仅雇了三位长工。他有五个儿子,老大老二圆了房,还有三位童养媳,加上长工同锅吃饭,偌大一个家,后厨也不请女佣,全由内人和童养媳负责洗洗弄弄。

　　去年,固定的长工还是两人。田蕴鑫年纪大了,跟着一块锄禾拔草,腰酸背痛,开年才又雇了一位。

　　新雇的长工,是老长工徐永康带来的,他的亲侄子,名叫二宝,十七岁的后生小伙子。

　　徐二宝读过两年私塾,家里到底穷,没有读下去,又没有学其他手艺,糊口是个问题。徐永康旧年在东家过小年的时候,田蕴鑫托他来年物色一位长工,他觉得东家待遇尚可,心里藏私,想到了自己的侄子,新春元宵第二天上工就带来了。

　　听说二宝识字,田蕴鑫破例给他配了一盏灯。灯是铸铁的老灯盏,形状似锅,似小孩的巴掌大小,凹窝盛青油,浸根灯芯草,点着后灯芯会烧灭,所以时不时要用竹签把灯芯挑出油面,正所谓的"挑灯"。

　　灯光虽然暗淡,晕圈一二尺,这可是以前房间不备的,点灯耗油,田蕴鑫舍不得。徐永康原先两个人,不管白天是否劳累,晚饭后没事,习惯早早洗洗上床休息,半夜小解,门背后有尿桶,熟门熟路,摸得准方位。

二宝来了,同他们一间房。他们住在栈房里,正屋的西边,几步路。栈房不小,囤谷放农具的地方,特意隔出一间房住长工。

田蕴鑫对二宝说:"你要看书,跟我儿子说一声,自己去书房拿。"

二宝不太好意思,先借了一本《警世通言》。

白天没法看书,田头事情多。二宝跟着徐永康学种田,播种插秧,作埂蓄水,除草施肥,节气是关键。农闲的日子,东家也会安排事情,劈柴、舂米、捡屋漏。徐永康告诫侄子:"你还年轻,做事不要偷懒,让东家欢喜。"

二宝做事还真不惜力气,舂米是体力活,他一人承担下来,舞动木杵,汗流浃背。

田蕴鑫含笑踱着方步近前来,围着二宝转一圈,本想夸一句,看见石臼四周的地面谷米四溅,脸色立变。但他还是不急不缓地交代:"等一下把地上的米扫干净,没沙子的人吃,有沙子的给厨房煮猪食。"

"哦!"二宝不知道东家已然不高兴。

二宝干体力活,又在长身体,饭量特别大,田蕴鑫倒不是很计较。掉在桌上的饭,二宝不拾回碗里,趁人不注意弹落地下,踩上一脚,这让田蕴鑫很不舒服。老话说,糟蹋粮食会遭天谴。

徐永康也发现一个问题,提醒二宝好几次,饭桌中间的菜,比如米粉肉或鱼块,一餐只能夹一次,主人也是如此,女人过后上桌,还要吃剩菜剩饭呢。二宝记不住,总是不自觉地重复下筷子。

更甚者,只要有好菜下饭,二宝嘴里发出的响声特别大,"吧唧吧唧",猪吃食似的贼难听。

有日吃罢晚饭,二宝他们回了栈房,田蕴鑫的大儿子忍不住开了口:"辞了二宝吧?"老二更坚决:"辞!"父亲当即喝住:"不懂规矩,哪有中途辞退人的?"

以前,大户人家请长工,开始便说好了雇用时间,议好了工钱,虽是口头契约,雇佣关系,但大家都讲信誉。

这种事一般都是过小年的时候议定的。

腊月二十四,似乎是专门慰劳长工的日子,一年到头辛辛苦苦,东家在这一天设宴招待一餐好吃的。吃了小年饭,长工就可以回家准备过年了。

小年的来由还有另一种说法,暂不赘述。

且说二宝,有使不完的力气,而他做事总是毛手毛脚,经常走神,有时还有点恍惚,嘴里会突然冒出一句:"李生真傻!"

二宝借来的《警世通言》,搁在床头一年了,翻来覆去只读《杜十娘怒沉百宝箱》一文,他为杜十娘惋惜,不能自拔。

日子不紧不慢地滚动,转眼到了腊月二十四,南方的小年。田蕴鑫照例添了几道好菜,上了烧酒,客客气气敬了三位长工。饭毕,结了三人的工钱,又格外送给徐永康叔侄每人半袋米。

徐永康明白,田蕴鑫"打发"半袋米,自己和二宝来年就要另寻东家了。

戴智生

春　条

　　周天庆正月十五出生,过罢元宵七十三。到底年纪大了,睡眠少,他清早河边溜达了一圈,返回家,天才麻麻亮。周天庆拿把竹扫帚,把门前的鞭炮纸屑扫成堆,忽然想到重要的事,放下扫帚冲屋里喊:"有、有谁起来了没有?"

　　老伴在堂前擦桌子,听到老头子鬼叫,移步大门口,轻轻地喝住:"一早发什么神经?让他们多睡一下!"

　　周天庆便不作声,抬头,盯住贴在门楣上的春条发愣。有穿堂风掠过,春条轻轻地飘摇摆动。

　　春条颇有点讲究,它贴在横批下方,五张长方形的红色镂空剪纸,等距排列。春条又称天庆,周天庆的名字就是由此而来。春条还有个通俗的名称,叫门前纸,元宵过后要撕下来的。这是以前的规矩,现在知道的人不多了。

　　前些年,周天庆都是自己搬梯子,爬上去撕下门前纸,近年只能有求他人——不是求,是发号施令。

　　老头子在家说一不二,唯有老伴会顶撞两句。

　　他们有俩儿,对周天庆的话唯命是从。谢天谢地,两个儿子非常出息,都在省城,老大建了厂,老二办了公司。

　　省城距家两百公里,路途不远不近。周天庆规定,儿子平时可以少回家,三节两寿必须回。三节两寿即端午节、中秋节、春节和父母的生辰。儿子基本做到了，现在有这个条件。

两兄弟是赶回来过年的，吃团圆饭前，先去了爷爷奶奶的坟头上祭祀。新年头三天，两兄弟结伴给每位亲戚拜年，初五老二就走了。老大的工厂没有开工，留了下来，故乡朋友多，隔三岔五有应酬。周天庆倒是没生气，但他不准儿子睡懒觉，有空就带媳妇帮帮厨房的母亲。

正月十四，老二又折返了，一辆奔驰商务车，塞得满满的。年轻人真是作，回家住两天，孙子的洗澡盆也要带来带去。不是碍于儿媳面子，周天庆又要责备，养儿粗茶淡饭就行，不要惯坏了他的孙子。

大儿子同父亲商量，元宵节去饭店订个包厢。周天庆不同意："过节跑到外面吃干啥，破费还不热闹。"

年三十的火，十五夜的灯。

元宵这一天，家门口悬挂一对跑马灯，楼上楼下的电灯全部点亮。晚饭是妯娌洗洗弄弄的，挺丰盛。酒桌上无大小，父子也划拳，"哥俩好"！

十五也是周天庆的生日，儿子把孙辈喊拢来一起敬酒。爷爷高兴，让孙辈轮流说句吉祥话，不要重复。长孙说："祝爷爷福如东海寿比南山！"孙女说："祝爷爷身体健康长命百岁！"轮到小孙子，停顿了下来，他想了一会高声朗："祝爷爷早生贵子。"

"哈哈哈……"屋里爆出热烈的笑声，周天庆也抿嘴笑，一家人其乐融融。

外面也非常热闹了，"咚咚隆咚镪"！一阵阵锣鼓声传进来，那是街上舞龙灯表演。有邻家小孩，举着小灯笼，羞羞答答来到家门口喝彩："打灯笼，进华堂，华堂门前贴对子，对子里头出状元，状元撞一家，生个儿子中探花……"

周天庆准备了很多零钱，抽出两张一元钞票，让老大送过去："赶快打发！"

孙子缠住爷爷的腿，也要打灯笼。周天庆年年都会动手，用细竹扎骨架，糊上彩纸，制成兔子或小鱼形状的小灯笼，搁在卧室的衣橱顶上。他让老二拿出来，点上蜡烛，孙儿孙女举着灯笼欢欢喜喜出去了。

周天庆守在家门口打赏钱，小孩一阵风似的来了一拨又一拨，渐渐少了。他把零钱交给老大："再有人来你打发一下，我要睡觉了。"周天庆走到卧室门口，回头又说："差不多时你们也早点休息，明天赶早走。"

老大说："我想在家再住两天。"

周天庆说："不行，你们明天就走！"

老大没有搭腔。

一夜无话。

早晨，周天庆被老伴喝住，心里不舒服，想想还是自己搬梯子。老大一边穿衣服一边赶了过来，连忙说："我来我来。"老二也下了楼，帮着扶梯子。

周天庆站在旁边，一脸严峻，嘴里重复往年的陈词："撕下门前纸，各自谋生活。"

老伴插话："你怎么这么古板呢？"

周天庆说："这不是古板，是规矩。不守规矩，儿子哪有今天？"

老大跳下梯子，拍拍手，笑着说："好！我们吃了早饭都走。"

堆婆冢

浙岭、羊头岭位于江西婺源和安徽休宁交界处，峰峦相连数十里。一条逶迤的石板古道，是饶州与徽州互通的必经之路，商旅行人、贩夫走卒，往来如织。山里人家淳朴，秉承"岭岭茶碗设"及"募化烧茶偈"的古老遗风，五里一路亭、十里一茶亭。炎热的夏天，挑担负重的路人大汗淋漓，遇茶亭歇脚消乏，一口粗茶，不啻甘露。

相传，山道设摊供茶起始于方婆，那是更久远的事情。

方婆生长在纷乱的晚唐时期，休宁县茶商之女，十五岁许配婺源一户方姓人家。两家世交，都很殷实。

丈夫从小读书，也习武，婚后不打理家业，混迹江湖，最后竟然跟人一同起兵反唐，担纲重要角色，攻城略地，杀人如草芥。丈夫彪悍了两年，被朝廷诱杀了，头颅悬挂在竹竿上。消息火速传了回来，整个村子大乱，一夜之间，方姓人家全部逃之夭夭，各奔东西。

可怜方婆无儿无女，公婆毫不顾及，让她自寻生路。娘家肯定不能回，她也担心娘家受牵连，再则自己新寡，晦气不能带回娘家。方婆盲目地奔命，翻山越岭，撞见了一座寺庙"万善庵"。

万善庵在浙岭山顶上，徽饶古道旁边。方婆一路担惊受怕，饥肠难忍，实在走不动了，突然萌生削发为尼的冲动。那会儿，寺庙院门半掩,庵堂庄严肃穆,方婆油然敬畏,站在门口又犹豫起来。丈夫伤天害理,自己也一定罪孽深重,岂能投入空门一了百了。

她退到寺院门前的菩提树下,楚楚地哭了好一会儿。

方婆到底没有跨入寺院的门槛,也没有离去,她请人就近搭建了一间小茅屋。草草安顿下来,方婆每天随寺庙的晨钟暮鼓而起居,听到院子里诵经、敲木鱼的声音也打坐,默念南无阿弥陀佛。

她的生活相当简单,一日两餐米汤野菜,滴油莫沾。这也是没有办法的事情,从夫家出逃,公婆没有打发盘缠,她只裹了几件换洗衣裳,路上她把衣裳及身上的首饰典当了,搭茅屋添用具,所剩铜钱不多了,后面的日子还细长。

方婆当然年轻,人称方婆,那是后来的事情。方婆不仅年轻,还有几分姿色。为避免节外生枝,她不与生人说话,也不以真容示人,换了补丁粗布衣,解开如意髻披头散发,脸上抹层锅底灰。

除了打坐,方婆也努力开垦自给。只是荒山野岭,农作物很难长成,满山的茶树,倒是可以换点零钱。她从小在作坊里长大,有采茶制茶的经验。茅屋矮檐下摆个小摊位,方婆卖茶叶也出售竹笋。有人询问:"几文钱?"

方婆和蔼一笑,伸出三根手指头。

来来往往的行人,很多在她摊位前歇脚,有讨水解喝的,也有借锅造饭的,偶尔有人照顾生意,方婆打心里感激,千恩万谢。她突然想到一件事情,生水容易腹泻,为何不煮点茶水供人饮用,兴许这也是一种自我救赎吧。

此后,方婆每天一大早去山间提新鲜的清泉,架火煮沸,抓把自制的茶叶,盛在小缸里,备三两只洗净的小竹筒,摆在摊位上,任人自饮,分文不取。转眼到了冬天,方婆把煮好的茶水倒在锡壶里,用破棉衣保温,茶水永远是温热的。

"茶香闻十里,善行传四方"。想不到做了一件好事,方婆的名声传开来。

做好事并不难,难的是做一辈子。方婆不曾挪窝,一辈子守在浙岭上,一辈子设摊供茶水。

方婆活过了花甲。她生前有遗愿,死后葬在茅屋后面的山坡上。

路人深感方婆的恩惠,为报其德,再次行走徽饶古道,都会提前捡块石头,安放在方婆的坟茔上。方婆的坟茔越堆越高,以致丈许,成了一处有名的标识,人们称它"堆婆冢"。

明朝有诗人感叹:乃知一饮一滴水,思至久远不可磨。

时至今日,徽饶古道稀有人烟,万善庵也早已失修倒塌,少有痕迹,而"堆婆冢"依然寂静地屹立在山坡上。

戴智生

武　娘

江南有个地方，一江两岸三省份，风俗大抵相同。过去，富裕人家高墙门楼，进去有个小院，媒婆带后生来相亲，先在小院停留一下，让躲在绣花楼的小姐窥视，而后进厅堂用茶。女方收下见面礼说明有戏了，拒收就是到此为止。

程荣秀从不躲在绣花楼，来人厅堂坐定，她径直站在娘的身后，察言观色，一言不合，抓起来人放在八仙桌上的礼盒，跑到门口轻轻一扔，甩过院墙。

娘照例赔小心："莫怪莫怪，小女不懂事！"媒婆带人快快离去，娘免不了又要骂女儿："你呀你呀！哪里有个姑娘样子，媒人都被你得罪光了，看你今后怎么嫁得出去。"

程荣秀25岁，老姑娘了，娘十分着急，到处托媒。糟糕的是，媒婆不太愿意张罗她家的事情，女儿的婚事难办。

家里三儿一女，父亲偏偏宠爱女儿。程荣秀从小不爱女红，喜欢舞刀弄枪，父亲专门为她请了武师。长大后，程荣秀兴趣不减，在家没事玩石锁，一根60斤重的铁棒舞得虎虎生风，与人过招难逢对手。娘打心里厌恶抛头露面的女儿，可是没办法。

"你的事我不管了！"娘说的不是气话。

"不管更好，说话算话。"女儿巴不得。

程荣秀又来到江边，坐在一棵枯了叶的枫柳底下。江中白帆穿梭，近岸小船悠悠，她的目光在对岸。

对岸有座山，山下两个村庄。右边是郑村，人口众多，抢先落户，插草为标，占地广阔；左边是谢村，小庄。

程荣秀有次访师归来，路过谢村时打摆子，头晕目眩，怕寒怕风。有户人家收留了她，主妇慈善，大热天翻出棉被让她盖，天天为她熬生姜葱白红糖粥。程荣秀非常感激，看到主妇喂她喝粥时的眼神，想哭。

这户人家只有母子俩，儿子叫宝强，忠厚老实，程荣秀临别时把他叫到江边。

"我明天要走了。"

"嗯！"

"你没有话对我说？"

"没！"

程荣秀懒得兜圈子，直接问："你要不要娶我做老婆？"

谢宝强一下脸红了，头摇得像拨浪鼓，好一会儿才说："我家太穷了。"

程荣秀说："有手有脚不会饿死，你等着！"

现在应该是时候了。

程荣秀传话过去，谢家终于来提亲了。女方派人过去看"家世"，男方只有两间矮瓦房，婚礼也是问题，太随意女方没面子，隆重吧男方承受不起。程秀荣有言在先，家里同意也好，不同意也罢，先礼后兵，不行就私奔。

娘一百个不满意，也只好认了。

双方报上生辰八字请人看日子，订婚仪式也省了。

谢家迎亲那天，半头猪肉是带来了，没有请花轿，谢宝强推来一辆扎着红花的鸡公车。

女方完全是按起嫁的礼仪操办的，程荣秀"开面"之后，换上红布内衣，外穿红绸旗袍，脚穿花鞋，头戴凤冠纱罩，胸挂铜镜铜尺，站在米筛上。

新娘打扮完毕，女人味出来了，程荣秀其实很美丽。

别人家嫁女，"哭嫁"是一种祝福的形式。程荣秀的娘真哭，撕心裂肺，她把伤心、委屈、无奈、不忍全哭了出来，满屋的人为之动容，程荣秀也流出了眼泪。

大哥把程荣秀抱上车，鸡公车的另一边，绑着她的混铁棒。女儿不继承家产，嫁妆不会少，枕头被子、雕花木箱、火桶、洗脚盆等，该陪嫁的都陪了。

噼里啪啦的爆竹炸尽，唢呐吹响，谢宝强推着新娘，叽嘎叽嘎原路返回。

迎亲的过程，比预想得顺利。

岂料，迎亲队伍过了渡，码头上遇到麻烦。

码头是郑村人的码头，郑村人拦住新娘不让走。

迎亲的人以为郑村人只是讨个"彩头"，交涉后知道又是敲竹杠。郑村人习惯欺负谢村人，以大压小，谢村人向来敢怒不敢言。

新娘不干了，唰地跳下鸡公车，呼地抽出混铁棒，跑到空地，大喝一声："来来来！谁跟老娘过不去，老娘铁棒不认人。"说完，原地一招"横扫千军"，收住，摆出"仙人指路"架势，横眉怒目。

郑村人知趣地散开来。

说也奇怪，从此郑村和谢村再无摩擦，相安无事。若干年后，程荣秀还把一对儿女送去郑村的私塾馆读书。

无论私塾要交几斗米，日子再苦，她都要送儿女上学堂。

漫天精灵

加 油

小南门是琵琶洲早先最热闹的地方，南北杂货、布号、济世堂、银匠店和棺材铺等，应有尽有。废弃的城墙脚下，有家榨油坊，整条街都飘着开胃的香味。

榨油坊是彭友良开的，祖业。彭友良膝下一儿，还未成年，他请了两位帮工。开榨的时候，帮工打着赤膊，推动吊在梁上的撞杆，撞击插在榨槽上的木楔，嘴里喊着号子：

秋季里来秋叶黄/细妹灯前卸晚妆/眉毛描得浓又香/独守空房无人陪/叫声细妹莫乱想/哥在南门榨油坊/有朝一日回家转/日同板凳夜同床。

帮工唱一句，用力推一次杆，"咚哐"沉闷的撞击声四处扩散开来，节奏分明。

号子是彭友良口传的，他满肚子顺口溜，还有更荤的段子。劳作时或唱或号，可以驱散疲劳和单调。但儿子在，他不唱，也不许别人喊号子，于是作坊里便只有"哼嘿哼嘿"的嗟叹声。

儿子懵懂少年，彭友良怕他学歪了，他早有打算，决不让儿子再干家传的行当。

榨油坊技术含量不高，先烘焙油菜籽或芝麻，碾磨成坨，上甑过蒸，倒在模具里踩实、用稻草包裹成饼状、铁箍固定，再按顺序排进粗壮树干挖空的榨仓中，撞击木楔挤压，黄亮醇香的油脂便一滴滴溢出，完全是体力活。

彭友良执意送儿子上了学堂。

儿子尚且懂事，为了节省买课本的钱，他白天上课，晚上借同学的课本誊抄。他的课本很特别，毛边纸装订的小册子，封面描了兰草，里面蝇头小楷工整，插图更是惟妙惟肖。

彭友良常常为儿子掌灯到深夜。

那时的百姓习惯早睡早起，无事不点灯，灯油珍贵。洋油（煤油）轻易打不到；家里办大事才点蜡烛；本地不产桐油，春季里油菜花漫山遍野，所以，平常人家还是备灯盏急用，点菜籽油。

彭友良的家倒是有掌灯条件。当然，澄清的菜籽油，他也舍不得。每次取出榨干的箍饼，榨仓的四壁，用猪毛刷总能刷出几两油来。刷下来的油也能食用，只是黏合细微的草屑和饼渣，他不肯掺在澄清的油品里出售，留下自家炒菜或点灯。

做事做人总得凭点良心。

家里条件固然紧迫，为了儿子的前程，彭友良甚至想，自己再苦一点，也要创造条件广积善缘，祈求上天的保佑。

他记起听过的一则故事：

清朝有位举人张瑛，为官三十余载，儿子念私塾期间，他热心善事。每当午夜交更时分，他都派差役挑着油篓巡城，发现哪户人家有人挑灯夜读，就帮他添一勺灯油。这是"加油"的由来！给别人加油，就是给自己添彩。张瑛的儿子因此成为一代贤相，儿子名叫张之洞。

彭友良暗下许愿，有样学样，依样画葫芦。

全城读书人的灯油送不起，一条街可勉强应付，彭友良打听清楚了，小南门另有四户人家的儿子在读书。由近及远，他们分别是棺材铺林掌柜的儿子、理发店王师傅的儿子、银匠店金老板的儿子和布号周掌柜的儿子。

彭友良也不是天天送灯油，等到换箍饼的那一天，刷下榨仓的油，如不够，好油凑。是夜，他左手托着盛油的砂钵、右手拿把勺，依次敲开邻里的门。

第一次敲门，四家邻里都惊到了。特别是布号周掌柜，他富裕人家，没想到有人送灯油。彭友良说，他是为读书的孩子"加油"。如此好意，他们欣然接受了。

彭友良发现，往后送去灯油，他们灯盏的凹窝几乎都是满的，添不了几滴油。彭友良还发现，其他家长也有举动，王师傅上门为学生理发不收钱，周掌柜为学校募捐是最多的。

小孩更是潜移默化，读书更加刻苦用心。

不过，棺材铺林掌柜家除外，他家换了一盏大灯盏。

熟悉林掌柜的都知道，他爱面子，又喜占便宜。他儿子其实不是读书的料，三天打鱼两天晒网，晚上更不会读书。彭友良送灯油的当儿，林家儿子只是做个样子，彭友良转身出了门，他家就吹灭了灯，灯油省下来炒菜。

他儿子后来继承了父业。

其他小孩还算出息，布号周掌柜的儿子去了日本留洋，理发店王师傅的儿子在上海勤工俭学，银匠店金老板的儿子本地做了教员。

彭友良的儿子彻底改变了命运，成为一位有名的画家。

肖建国

XIAO JIANGUO

湖北襄阳人，中国作家协会会员，广东省惠州市惠城区作家协会主席。多年来在《小说选刊》《小小说选刊》《百花园》等发表文学作品数百篇，多次入选各类选本并获奖，出版小小说集《那年大雪》。

【参评作品】

《爷父子》《桃花流水鳜鱼肥》《天下仙人渡》《惊弓之鸟》《我的名字叫农夫》《三更月呜咽》《1974年的黄头绳》《神道》《谁人知道杜家的哀》《我们的命运叫等待》

【颁奖词】

肖建国在以现实主义创作为主的基调中，塑造人物拒绝概念化和脸谱化，故事编排严谨，情节推进清晰有层次感，人物的言谈举止极显个性。创作态度真挚可感，文字表述节奏分明，重视情节的曲折和结尾的力度，故事有悬念，有意味，有包袱，字里行间，升腾出一股昂扬的正义力量。

爷父子

爷父子，捣蛋铺子。

这是地方俗语。捣蛋，对着干，谁也不服谁。

老耿和小耿就是这样一对父子。比如，大伙儿选小耿当村支部书记，老耿首先不同意。老耿说，这小子，没公心，不顾人，从我们一家人吃饭就看得出来。饭菜一端上，他就先动筷，专拣好的吃，狼吞虎咽，还得历练历练。

大伙儿先一愣，后哄笑，认为老耿幽默，欲擒故纵。

小耿在多数人的支持下当了书记。前任书记——老耿，退下来，当了委员。

老耿是孤儿，参加过对越反击战，在丛林里出生入死，立过军功。退伍后本来安排在国营单位当一把手，但老耿倔，偏要回到生他养他的小山村，心甘情愿地做了几十年的小村官。轮到儿子从部队复员，老耿才感觉自己实实在在地老了。看着依旧破落的村子，老耿对小耿说，留下吧，帮帮大伙儿。没有乡亲们当年的施舍，我早就饿死了，也就没有你，更不会有我们今天这个家。

小耿准备去深圳，战友泥鳅给他介绍了一份差事，年薪十万。老板说，表现好再加。

小耿看看老耿通红通红的眼，思索了良久，才点头。

没想到，老耿竟然不同意他当书记。

小耿气,不理老耿。吃饭也不聚一桌。端起碗,夹点菜,蹲在门口榆树下,吧唧吧唧吃得山响。

老耿没事一样,瞅空就对小耿指点这指点那。说:学校的围墙裂了,娃们都是一群踩死蛤蟆踢死猴的主,要赶紧修修。说:夏季就要到了,河堤要加固,万一有个闪失,损失就大了。说:村东头老党员——也就是你贺大爷病了,已在床上躺了三天,你要去看看……

小耿烦了,反问道:到底我是书记还是你是书记?

老耿也不示弱:你是书记,可我是你爹。

爹大书记大?

书记再大,也得听爹的话。

小耿问得冲动,老耿回答得痛快。小耿无言,起身就走。

气归气,老耿的话小耿还是照着做了。学校砌围墙,他时不时过去看看。给工人发一遍烟,说,要保证质量。孩子的事,不能闹着玩。工人们拍着胸脯保证,这墙要是砌不牢,提头来见。河堤加固,他第一个扛着铁锹到现场——这里没有机械化,全靠人工挖土方。他一捋袖子,干。工地上一片欢腾。贺大爷病重,他率支部成员一起去探望,感动得贺大爷泪流满面。

春夏秋冬,一晃5年过去了,小耿赢得了群众极好的口碑,然而他却没有得到任何重用和提拔。先是镇里公选一名副镇长,按票数,他第一,然而公布的结果不是他。再就是县里要确定一批青年干部做接班人,德、能、勤、绩,他都是优秀,可最后确定下来的名单里依然没有他。和退伍的战友们相聚,他最寒酸。人家上了一瓶XO,他竟说这黄酒没有自家酿得好,辣辣的,没点甜味。笑得满桌子人喷饭。已是处级干部的泥鳅意味深长地拍拍他的肩,说,想当官,要会作秀。

这话，让他嚼了又嚼。

进入六月，暴雨连绵。市里的头头亲自带队到各地巡视防洪工作。小耿眼前一亮，吩咐村里要准备好二十只木船。老耿骂他乱花钱，杞人忧天。说，这河堤我天天都在观察，结实着呢。小耿只是笑笑，难得一次不顶嘴，只交代村干部要让村民们进行自救演习。老耿骂，神经病！

没想到，让老耿意外的事情真的发生了。这天半夜，河堤决了口，洪水铺天盖地涌进村子。好在村民们都有准备，那边铜锣一响，这边村民们都收拾重要家当爬进小船。洪水来得快、大，冲倒了七八间房屋，但没有一人受伤。保住了性命的群众都说小耿有眼力，是个好干部。这样，一传十，十传百，小耿就成了非常时期的典型人物，受到了头头的亲自接见。

雨季过后，小耿连升三级，给县长做助理。

上任前一天，一直沉浸在幸福之中的小耿才发觉这些天来很少看到老耿。小耿心里顿时就慌慌的。

他想到了老耿，老耿就出现在他的面前。赤着脚，喘着粗气，手里还提了一双被泥巴包裹了的解放鞋，这鞋是他的。

小耿的脸一阵发白，浑身起鸡皮疙瘩。

父子俩对视良久，小耿慢慢地低下了头。

老耿一字一句地说，去自首吧，河堤是你做了手脚，经过挖掘才决口。

不。

你不去，我去。老耿说着就往外走。

小耿扑通跪了下来。爹啊，你是我亲亲的爹啊。你不能把这事沤在肚子里吗？

不能。

那我就死在你面前。

你死在我面前,我也要把这事说出去。否则,我就对不起把我养大的百家饭,就不是一名上过战场的军人,也就不是你的爹。

老耿说完就往外走,任小耿将头在青石板上磕得鲜血直流。

桃花流水鳜鱼肥

擦黑，儿子回来了，脚步把村前的小路踩得啪啪响，震得路边的桃花落了一地。狗，跟着就狂吠起来。

老铁倚墙而坐，眯着眼，瞅着渐行渐近的儿子，不起身，也不吭声。儿子自是瞧见了爹，忙放轻脚步，来到老铁面前，立住。

儿子掏出烟，递给老铁一支。夕阳的余光像被顽皮的孩子涂抹上锅烟，黑麻麻的。老铁看不清烟盒上的字，正犹豫着。儿子说话了："双喜的，拾元一盒，我抽得起。"

老铁这才笑一下，接了。儿子紧绷绷的脸上也绽开些笑容。

"知道村里的狗为啥咬你不？"抽口烟，老铁问。

这个，儿子确实没想到。按理，他是经常回来的，这狗不应该吠他才对。可今个儿日怪了。

"因为你不合群，你的心没跟这儿接地气。"老铁乜斜一眼儿子身上的衣服，儿子心里"咯噔"一下。这是套崭新的西装，为此，他还特意打了条领带。

"难道我就不能穿好衣服。"儿子有点不服气。

"当然可以，可要看在啥场合。你回到自己的窝，这种打扮，狗就觉得你变了，能不咬你？"

儿子不屑地哼了一声。

"不信，把这套衣服换上，再走出去试试。"老铁指指墙角，那里有一堆渔具，渔具上面放了一套普通的农家衣裤。

儿子极不情愿地脱下西装。"你火急火燎让我回来，不是为了让我穿这套衣服吧？"

"当然不是。走，跟我捕鱼去。三月桃花开，鳜鱼肥着呢，谁不馋呢。"儿子心里又是"咯噔"一下，乖乖跟着老铁往村外走。

你还别说，这次狗见了他们，没一个龇牙咧嘴的。

路上，有村民打招呼："王书记，去哪？"儿子习惯性张开嘴，想答。却发觉自己错了。老铁说："走走，去河边抓点鳜鱼。"

村民笑："你还缺鳜鱼吃，言一声，都往你家送。"

老铁说："不了不了，自己捕的，那才香。"

听这话，儿子脸上火辣辣的。

走到河边，天已完全黑透，只有两支烟头忽明忽暗。

这条小河从山崖子里流出来，水清藻绿，是村里的命脉。老铁退休后，不愿待在城里，回家义务当起了这条小河的巡逻员。他不许别人砍树，更不许别人电（药）鱼。有人偷偷做了，他就追到人家屋里去，坐那里不走。直到那人拍着胸脯保证下不为例，他才离开。遇到特别困难的家庭，他走时，会悄悄放下一些钱。

渐渐地，这条小河日益丰腴起来。

儿子少年时期，多次跟老铁来捕过鱼。他最爱吃的就是鳜鱼，那肉细嫩鲜美，脆香可口，故有"席上有鳜鱼，熊掌也可舍"之说。也因此，儿子对捕鱼这套程序了然于胸。

他们找了个小汊沟，开始挖窝。窝子挖得越深，留下来的鱼越多。老铁操起锹，儿子说："我来吧。"

老铁想了想，说："也好，这大黑天的，你一个人干活，我帮你瞅着，也省得跑偏了路数。"

儿子咂咂嘴，觉得老铁话里有话。于是，赶紧换个话题：

"爹，你知道不，我今晚还有一项重要的事要办呢？"

"知道。"

知道？儿子心里一惊，不再言语了。把浑身的力气全使在锹上。不一会就汗流浃背，手掌上也磨出两个水泡。不过，儿子不敢吭声。他知道，老铁正紧紧盯着他呢。

窝子挖好了，星星也撒满天空。儿子看看手机，已快十点了。儿子有些焦急。老铁说："干什么事非要等到这个时候？今晚就陪我抓一夜的鱼。"

黑暗中，儿子感觉老铁的双眼像X光，自己内心那点雾霾被照得紧缩一团，不敢放肆。

老铁在汊沟上游放水，儿子便拿起兜兜网扎在窝子后面，这样可把往下游逃窜的鱼挡回窝子里。

做好这一切，父子俩边休息边聊天。再过两三个小时，等露水全下来，鱼儿抢食吃，就可收网了。

老铁说："你给我说说话。"

儿子说："说啥呢？"

老铁说："说啥都可以。"

儿子像哑巴一样，好半天都没吭声。

老铁说："要不，我给你唱个歌。"

儿子扑哧笑了："你给我唱歌？"

老铁说："对啊，就是你小时候，我教你的。来，我唱，你也跟着唱。"也不管儿子同不同意，老铁就唱了：

月光光，照山岗。骑竹马，过河塘。河塘水深不得过，娘子牵船来接郎。问郎长，问郎短，问郎此去何时返……

老铁唱着唱着，儿子就接上了。父子俩一块唱，唱得蛙鸣虫叫，草木散香。

露水下来了,好大。

父子俩起网,从窝子里打捞起一兜篓鱼。有鲢子、鲫鱼、白条、草根,最多的是鳜鱼。老铁看看鱼,这个,小了,放吧。那个,正长呢,也放了。

儿子看看老铁,忽然什么都明白了。提起兜兜网,走到河边,全放了。

老铁像孩子一样哈哈大笑。

趁老铁不注意,儿子掏出手机发出一条信息:今晚活动取消,今后这样的活动也不许再搞。

发完,儿子陪着老铁一起笑。远处,传来几声狗叫,友好且悠长。老铁说:"走吧,回家。再不回,它们就会跑来接我了。"

漫天精灵

天下仙人渡

当我们感到快没有希望的时候,从江心岛划出一条船。浅黄的船身,半圆的乌篷,船尾站一老者,手执双橹,奋力向这边划来。

老海说,还是我的运气好,吆喝几声,把上帝都感动了,让老人家亲自出来接我们。

众人都夸张地笑,只有我心中扭曲着。

来江心岛看看,缘于教授在课堂上讲到程大鹏。一提起他,教授异常兴奋。这家伙,厉害!以前在滨市做官,据说口碑还不错。调到水城后,大权独揽,肆无忌惮。经查,当前水城贪污最多的是他,玩女人最多的也是他。在江心岛,他私人拥有一座白宫,每晚至少要两个女人服侍他。然而这豪华的安乐窝,最后竟成了他的葬身之地……

教授还说了什么,我们没记住。而"江心岛、白宫、女人"这几个词,却牢牢占据脑海。趁下午自习,我们驱车向江心岛赶来。

顾名思义,江心岛就是江中的一个小岛,面积有十多亩。如一叶扁舟,静卧在江水间。老海是本地人,介绍说,岛上原有几户居民,出入全靠两边的吊桥。程大鹏相中这块风水宝地后,以拆迁的名义将村民安置他乡,自己却在岛上建了白宫,并拆除吊桥,出入全靠红船。

然而,我们到来,却不见红船。用电话一打听,程大鹏刚出事那阵子，这儿当成反腐倡廉教育基地，确实用红船运送过参观的客人。如今三五年过去了，程大鹏这点事，已不值一提。故此，就没人来啦，红船也被收走了。不过，电话里人说，有一老头，私人做了一条船，在这里坚守着，你们喊喊，试试。

我们几个轮流吆喝，不见动静。眼见日头偏西，正准备返回，老海拼足力气号了几嗓子，老者应声而出。

上得船来，发现老者人瘦面冷，手背上青筋暴凸，浑浊的眼睛里布满血丝。老海说，老人家，我们去岛上瞧瞧，来回收多少钱？

老人反应有些迟钝，怔了一会说，随便。

老海笑了，这随便是多少，十元八块行不？

老人没任何表情地点点头。老人一回话，我心里就咯噔下。他的口音和黝黑的面部轮廓，让我隐隐有似曾相识的感觉。

老人无趣，我们话就不多。桨声吱呀，绿波四散，乌篷船缓缓向江心岛划来。待上岸，老人忽然说，我可以给你们当导游吗？

你？老海正要拒绝，我忙点点头。毕竟我是小组长，老海只好说，那就……来吧。老人感激地冲我拱拱手。

上了小岛，绿影婆娑，鸟鸣啁啾，风景甚佳。我问老人，您老贵姓？

老人愣了愣，苦笑说，我一个讨饭的人，做点小营生，哪敢妄称贵姓呢？来，我给你们介绍下，这条鹅卵石小路，当年就是大鹏要求铺的；这香樟，是他亲手种下的。他说岛上水汽大，多栽樟树，可减少蚊虫。

老海说，老人家，程大鹏可是贪官呢，怎么感觉你在替他念好经？

老人脸一红，忙说，贪官人人恨，我也恨。坑了国家不说，也害了自家。只是，我想把知道的情况说给你们，也让你们多点收获。

我说，老人家，你尽管说就是了。

在老人的指点中，我们来到了"白宫"前。这是一栋欧式建筑，由主楼和副楼组成，主楼高五层，副楼三层。汉白石柱，圆形屋顶，白屋白墙白窗户，酷似美国总统府。老海说，我操，真是会享受啊。

老人忙说，起初，这里建房原本是想给全市有功之臣作休养用的。哪知建成后，太漂亮了，太豪华了，就好比刘邦进了阿房宫，好得让人挪不开步。他落得如此下场，身边缺少的是樊哙和张良啊！

老人感觉自己有些失态，忙收住口。我盯着老人仔细看了看，顿觉脑袋烘烘的，像有团火在燃烧。

"白宫"大门紧闭，院子里游泳池已干涸，停车场内长满荒草。顺着院子走一圈，当来到后墙时，一堵雄壮的泰山石霍然矗立在眼前。老人站着不动了，老海的神情也变得严肃起来。老海说，当年，程大鹏得知事情暴露后，就在抓捕人员踏上小岛的那一刻，他一头撞在这石头上。这泰山石原本买回来当靠山的，不承想却成了凶山。唉，人啊，早知今日，何必当初呢？

老海继续说，程大鹏出事后，他老婆就拿出离婚证，说两人早就办了手续。他的孩子早已改姓，在国外读书，至今没有回来。他老家那边，据说只剩下一个精神恍惚的老父亲。

老海一席话，听得大家都有些揪心。此时，暮色涌起，我们急忙向江边走去。我看到老者双眼通红，脸颊上有没擦净的泪痕。

待登船，我们发现系缆绳的石柱上有一行大字：天下仙人渡。这字写得龙飞凤舞，铿锵有力，很有唐代怀素风骨。

我注目良久，感叹说，这是程大鹏的手迹，他还是很有才的！

老海问，你怎么知道是他写的？

我没回声，老人却非常肯定地点点头。

船上，我问大伙，有谁知道这五个字的意思？大伙一片沉默。我抬起头来对老人说，大伯，你给我们讲讲吧。

老人没想到我会这样称呼他，摇橹的双手一阵颤抖，乌篷船出现短暂的颠簸。老人清清嗓子说，他知道自己作孽太多，想祈求保佑，平安渡到彼岸，可惜人间没有神仙。有的，都是罪人！

后面这话，让我们不寒而栗。

此时，我已知道老人是谁。我想对他说，是的，我们都是有罪的。在滨市时，大鹏不仅是我的同事，也是我的兄弟，可我没能当好樊哙和张良。我今天来就是为了赎罪的。老人家，你干吗要在这里坚守呢？

惊弓之鸟

我感觉到了，母亲今晚有些恐慌。

天上有星星，却落起细雨。这有点怪。雨随风走，飘飘洒洒，把周边的芦苇、香蒲、睡莲都淋得清幽透彻，亮晶晶的。远处像雾，弥漫着湿漉漉的味道。

母亲说，你大了，比你爸年轻时更强壮。

母亲用手抚摸着我的头，椭圆的鼻孔里透露出不安的气息。我顺着母亲的目光，看到了绿洲中的那几间草寮。那里住着更的父亲，他以采药为生，身上常年包裹着淡淡的花木香。这里的百草，在度过暮年之后，更父都会有选择性地将它们收进药篓。有根、有茎、有果实。当然也有青翠的叶子和快要开败的花朵。我听花儿们说过，能进更父的药篓，是一生最好的夙愿。

更父把自己掩藏在花草中，花草则供养了更父一家人。更父也把这里的动物当成一家人，从不伤害它们，除非发生意外。

母亲说，你要学会报恩。

我懂母亲的意思。我出生不久，家里突然闯进一条大狼狗，它一口咬住了父亲的脖子。我那可怜的父亲，双眼流出血泪，来不及发出一点点呼叫，就离我们而去。母亲紧紧护住我，凄厉呼喊。狼狗不慌不忙，贪婪淫邪地盯住母亲。它知道，母亲为了我，是不会单独逃跑的。

也许我们母子命不该绝，在最紧要的关头，一支利箭从狼狗的左耳钻进，右耳钻出。狼狗很想抬起头来看看怎么回事，但抬了一半，就轰然倒地。

是更和他的父亲救了我们。

母亲说，明天我要出趟远门，这个家就由你看守了。记住，不要跑远。这里幽静，有草木相伴，有更父护佑，一切都是温暖宁静的。

母亲气息均匀，手也不再颤抖。我知道，母亲已下定决心。

但我不相信她是要出趟远门。

待母亲睡熟，我悄悄溜到了更父的窗下。屋内，油灯如豆，把更父与更的脸照得忽明忽暗。

父子俩沉默很久，才开始说话。

更父说，你怎么可以信口开河呢？

更很小声地回答，都是……都是酒后妄语，摊上祸事。

更父说，你是勇士，是有名的射手。既然答应了王，就应该践行你的承诺，明天就引弓虚发，看能不能射下鸟来。

更扑通跪了下来：父亲，我们赶紧跑吧。不然明天就是欺君之罪，我死了不打紧，关键是他们也不会放过你。

更父立起身，用艾条拨开灯花，屋内顿时明亮许多。我看到更父一脸凝重，眉毛要把眼眶压弯。

跑，能跑到哪里去？对于王来说，我们都是他土地上无法移动的草木。再说了，这也不是更家子孙应有的性格。睡吧，睡吧，就像这里的杂花野草，疯长有期限，生死归自然。你虽撕裂了自己，但也不枉来过这世间。更父吹灭油灯，不一会儿便酣然入梦。

就在我渐渐咂摸出点端倪的时候，一股刺鼻的香味从身后飘来。我扭回头，看到母亲托着一把郁金香站在我的身后。

我对这玩意儿特别敏感,正想开口询问,但禁不住阵阵眩晕。蒙眬中,我看到母亲将我拖回了自家的小窝。

第二天醒来,母亲已不在身边。我跑到更父的草寮,同样人去屋空。我引吭长啼,展翅借力,直上云霄。

我要看看母亲飞向哪里。

此时,我大致已想明白:更酒后答应王,他可以用一张空弓,射下天上的飞鸟。醉醺醺的王将信将疑。信的是,更是全国闻名的神箭手;疑的是,这……这也太神了吧。王一时兴起,与更击掌为誓。而我可怜的母亲,为了把这个誓言圆满,义无反顾地飞将过来。

飞到一定的高度,我看到绿洲之上,草木摇曳,百花竞艳。湖水里鱼虾浅游,悠然自得。这是我的家啊,寂然之中,透着惮意,宁静祥和。难怪,母亲不让我跑远。

我也看到了我的母亲,她正在向一个平台飞去。平台上站着更和他的王,台下密密麻麻地站满了人,他们仰脸望天,翘首以待。只有一个人,扎着头巾,穿着短葛衫,背着药篓,低着头。

在人们高亢的呼喊声中,更在平台上拉开了弓。此时,我的母亲已飞到了他们的头顶。此时的王,也紧张得呼吸不均。

我能感受到更额头上渗出细小的汗珠,更能感受他强压突突乱蹦的神经。更闭上眼,不知这拉满空弓的手,何时该放开。

母亲再次放低身体,她高叫几声,一声比一声凄惨。只有我明白,她的叫声里在滴着血。犹如我父亲,双眼流出的血泪。

也许更太累了,也许是太紧张。在母亲最后一声高叫中,更松开了手,弓弦震耳欲聋。

母亲垂直地掉了下来。

人群炸窝般惊呼。他们不敢相信,今生能见到这样神奇的事情。我母亲正好掉在更父的药篓中。我看到更父,慢慢取下药篓,把母亲抱在了怀中。

良久良久,更父和母亲一起倒在了地上。

我的名字叫农夫

是的,我的名字叫农夫,也有人叫我田父。农夫也好,田父也罢,直接表明我就是一个种田的。

这些年我种田种得很憋屈。

首先,田不是我的,是里正(村长)的。我是佃户。最开始,我不想种里正的田。我天生胆小,害怕见官。见官就要磕头,眼睛还不能乱转,看到不该看的地方是要挨打的。里正虽不是大官,但每次见面都要叫"老爷"。他高兴时,会用鼻子哼一声。若不高兴,睬都不睬你。

老婆春娘说,还是租里正的好,这兵荒马乱的年头,倚棵大树好乘凉。万一有什么事,他也好罩着我们。

春娘有几分姿色,为了娶她,家里债台高筑。

租了里正的田后,我拼死劳作。春季插秧,秋天割禾;日间翻土,半夜护耕。我的时间大都花在了田地上。苍天不负辛苦人,我一亩田可以收到一石多点粮食,这在整个阴陵都是无人可比的。我最大的理想就是,赶紧把债还完,手里有点余粮,把两间茅舍修缮一新,就心满意足了。

自从春娘嫁过来,基本上每天都在抱怨嫁给了我这个穷鬼。

我虽努力,可希望渺茫。主要是赋税太多。要交给楚邑令(县官)的有田税、刍稿税、人头税、服役税等;要交给里正的有地租税、良田税、渠水税等。

我读书不多，但基本的账目还是会算的。按理，我租种了里正的田，只交里正谷米就可以了。楚邑令的赋税不应加在我身上，应该由里正来负担。可里正把眼一瞪说，按理，按什么理？天下楚地都一样。当农民，做佃户，不给你田种，你他妈的都统统给我饿死。

里正一生气，整个阴陵都发抖。

还有刍稿税。刍，就是饲草；稿，就是禾秆。刍、稿一般都是马匹或其他动物的饲料，霸王每年都要打仗，故此要收刍稿税。

以上这些都罢了。最气人的是，年景好时，里正会巧立名目，多加税负。遇到旱涝虫灾之年，竟然分毫不减，没有一丝恻隐之心。所以，这些年我旧债未清，又添新债。

去年年成不好，开春多雨，谷苗无法下种；待夏至，一连数月干旱，禾苗焦黄；临秋来雨，已错过季节，谷子几乎颗粒无收。于是，有农人结伴去楚邑令请愿，要求减租。若楚邑令不肯，他们再往上请求。这帮农人邀我一起去，春娘说，不能去，枪打出头鸟。有里正罩着我们，饿不死的。

这婆娘说话时，满脸自信。

我知道，自租种里正的田后，他就上了我的床。春娘半推半就，还说为我着想。我一怒之下，打了这婆娘一个嘴巴。

没想到第二天，里正就托人带来话：想安安稳稳地过日子，就要把自己当成聋子、瞎子和傻子。否则，捏死你如同捏死一只蚂蚁。

我知道里正说得不假。去年去请愿的人，在回来的半道上，被一群蒙面歹徒打成重伤，躺在地上直哼哼。里正去现场查看，摇头晃脑地说，你们就是一群没脑的刍狗，请什么愿呢？那楚邑令就是霸王的差役，你们不交粮，不交租，难道让霸王喝西北风去。再说了，要请愿，也要先看看自己有多大本事，就凭你们这些草芥，能翻天不成？自此后，再也没人提请愿的事了。

昨天，我在田里排水，铁锹把折断了。我劳作的习惯是早出晚归，中午就在田埂边的树荫下吃几口干粮，然后眯眼休息一会，到日落西山才回家。可昨天到家的情景，却让我目瞪口呆，怒火中烧。我家那破旧的木床上，里正正光着白花花的屁股把春娘压在床上，俩人忙得不亦乐乎。

他们也没想到我会回来。看到我，里正竟然连裤子也不穿，直起身子朝我狠狠地骂：滚，滚回去种田，败老子雅兴。

是可忍孰不可忍，可我忍了。我是农夫，是土坷垃里的泥丸。我即使跳跃起来，也没有几尺高。所以，必须忍。

今天，来到田里，谷禾正在茁壮成长。可我的心里没有喜悦，只有委屈和愤恨。我眼里蓄满泪水，抬头诘问苍天：我一介农夫，不求大富大贵，只想凭自己的双手，让家中有粮，房能安身，不受人侮辱，这要求高吗，难吗？

正诘问着，突然听得一声暴喝：呔，老头，往乌江怎么走？

我打个激灵，看有一支队伍气喘吁吁立在我面前。当前一人，身材高大，面目黝黑，豹子眼，宽脑门，胯下乌骓马，手提虎头盘龙戟。虽然风尘仆仆，浑身是血，依旧威风凛凛。

一看这人，我就知道他是谁了。我所在这片土地上的大王啊，力能扛鼎的英雄啊！我刚想张嘴告诉他乌江如何走，可昨天的、前天的；去年的、前年的；累年累月的苦和难，屈辱和伤痛都是眼前这个人……不，他的属下带来的。

看样子，他打了败仗；看样子，后面有大军追来；看样子，他很不服气，依然在高傲着。见我没及时回答，他很耐烦地又问了一句：呔，没听到吗，往乌江怎么走？

这神态，这口气，怎么和里正一个德行？你纵是天大的英雄，可是现在的你，在我眼里是有罪的。你无法管教好下属，视我们如刍狗、如草芥，那么，他们的罪过今天就应由你来承担吧。

于是，我手一指，把左边那片无法逾越的沼泽地指给了大王……

事隔N年，有各种各样的专家说是我改变了历史。若霸王不走冤枉之路，及早返回江东，楚汉之争，鹿死谁手，还要重写。在幽深的墓穴里，听了这些所谓的专家胡说八道，我费尽所有力气朝着外面朗朗乾坤吐了一口唾沫：

啊，呸——

三更月呜咽

那年秋天,我在湘西一个叫瓦拿的小山村住了几日。

"瓦拿"是方言,意思是贫穷的山坳。这村子也确实太穷了,至今还没有一条像样的土路,连通外面的世界。我从小镇跋山涉水来到这里,仿佛一下子回到了旧社会。

墙是土墙,瓦是灰瓦,斑驳的木门吱呀作响。室内简洁、干净。两把竹椅,一张方桌,还有朴拙厚实的木床。这就是老洼经营的"客栈"。

我到达时,太阳西斜。空空荡荡的院子里,除了树,就是风。老洼对我说,村里全是老骨头,年轻人都出去捞世界了,孩子们则在山下上学。老洼五十出头,腿有残疾,出不了远门。就紧跟形势,把村民废弃的房屋租过来,翻修一新,办起客栈。

有人笑他,这穷乡僻壤的,鬼都不来,会有人来吗?

老洼回应道,现在都进入渔网时代了,那么多的鱼挤在一个网里,这里的荒凉,说不定就是风水宝地。

老洼把一张张图片抛到网上。枯藤老树昏鸦,古道西风野花,小桥流水人家,这里应有尽有。于是,就有人舟车劳顿来了。老洼算算,除去成本,每月能赚壶酒钱。

熟悉下环境,天色已暗,袅袅升起的炊烟让小山村活跃起来。隔壁一老叟佝偻着腰,敲着木盆,发出咚咚回响,呼唤着山坡上贪玩而晚归的牛羊。老叟一身黢黑，眉毛很淡，好像随时都会被抹掉。

他冲我笑笑，露出一张没牙的嘴，算是打了招呼。

整个傍晚，我看到六七位老人，他们行动迟缓。见到我，脸上都露出木然的笑。

夜里，我在半醒半梦间，隐隐约约听到一阵哭声。刚开始嘤嘤呜呜，嗓音嘶哑，持续低沉，像是用手掌捂着嘴巴，不敢让悲痛放肆开来。间或有些哽咽，呜咽几下过后，伤心的抽泣则更加凄切。最开始是一个人哭，紧接着是两个、三个……哭声有了力量，越显悲壮。我在这悲壮的力量中，由迷糊变为清醒。咬咬舌头，疼！我明白，这不是梦，而是真实的存在。

人一清醒，恐慌便袭遍全身。我轻轻侧转身，那哭声就像看着我似的，忽然由高变低，混合的悲伤又变成了单一的呜咽。如泣如诉，凄凄惨惨，听之在左，忽之在右，我浑身起满鸡皮疙瘩。

这半夜三更的，难道有鬼不成？

看看手机，临近子夜。伸手拉灯，电却停了。虽然老洼曾交代过，夜里会停电。但在这个鬼魅迷离时刻，任我内心如何坚定，也有些不寒而栗。

我摸索到床头的搪瓷缸子，索性坐起来。这时哭声稍弱，可依旧在房间里萦绕徘徊。透过窗子，我看到半轮秋月浮在云雾缥缈的西天。西天很低，紧扣在屋檐下。哭声就好像从那里传出，通过风、通过雾、通过山岚，丝丝缕缕传入耳膜，钻进脑海。那月牙也对我发出清冷的笑，隐约可见的凤眼中，忽地涌出大片雪白的泪。

我骇然。哭声也戛然而止。这一夜，无法入眠。

第二天，我问老洼，可曾听到哭声？

老洼瞪着鼓眼泡，忆怔片刻，把头摇得如同拨浪鼓似的说，没！我再小心询问老叟，老叟夫妇异口同声回答，没——有——啊。

我在诧异中感觉到，要么他们都在说谎，要么我真的是出现了幻觉。

好在第二天夜里，哭声再次响起。刚开始依旧是嘤嘤呜呜，有些强忍住似的。慢慢地有哭声加入，悲伤的宣泄顺畅许多。我翻身起床，蹑手蹑脚走出小院。

白天，我已看好地形，非常自信哭声来自邻居老叟。踩着月影，循着哭声，我轻轻来到老人的泥墙外。果然不错，有七八位老人坐在院中，倚着老榆树，围成一个圈子，正在默默哭泣。有的哽咽，有的抽泣，有的独自抹泪。院里院外，没有言语，只有嘤嘤嗡嗡、咿咿唔唔的哭声。哭到惨处，吓得半边月亮赶紧堕入云层，天地为之一暗。

夜不凉，我却瑟瑟发抖。老人们哭过一阵子后，你拉我一把，我拽你一下，互相搀扶站起身来，然后各自蹒跚着回家。我揉揉双眼，静静心神，突然感悟自己冒昧出现在这里，确实很不厚道。

第三天夜里，我期待哭声再次响起，可惜没了。

第四天依旧没有。

第五天，我要返回小镇，老洼来送我。走了很长一段土路，老洼才开口说话。他说得很缓慢：好多年了，都已成了习惯。人越老，越是想念外出的子女。特别是到了晚上，更觉孤零零的无所依靠。刚开始，只有老叟因思儿哭泣。没想到这一哭，就好像在蒙眬的泪水中见到儿子一样，思念之情顿时有所缓解。其他老人听到后，纷纷仿效。经多年验证，老人们在三更的月下思念亲人，则子女感应更加灵验，都会及时打回电话。于是乎，这就成了老人们想见子女的一种习惯。

　　我听完，默不作声。突然问：这两天，小山村的电话多吗？

　　老洼一脸苦相，极诚恳回答：没有。

　　不过，老洼旋即补充道，我说的这些话啊，你别当真，只当是一场梦好了。

1974年的黄头绳

那年，我6岁。麦子快要开镰的时候，大队（现在的村）要去老河口拉化肥。听到这个消息，庄子里的人都有些激动。因为可以坐大队的拖拉机进城了。

我对妈说，我也要去。

妈问，老远老远的，你去干啥？

我说，去买一根黄头绳。

妈笑，才多大点个丫头，就知道臭美了。我脸有点发烧，跺着脚说，就去，就去。

妈不知道，扎头发用的黄头绳我想了很久，可每次货郎来到村里，都没我想要的颜色。

正和妈怄小气，老张嬷嬷一瘸一拐地带着儿子槽娃走过来。她进城去治病。妈说，那你就跟着他们去吧。我急忙钻进屋，从布包里掏出过年积攒的五分钱，乐颠颠往外跑。

老张嬷嬷从柴垛上扯下一把稻草递给我说，拿着，等会坐车垫在屁股下。我嫌稻草脏，不想拿。槽娃却替我接住了。他大我两岁，我喊他哥哥。他说，不用怕，等会你坐我腿上。

我瞪他一眼，他仍然很热情地笑。

来到集合点，车上已坐了七八个年轻人。见到我们，他们及时腾出点地方，让我们坐在车厢中间。一车人嘻嘻哈哈交谈着，我才知道，他们都是想趁割麦前，到县城逛逛，看看百货大楼里各式各样的商品，到茶馆里听一段《薛刚反唐》，或者《英雄小八义》。反正，要好好乐和乐和。老张嬷嬷去找"席别头"，治她的老寒腿。她没有一分钱，和槽娃各带一个窝窝头，算是晌午饭。

"席别头"在老河口一带很有名气，年轻时练过武，会治跌打损伤，腰酸腿痛。据说县长有病了，还要亲自登门请他看，该收多少钱，一分也不少。

我问老张嬷嬷，没有钱，他给你看病吗？还没等老张嬷嬷开口，槽娃已抢先回答，当然给看，他以前落难时，在我们家住过一晚上，曾说过无论什么时候过去，都给看，不收钱。

我坐在槽娃旁边，看到他说这话时，满脸自信。

拖拉机一路颠簸，把人的骨头快摇碎了，才进到城里。司机交代，下午在拦马河集中，一起来，一起回。不要掉队，不要拖沓，谁最后来，就罚谁唱样板戏。大伙哄然而笑，三三两两结伴散开。

我随老张嬷嬷和槽娃去"席别头"那里。"席别头"住在老城区，他住哪，哪就是门诊。走了很久很久，才找到"席别头"的住处。我们到时，屋里屋外都候满了人。"席别头"正在给人接骨，那人疼得缩成一团，哎呀连天。

老张嬷嬷小声喊了一句"席别头"。"席别头"正忙着，没反应。旁边有人呵斥：哪来的，有这么叫人家席师傅的吗？"席别头"一回首，看到老张嬷嬷。

大嫂，你是……

我是三同碑涂家老张嬷嬷啊。

哦，嫂子来啦，快坐快坐。"席别头"让病人别动，返身进屋搬出一张小凳子，递给老张嬷嬷。并问道，你们吃饭没？

槽娃刚想接话,就被老张嬷嬷扯了一下。吃了,吃了,在街上吃了几碗面条呢。

吃了就好,你稍坐会,我把前面这几个看了,就给你看。"席别头"解释说,他们上午来的,连晌午饭都还没吃。说完,又交代几句,茶水在暖瓶里,自己倒。到这,就是一家人,别见外。

这么细心,倒让老张嬷嬷不好意思起来。席……席……师傅,你忙吧,忙吧。

嫂子,你别改口,就叫我席别头。一改,生疏了。说笑中,"席别头"又开始忙碌起来。

等老张嬷嬷推拿完毕,贴上膏药,日已偏西。"席别头"说,嫂子,我知你忙,也不留你,这个你拿着。"席别头"边说边塞给老张嬷嬷一个长纸盒子。

这怎么行呢?你给我治病,我还没给你钱呢,你却给我东西,我不敢接啊。老张嬷嬷赶紧推辞。

"席别头"说,嫂子,不要说是你来看病,就是涂家村的人都来找我,我也不会收一分钱的。想当年,你们对我的关照,我都记在心上。回去后,你代我向全村父老乡亲问个好。

在"席别头"的再三要求下,老张嬷嬷才拿住纸盒子。走出不远,槽娃就说,妈,我好饿。我想看看盒子里装的是什么?

因为我们都闻到了从盒子里透出的阵阵香味。老张嬷嬷把盒子小心翼翼打开。顿时,我们的眼睛都亮了起来。躺在盒子里是六根金黄色的油条!

妈,我想吃。槽娃眼里冒出绿光。那年头,能见到油条,都是件奢侈的事,更不消说吃了。

你的窝窝头呢?

早吃完了。在你治腿时,我和妹妹就分吃了。

给，再吃。老张嬷嬷掏出自己的窝窝头递给槽娃。

我想吃油条。

不行，等见到大伙再吃。

到了拦马河，其他人早已来了。老张嬷嬷把大伙都叫过来，她数了数，正好12人。当六根金黄色的油条呈现在大伙面前时，大家都不约而同咦了一声。老张嬷嬷将每根油条一分为二，对大伙说，这是"席别头"不忘当年关照之恩，特送给大家的。来，都尝尝，吃在嘴里，更要记在心里，别忘了人家对我们的恩情。

那一次，我们把油条吃得很慢很慢，在细细品尝那特有的香味。突然，老张嬷嬷说，坏了坏了，忘了小妹妹的事啦。

我脸一红，正想回话，槽娃抢答说，妈，你看腿时，我已陪妹妹买到黄头绳了。

在大伙的要求声中，我慢慢掏出黄头绳。它装在透明塑料袋中，盘成飞蛾的形状，细细的，绒绒的。我托在手中，在夕阳的抚摸下，这黄头绳犹如刚刚苏醒的蝴蝶，展翅欲飞。

神　道

那些年，为了谋生，我曾在渑池的大寺沟住过一段时间。

这地方北依韶山，沟深林密，丘壑纵横，有点野气。

大寺沟住有十来户人家，主种小麦高粱，副业养羊。就这十来户人家，还分成三派。村东头几户姓黄，养的是黑山羊。村西头几户姓牛，养的是成都麻羊。中间有两户，是兄弟俩，姓白，只种地，什么都不养。

为啥分成三派呢？

据说在20世纪80年代，有一部电影很火，人们常常是看过一遍又一遍，还要撵着看。这电影就是《少林寺》。撵着撵着，牛家的后生把黄家的闺女，撵到了麦地里。俩人正忙活着，不想被看电影的人发现了。那黄家闺女羞怒之下，一口咬定是牛家后生强奸她。黄家小子们一听，抄起木棍，学着少林和尚的打狗棍法，一阵乱棒将牛家后生打死。

这仇，就此结下。

两姓人同住一个村里，同吃一口水井，你不理我，我不理你。互相防范，暗中较劲。

那羊就是较劲的结果。黄姓的黑山羊体形高大，毛色纯黑，可圈可放，一年两胎，生长很快。牛姓的麻羊，毛色棕红，四肢粗壮，体躯较长。这两种羊即使混在一起，也能一眼认出。

但这两种羊也真是日怪了，它们好像也知道两家主人有仇，无论是吃草、饮水，还是撒欢、交配，从不越界。

这界，就是居住村中间白氏兄弟的几间房屋。像隐形的长剑，将东西两头拦腰斩断。白氏兄弟是外迁户，从不掺和村里事务，独自干自己的活，吃自己的饭。对牛黄两姓，不偏不倚，自成一派。

我到大寺沟居住的那年春天，正逢白老大死去婆娘。是难产。婴儿想出来，可伸出的却是脚。那年头，医疗条件有限，白老大眼睁睁地看着老婆和肚子里的婴儿，在自己面前痛苦死去。

白老大发疯了，没日没夜地哭，哭得密林深沟里的狼都跟着一起仰天哀嚎。黄家来了，送来一只黑山羊；牛家也来了，送来一只麻羊。白老大擦擦眼泪，将两只羊养了半个多月后，很坚决地又送回了各家。

从此，白老大不再说话，只是闷头干活，把一身的力气全撒在了庄稼地里。

那年秋天，大寺沟的狼特别多，时不时会叼走几头羊。一天晚上，狼竟然成群结队窜进村子，从东西两头向羊圈里的羊发起攻击。霎时间，村子里的呐喊声、狼嗥声、鸡飞狗跳声、羊咩声，响成一片，黄姓、牛姓和白氏兄弟，都操起家伙，携手作战，共同打狼。

一场恶斗下来，死了几头狼，但黄姓有只刚下了崽的母羊被叼走，失去妈妈的小羊羔咩咩叫个不停。没有了母亲的乳汁，它只有活活饿死。检查牛姓的羊，有只快分娩的母羊，被吓得趴在地上，再也站不起来。

牛姓老人摸摸羊肚子，凭经验，知道里面的小羊已夭折。要赶紧把死在肚子里的小羊取出来，否则母羊也会有生命危险。道理都懂，可这活没人干过。

大伙正焦急呢，白老大来了。

白老大一进羊圈，那羊就挣扎着向他频频点头，并发出痛苦的叫声。白老大一看，这羊正是他养过半个多月的羊。白老大的眼泪立马涌出来。他让牛姓人找来一小块肥皂，将右手认认真真洗过，再涂上满满的皂泡，然后很小心地顺着母羊的阴户伸了进去。

白老大手细长，在肥皂的润滑下，很顺利地抓到了已死在羊肚子里的小羊。那头母羊深知白老大在救它，很配合地收缩着小腹，一吸一呼间，小羊被白老大顺利取了出来。

这一过程看得牛姓人、黄姓人都目瞪口呆。

白老大想了想，交代黄姓人赶紧去把那只失去母亲的小羊羔抱过来。白老大此举，是想把黑山羊的后代交给麻羊妈妈来照管。

可这能行吗？

任何养羊的人都明白，母羊从不会舔舐非亲生的羊羔，更不消说给它喂奶了。大家都用怀疑的目光盯着白老大。

等黄姓人把小羊羔抱过来后，白老大小心翼翼地将它塞在了母羊的身下。母亲咩咩叫了几声，先看看自家的主人，再看看黄姓人家，最后把目光落在了白老大身上。

白老大一声不吭，只使劲地点点头。

那母羊便在白老大的点头之中，伸出了鲜红的舌头，一口口舔舐起这非亲生的羔羊……

肖建国

谁人知道杜家的哀

按说,这条路是对的。

我曾背着父母,偷偷问过爷爷。那时,爷爷已被人扒了皮,浑身鲜血淋漓,不停地抽搐着,痛苦得连脚下的土地都跟着打战。

爷爷用微弱的声音嘱托我,找到黄泉路,就能看到三生石。那上面记载着前世、今生和来世,你一定要好好看看,杜家到底造了什么孽,我们与世无争,辛辛苦苦地活着,却世世代代遭此劫难。若是不公,一定要改掉生死簿……

后面的话没说完,爷爷就咽了气。

那年我才四岁。现在我长大了,即将遭遇和爷爷一样的罹难。我的父母、兄长和姐姐,他们都围在我身边,除了哭,还是哭。

我不想死,更不想这么活着。为了我的孩子、孙子,甚至子子孙孙,我都要看看三生石。

好像有爷爷神灵的指点,我很容易地踏上了黄泉路。一路上,到处都有火红的彼岸花,远远望去,如同用鲜血铺成的地毯。黄泉路的尽头,在一处山坳里立着三生石。可上面竟然没有字,光光的,像一面镜子。

霎时间,我悲愤到极点,抱着三生石放声大哭。没有字,我到哪里去找杜家的命?

在我哭得天昏地暗时,又来了一胖一瘦两个人。他们扒开我，一看三生石上没有字，顿时就打了起来。

胖子手里拿着尖刀，牛耳那种，闪着寒光，刀刀都往瘦子要害部位招呼。瘦子显然会些功夫，闪展腾挪，从容反击。渐渐地，瘦子占了上风，时不时在胖子的脸上、屁股上、胸脯上拍一掌、踢一脚。

胖子气得哇哇直叫，干脆丢了刀，坐在地上破口大骂：康小八，三生石上没写字，老子说什么你都不会信。今儿个栽在你手中，要杀要剐给爷来痛快点，不可羞辱你蔡六爷。

好，蔡老六，我问你，当年在菜市口你剐了我多少刀？瘦子康小八问。

你蔡爷手艺不精，只剐了你一千五百八十五刀，才让你咽气。

好，今天我同样剐你一千五百八十五刀，我们俩的冤仇就此勾销。康小八弯腰捡起牛耳尖刀。

蔡老六一听，脸色变得煞白：康小八，我剐你是奉了圣旨，你作恶多端，是老佛爷要杀你，不是我要剐你。冤有头债有主，有本事，你找她去。

可你他妈的也不该剐我一千多刀，我身上长的都是人肉，不是他奶奶的猪肉、狗肉，更不是他妈的树棍木头。你每一刀下去，我都撕心裂肺、痛不欲生，这滋味今日一定要让你尝尝。康小八手起刀落，旋掉了蔡老六左脸颊上一块皮。

蔡老六一声惨叫，血珠子扯成线落到地上。

蔡老六越叫的凄惨，康小八越精神抖擞，他皮笑肉不笑地挥舞着尖刀，或旋或割或削或切，一片片铜钱般大小的人肉，从蔡老六鼻子上、耳朵上、手臂上，血淋淋地剥离下来。

蔡老六哀号连天，满地打滚，我连忙后退，他却一把抓住了我，像抓住救命的稻草。

你说说，康小八他妈的还是人吗？我一刀刀剐死他，是服从命令，是为了生活啊。我是刑部刽子手，专门负责凌迟之刑，必须剐到规定的刀数，才能让他死。可他也这样对我，我冤不冤啊？

我说，你不冤，只是很可怜。

康小八瞪我一眼，你说他可怜，我就不可怜？别以为老子不知道，剐八百刀就可完成任务，他却非要显摆技能，这种奸佞丑陋的小人，不把他一刀一刀剐死，他都不知道人心都是肉长的。

我说，你更丑陋，也更可怜。

我边说边给了康小八一棒子，再给蔡老六一棍子，这俩家伙齐声惊呼，这家伙是疯子，疯子！

我不再言语，使出浑身力气，挥舞着棍子、棒子向这俩家伙劈头盖脸砸来。他俩说得没错，我是疯子，确实是疯子，但谁让他们是人呢。我遇到了人，不疯都不行。在我生命的最后一刻，只要是人，我都要将他们置于死地。

突然，我感觉胸腔一阵冰凉，就如同被掏空一般。是康小八的牛耳尖刀将我戳了个透心凉。

我知道，这样穿胸而过的刀法，即使我有九条命，也不可能再活下去。我低下头，微笑着对康小八说，谢谢您，谢谢您让我痛快地死去。

康小八吓得屎尿失禁，脸色大变：你……你究竟是……鬼还是神？

我内心一片灰暗。我死了不要紧，可没有搞清我们的前世、今生和来世，我辜负了爷爷的重托，心有不甘啊。我扯着嗓子，拼出最后的力气，仰天长啸：

三生石啊，你为何负我，负我……

幽谷共鸣，群山回唱。

我身边一阵喧哗，父亲用他长长的手臂将我摇醒。孩子，你做噩梦了，快醒醒，快醒醒。

我睁开双眼，身上出了一层冷汗。天已微明，红日初升。我的身边除了父亲，还有母亲、姐姐、哥哥，他们都在望着我，表情黯然，有的在小声哭泣。

父亲说，孩子，认命吧。我们就这命。父亲流下浑浊的泪，和着晨露顺着他伤痕累累的身躯淌下来。

我，还能说什么呢？

不远处，有两个人正向我们走来。他们一人手里握着一把刀，走得兴高采烈。远远望去，这两个人很像康小八和蔡老六。

他俩边走边交谈，像康小八的人说，这杜仲啊，真可怜，浑身上下都是宝，每隔三五年就要被我们剥一次皮。哎，你说说，剥皮时，这树也不知痛不痛？

像蔡老六的人深思良久，才吐出一个字：操。

肖建国

我们的命运叫等待

老杜说,这两天有些情况。

老杜一张嘴就喘。没办法,被人整的。能活下去,都是幸运。

秋风吹过,林子就黄了,枯草无奈地弯下腰,把通往江边的小径遮住大半。

耿爷就死在林子里,离老杜的落脚点不远。

老杜说,你是我恩人,耿爷又是你恩人,这仇不能不报。

我也想报,可我手无缚鸡之力,在世人眼里,就是无用的废物,怎么报?我一脸悲哀。

老杜说,我帮你,我的家人都帮你,但我们必须等待。

这话,他说过多遍。我只当是宽宽心。

耿爷的尸体已化成白骨,他死得冤。

三年前,耿爷从广州回来,在归善县下船时天已到傍晚。那些年,县城并不平静,常有盗贼翻墙入户,偷抢财物。倒是乡下,反显太平。看看苍茫暮色,耿爷稍显犹豫,还是向西门走去。十里外的陈家渡就是耿爷的家。

出西门时,半死不活的我被丢在角落里,随着微风发出痛苦的呻吟。负责处理垃圾的麻老瞎根本没注意到我的存在,挥舞着铁器把我往火堆里推。那一刻,我能感觉到麻老瞎孔武有力。耿爷拦住了,他认为我可能还有点用。于是,用两块烧饼把我救了下来。麻老瞎嘿嘿直乐，玻璃花似的双眼里露出得意的光。

耿爷带我到江边，让我扎进江水中好好洗个澡。再上岸，我已焕然一新。耿爷连连称赞，不错不错！

就在这当口，陈老西像幽灵一样站了耿爷身边。耿爷显然吃了一惊，待看清，才稍稍稳住心神。

老西，是你啊。今晚回去不？

陈老西矮矮胖胖的像个石墩，他与耿爷同住一个村。

陈老西支支吾吾问了一句：耿爷，这次下广州赚了多少钱。

耿爷拍拍身子回道，那批牛还没脱手呢。我这火急火燎回来，就是想再凑些钱，买饲料。

耿爷不拍身上还好，这一拍，胸脯间突起个大包。

陈老西说，今年杜仲不错，我刚卖了几担，不如喝一杯再走。都是一个村子里的人，你还帮过我家不少忙呢。

耿爷拉起我，连说不了。

陈老西看麻老瞎在向这边张望，扬声说，既然这样，一路走好，我就不送了。说完，转身迎向麻老瞎往城里大步走去。

跟耿爷在一起，我倍感温暖。他没把我当成废品，更没当成垃圾，而是很贴心地带在身边。本是将死的身躯了，忽又重生，难怪古人说，士为知己者死，女为悦己者容。

回陈家渡必须经过黑风林。仅听这名字就充满杀气。这里也是老杜他们的家。当然，那时我还不认识老杜。

耿爷扯了一根棍子走进黑风林，我贴着他的身子，能听到他心跳得厉害。当晚，刮着小风，没有月光，整个林子呜呜咽咽，犹如地狱。后来，我才知道那是杜家兄弟姐妹们发出的哭声。那天，老杜被人剥了皮，剥得鲜血淋漓，奄奄一息。

耿爷神经绷得紧紧的，浑身出了一层鸡皮疙瘩。快走出林子的时候,耿爷松了口气。人就是这样,一旦胜利在望,往往会放松警惕。耿爷就是在这时被一记闷棍打在头上。打耿爷的人蒙着面,漆黑一团。耿爷倒地后,他掳了钱财,逃之夭夭。

可怜的耿爷就这样命归黄泉。他扑倒在地时,把我扔出好远。我根本没看清凶手的面目,只能望着耿爷的尸身放声大哭。待我的眼泪哭干了,趁风乍起,我借势一跃,向一棵树撞去。我想给耿爷陪葬,没想到正撞到老杜身上。

老杜说,幸亏我身子轻,否则他血淋淋的身体会被我从中撞断。老杜还说,反正你要死了,不如用你的身子温暖一下我,如何?

老杜说完,就晕死过去。我忍住悲伤,紧紧裹住了老杜。

现在,老杜的身体初显生机,嫩嫩的皮肉极不情愿地生长着。而我,也习惯了与他共同生活。老杜有时把我放在手中把玩,有时把我举在头顶,让我迎风舞蹈,尽情歌唱。

老杜说,你必须学会唱,学会高歌,我才有信心帮你报仇。

我问老杜,凶手是谁?

老杜说,不知道,但那人留下的气味却融进他的心中。他已把这气味告诉了兄弟姐妹,只要这人再经过黑风林,方圆三十里地,他们会一眼辨认出来。

对于老杜报仇的能力,我一直是半信半疑。我明白,在所谓人的眼里,我和老杜一样,都是待宰的羔羊。哪怕我们能为他们遮风挡雨,甚至治病救命,他们不乐意时,我们随时都有毙命的危险。

老杜说,相信我们的能力,万物不可欺。

那晚,天似乎黑得特别早。风很大,没有星星和月光,有个黑影慌慌张张钻进了黑风林。老杜的兄弟姐妹们立即发出呼啸,整个林子都黑魆魆动了起来。老杜把我放到小径中的树枝上,撑撑我的胳膊拉拉我的腿,一刹那,我有了人的模样。

老杜说,想想死去的耿爷吧,你就放声歌唱。

我扯开喉咙,迎着风,迸发出心中的悲愤。我耳边听到了千军万马的声响,鬼哭狼嚎的声音,以及撕心裂肺的长号。

那黑影在距我不远的地方停住。颤抖着问:谁?

我边舞边歌,如同展翅欲飞的大鹏。

黑影越发哆嗦,耿爷,你别吓我。边说边放了一枪。

子弹打断树枝,老杜把我往前一推,借着风势,我腾空向黑影扑去,黑影吓得毛骨悚然,又连放了几枪,但都没能阻挡住我的扑压之势。

黑影怪叫一声,倒在了地上。而我也正好落在他的头上,紧紧包住了他的嘴巴、鼻子和耳朵。

待天明,陈老西进了林子,他手提尖刀,又要来给杜仲剥皮。眼前的一幕让他倍感惊讶,麻老瞎僵死在地上。在他旁边,有人字形塑料雨布斜斜地被风刮起。

薛培政

XUE PEIZHENG

山东临朐人,河南省作家协会会员,河南省小小说学会理事。作品散见《小说选刊》《小小说选刊》《山西文学》等,多篇入选各类年度选本,曾获《小小说选刊》双年度优秀作品奖等奖项。

【参评作品】

《一盏马灯》《夜行》《寻宝》《皮狐》《冬夜》《夙愿》《长庚爷的心事》《打囤》《谢幕》《夜遇》

【颁奖词】

薛培政注重故事中的人物塑造、情节关联、环境描写和语言表达,如实反映生活。善于以小小说有限的篇幅,讲述有意义、有意味的故事。常以真实的生活素材为基础结构作品,用饱蘸情感之笔,深入人物的内心世界,去抒写他们在现实面前的无奈以及对新生活的向往与构建。无论是历史参与者还是现实建设者,都能开掘出人物身上的浩然正气。

一盏马灯

我到C市军干休所采访"老边防"梁英才,发现他家卧室的墙壁上,挂着一盏老式马灯,看上去与室内陈设极不协调。

梁老的老伴打趣道,自打老头子回到内地后,这盏马灯就再没点燃过。可老头子却拿它当宝贝,隔几天就拿下来擦拭一番,还捧在手里左右端详,像欣赏宝贝似的。看得出马灯上面一尘不染。

见我对这盏马灯好奇,梁老便将马灯从墙上摘下捧在手中,意味深长地对我说,它可是立了大功的啊——

那是20世纪70年代初,26岁的我担任了连指导员。暮春的一天早上,尚未吹起床号,通信员便将我推醒,通知我到团部接受一项紧急任务。

当我快步赶到团部时,团长已在那里等候我了。团长告诉我,根据气象预测,今年天山天池冰面解冻可能要提前。他随即命令由我带队,以最快的速度将山上伐下的木材,用马匹通过天池冰面运到对岸,为战备施工备足木料。

当我带领两个排的兵力赶到天池边,才发现作业的艰难程度,已远远超出了我们的想象。这次要往山下运送的木材,都是6至10米长,粗的一个人都抱不过来的松木。近似原始的运输方式,是在木材的一头钉上数个铁耙,用绳索系牢套上马匹拖过冰面。要将堆积如山的木材全部运到天池对面,至少需要一个月。

当运输进入后期时，我们不愿看到的一幕出现了：随着气温逐渐升高，天池出现了解冻的迹象：放眼望去，湖面上的裂纹清晰可见，并不时发出阵阵冰裂的声音。

天池平均水深60余米，最深处约105米，因属高山湖泊，水温较低，假如人或马匹不慎坠湖，几乎没有抢救的可能。

任务紧急，情况突变，请示已经来不及了。如果停止运输，剩余的木材只能等到冬季封冻时才能运出，势必会影响战备工程的进度；若是按照原来的运输方式作业，造成伤亡怎么办？我心急如焚，在湖边踱来踱去，虽有寒风吹过，但仍感到身上一阵阵燥热。

经过一番深思熟虑后，我决定利用夜间气温低，浮冰间再次形成连接，天池冰面相对固定的时机，组织展开夜间作业。

夜幕渐渐降临，呼啸的寒风夹着雪花扑面而来。漆黑一片的冰面上，别说战士难以行进，就连拉木头的马匹都扭动着身子不愿前行。

见此情景，我瞬间便做出第二个决定：由我提着马灯走在前面开路，大家看着灯光，跟我保持距离连成一路行进。如果一旦看不见灯光，要赶紧卸下木材，立即返回原地，大家记住了吗？

"记住了——"在这罕无人迹的天山上，战士们那悲怆的回答响彻旷野，我感到肩头上有千钧的压力。

我提着这盏马灯在前挪动，身后运木材的人员马匹形成一条长龙，渐渐向天池对岸靠近。

经过两个整夜的紧张抢运，终于将所有木材运到对岸。这时人困马乏，都盼着早点返回营区休整。

我顾不上歇息，再次来到天池边，仔细观察了现场情势后，回到队伍前做出了第三个决定：原地进行短暂休整，备足两天的干粮,准备翻山绕道返回营区。

"指导员,咱们昨夜不是才从冰面上过来吗?这回又是轻装返回,不会出事的!"几个老兵劝我道。

"您看俺们都劳累成这样了,为啥有近道不走,非要绕远路自讨苦吃呢?"有的战士也发起了牢骚。

……

在稍作休整,备足干粮之后,我铁青着脸向着队伍下达了命令:"同志们,上级赋予我们的任务已经完成,团首长在等待着我们安全返回。现在湖面上的情况已经发生变化,我们任何人都不能盲目蛮干,做无谓的牺牲,我必须把人员、马匹一个不能少的带回营区,开进——"

两天后,当我站在营区门口,看着所有人员和马匹安全进入营区后,竟一头晕倒在地……

若干年之后,当那些身处天南地北、已是子孙满堂的老战友,偶尔与我见面或电话联系时,总少不了提起这档子事,都认为我当年提着马灯在前开路,颇有些"壮士一去不复返"的豪情。

"其实,当时我也后怕。上有年迈的父母,下有即将分娩的妻子,倘若我那夜掉进湖里,对他们的打击可想而知。可是,想想担负的任务,再看看身边的战士,作为指挥员,我别无选择。所幸的是,我把他们一个个安全地带回来了——"

抚摸着那盏马灯,诉说完这段往事,梁英才微眯的眼里充满了笑意。

薛培政

夜　行

"那天夜里的月亮啊，白亮白亮的，就像被水洗过一样——"九十多岁的凤山爷，说起1941年白露前夜的月亮，依然啧啧称奇。

老人呷了一口茶，顿了顿，继续说道："抗战爆发后，为打击日军的嚣张气焰，八路军某支队于1939年8月间，经淄河流域进入鲁中南地区后，我就担任起了地下交通员。

"那天刚擦黑，我放羊回来，正圈羊哩，镇上开羊肉馆的刘大眼来了，他是我的上线。一看他眨着那双忽闪忽闪的大眼，我就知道有任务了。

"他一把将我拉进羊圈后，从鞋帮上抠出一张二指宽的纸条，交代务必在天亮前，送到队伍首长手中。他说完，逮上两只羊走了。

"我坐在院里那棵国槐下，边抽烟边琢磨着行程。待主意拿定，我舀瓢凉水喝下，回屋和婆娘交代几句后，就揣上张煎饼上路了。

"按说我一个棒小伙子，六十多里路程，天亮前赶到不算啥。可自打日本鬼子侵入朐城后，接连在一些交通要道上修筑了据点。国民党军也陆续进驻朐城西部和南部山区。这方圆几十里的地盘上，日军、伪军、国民党军、土匪和地方游杂武装盘根错节，敌我难辨，要将情报安全送到，并非易事。

"出村后,大路不敢走,我观察了一下周围,便疾步走进村南野猫沟里。

"月亮升起来了,像一个硕大的玉盘,把沟里照得如同白昼,一草一木看得真切,这对夜间秘行极为不利。

"为便于隐蔽,我顺手拔草编个草帽戴在头上,又折下几根树枝用桑皮编了个蓑衣,一番伪装后,便悄悄地向前穿行。还好,这段路上,除了几声狼嚎,倒也没遇上险情。

"从沟里出来,要过一个三岔路口,这是进入南部山区的必经之路,也是各路武装经常出没的地带。

"我躲在庄稼地里仔细观察,见没有动静,就想快速通过。谁料没走几步,忽然看到从西边过来的路上,有个人影一晃不见了,我惊得头皮一炸。

"站在明处的我,躲是躲不过去了,便极力定了定神后,小声朝那边喊道:'兄弟,都是过路人,出来吧!'

"不一会儿,那人站到了我的面前,看上去也是庄稼人打扮,对方倒是先开口了:'这位大哥,半夜三更的,这是朝哪去?'

"'唉,俺娘傍黑得了急症,要去南厢水泉村王仙儿(医生)家药铺抓药哩!'我回过话后,看了对方一眼,便随口问道:这位兄弟是——'

"'俺是沟北刘家坡的,吃过晚饭撵驴进圈时,才发现驴挣断缰绳跑了,出来找驴哩!您从东边来,有没有碰见头大灰驴?'

"'这一路没碰见驴哪,要不您再找找看?'我想尽快甩掉对方,离开此地。

"'噢,那我再往前找找。'说罢,他便朝向南的那条小路走去。

见此情景,我的心里不由得咯噔一下,这也正是我要走的

路，怎么办？改道已经来不及了，看来只好陪着走下去了：'正好，我也要走这条路，咱兄弟俩就做个伴吧！'

"'那好，大哥请！'望见他不经意的一个手势，我对其不敢小觑了。

"半夜了，月亮依然亮得晃眼，青纱帐边幽静的小路上，忽近忽远的虫鸣，衬托着夜的寂静。

"不明身份者结伴同行，非但没为我壮胆，反让我心里发毛。每走一段，他或说脚心被石头硌了一下装作磕鞋，或是我怨裤子被露水打湿要拧裤腿。俩人心照不宣地变换着行进位置，谁走在前，都用余光左右扫视，提防来自背后的袭击。

"突然，随着扑棱棱的一阵响动，栖息在路边庄稼地里的几只野鸡腾空而起，四处飞散。霎时间，我俩本能地拉开架势，同时朝腰间摸去。虚惊一场的举动，彼此都多少猜出了对方的身份，相互对视了一眼，转身继续赶路。

"走出青纱帐后，我俩停住脚步，趴在草丛中仔细观察周围的动静。放眼望去，南边村口新修建的炮楼上，鬼子的探照灯鬼眼一样照来照去；东边的大路上，几辆摩托车突突地来回穿梭，听声音像是伪军在巡逻；只有西边一片寂静，只能从西边绕行过去。我朝他使个眼色，他会意地与我同时起身，悄然向西摸了过去。

"原来，西边不远处是一条深沟。站在沟沿朝下看，深不见沟底。只见他紧了紧身上的衣服，沿着沟边骨碌碌朝下滚去。我正惊讶时，就听他在下面小声喊道：'没事的，下来吧。'我也照着他的姿势下到沟里。

"穿过那条深沟，又前行十几里山路后，我俩在一个岔路口分手。他双拳一抱，向着我微微一揖道：'这一路同行，小弟钦佩大哥的机智和胆识，只要咱们国共同心，小鬼子的日子长不了,咱们的国家亡不了!'霎时间,我俩的手紧紧地握在一起。

"随后,我沿路向东去,他朝西进山了。

"月亮偏西,天快亮时,我终于赶到了目的地。看见村口站岗的八路军哨兵,我悬着的心才放了下来,便加快脚步朝前奔去。"

寻　宝

夜半时分，山村一片寂静。

陶金贵拜过财神，又手持铁铲，肩背箩筐，朝蛙鸣谷摸去。

刚入谷口，猫头鹰叫了。"呔！呔！"他懊恼地啐了两口唾沫，觉得还不解气，又捡块石头砸过去。

那年冬天，他的魂像被张瞎子的评书勾走一样，天天半夜往蛙鸣谷跑。

"难不成中邪了？"家人见他双眼无神，脸色灰败，人不人鬼不鬼的，忙请跳大神的三仙姑来驱邪，没等仙姑施法，就被他轰出门去。又请老族长出面，连劝三天，他铁了心不回头，老人摇头晃脑地叹息着走了。

地荒了，家败了，老婆心凉了，招呼也没打，带着孩子远走他乡。

陶金贵痴迷到发疯，三天两头去拜张瞎子，瞎子经不住他缠磨，打发道："相传从前有支绿林武装盘踞蛙鸣谷多年，兵败之前，将大批珍宝埋藏在山中，放一对金蟾为号，只待深夜击掌，听见蛙叫一样的回音，就找到藏宝的洞口了。"

陶金贵深信不疑，昼伏夜出，地老鼠般挖来挖去，累折胳膊累弯腰，连根毛也没捞着。

眼看着村里盖起一座座新房，他那孤零零的土坯房，越发显得破败而孤寂。驻村工作队入户采集信息,不见他人,走访邻居,对方嘴一撇:"他家穷的连老鼠都不愿串门,哪像个过日子的人家!"

村委将其纳入建档立卡户,谁都不愿包这个"刘阿斗"。

他寻宝把家折腾贫后,心也跟着贫了。那天,他接过低保金,转身进了酒店,胡吃海喝撑得胃出血。末了,还得村里打发住院费;帮他栽种的树苗干枯在地里,扶持给他的畜禽早饿得跑没影儿。

咋就摊上这么个主儿?村干部气得怒怼他:"你啊,就是块糊不上墙的烂泥巴!"

"烂泥巴糊不上墙,那是没找对瓦匠,就算他是块石头,咱也得把他焐热!"前年底,第一书记梁海接手了他。

梁海去家几次,连个人影也不见,打电话聊不上两句,他就挂了。梁海不急也不火,瞅准时机堵个正着。

谈扶贫的事,陶金贵哈欠连天眼皮耷拉。听到"靠山吃山",他来劲了,猛然抬头问:"梁书记,听说你是学地矿勘测出身的,你看这山上有没有埋过宝贝?""有,肯定有!"他看梁海的表情,不像讽刺,更不像玩笑,那暗淡的眼神立刻闪过一丝光亮。

梁海话锋一转道:"不过,像你这乱打乱撞不行,得听我的!"

寻宝心切的他,就像输红眼的赌徒,一把握住梁海的手道:"只要能找到宝贝,你让俺向东俺绝不向西!"

"你说话算数?"梁海盯着他问。

"谁反悔是这个!"他忙不迭地用手比画个王八。

"那好,跟我来!"梁海前脚走,陶金贵紧跟其后。满脑子想着寻宝的他,被领到一养羊户家,正赶上肉联厂来购羊,看着户主大把数钱,梁海把他推到跟前,他看得眼都直了。

梁海趁热打铁,拍着他的肚皮道:"要寻宝,得先把这儿填饱,等吃穿不愁,再寻也不迟!"

随即,帮他承包了300亩荒山,协调低息贷款建起小型养殖场,购买10头小猪,5只山羊,100只小鸡,还栽下200棵果树。并签下协议,赚了是他的,赔了,梁海兜底。

陶金贵终于安稳下来,梁海长嘘了一口气。

谁料,半月不到,他嫌累,还嫌来钱慢,撂挑子了。

那天半晌,梁海和村主任去镇里开会,顺道过来看看。还没走近养殖场,就听像炸了锅一样。跟前一看,圈里的猪、鸡、羊饿得乱叫唤。俩人从窗孔往里瞧,见他正躺在床上打呼噜。

村主任气得踢开门,一把将他揪起道:"说你糊不上墙,梁书记还不信,你就甘愿混下去?等大伙都脱贫奔小康了,你这脸往哪搁?"一顿批评,臊得他耳根子都红了。

第二天,陶金贵早起,见门前隐隐约约站着一人。他揉揉眼仔细看,吃惊地问道:"梁书记,你这是——?""我来与你做伴!"他这才看清梁海带的铺盖卷。"这咋使得?使不得——"他急得话也说不清楚了。

梁海住下来后,一有空,就帮着干这干那,顺带就把他"监督"了。被梁海"挟持"后,陶金贵再不敢马虎。那天夜里,暴雨倾盆而下,养殖场被洪水围困。手足无措的他,见梁海手持铁锹冲出去,顿时便胆儿壮了,俩人开沟排水,养殖场安然无恙。

望着浑身沾满泥水的梁海,陶金贵愧疚不已:"梁书记,这些年,俺自己都嫌自己混得窝囊,只有你把俺当人看,再干不好,俺是孬种!"

他天不亮就起来打猪草、拌猪食;精心饲养鸡群;下雨天还披着蓑衣放羊；从山下担水浇果树，肩膀磨破也不歇。

到年底，10头猪出栏，加上卖鸡蛋和肉鸡，净赚3万多元。他乐得嘴都合不上。

梁海趁机帮他找回妻儿。见了面，老婆揶揄他道："本事恁大，咋不上山寻宝了？"他嘿嘿一笑："梁书记帮俺找到打开'致富门'的金钥匙，这宝就攥在手心里，俺还要大干一场哩！"惹得在场的人都笑了，那笑声响彻山谷，连回音都充满了底气。

皮　狐

　　早年间，覃龙根在沂岭上替人看山护林。

　　龙根爹早逝，娘双明失明。

　　他年近四十尚未娶亲，长年守着大山，靠开荒种地，打柴采药，间或狩猎，娘儿俩的日子勉强过得去。

　　龙根是个孝子，有什么好吃的都先紧着娘。听人说，母鸡每年开春下的鸡蛋养分足，他在山上养鸡攒的鸡蛋，贵贱不卖，都留给娘吃。

　　那年开春，却出了怪事。他常听见母鸡"咯咯咯"地叫个不停，鸡窝却回回都空着。"咦，这鳖不娩蛋的地方，还能招贼不成？"望着满是荒草石头的大山，龙根苦笑着摇头。

　　那日，他悄悄躲在石墙后边瞅着。只见母鸡刚出窝叫，一只皮狐溜进鸡窝，瞬间叼着鸡蛋逃走了。"原来是这家伙捣的鬼！"龙根小声嘟囔道。那皮狐噙着鸡蛋，跳到一块巨石上停下身。

　　皮狐见被人发现，也不害怕，晃悠一下身子，就顺势蹲到石头上，瞪着滴溜溜的小眼睛，挑衅般地望着龙根。

　　"奶奶的，做贼还有理了不是！"他气不过，随手抓起一块石头砸过去，皮狐"嗖"地窜进丛林。

　　那皮狐精头精脑，每天躲在灌木丛中，听见母鸡叫，不等龙根来捡，叼起鸡蛋就逃。

龙根每天要巡山，还要忙田里的活，哪能常守着鸡窝？接二连三地丢鸡蛋，气的他心肝都疼："嘿，好你个狐崽子，老子非教训教训你不可！"

他仗着对山林熟悉，识兽踪迹，在皮狐出没的树丛间布下猎套。那皮狐似觉察到危险，很快变换出没方向，鸡蛋照丢不误。

一招不行，再换一招，龙根的倔劲上来了。

他连夜在鸡窝附近挖个陷阱，上面用细枝条撑起，再盖层树叶，上面放几个鸡蛋，想瓮中捉狐。哪知皮狐绕过陷阱，把鸡窝里刚下的鸡蛋咬碎后逃了。望着满鸡窝的蛋黄蛋清，龙根气得直叫唤："狐崽子，你个王八蛋还成精了，越来越会祸害人哪！"

怒火攻心的龙根，将多日不用的火铳取出来，装满了火药和霰弹，每天躲在岩石下，等皮狐现身。也怪，一连几天，连个皮狐影子也不见了。

娘托人捎来信，说姨表姐家庄上有个年轻寡妇，不嫌他家穷，有意与他成亲，要他下山见上一面。

那天，龙根在山下与女方见过面，喜滋滋地走在回山的路上，看着什么都顺眼。

初夏的阳光从密密层层的枝叶间透射下来，地上印满铜钱大小的粼粼光斑，带着微热的东南风，吹得他身上舒舒服服。

龙根一路哼着小曲回到窝棚跟前，见两只狐崽在门前哀嚎，任凭他挥手瞪眼，咋也撵不走。

"莫不是——"他疾步走进窝棚后，望着眼前的一幕，不由得又气又笑。只见那只皮狐脑袋被盛水的瓦罐口卡住了。听见脚步声后，皮狐急的吱吱乱叫。"哈哈，好小子，等你不来，今天自个送上门来，看你还往哪逃！"龙根说着便举起手中的木棍往下砸去。就在那一瞬间，他望见两只狐崽哀求的眼睛，手顿时软了下来,木棍顺势砸在瓦罐上,只听"哐啷"一声,瓦罐碎了,皮狐抽出头后,惶恐得不知所措。龙根朝外一指道:"带上你的崽子,快滚吧,记住别再祸害人了!"那皮狐轻轻地叫了一声,带着狐崽跑了。

　　沂岭上缺水,龙根吃水要从山下挑。打那后,他每天用小盆盛水放到门外,等着皮狐带狐崽来饮。

　　也是从那时起,龙根养的鸡窝里,再没丢过鸡蛋。那一年秋收,他在地里种的花生、绿豆、豌豆,也没被田鼠刺猬祸害,竟获得了大丰收。

　　冬至那天,龙根下山串亲,多贪了几杯酒,晚上睡得实。到半夜,他猛觉得有个毛茸茸的东西在挠脸,边挠边吱吱叫,起身一看,原来是皮狐跳到床头上,他连吼带打,咋也撵不走。这时,就听见外边"噼噼啪啪"地响,还闻到一股浓烟味。

　　他连忙起身走到棚外,只见熊熊山火染红了半边天,火头已接近窝棚。他顾不了许多,撒腿跑向旁边的山头。回身望去,窝棚已变成一个大火球。

　　往后,守山护林的龙根,再没狩过猎。

冬 夜

那年,村里还没通电。腊月过半,连下两场雪,又刮起西北风,天刚擦黑,街上就不见人了。

一盏昏暗的油灯下,长根爹喝了碗玉米面地瓜粥,点燃自卷的喇叭筒烟卷后,又陷入沉默中,唯有唇边的烟卷一亮一熄地闪着猩红。

长根娘斜躺在被窝里,吃力地喝了小半碗粥,就说喝不下。她瞅了瞅正啃着窝头和咸菜的几个孩子,又把眼神转向男人,半是恳求半是催促道:"当家的,要不,再出去问问,看谁家还杀年猪,大过年的,咋也得让孩子们尝点儿荤腥不是?"

"唉!找谁问呢!"长根爹重重地吸了一口烟,苦着脸叹道。

"都是俺这不争气的身子骨闹的,这一年吃药打针花的钱,该买多少肉呀!"长根娘说着,又落下泪来。

"你看你,又来了,人吃五谷杂粮,哪有不生病的?等天暖了,病好起来,拉下的饥荒,咱慢慢还。再说,离过年还有些天,总有杀猪的人家。"长根爹说罢,起身套件厚棉袄,戴上顶狗皮帽子,两手一揣要出门去。

"爹,俺也跟你去!"见爹出门,长根把窝头往桌上一搁,就要起身。

"小孩子家,你跟着干啥咧?"见爹心烦,他不敢犟嘴,悄悄地朝着娘使眼色。

长根娘说:"让他去吧,黑灯瞎火的,也好跟你做个伴儿。"

见爹不再坚持,长根便跟在爹身后走出门去。

长根爹见不得女人落泪。以前,身材瘦小的她像个壮劳力,没白没黑地操持。也许是劳累过度,今年春上她一病不起。大小医院没少进,打针吃药也不见轻,后来让邻村中医看对症,这才好转起来。为给她治病,该卖的东西都卖了,能借的钱都借了,还拉下一腔饥荒。

其实,长根爹一直操心着割年肉的事。往年这时,他早去找杀猪户凑猪份子,预订下要割的年肉了。

这年,家里没有钱,他气短三分。进腊月,他见人凑猪份子,面上没事儿人似的,心里却像猫抓一样。

长根舅家杀年猪,可借人家的钱还没还上,咋有脸张口?长根堂叔家也杀年猪,人家开春要办婚事,急等着用钱,也不便张嘴……长根爹思来想去,只等生产队决算分红后,再借支买年货。

这年队里决算迟,借钱到手时,已过了杀猪旺季,他着实作难了。

夜深人静,灯熄犬吠,村子里漆黑一片,抬头是黑黢黢的天,低头是黑洞洞的胡同,只有呼呼的风在叫。

爷儿俩呆呆地站在树下,长根爹一句话不说,一支接着一支地吸烟。

过了一会儿,一阵咳嗽声传出,前边那座小院里亮起灯。那一缕微弱的灯光,让站在黑夜中的爷儿俩眼睛顿时闪亮了。长根爹低头望他一眼,使劲儿抹把冻僵的脸,拖着像灌了铅的双腿,带着他朝前走去。

嘎吱嘎吱踏着积雪,爷儿俩循着灯光,来到罗瘸子家门前。

长根爹抬手想拍门,可抬了几次都没拍下去。他和罗瘸子有过节。犹豫着转回身去,可没走两步,他又突然折回身来,终于牙一咬脚一跺,拍响面前的木门。

罗瘸子是个鞋匠,靠交钱向生产队买工分。他家孩子少,日子略宽裕。他心热人善,每年喂成的肥猪,总拖到年跟前屠宰。有人笑他发善心照顾穷汉子,他也不否认:"都是乡里乡亲的,能拉一把就拉一把。"

见他们上门,未等长根爹张口,罗瘸子道:"知道你这一年过得不易,家里又摊上病人,给你留了五斤。别嫌少,将就着过年吧!"那一瞬间,长根忽然觉得一股暖流涌遍全身,鼻子酸得想掉眼泪。他见爹张了张嘴,想说些什么,也被罗瘸子抬手打断:"啥话也别说,先把年过好,日子长着哩。"

回家的路上,风夹着细沙般的雪粒,打得脸上生疼,爷儿俩竟不觉得冷。进院后,长根爹没顾上喘口气,就朝屋里喊:"孩他娘,咱家年下有肉吃了!"

沉寂的屋子里,顿时有了生气。快一年没吃肉的孩子们,一个个从被窝里骨碌碌地爬起来,一张张小脸就像一朵朵含苞待放的花儿。

几个孩子叽叽喳喳乐够后,又钻进被窝睡下了,长根却翻来覆去睡不着。1974年冬夜里那一缕灯光,就像烙印一样刻在了他的脑海里。

多年后,创业成功的长根,成了一名远近闻名的慈善家。

薛培政

夙　愿

坐在轮椅上的爷爷，爱给小孙子讲鹁鸪岭的故事。

"鹁鸪岭在哪儿？"小孙子问。

"鹁鸪岭啊，在很远很远的地方。"

"鹁鸪岭上有好玩的东西吗？"

"鹁鸪岭上哪，有大片的原始森林，森林里有山泉和小溪，有野生的果子和山珍，还有好多松鼠、野兔、山鸡、狐狸这些小动物……"爷爷颤抖着声音说。

"哇，我长大了一定要去鹁鸪岭！"充满憧憬的小孙子乐了。

爷爷却将头扭到一旁，眼泪滑落在衣襟上。

爷爷说，在鹁鸪岭，是打鬼子那会儿，鹁鸪岭人的恩情，几辈子也报答不完。

那年，刚满二十岁的爷爷担任了区武工队队长。一天上午，为阻击下乡扫荡的鬼子，掩护乡亲们转移，他身负重伤，被抬进鹁鸪岭。

这是一个大山褶皱里的村庄。山地贫瘠，十年九旱，散居在山上的村人，半年糠菜半年粮地过活。养伤的日子里，乡亲们你一瓢他一碗，将仅存的一点白面拿出给他吃。那次，房东大嫂刚烙好一张面饼，将要扶他起身时，身后多了一双直勾勾的小眼睛，那是大嫂五岁的独子。趁大嫂转身的间隙，小家伙偷偷撕下一小块面饼,还未填进嘴里,就被大嫂发现夺下,一把将孩子推到室外,他泪流满面地握着那张面饼难以下咽。

伤愈归队时,他对送行的乡亲们含泪发誓:"等仗打完了,俺一定回到鹁鸪岭,让老少爷们儿吃上饱饭!"

从抗美援朝前线回国后,他谢绝进荣军院疗养,拄着拐杖走进鹁鸪岭村。

他没有食言,用安家费买炸药、铁镐、铁锨和手推车,带领乡亲们打响劈山改岭造良田的战斗。把一座座山梁翻个底朝天,造出一片片梯田。就在他向往着让鹁鸪岭人年年有余粮,天天吃饱饭的时候,一场百年不遇的山洪,将造出的梯田一夜之间冲毁。

望着漫山遍野裸露的山石,这个七尺高的硬汉号啕大哭:"没能让乡亲们吃饱饭,却糟蹋了大片山林,我有罪啊——"他连伤带痛晕倒在山坡上后,后来整个人瘫痪了。

此后,恶化的生态蚕食着这片贫瘠的土地,"穷"像魔咒困扰着鹁鸪岭人,也深深地刺痛着他的心:"还不上这笔账,我死不瞑目啊!"

几十年后,省城一位林学博士,担任了鹁鸪岭村第一书记。

博士书记进村后,白天满山跑,寻宝似的走走看看,时而抓起一把土,对着放大镜端详半天;时而走向山崖边,用手指蘸起石缝间的水滴看了又看。晚上就到村民家拉呱,专拉山上的事。一个月后,他当着全村父老乡亲的面,拿出了脱贫致富的规划——造林。

"咋,要在这兔子不拉屎的山上栽树,咋栽?能活吗?"乡亲们把头摇成拨浪鼓。

"能!就看咱老少爷们有没有这个心劲。"他一口唾沫一个钉地说。

望着一双双疑惑的眼神,博士书记发话了:"请大伙儿放心,栽活了,谁栽归谁所有;栽不活,树苗费、误工费,我来出!"

也许被他那热诚劲儿感染,乡亲们随他上山了。

山上缺土,肩挑人抬,一袋一袋往山上搬运;没有水,请来水利专家当顾问,开挖泉眼、修蓄水池、建拦水坝、铺设管道;买树苗资金不足,他带村民到外地采种繁育苗木;还修成盘山路,架线引电上山。

后来,他索性带上铺盖卷,半年竟没下过山。住在省城的妻子想不通,坐火车、赶汽车找上山来:"你堂堂一博士,放着省城不待,跑到这光秃秃的山上来,你傻不傻呀?"

"说傻也傻,说不傻也不傻,我就想让这满山遍野长成苍翠树林,站在林间,能看到泉水静静流淌,看到鸟兽随意嬉戏……"

"我看你是发疯了!"妻子气得头也不回地走了。

为植树,他胶鞋磨烂上百双,镢头换了几十把。除了脸上架的那副眼镜外,黝黑的皮肤,淳朴的装扮,与村人没二样。长年超强劳动,曾几次累倒在山上。望着他那羸弱的身体,乡亲们心疼了:"这孩子咋恁实诚啊!"

任期到后,痴心不改的他又续三年。等到第二个任期满时,鹁鸪岭道道山梁已是郁郁葱葱,层林尽染,瓜果飘香。

下山那天,他虔诚地跪倒在山林前,仰望蓝天高呼:"爷爷,如今的鹁鸪岭又有了大片的森林,森林里有山泉和小溪,有野生的果子和山珍,还有好多松鼠、野兔、山鸡、狐狸等小动物,您看到了吗?"

长庚爷的心事

"多好的宅子没人住了,多好的地没人种了,都挤破头奔城里去,城里装不下,村子却空了……"长庚爷站在村南山顶上,望着寂静无声的村子,摇头叹息。

唤作"赛虎"的黄狗,扭头望了主人一眼,也朝着村子叫起来。

长庚爷责怪道:"行了,小子,别逞强了,你叫破喉咙,也没人搭理啊——"

长叹一口气,一路蹒跚朝村子走。

其实,长庚爷不是本乡本土槐花峪人。八岁那年,老家那带闹饥荒,成了孤儿的他,拎根打狗棍,便跟人外出逃荒了。谁料一觉醒来掉了队,懵懵懂懂走进槐花峪,被殷实人家收养,送进私塾读书,后来做了上门女婿。

入社那年,村里办起小学和联中,招收四邻八村学生,长庚爷做起教书先生。几十年过去,教过的学生,大官小官数不清,一双儿女也在市里安家立业,他却从没离开过槐花峪。

自古文人最多情。教书育人大半辈子的长庚爷,常把槐花峪比作桃花源。现住的三户人家五个老人,都八九十岁,身体却没毛病,能吃能喝能下田,让他越发觉得槐花峪是长寿宝地。

他眼下就是这个村的王,要照看好包括自己在内的五个老人,一条狗,两头牛和十几只鸡,每日里拄着拐杖,巡视这片领地。

立秋前夜，如注的大雨一夜未停，噼噼啪啪的雨点，一声声敲击着老人的心：唉，村里没个壮劳力，遇上三灾两难可咋办？

天色微明，长庚爷见两对老夫妇平安无恙，心里一块石头落了地。

站在被冷落的村小学前，他望着塌了半边的校舍顶棚，胸口闷得像塞了棉花，一阵凉风吹来，忍不住剧烈咳嗽起来。

不远处的草丛间，一只受惊的狐狸"嗖"的一下，窜向杂草深处。眼尖的赛虎发现后，狂追了过去。

"回来——小子！"听到长庚爷一声断喝，赛虎不甘心地停住脚步，怏怏回到老人身边。

"狐狸不嫌弃村子赖，留下与咱做邻居，有啥不好？你咋见一次撵一次，弄得像仇人，就兴你住，不兴人家住？"

赛虎像犯了错的小学生，耷拉着脑袋挨着数落。

云卷云舒，花开花落，长庚爷把脚印留在了村子的角角落落。

累了，他便找块石板坐下，边回味边念叨过往的日子。

"——俺们槐花峪，每到春暖花开，漫山遍野的槐花开得像雪，十几里外就能闻到花香。"

"——村边小河清凌凌的流水，捧起来就能喝，比城里人喝的矿泉水强多了；地里种出的瓜果，一咬脆生生、甜丝丝，还有那新鲜蔬菜，吃都吃不完。"

"唉——都怪那些败家子，说要搞开发，把好端端的山给挖了，把树给掘了，建起水泥厂、石料厂、搅拌站。现在讲环保，又拍屁股走人了——真是作孽啊！"

气归气，日子还得照常过。

他凭着记忆，用画笔描绘着村里以往原生态般的生活场景。画面上大到民宅、老街、场院、碾子、石磨和辘轳井，小到木锨、木杈、笤帚、簸箕……每有新作，都先拿给守在村里的两对老夫妇看，都说："像！真像！"望着那一张张和自己一样咧开嘴没牙的笑脸，他仿佛觉得槐花峪复活了。

中秋节，长庚爷要过米寿了，在外的学生们相约，要趁小长假回乡为老师贺寿。任凭儿孙辈缠磨，他执意不肯到市里去，非留在槐花峪接待归来的学子。

祝寿那天，他心情格外爽快，手拄拐杖，神色不变气不喘，带着来宾把槐花峪转个遍，边转边回忆当年那美好光景。

寿宴就摆在自家的小院里，来宾们一下子没有了级别和差距，都像小时候挂两筒鼻涕时那样，围坐在老人身旁，啃着水煮玉米和花生，喝着自酿的水酒，鸡零狗碎说着以往的糗事。

趁着大家兴起，老人走进堂屋，取出一个用红绸布覆盖的包裹，放在八仙桌上："这么多年过去，你们没有忘记我老头子，今天，我要每人送一份礼物。"

"送礼物？"一双双期盼的目光投向长庚爷。

老人慢慢打开包裹，所有的眼睛都亮了，那是长庚爷自费出版的《槐花峪村志》。应和着缓缓响起的歌曲《父老乡亲》，浓浓的乡情弥漫开来。

薛培政

打　囤

正月二十五，天微明，茹冈人就开始操办一项庄重的仪式——"打囤节"。

"打囤节"俗称"填仓节"，是民间祀祭仓神，祈望五谷丰登的节日。

到了这天，家家户户把备好的草木灰，用簸箕盛好，用锨铲草灰在院子里撒着一个又一个圆圈，一个圆圈代表一个囤，直到画满为止。囤打完后，再放些五谷杂粮，象征这一年风调雨顺，五谷丰登。

老翠姑家年年都在院子里打囤，梦里都想收的粮食囤满仓溢。

1958年，翠姑被娶进家时婆母已去世，公公拉扯六个孩子，劳力少，吃饭的嘴多，一家人吃穿落在她身上。望着越来越瘪的粮囤，她扳着手指过日子，常常泪水流进嘴里，嚼碎了，却咽不下去。

等她生头胎时，正赶上打囤节，翠姑连想也没想，顺口给娃儿起名叫"存粮"："俺盼粮食把眼都快盼瞎了，老天爷开恩，让俺娃儿生在打囤节，往后再不缺粮了。"

月子里没奶水，存粮瘦的像个猫崽，没日没夜哭，娘家心不忍，牵来只奶羊，才把他养活。

"存粮——存粮——"叫着叫着，就成了半大小子。从他记事起，家里日子饥一顿、饿一顿，饿极了就问："娘，啥时候，让俺放开肚子吃饭？"翠姑没好气，出口像刀子："问你那死憋爹去，年年打囤，嘴笨的像猪，仓神爷能会让咱做饱鬼？"

翠姑的男人长得敦实，干活不惜力气，就是嘴拙，打囤节，只顾闷头画圆圈，嘴里迸不出半句词儿。

打囤时，又不兴女人到场，翠姑隔着窗棂看得真切，心急火燎地嚷道："你个死鳖啊，快说'填仓，填仓，小米干饭杂面汤——'"男人脸憋得通红，嘴张了几张重复道："'填仓，填仓，小米干饭杂面汤——'"

等忙活完回屋里，翠姑竖起两条长眉毛，脸上凶得像要把他生吞活剥了似的吼道："天生的穷鬼啊，你那嘴让针缝住了？"

节气好过，日子难挨，又到一年打囤节。"今年这囤还打不？"望着室外呼呼的北风，男人苦着脸等她发话。"咋能不打？还要多打囤、打大囤哩，俺就不信生就的穷命！"和命运较上劲的翠姑，在草灰里和上水，硬是在院子里画下一个个圆圈。

比树叶还稠的日子，一年挨着一年，等操持小叔子小姑子都成家，儿子存粮也到谈婚论嫁的年龄。进三月，媒人捎来话，女方娘家要来看家，老翠姑一听就慌了："天爷啊，囤里粮食见底了，咋办哩？"为救急，本家老五爷出面，求助左邻右舍，连夜凑红薯干，填满她家粮囤，总算保住亲事。

翠姑想粮食都快想疯了。1979年正月二十五，她好说歹说，请来绰号"巧嘴先生"的堂哥帮忙打囤，"巧嘴先生"边打边念念有词，翠姑听着心里敞亮了。

那年秋天，队里实行联产承包责任制，翠姑一家老少起早贪黑，精心侍弄分到的7亩地。到下年麦季，望着打麦场上堆成小山的新麦，她大喜过望，脸贴麦堆闻了又闻，喜泪哗哗地流，语无伦次地喃喃道:"俺有粮食了,俺家再不缺粮了,多亏巧嘴哥帮俺求来的福啊!"恰好"巧嘴先生"打此路过,笑着回道:"没有好政策,俺嘴再巧,还不一样受穷?"

挨到秋后,庄稼收满场院。翠姑的男人嘴也不拙了,话痨似得见人就显摆:"呵呵,收这么多粮食,咋存放哩?真让人发愁啊——"那年,他家一下添了五口大缸。

在年年画着圆圈的希冀中,要强了大半辈子的翠姑就老了,肯忘事儿了,唯独打囤,她记得门儿清。每到这天,老两口一个撒着圆圈儿,一个振振有词儿,心中的念想就升腾起来。

日子过得滋润,心情本该畅快,老翠姑那倔劲却上来了:"如今这人是咋了,嘴咋越吃越刁,不知道吃啥香了不是?才吃几年白面,咋又争吃杂粮窝头嘞?"上大学的孙女说这叫懂养生,还说红薯叶子是美味,城里人抢着吃。老翠姑嘴撇了又撇道:"这是没吃过苦的人作哩,再好吃能好过大米白面?"

那天,一向乖巧的孙女没听她劝,跑到自家田里采回一筐红薯叶,蒸了满满一笼,津津有味地过了一把瘾。

谢　幕

东方刚露出鱼肚白，于峻山和那头黄犍子牛，已缓缓地向村外走去。

多少年了，他一直秉持着"人勤牛马壮"的古训。

"峻山叔，又上山呢？多大年纪了，还山上山下跑着侍候这些宝贝疙瘩，也不嫌累？"

"峻山哥，看黄犍子这身肉多瓷实，少说也值万把块，还不舍得出手？"

碰着早起的乡邻打招呼，峻山头也不抬，有一搭没一搭地应承着。

村里，放牛的人越来越少了。

开阔的山坡上，荒草没膝，半天难见个人影儿，峻山和他的牛，显得寂寥而孤单。低头啃草的黄犍子，隔会儿抬头竖耳，装腔作势干吼两声后，又痴痴地向远处望去。峻山摘下嘴里的烟袋锅子，说："老伙计，别号了，方圆百里四条腿的大牲畜，恐怕只有你还喘气儿……"他声音颤抖得说不下去了。随后，又赌气似的装上一锅烟，狠劲地抽了起来。

在茹冈村，于家祖上三代都是有名的牛把式。

前两代年久，不说了。

于峻山是第三代。大集体时期，于峻山名儿响，都知道他会使唤牛，再难调教的牛，到他手里都会变得服服帖帖。

牛把式是个技术活儿，挣最高工分，还受人待见，黑脸队长也会给笑脸，于峻山腰杆就天天挺得直。

平日里，他起五更打黄昏，喂草饮水，垫圈刷毛，五冬六夏，就没闲着，把牛养得膘肥体壮，毛色起明发亮。别队的生产队长斥责偷懒的牛把式，拿他做榜样："咋不照着于峻山学，看人家把牛养的，这牛把式可不是光享清福哩！"

春耕是开年头道大活。开犁那天，峻山就像压台的大轴出场了。随着他扬起皮鞭在空中炸个响儿，三头犍子牛拱背蹬蹄，使出攒一冬天的劲儿，拉着犁子呼哧呼哧地往前奔。

三十年间，他像当红的角儿，在广袤田野的舞台上，叱咤风云，挥洒自如。在乡亲们羡慕的眼光里，他把牛鞭甩得脆响。

20世纪70年代末，儿子向明下学，峻山就商量让他"接班"，哪知儿子嘴一撇道："戳牛屁股的事，一点儿技术含量也没有，俺不干！"

望着儿子远去的背影，峻山心里很不是滋味："咦，俺家传了几辈子的绝活儿，难道在我手里失传不成？"

"失传又咋样？天下没有不散的戏，再红的角儿，也有谢幕的时候。"儿子总是这样说他。

入秋，峻山依旧早早备妥犁具。没几天，生产队新买的25马力拖拉机开进田里。他抬头一看，机手正是儿子向明，只见拖拉机两片犁铧，就像风吹浪卷一样，一会儿就犁开一大片。田间歇息的社员，纷纷上前瞧稀罕，喝彩声传出去老远。望着眼前的场景，他心里就像打翻了五味瓶。

拐过年，生产队解散，三头犍子牛被抓阄分了。

没牛的日子，峻山变得寡言少语，痴痴呆呆。老伴儿怕他憋出病，拿积蓄赎回一头黄犍子牛后，他才慢慢好起来。

没两年，县乡推行机耕，大批闲下来的耕牛，被牲畜贩子牵走屠宰。峻山震惊了，他一家家登门劝阻："多好的牛，留下吧，喂把草，又不费事！"可哪能劝得住？眼见一头牛哀叫着被牵走，他无奈爆粗口："奶奶的，没良心，刚卸套就送肉锅了，咋一点情分也不念呀！"

挨到入冬，儿子试摸着问："爹，犁地不用牛了，留着还要人放，咱也卖了吧？"他把眼瞪得像铃铛："甭想！"

峻山每天依旧赶牛上山。牛通人性，吃饱时就倚卧在他旁边，他把手搭在牛背上，牛便用头摩挲着他。

又一年秋种季节到来，田野里到处机器轰鸣。

开犁那天，儿子说啥也不让他到场。在山上放牛的峻山，望着拖拉机在田里"突突突"地来回穿梭，心里七上八下："唉，俺当大半辈子牛把式，没见过这么呼呼啦啦犁地的？种不好庄稼，可耽误一季子啊！"

他把牛拴在一旁，带着满肚子疑惑，不声不响地在田里来回走着，一会儿蹲下身扒土看深度，一会儿攥把土瞧松软。"嗨，爹，这犁地的技术，比您差远了吧？"儿子朝他吆喝道。"浑小子，逗你爹开心呢！"望着迎上前来的儿子，他眼神里布满喜色。

"爹，我和镇农机合作社签了作业合同，今年犁地省事不说，种子啊化肥的，啥也不用咱准备，都由公司打理，往后喷药、浇灌、收割，也托付给合作社了。"

听着儿子喜滋滋的话语，他乐呵呵地对儿子道："现在种地真方便，你小子真是赶上好时候了！"

他回身走到牛跟前，拍着牛道："老伙计，一辈更比一辈强，看那铁牛，就是比咱强。咱这角儿也该谢幕啦！是不是，老伙计？"

薛培政

夜　遇

"人被逼急了，胆子就壮了！"那年，我从部队回乡探亲，想从爷爷口中挖掘点儿解放区的史料，他竟说出这句让我吃惊的话。

望着满是疑惑的我，知书达理、谨小慎微一辈子的爷爷，给我讲了1947年秋他历险的那件事。

"农历九月十七，这个日子俺记得清着哩——那天中午，村南王大茶壶，就是俺表兄弟，说他女婿托人从崂山捎茶来，让俺去喝茶。俺俩从下午喝到傍晚，入夜可就睡不着了。俺趴在窗户上往外看，月亮照得就像白天一样。俺心想反正睡不着，就趁露水打湿豆秧不炸角，把野猫沟边晒的大豆秧子挑回家。

"俺扛着扁担从村西出了村，顺着大路爬上桥南崖，一头扎进玉米高粱围成的青纱帐后，忽地感觉脖颈后凉飕飕的，身边除了吱吱的虫叫声，偶然起阵风，玉米叶子吹得哗啦啦响，周围阴森森的，俺觉得随时有什么东西蹿出来，心里后悔不该半夜起身走夜路。

"往前走不到半里路，猛然觉得头皮一炸，就见庄稼地里闪出几个黑影，拿枪围住了俺。'喂，哪村的？干啥去？'望着黑黢黢的枪口，俺浑身发抖，吓得话也说不成溜儿：'茹……茹冈村的，到南边地里挑……挑豆秧子！'对面那胖子把头一摆：'嗯？给我搜！'左边那小个子把俺浑身摸一遍后，朝胖子说：

'报告队长,没发现什么!''哦,茹冈的,知道韩向辉家住哪儿吗?'俺听后一愣怔。'快说!'后边那人用枪顶住俺的腰。'知道。'俺小声嘟囔一句。那胖子用枪点着俺头说:'那好,前边带路,要敢跟老子耍滑头,小心你脑袋!'

"说罢,他把手一挥,让俺前边带路。

"唉,那会儿,俺心里真急啊!"爷爷不由得叹了口气。

望着情绪激动的爷爷,我赶忙将茶水递到他手里。爷爷呷口茶,接着说:"唉,那会儿,俺心里真急啊——入秋前,国民党军队重点进攻咱山东解放区,解放军刚转移走,国民党就追过来了。那些流亡的恶霸地主组建还乡团和夜袭队,也趁机回乡反攻倒算,烧杀抢掠,无恶不作,弄得人心惶惶。

"看眼前这些人装扮和凶巴巴的样子,俺猜八成是人说的夜袭队。

"韩向辉家在村子东北边,区长和工作队员就住在他家。若要将这伙人带去,可要出大事儿。前些天俺就听说,东乡有干部被夜袭队抓去装麻袋投河杀害的事,俺可不帮他们干伤天害理的事。

"被枪顶着往前走,俺一边挪步一边盘算脱身,急得心里咚咚直跳。

"'娘的,快点儿,耽误了事,老子先毙了你!'胖子急得骂开了。

"'老总,俺脚上长鸡眼,走不快——'俺哀求道。

"'少废话,快点——'俺被身后牤牛般的壮汉踹个趔趄。

"村子影影绰绰的轮廓,已近在眼前,俺心里急得像着了火。

走到村外何家林时,俺想把扁担一抡,再跳下旁边的土崖。可斜眼一瞅,俺没敢动,后边人跟得紧。

"哪料,'呜——'的一声怪叫,两条争吃东西的恶狗,从何家林里'嗖'一下蹿到跟前,众人吓得一愣。趁这一瞬间,俺忽地跳下几丈深的土崖。

"接着,'啪、啪'几声枪响,子弹'嗖、嗖'飞过,打得远处的高粱叶子乱响。

"俺跳崖后,正巧落在下面柴草垛上,没有伤着筋骨,一骨碌滑下地,贴着崖跟直喘粗气。

"'娘的,谁放的枪!'上边那胖子骂。

"'队长,那小子跳崖了!'有人说。

"'回头再收拾他,快进村抓共党,抓不住共党,你们一个个,脑袋都得搬家!'胖子恶狠狠说。

"俺听着没动静了,赶忙钻进庄稼地,进山里躲到中午才回家。

"事后,俺听韩向辉说,那天夜里,他起夜,和门口放哨的队员,都听到村西传来枪声,连忙喊醒区长和其他队员,翻过墙头朝村北转移。刚走不到半袋烟工夫,就听见传来'咚咚咚'的砸门声。那伙人气势汹汹进家后,里里外外翻个遍,没见要找的人,骂骂咧咧走了。

"要搁平常,站崖边往下伸伸头,就头晕,打软腿。可那会儿急了,多少条命啊!"说到这儿,爷爷长长吐了一口气,说的好像就是眼前的事儿。

戴 涛

DAITAO

上海人,中国作家协会会员,上海微型小说学会会长。作品散见《北京文学》《天津文学》等,多篇入选各类年度选本。著有小小说集《人生旅途》《美是生活》等,多次获奖。

【参评作品】

《朴树下》《忏悔》《绿地》《油腻》《计划》《老胡同志》《生存》《等候》《浦东和浦西的故事》《双胞胎》

【颁奖词】

戴涛的作品时代气息浓郁,有一种暖色的氛围和理想主义的色彩,让人与人能够在心灵上对大自然、对生活产生共鸣。在敏锐的逻辑思维的基础上,善于捕捉生活细节和挖掘人物内心情感,以清新脱俗的文笔,塑造出性格鲜明的人物形象,给读者以启迪和感悟。

朴树下

猫的叫声在这个远东大都市清晨的雾气里行走,带着凄凉穿越一扇扇窗户。

一个叫妮妮的女孩在梦中被惊醒,她推开窗,眼前只是一片白茫茫,可猫的叫声还是一声紧接着一声向她扑来,于是她随手拉了件衣服就赶紧出了门。声音越来越近了,可声音怎会从天上传下来呢?她不由想到刚才在床上做的一个梦,梦里许多人都坐在这块草坪上,在她的旁边坐着一位白发老人。老人始终古怪地抬头仰望着天空……

雾开始散去,天也已大亮,她眼前是一棵比她家三层楼房还要高的朴树,在朴树顶端枝梢上,有一只黑白相间的小猫,因为下不来了在惊恐地叫唤,她站在树下无助地看着那只小猫。

不知什么时候,树的周围开始聚集起一些晨练的人,她看到了希望,她向每一个人祈求,快救救它吧,多可怜的小猫。于是有人开始爬树,有人拿起电话向外求救,这下动静大了,先是"110"来了,紧接着"119"来了,最后市电视台的转播车也到了,主持人用充满感情的语调做起了现场直播:电视机前的观众朋友们,这只在树上被困了十几小时的小猫牵动着无数人的心。现在,消防战士正踏着云梯,一步步接近小猫……

她被眼前这一幕深深感动,眼泪情不自禁地流了下来。消防员的手已经抱住了小猫，树下人群里爆发出了非常热烈的掌声和欢呼声，这掌声和欢呼声不知是惊了小猫还是鼓舞了小猫，只见它从消防员的手中跃起，在朴树的树梢上跳跃，然后又跳到了另一棵树上，转眼就消失得无影无踪了。

  尽管故事没有像妮妮原来想的那样结束——消防员小心翼翼地将猫从树上抱下来，然后交到她的手里，可她还是被那天人们对猫的友善所感动，同时为猫的下落牵挂。从此，她经常会有意无意地走到那棵朴树下，去的次数多了，她发现有一位白发老人也时常坐在那棵朴树下。

  这天，她又来到了朴树下，那位老人已经先到了，原来她想待一会儿就走的，天忽然下起了雨，她只能坐在树下避雨，雨越下越大，整个天空全是灰蒙蒙的，她一下有种要对人倾诉的冲动，她走到老人身边问：老人家，您知道在这棵树下发生的故事吗？是关于一只猫的故事，没等到老人回答，她就滔滔不绝地开始了讲述……

  听完她的叙述，老人问她：姑娘，你知道很多年前这棵树下发生的另一个故事吗？那年我看见我的一个战友被吊在这棵树上，我四处喊人，可没有一个人来帮我。

  为什么没有人来帮助您呢？她觉得不能理解。

  因为人们都怕。

  那他是好人吗？

  当然是。

  雨还在下，妮妮又开始想她的小猫了。这是2007年4月一个周末的上午。

忏 悔

老赵是G区检察院的起诉科科长，一张国字脸，与一米七的身高搭配，略显得有点大。不过老天还是挺眷顾老赵的，在大脸上给他按了双真正的浓眉大眼，让他有一种不怒自威的形象，所以老赵在与被告人打交道时往往总能占得先机，旗开得胜。

今天我们要讲的有关老赵的事发生在20世纪的90年代。

这天早上老赵刚坐到办公室的椅子上，助理检察员小李就一脸愁云地站到他跟前："赵科，这个案子我也不知道该怎么办好。"看小李这神态，老赵知道小李真的碰到难题了，便鼓励道："没事，你说。"

"赵科，案情是这样的，一共是两名被告人，一个叫陈青，一个叫高春，都是技校的在读学生，今年6月9号的晚上，两人上完夜自修出去买东西吃，路过一片绿化带时，听到树丛里有响声，两人便捡起路边的石块扔了过去，结果砸中了一名在树丛里小便的行人，造成了该行人颅骨骨折，一只眼睛失明。经法医鉴定，受害人是被其中的一块石头击中的，而击中受害人的石头究竟是陈青扔的还是高春扔的，公安没有说法就打包过来了，让我们以共同伤害罪起诉，我昨天也去审提了两个被告人，都不承认是自己扔的，这可怎么办？"

小李汇报完案情后就默默地看着老赵，而老赵似乎还沉浸在某种思绪或者说是回忆之中,脸上没有一丝表情,老赵今天的表现让小李觉得有点意外,因为在以往,老赵早就该站起来拍拍他的肩膀说:"没事,我和你一起去会会这两人。"

小李终于忍耐不住了,把嗓门也拉高了:"赵科,您说到底该怎么办啊?"

老赵也终于回到了现实中来,他用迷茫的眼神看着小李:"嗯,让我想一想吧。"

这一想就是一星期,一星期后,老赵对小李说:"走,今天我和你一起去提审。"小李总算听到了这句话,好兴奋。

在看守所的审讯室里,老赵的表现又让小李感到了意外,平日里老赵总喜欢说公诉人是代表国家刺向犯罪的一柄利剑,可今天利剑不见了,只见一个慈眉善目的老太太。可循循善诱了老半天,两个被告人似乎并不领老赵的情,始终是那句话:"不知道,不是我干的。"

在回检察院的路上,小李向老赵建议:"赵科,要不将案子退回公安补充侦查得了。"不料老赵还是那句话:"嗯,让我再想一想。"

两天后,老赵对小李说:"走,我们再去一次看守所。"这话又让小李感到意外,在小李的记忆里,科长为一个案件与承办人三次提审被告人可从来没过。让小李更意外的是,见到第一个被告人陈青,赵科并没有让他继续交代自己的事,而是说:"我给你讲个故事吧。"

"故事要从20多年前讲起,那时我读小学五年级,因为那个动乱年代也没有什么书好读,所以我们以玩为主,那时我们经常玩的一个游戏就是分成两帮人打仗,武器是弹弓,因为使用的子弹是用纸做的,所以叫纸弹弓,我们会用好几层纸折叠成子弹,弹到皮肤上还是很痛的。那天放学后,我们班的男同学又分成两帮在校园里打仗,当时我们这一帮是防守,我们躲在石头后面,等到他们冲到离我们几米远的时候,我们就一起开火,我知道我的第一颗子弹就打中了一个同学,他叫陈挺,因为我看见他手捂着脸蹲了下去。"

第二天,陈挺的父亲来学校找老师,说陈挺的眼睛被打坏了,老师在教室问谁打的,没有人承认,我也不敢承认。一个月后陈挺来上课了,我看到他眼睛没瞎,心里的一块石头总算落了地。到了上初中时我和他就不在一个学校了,这件事也就慢慢被淡忘了,去年我们几个小学的同学聚会,不知怎么会说到陈挺,说他混得不错,在国外开了几家饭店,一个一直和他保持联系的同学说,其实他原来最大的理想是当兵,可体检时一只眼睛的视力不行。我马上问为什么是一只眼睛?他说怎么不记得啦,陈挺的眼睛在上小学时受过伤。听到这话,我的心像是被一块大石头重重地砸了一下,很痛,以后,我晚上常常睡不着觉。

"你讲的到底是谁的故事?"陈青问。

"就是我自己的故事。"老赵答。

"是真的吗?"

"是真的。"

"那你准备怎么办?"

"我想好了,我用今年的15天公休假,准备去国外找他,我要当面向他忏悔……"老赵用一种坚定的眼神看着陈青。

陈青低下头去,过了好一会儿,他又重新抬起了头:"检察官,我,我也要忏悔……"

戴涛

绿　地

　　在上海城市的中心有块非常有名的绿地，叫延中绿地，而我每天上班都会经过或者更准确地说是穿越这块绿地。在寸土寸金的上海市中心居然不盖高楼弄这么一块绿地，总让人有种匪夷所思的感觉，而且据说还是请了国外的园林设计大师设计的。所以尽管叫绿地，比起周围的淮海公园、复兴公园可要漂亮多了，每天走进随着四季和视角变化的绿地，一天的心情都会好许多。

　　这是一个秋天的早上，我还是照常将车停到绿地的地下车库然后走进绿地。因为我喜欢早一点到单位，所以每天当我走过绿地时，除了有几个晨练的人，整个绿地似乎还没完全苏醒过来。忽然，我感觉有种异样，平时那排与法国梧桐构成平行线的空长椅上，孤零零地坐着一个人，这样的异样使我有意地走近了那个人。

　　这是个五十来岁的男人，头发是花白的，而且有些结块，这也许是好多天没有洗头的缘故，脸色发黑发暗，应该是风餐露宿缺乏营养所致。黑色的夹克和裤子有些发亮，脚上的一双皮鞋已经看不出什么底色了。

　　他的身边一左一右放着两只绿色旅行袋，是现在已经不多见的帆布做的旅行袋。此刻他正入神地看着一张报纸，是一张好多天前的《新民晚报》，嗯，一个刚到上海的流浪汉，这是我经过他身边时做出的判断。

当天中午，我吃好午饭刚想午睡，突然想到了那个流浪汉，我又下楼走到了绿地，长椅上坐了好多游客，可没有他。

第二天早上，当我经过那排长椅时，又见到了他，其他都没变，只是手里的报纸换成了一本书，这显然是一本刚买的新书，尽管不知道他看的是什么书，可我却莫名地产生了某种好感。于是，第三天的早上，我在给自己买早餐的时候也捎带着给他买了一份，当我悄悄地将早餐放到椅子上时，还是被他发现了，他用警惕的眼神看着我，操着西北口音问，这是干啥？我赶紧解释，不干啥，我看你这么认真读书，一定还没吃早饭，我正好多买了一份。他的眼神流露出了友善，轻轻地说了声，谢谢。

从此以后，我只要早上去单位上班，都会带一份早餐给他，每次他接过早餐都会说一句，我要给钱的，每次他说这话时总会露出一丝窘迫。然后我便会回一句，每天算三块五块的烦不烦，以后再说。

我和他熟识以后，我们之间说话也随便了，但有一次当我问他，你究竟为何到上海来？他原本友善松弛的脸上突然间又布满不安和警惕，硬邦邦地扔出一句，你干吗要问这个？对不起了！我只好转移话题，那你在看什么书？他不语。他跟我说话时正好将书合上了，我看到封面上写着：高等教育课本《刑法》。

时间过得很快，转眼已是深秋，长椅两侧的梧桐树叶开始纷纷飘落，这天早上我发觉他精神状态很不好，一摸额头非常烫，你病了！我没有。天冷了，你不能再睡长椅了。没关系的，都睡习惯了。我生气了，朝他吼，你要么回家，要么跟我去救助站。他沉默了片刻说，我现在还不能回去。

最终他跟我去了救助站，救助站的站长恰好是我一个朋友，所以手续办得很顺利，办完手续他就被抓去剃须理发洗澡，完了还换了身新衣服,看到他被收拾得干干净净的模样,我也放心了。分手时我对他说,我会来看你的。可单位出差一去半个月,等我刚回到上海,就接到救助站站长的电话。

他走了,站长在电话里说,他走的时候要我转告你,他说他都想好了,他不会再逃避了。他还说,有一天他会再来上海的,还是坐在绿地的长椅上等你。

油　腻

　　播音喇叭开始响起来了："地铁马上就要进站了，请大家退到安全线后面依次排队上车。"这个时间乘坐地铁的人也不算多，每排也就排了二三个人。

　　这时，一个中年男人不知从哪冒了出来，他晃晃悠悠地一连走过三排队伍，然后在一个女孩身边停了下来，他朝女孩看了几眼，便很有礼貌地问，请问这是2号地铁吗？女孩答，是啊。又问，是去虹桥火车站的吗？女孩又答，是啊。女孩觉得这个人问的问题都很奇怪，因为答案都在头顶上方的牌牌上写得明明白白的，所以她就朝他看了一眼，一张油光光的圆脸，加着一副黑框眼镜，正眯着眼朝她点头微笑。

　　车进站了，她上了车，他也紧随其后跟着上了车，她在椅子上坐了下来，他也紧挨着她坐了下来。他对着她说，听口音你好像是从外地来的吧？女孩点点头，是的，我是安徽人。

　　噢，你是安徽人，有个作家，是个女作家，叫戴厚英，写过《人啊，人》，就是你们安徽人。还有欧阳修的《醉翁亭记》，写的就是你们安徽滁州琅琊山上的醉翁亭，"环滁皆山也……"，他开始背诵起来。女孩面无表情，两眼看着车厢里的地板，他背诵了一会儿，似乎也觉察到了不对路。对了，小燕子赵薇也是你们安徽人，女孩还是没有反应。那你在上海，上海菜吃得惯吗？上海话听得懂吗？女孩终于回了一句，听不懂。听到她开口了，他一下来了精神，我对侬讲啊，侬在上海工作生活，侬要听得懂上海话，最好还会讲几句，这个老重要的，也是老要紧的。比如侬去问路，侬要讲，侬好，到啥地方哪能走？再比如，侬去菜场买菜，侬要讲这只菜几钿一斤？还有……

女孩子已经戴上耳机，而他依然兴高采烈，滔滔不绝。

这时，坐在对面椅子上的一个男孩开口了，对他说，叔叔，我也是刚到上海的，我也想学上海话。他朝那男孩看了一眼，没搭理他，继续侧过脸去对那女孩说。男孩提高了嗓音，叔叔，你也教教我么。男孩的大嗓门将周围人的目光都吸引到他身上，他顿时觉得有点尴尬，不得不转过脸来应付一下男孩。

好吧，你想学什么？

男孩说，我说一句普通话，您就告诉我上海话怎么说，好吗？

他勉强地点了下头。

于是，男孩说一句普通话，他就说一句上海话，开始的时候两人一来一往还很顺畅，可渐渐地他感觉有点跟不上了，油光光的脸上开始冒汗了，因为男孩似乎在故意挑一些很难翻成上海话的句子。

他终于有些明白了，他意识到自己被捉弄了。哼，侬捣糨糊，侬是上海人！

男孩一脸得意地看着他。

他决定不再去理他，可当他转过脸来时，发现女孩已经不见了。

他悻悻地下了地铁，然后又开始在站台上晃悠。

计　划

A先生是个有特点的人。

A先生的特点是凡事都爱计划，A先生说，他的这一特点也许是与他的家族基因有关，A先生的祖父给人管账做过账房先生，A先生父亲考的大学叫政法学院，可毕业后进的部门叫计划委员会。到了A先生填写报考大学专业的志愿时，他本人的想法竟然与家里的意见高度一致，财经学院的会计专业。

跨进校门，当别的同学还在兴奋自得，满世界闲逛时，他已经端坐在阅览室里默默地开始计划人生，他想起来学校报名前，父亲对他说的话。

父亲说：儿子，记住，一定要和同学们搞好关系，因为同学情对你来说是一笔终生享用的财富。父亲又说：记住第二件事，在不影响学习的情况下，多留意一下身边的女同学，如果有好的，千万不要错过，因为大学谈成的，往往是最好的。

于是，大学四年，他似乎就是围绕着父亲给的两条忠告计划着人生。

转眼大学的学业就完成了，他作为班长被推荐去了让许多人羡慕的市财政局，报到的前一天晚上，A先生与父亲闲聊，父亲突然问：哎，儿子，还记得吗？你上大学时我给过你的两条建议？A先生眉毛扬了扬说，当然记得啊。如何呢？嗯，下星期天，我过生日时你就知道了。

过生日那天，A先生让父亲订了六桌酒席，其中四桌都给A先生的同学占了，A先生不无得意地对父亲说：您看，我的同学差不多都来了。更让他父亲意想不到的是，酒喝到一半，A先生拉着一位女同学的手走到他跟前说：爸，这是王丽同学。他爸看着娇羞的王同学，顿时笑得好开心。

很快，王同学就成了A太太，又很快实现了A先生的计划，为他生了个大胖儿子。A先生看着躺在婴儿床上的儿子，一种使命感油然而生，嗯，该为儿子计划计划了。可面对着一个一无所知的婴儿该如何计划，A先生顿时有些茫然。

好在这时候A先生对于自己的计划倒是在按部就班地推进，由科员到副主任科员再到主任科员。这天晚上，当他陪领导喝好酒回到家，看着熟睡中的儿子，他突然意识到还有两年儿子就要上小学了，该为儿子计划计划上学的事了。

第二天他就约了在教育局工作的同学喝一杯，酒碰了三杯，那同学自然就问到他，儿子什么时候上小学啊？他说快了，还有不到两年。他同学又问，准备上什么小学啊？他说自然是某某小学。同学说，新规定马上出来了，除了户口在这个辖区里的，其他人都上不了。他一下傻了，那怎么办？问这句话时，他第一次有一种非常强烈的失落和痛苦的感觉。

他同学见他脸上的表情便安慰说：办法还是有的。他像是抓住了救命稻草，快说，有什么办法啊？你可以在那所小学的辖区里买套房子啊，然后将孩子的户口迁过去。对，对。他觉得这是个办法。

告别了同学，走在回家的路上，A先生被风一吹，脑子稍稍清醒了些，为了儿子上学要去买一套房子，这可绝对不在计划里呀！这可怎么办？他一时找不到答案，只能在马路上漫无目标地走着……当他开门走进家里，妻子用吃惊的眼神看着他：怎么啦？脸色这么难看。于是，他将儿子读书的事告诉了妻子。

妻子听了直摇头，我们现在住的房都欠着银行的贷款，哪还有钱去买学区房。A先生神情庄严地对妻子说，你不用管，我一定要让儿子上那所小学，然后上它的中学，然后考一所名牌大学，然后……

A先生是这样对妻子说的，也是这样去做的，半年后，他在那所小学的辖区里买了一套房，然后他的儿子便顺利地上了学。这确实是所好学校，看着儿子各门优异的成绩，A先生真庆幸自己所做的决断。

这天A先生正坐在办公室里构思竞聘副处长的演讲稿时，门被推开了，市反贪局的两名检察官说要和他聊聊，一开始A先生还是很镇静的，当被问到他同学的企业来申请财政补贴的事时，他知道是怎么一回事了。

A先生因受贿进去了，A先生的一切美好计划也就随之而去了。

戴涛

老胡同志

农历十二月二十九日的晚上,我刚跨进家门,妻子就跟我说,老胡同志来电话了,让我们明天去他家开会。老胡同志就是我的岳父,不知从什么时候开始,我们背地里都这么称呼他。我说,明天本来不就说好上他家吃年夜饭的吗?妻子说,是的,可他特地关照要提前两小时到,先开会。我问开什么会?妻子说,我也不知道。

第二天下午三点,我们几大家子的人马都已经在老胡同志的家里集合完毕,老胡同志这段时间眼睛经常流泪,但他还是很威严地扫了大家一眼。

嗯,为什么一定要今天叫你们来开会,因为有一项重要的决定我不想拖过今年,这两天我看到一篇材料,说当年参加革命的一些老同志,新中国成立后没像我一样进城工作担任职务,而是回了农村,他们都八九十岁了,有人现在还很困难,这些都是我的战友啊,还有,国家正在开展脱贫攻坚战,我这个老头子总不能袖手旁观吧,所以我决定,把我的存款拿出来,一共是一百万。

老胡同志说到这里,又用威严的眼神扫了我们一眼,然后等待着大家的表态,可在座的人还没有一个回过神来,歇了一会儿,他又问,大家没什么意见吧?

终于，他的大女儿先开口了，爸，您都九十了，免不了身体有时会不好，您把钱都捐了，以后看病怎么办啊？

我是离休干部，看病不是全报的吗？

可一些好的进口的药是不能报的。

我不搞特殊化，我不需要进口药。

这时儿子说话了，爸，您当了几十年的领导，我可没沾过您一点光吧，可您现在住的房子，三十多年没装修了，总该装修一下了吧，这样您住着舒服，我们带着第二代第三代来看您也会感觉舒服些。

不装修不是也能住吗，都几十年住下来了，还有，你们的孩子在墙上涂涂画画的这些东西，我时常看看还蛮有趣的。

儿媳反应挺快的，马上接过话来，是啊，时间可真快，我们孩子的孩子都要上幼儿园了，爸，现在好的幼儿园可贵了……

老胡同志反应也快，我们的后代都该去普通公办的。

妻子开始拉我的衣服，我知道她这是让我出马的意思。

爸，我们现在从中央到地方都讲究要依法办事，可您今天的决定好像与国家的法律规定不是十分一致。

你说什么？老胡同志把眼睛瞪得很大。

爸，您先别生气，听我解释啊，您要捐的这一百万是您和妈这辈子的积蓄，在法律上叫作夫妻共同财产，要两个人全同意了才能捐的。

可你妈已经过世了，怎么同意？

那五十万就成了遗产，由您和您儿子还有两个女儿共同继承。

什么，什么，我都不能决定了？！老胡同志气得脸都发青了。

妻子见这状况急忙说，先不讨论了，吃饭吧，孩子们的肚子都饿坏了。我赶紧给老胡同志斟满一杯酒，他一言不发，端起一饮而尽，那天晚上，老胡同志头一次光饮酒不说革命历史，最后，他把自己给喝醉了。

第二天早上，我还在睡觉，妻子就把我叫醒，说老胡同志又来电话了，要大家下午一起上墓地去看看妈。我纳闷大年初一又不是老岳母的祭日，怎么想到去看她老人家。

其实，岳母是没有墓地的，她只是在一块纪念碑上拥有一个名字，那块纪念碑是红十字会为捐献遗体的人立的，每年老胡同志带着我们就是对着这块刻有许多人名字的石碑默哀。走进公墓，老胡同志没有按原先的走法先去捐献遗体的纪念碑，而是径直走向了新四军广场，面对着用花岗岩筑起的新四军纪念墙，面对着长长的新四军英烈的名字，这位十四岁参加新四军的老同志，没有像以往那样滔滔不绝地给我们讲故事，而是默默地站立着……

然后当他来到刻着岳母名字的石碑前，便再也抑制不住自己的情绪，他一连大声呼唤着岳母的名字，老泪纵横。

此刻，大家终于明白了老胡同志的心情，碑前一片哭声。

生 存

我们就把他叫作男人吧。

男人就读于一所全国知名的大学，学的是中文，毕业后顺理成章地进入了某市某区的政府办公室。男人在学校就是学霸一枚，所以在区区的区府办里写点锦绣文章当然不在话下，男人便觉得工作很轻松，人一轻松了吧就会想再弄点什么事来做做，男人自然就想到了两件事。

第一件事与生理有关，男人想要一个女人。第二件事与心理有关，男人想写小说。做这两件事的顺序男人也是分得很清楚的，所谓"大丈夫修身齐家然后治国平天下"。所以男人先是写了封信（也可以叫情书），这封信情意绵绵却又不显得卑微，信是寄给一个叫薇的女人，她是男人大学的同学，根据男人的分析判断，这个女同学在读书时对他还是有点意思的，结果很快验证了男人的判断，三天后男人就收到了她的回信，信中的口吻比他还要热烈，于是她就成了男人的女人。

得到了女人的男人春风得意，自信心爆棚，便决定开始第二战役——写小说，而且他决定不写短的，要写就写长的，没有个几十万字拿不下来，因为他在上大学时就知道什么叫"一本书主义"。就这样男人愉快地决定了写长篇小说，男人知道长篇小说可是历史的画卷，可他心中还没有什么历史可言，于是男人决定去市图书馆里找。

从此,每个周末男人坐车上图书馆找历史,女人便在家里洗衣做饭等着男人归来。这样的日子整整过了三年,男人感觉历史找得差不多了,该开始动笔了,他计划着每天晚上能写上一千字,用一年的时间将初稿拿出来,就在这时候,办公室主任将他叫去并且意味深长地对他说:"年轻人,组织上很看好你喔,要给你压压担子啰。"结果,他原来在单位就能轻松搞定的文字工作,变得还要带回家来继续搞。

每天晚上,男人和女人早早地吃好晚饭,然后男人开始完成办公室的文字,女人开始批改学生的作业,每次男人做完办公室的工作,起身伸个懒腰的时候,女人也恰好批改好作业,随后女人便会走到男人的跟前说:"亲爱的,早点休息吧,小说又不是硬任务,以后再写吧。"女人说这话其实是想提醒男人你还有一项硬任务哪,结婚多年了,总该有个孩子了吧。男人听懂了,可是装糊涂:"你先睡吧,我的小说也是硬任务噢。"女人便默默无语去睡觉,男人硬撑着开始写小说,写着写着也就睡过去了。

这样的日子男人熬了两年,这天一上班,主任就将他叫了进去,拍拍他的肩膀说:"年轻人,祝贺你,科长的任命批下来啦。"晚上回到家,男人将这一喜讯告诉了女人,女人听完眼里闪烁着泪花:"太好了,我去做几个菜庆祝庆祝吧。"吃完了饭,女人含情脉脉地看着男人问:"今晚你就不写了吧?"男人想了想说:"不行,小说快要收尾了,我要争取来个双喜临门。"

第二天上班的时候,男人总是有些坐立不安,因为他在为这部小说究竟叫什么名字而苦恼,直到下班回家的路上,他望着车窗外来去匆匆的人群时,他突然觉得小说应该叫《生存》。

男人想今晚可不要再写了,该放松放松啦。男人迈着轻盈的脚步走进了家门，却发现女人不在。男人给女人打电话，电话关机，男人给女人的父母打电话，她父母说不知道。男人又给女人学校的校长打电话，校长说，女人因为精神不太好，已经请了一个月的假。

男人崩溃了，他一连三天三夜不吃不喝不睡，可还是等不到女人的任何消息，第四天，男人到单位就做了一件事，递上辞职申请书，然后回家将小说稿一把火烧了，然后离家开始寻找他的女人。

戴涛

等　候

　　终于退休了，领导和同事问我：接下来最想干什么？我说："不知道。"回到了家继续想，还是一片茫然。随手整理桌上的信件，看见一封来自我早年插队的那个省份文学杂志发来的邀请函，邀我去参加他们举办的一个笔会，我像是被突然打了一针兴奋剂，一下来了精神，由于工作等因素，我已经十多年没写小说了，这下又唤起了我的向往，更让我向往的是可以去我插队的地方看看，那里有我的好兄弟勇根。

　　高铁真的很快，6个小时就到了A省的省会，笔会开得圆满，两天会议一天采风，该聊的都聊了，该看的也看了，我还答应了杂志社回去就写小说。接下来该是回我插队的地方。早晨，我刚办好退房，手机响了："哥，我已经在宾馆大门口了。"我赶紧奔到门口，尽管岁月已经过去了四十年，可我还是一眼就认出了勇根，我紧紧地抱住了他埋怨道："说好的我自己坐车过来，你怎么不听话，这要开好几百公里的路呢。"勇根还是四十年前的勇根，朝我憨憨地笑笑。

　　勇根驾驶的北京吉普在公路上疾驰。"勇根，哥我退休了。""好啊，我陪着哥就在村里多住些日子，哥你听，树上的蝉叫得多欢啊，四十年前你考上大学离开村子时，也是蝉叫得最欢的时候。""是啊，整整四十年了，勇根，四十年哥没有回过一次村里,你怨哥吗?""怨啥呀,我知道哥先是忙读书后来是忙事业。""勇根,那你怎么不来找哥呢?"勇根咧嘴笑笑。我和勇根之所以成为好兄弟,因为我刚去插队时队里还没给知青盖房子,临时分配住到勇根家,我和勇根吃在一个锅睡在一张床整整有三年。

　　汽车在太阳的余晖里驰进村口,勇根指着一幢三层的楼房说:"到家了。"随他登上屋顶平台,他指指屋后面不远处的两排标准厂房说:"喏,那就是我的工厂。""好,明天早上你带我去看看。""哥,我们先不去工厂,我想带你先去另外一个地方。""什么地方?""嘿嘿,保密。"勇根一向憨厚的脸上居然也会流露出一丝狡黠。

　　第二天早上用过早餐,勇根驾车带着我穿过村子,村子已完全不是我记忆中的村子了,正感慨间车在一座山跟前停了下来,勇根问:"哥,你还认得这山吗?"我抬头看了一下,这不是当年两人天天来爬的山吗。"哥,我们就像那时一样爬上去好吗?""好。"

　　没爬一会儿我就忍不住了问勇根:"村子的变化这么大,可这山怎么一点变化都没有,还是连条上山的路都没有?"勇根只笑不答。我又问:"这山没人管吗?"勇根立刻回答:"我管啊,我和村里签了二十年租约的。""那你为啥不好好地规划规划,起码先筑条路吧。"勇根又是笑而不语。

　　终于爬上山顶,见我累得大喘气,勇根一脸的内疚:"哥,对不起,让你受累了。"我连忙安慰他:"还好,不怎么累。"我又问:"你到底为什么不修条路呢?"勇根还是没有回答我。"哥,我带你去看看我们的老朋友吧。""我们的老朋友?"勇根见我满脸的惊讶,便拉着我朝湖边走去。这湖并不大,可这方圆百里的群山也就这山上有湖，而且长年水深不变，这便有了几分神秘感。来到水边，勇根指了指湖中央问："哥，看到了吗？""嗯，看到了，真的是老朋友！"我激动得大声喊叫起来。两只大雁似乎听见了我们的喊叫声，竟朝我们这边游了过来，游到我们跟前，它们伸长了脖子向勇根点头。看到这一幕，不禁让我回到了四十年前，那时村里对这座山的传说很多，因此没人敢上来，可我是知青，根本不信那些神话鬼话，有一天我硬拽着勇根爬了上来，我们就在这湖边发现了一只受伤的大雁，当地人叫它野鹅，在那个食物极端匮乏的年代，这是何等惊喜！我正兴高采烈地说着打算如何吃它时，勇根却求我："哥，你看它怪可怜的，我们就不要吃它了好吗？"从此，我们每天都来山上看它给它疗伤。第二年春天，养好了伤的大雁飞走了，这让我和勇根心里难受了好一阵，可让我们意想不到的是，到了秋天它又飞回来了，还带了一个伴侣。

"哥，现在每年秋天都会有上百只的大雁来到这里过冬，到了春天离去，而这小两口是舍不得走啊。"

"哥，你不是问我为什么不修路，为什么不规划不开发吗？"

"勇根，你不用说了，哥全明白，到了秋天哥再来，哥和你一起在这里守着。"

"嗯，哥，其实我每年在这里等候着大雁，也在等着你啊。"

漫天精灵

浦东和浦西的故事

　　庄木林的祖上是上海本地人，具体地说，在还没有上海这个城市的时候，他的祖辈已经在黄浦江的东边，一块叫作浦东的土地上种地为生了。

　　在庄木林五岁的那一年，父亲的一次外出改变了庄家的命运，那是20世纪40年代，庄木林的父亲摇了一艘船渡过了黄浦江，从浦东来到浦西，也就是来到上海。直到今天，不在浦西市区住的本地人去市区都叫去上海。他来上海是打算淘一船大粪回去浇庄稼的，他将船停靠在十六铺码头，他看见码头上人来人往在搬运着水果，便问，水果搬哪去？有人告诉他，码头进点货，然后拿去卖。他问，能挣钱吗？有人说了一个数，他听了吃一惊，于是决定地不种了，改去上海卖水果。

　　庄木林的父亲带着他和他的娘，在老城区南市的一条弄堂里租了一间房，前半间卖水果，后半间住人，为了挣钱，庄木林父亲让他母亲在家里卖，自己挑着担子走街串巷卖，几年下来，赚的钱正好把租的房子买了下来，庄木林一家也就成了上海人。这时候上海解放了，庄木林的父母还是卖水果，庄木林被送进了公立的小学去读书，六年制的小学庄木林前后读了八年，他是十岁进的小学，所以小学毕业他也成年了。

　　成年的庄木林开始有了自己的想法，书是不想读了，想找一份事来做做，父母的水果摊自然是看不上的，那时候当工人是很光荣的，庄木林就去报考了一家国营的炼钢厂，先是烧炉子，一年后就做了统计，因为领导上看他脑瓜子聪明，尤其是对数字敏感，领导没看错，你想他从小是在什么环境里长大的。

到了二十三岁，庄木林想谈恋爱了，有人给他介绍了一位幼儿园老师，第一次见面，人家问他，做什么工作的？他答，炼钢工人。于是女孩眼前立马浮现出大幅宣传画上的高大形象，脖子上挂着一条白色的毛巾，手里握着一根火通条，那是令人崇敬的工人阶级代表啊，女孩毫不犹豫就答应了。婚后一年，妻子就给庄木林生了个儿子，妻子说，我想好了，儿子就叫英俊吧。庄木林说，不行，该叫超英。妻子乐了，你是说我们的儿子超英俊？庄木林答，不是的，我是说我们的钢铁产量要超英国。

当然以后的形势发展大大超出了庄木林的想象，到了20世纪70年代，钢铁超英的任务就完成了，而到了80年代，庄木林满脑子想的已不是钢铁而是搞活，搞活经济也搞活自己，庄木林毅然决定申请辞去计划处副处长的职务，再办理留职停薪，起先领导不同意，说你可不能利用原来的职务便利去做倒卖钢材的生意。庄木林说，不会。

离开了工厂，他第一想到的是去十六铺码头看一看，犹如当年他的父亲。码头又兴旺起来了，倒腾各种东西的都有，对于庄木林来说，最感兴趣的当然还是水果。庄木林考察了一番，决定继承他父亲的事业还是卖水果。不过虽然还是卖水果，可格局上已今非昔比了。他父亲原来在码头上进货，他是直接跑到产地去，他父亲原来进货一次就是一担一百斤，他是一次一条船，他父亲拿了货自己卖，他是直供沪上三十家水果店，当年他父亲用卖水果挣的钱买了一间房，成了他这辈子最值得骄傲的事，他用挣的钱成立了一家公司，名字叫"木林房地产开发有限公司"。

庄木林有了自己的房地产公司自然就要开发房地产，那时黄浦江两岸盛行这么一句老话："宁要浦西一张床，不要浦东一间房"。所以但凡房地产商都挤破了头在浦西拿地，可庄木林偏偏逆向而行跑到了浦东，跑到了他的家乡去拿地。

这事很快被他父亲知道了，父亲问他，我好不容易带了全家到了上海，你怎么又回去了，那地方能赚钱吗？

庄木林笑笑说，爸，等房子盖好了，我打算自己留一栋别墅，我们一起搬回去住好吗？父亲很生气，要去你去，我才不去。

两年后，庄木林开发的锦绣花园第一期竣工了。相隔不到一个月，国家正式宣布开发开放浦东。

不久，庄木林父亲跟着庄木林搬回了浦东住。

戴涛

双胞胎

袁大袁二是一卵所生的双胞胎,自然面目长得像,不仅面目长得像,而且思想情绪也相似,不仅思想情绪相似,两人还要时刻黏在一起不能分离,所以自打20世纪50年代他俩诞生起,便以一分为二又合二为一的形态生长在这个世界。

因为面目难分,他们的父母决定给他们穿不同的衣服,可每次脱了衣服洗澡时又乱了,于是父母决定给他们理不同的发型,一个前高后低,一个前低后高。吃饭时两人必须是你一口我一口,绝对不会多吃一口,也不会少吃一口。出去玩耍,袁大朝河里扔了三颗石子,袁二一定也扔三颗,两人在外面闯了祸,人家也弄不清楚到底是袁大还是袁二做的,来告状时只能说是你们的儿子,父母问是谁干的?两人既不说不是我,也不说是我,于是父母只能一起打,他俩就一起哭。

时间过得很快,袁大袁二稀里糊涂的就算是中学毕业了,然后是知青上山下乡,按照政策,他们兄弟俩一个要去农村,一个可以留在城里。父母与他们商量,两人死死地咬定,要么全去农村,要么全留在城里。父母只得去区里跟管分配的人反映,答复是:全去农村欢迎,全留城里没门。

结果就这样硬生生地浪费了一个金贵的留城名额,袁大袁二全去了农村。兄弟俩再次回到城里已是近十年以后了,在这之前也有过招工上学的名额，但不可能是双份的，所以谁也没有走，父母看在眼里急啊，最后决定双双提前退休，好让袁大袁二顶替他们在同一家工厂上班。

头几年兄弟俩在厂里上班也是踏踏实实的，可不知从什么时候开始，这个昔日的十里洋场又洋气起来了，年轻人都在说着出国的事，袁大袁二也被鼓动得动了心，于是他俩硬是辞职去了日本洋插队。他们先是在大阪的餐厅里洗盘子，后来又去了京都的殡仪馆背尸体，再后来他们有了一点钱就自己开了一家小餐馆，小餐馆的生意越做越好两人自然就忙不过来了，于是要招聘两名服务员，这世界也真是神奇，来应聘的竟然是一对双胞胎姐妹，姐姐叫青春，妹妹叫美丽，她俩刚从国内来日本留学，想勤工俭学挣点生活费。

自从姐妹俩来了以后，餐馆的生意更火爆了，你想，两对双胞胎在一起，本身不就是一道吸引人的开胃大餐么。随着生意的兴旺，收入自然是翻倍地增加，袁大袁二就劝青春美丽，你们就算念完大学回国去上班，一个月能挣多少？不如我们四个人一起干吧。姐妹俩想想也是，便去退了学，搬到了店里住。从此四个人白天一起干活晚上一起数钱，生活过得有滋有味的。袁大袁二有了钱以后，免不了就会想一些钱以外的事情，况且他们的年岁也不小了，而青春美丽虽然岁数要比袁大袁二小不少，可日久生情也是存在的，所以袁大袁二一提出来，青春美丽就应了。

两对双胞胎变成了两对情侣，哥哥和姐姐，弟弟和妹妹。谈情说爱以后自然会发展到谈婚论嫁，四个人都不想在日本安家，所以一致决定回国去，他们将餐厅盘给了别人，便回到了袁大袁二的城市。

要结婚安家当然首先要有房子，找什么样的房子呢？大家很快便达成了一致,两家的房子必须是门挨着门或者门对着门,必须是四室一厅的,因为从遗传基因的角度考虑,下一代极有可能还是双胞胎,要准备好他们一人一间房,还要照顾到双方的老人来住,在20世纪80年代末,这样大的房子还真不好找,可还是被他们找到了。

婚礼在著名的日式花园饭店举行,婚礼一完,新郎新娘入洞房,袁大进房前回过头来对袁二说,弟弟,今晚我们就不能在一个房间睡了。袁二说,好的,哥。

一年后,奇迹又发生了,两对双胞胎又生出了两对双胞胎,袁大和青春生了一对儿子,袁二和美丽生了一对女儿。

袁大看着两个儿子对青春说,老婆,我打算拿钱买两个商铺,这样他们长大以后的生活就不用愁了。

袁二看着两个女儿对美丽说,老婆,我们该好好地培养培养她们,长大了一定要送她们去国外留学。

袁大和袁二的想法开始不一样了。

王若冰

WANG RUOBING

河北秦皇岛人,本名王馥莉(旅澳),澳大利亚新州华文作家协会理事。作品散见海内外各报刊,多次入选各类年度选本。出版长篇小说《祈祷一季的爱情》,散文集《对面的少年》,小小说集《第三十七个女孩》等。

【参评作品】

《对面的碗》《第37个女孩》《寻找埃芬伯格》《魔鬼的忏悔》《布朗太太的房子》《祖父往事》《此去经年》《七彩屋顶》《康熙的花瓶》《离婚》

【颁奖词】

王若冰的作品体现出往日时光与怀旧情绪,笔下的异域故事溢满生活中的人情暖意,真实感人。文笔流畅细腻,唯美凄婉,字里行间弥漫着爱的浪漫与感伤,因爱的坚贞不移而动人心弦。善于借助某一道具或者意象来完成对人物形象的塑造,彰显人性与人情的温馨表达,使小说成为人们精神与灵魂的慰藉。

对面的碗

坐在餐桌前,面前又是已经盛满米饭的碗。碗面上是一只腾飞的金色凤凰,碗的边缘是一圈金色,与凤凰交相辉映。骨瓷,薄,剔透,泛着凝白的光芒。小路看了好一会儿,她从来没有见过如此精致的碗。

老人将一块牛肉放到小路的碗里:你尝尝,这是我小火炖了三个小时炖出来的。

老人的话听起来漫不经心,似解释、又似自言自语。

小路的眼睛湿润了。她想起已经过世的母亲。母亲短暂的一生,都在与贫穷与命运抗争。还没能等到小路大学毕业,母亲就永远地走了。那一天,寒风凛冽,看着被病魔折磨得已经走形的母亲,躺在灵棚之下显得愈加瘦小。她扑在母亲身上,握着母亲早就冰凉的手,心如刀割,泪如泉涌。她曾经答应过带母亲去看天安门,去看长城的,那一时刻,小路才深刻地感受到"子欲养而亲不待"的痛与悔。

小路与老人相识于偶然。那天,她到这座楼里看房子,因租金太高而放弃。高楼之外的天空,秋阳浓厚地飘散在窗外。落叶纷纷扬扬地在有限的楼距间飘荡。小路想起家与父母,想到在都市里打拼的艰辛,不由得落泪。

老人就是在那个时刻出现的。她穿着考究、面容慈祥。在听到小路要租房的时候,她笑着说:要不,你看看我那房子是否满意?

说罢,老人并不等小路的回答,径直走向电梯对面的门。那扇深棕色的门一打开,房子内部就展现在小路的眼里了。她一看,刚迈进的一条腿又缩回来,很不好意思地对老人说:阿姨,我还是不看了。我,租不起。

老人一把拉住她的胳膊,先进来看看吧。

房子是中式风格,含蓄婉约中透着特有的美感。墙上挂着山水画,客厅的博古架上,摆满了各式各样的碗。美术系毕业的她,非常喜欢这样的风格与氛围。

可是越看就越觉得是在做梦。

老人说,两个房间,一个朝南,一个向北。你随便选择,价格都是一个月600元。

小路有点不敢相信自己的耳朵,这可是黄金地段啊!

老人笑着说:价格便宜是因为我有要求,你每天下班回来都得帮我带一瓶牛奶。

小路听后,感激地说了无数声"谢谢阿姨"!

搬入的第二天下班,小路发现老人坐在餐桌前,对面摆放着一只盛满米饭的碗。老人不经意地说:我的朋友原本要过来吃饭,结果临时有事来不了。要不,一起吃?

小路不好推辞。闲聊中,她得知,老人退休前是美术学院教授,老伴早在十多年前就病逝了。女儿已定居加拿大多年;对儿子,老人却一带而过。此后,小路注意到,每次谈到儿子,老人的脸上都会掠过一丝不易觉察的表情。

小路不好问,她总是尽力地多做些事。除了每天回来帮老人带牛奶外,还非常勤快地打扫厨房与客厅的卫生,倒垃圾,入睡前检查家里的门窗与厨房里的水电、煤气等。老人总是对小路笑笑,很优雅地说着谢谢。

时光如沙,在指间无声地滑落。一晃,小路已经在老人家里租住半年了。

因为忙,她下班的时间并不固定,跟老人的交流也很少。可每次到家,她都会发现老人坐在餐桌前,就像专门在等她一样。小路注意到自己面前的那只碗,每次都不一样:带凤凰的、印孔雀的、玫瑰花的、梅花盛开的、水中睡莲的、绿竹的、菊花朵朵的,精致考究,又颇有情趣。若不是亲眼所见,她根本不相信这是一个70岁的老人所为。老人似乎看出了小路的疑惑,笑呵呵地说:我那些学生和朋友都很有个性,喜欢用不同的碗吃饭。

小路听后,虽依旧不解,但并没有太多地放在心上。

最近,小路时常出差,她已经很久没有与老人一起吃晚餐了。这天,她出差回来是下午三点多。进门后,却听到了老人房间里传出的抽泣声,那声音里夹杂着刻意压抑的悲凉。她一惊,老人低吟的哭诉声声传来:老伴啊,你在那边还好吗?要不是等林子出狱,我真想快点去找你啊!你倒是一了百了了,留下我一个人青灯孤影相伴。我做梦都怀念一家人在一起吃饭的情景,哪怕一句话也不说,心里也觉得有家、有人的温暖。我每天看着对面那只饭碗,都觉得是你或者孩子坐在那里跟我一起吃饭一样。房子越大,内心越是空落落的。老头子啊,我就被这个豪华的笼子圈住了,没什么事儿,我就该早点死了去找你。可我又担心自己走了,林子出来后就没有家、没有妈了……

小路震惊,她转身悄然地退出房门,坐在与老人相遇的楼梯口,心情异常沉重,情不自禁地给远在大别山的父亲打了一个电话。直到华灯初上,她才进了门。她发现老人已经坐在餐桌前,表情凄凉。

阿姨，我想跟您商量件事儿。

老人抬头看着她：你，要搬走？

不是，我很喜欢您做的菜，更享受跟您一起吃饭的感觉，就像跟妈妈在一起一样，温暖、安全。我妈妈已经去世5年了，我每天晚上都能梦到她。我曾经有过很多计划，等自己赚钱了就带母亲去她一直想去的北京，去看看大海，可是她没能给我这个机会。见到您，我觉得很亲切，我想像对母亲那样，有时间能陪陪您，以弥补我自己的缺憾。不知道您……

话还没有说完，老人颤抖着站起来，双手把她搂进怀里，泪水长流。好孩子，谢谢你！谢谢你！

第37个女孩

当我再次走进老人家门的时候,她正在喝茶。午后斜阳照在她对面的墙上,洒下一束束白光。她抬头看一眼,又转头上下打量着与我一起来的女孩,问,你叫什么名字?你今年多大了,你的生日是哪一天?

自从从事房地中介工作以来,我见过形形色色的人,但像老人这样的房东我还是第一次遇到。她对房客不但有年龄的要求,还对头发长短、个头有具体的要求。最关键的是她还要亲自面试租客,令人百思不得其解。一周的时间,我已经带20多个女孩来看房子,可她居然一个也没有看上。看不上也就罢了,还惹了不少租房的女孩生气,说她简直是不可思议。

她当别人都是什么?出租个房屋而已,还要问一大堆这么莫名其妙的问题,又不是找儿媳妇,这不是有病吗?不能她是老人就这么欺负人吧?

一个女孩子一边向外走,一边大声发泄着不满。高跟鞋踩在瓷砖地上,踏出一串发泄般的"咚咚咚"声。

用500块钱租到这样的房子,就如白天做梦娶媳妇没有区别。可是,阿姨,我,我实在,我实在帮不了您了!

老人认真地听我说话,她那双眼睛安静地看着我,似乎充满了我难以读懂的内容。她轻轻地给我倒了一杯茶,很快,庐山云雾茶的香气缓缓而来。她说：姑娘，你先坐下喝杯茶。

她不急不慌，神情淡然，依旧端坐在那把高大的皮椅上，一小口一小口地饮茶。待她把一小杯茶喝完了，用桌子上的绢丝手帕擦了一下嘴唇，轻柔而安然。我不得不佩服这样的她，虽已近黄昏，却处处散发着抵挡不住的高雅与淡定。她情不自禁地望了望对面的墙，顺着她的目光看，我这才注意到：原来墙上挂着一幅照片。那是一个年轻的女孩，长发宛如丝绸，光泽、柔润，披落在肩。一双眼睛，单眼皮，但是极为耐看有神。女孩子穿着一件火红的连衣裙，衬得越发青春美丽。也只是那么瞬间，老人就迅速地将目光收回来，认真地看着我说：我知道，我的要求的确是苛刻了点，可是我有我的原则，我自有我的理由。再说，我们是签了合同的。

她说得异常坚定，说得毫不犹豫。我竟然找不到反驳她的理由，刚才的一肚子情绪都在这一杯飘香的云雾茶里雾化而去。老人说得也对，除了对房客挑剔了一些，人家也是按照规矩签订了合同的，我的头脑瞬间清醒过来。我妈她老人家说了，天下哪有那么容易的事呢？连吃饭都要咀嚼四九三十六下才能咽下去，活着不就是一个又一个的麻烦吗？谁让这是我的工作呢？我点点头，有无奈，也充满了疑惑。

又是一周时间过去了，老人在一个又一个的面试中，不厌其烦地询问着对方的信息，一边问还一边用眼睛上下左右地打量着，她的目光总会在不经意间扫过那张照片。仿佛面前坐着的不是一个房客，而是决定她人生最重要的一个抉择。她那头灰白的头发，在光线的照耀下，越发白得耀眼，荡漾着一种熟透了的美感。

我越来越泄气了。我想，照这样下去，除了浪费时间，肯定找不到符合她要求的房客。明明知道这样的结果，我又何必跟她耗光阴呢。于是，我决定在这最后一个看房的女孩结束后，坚决推掉这块烫手的山芋。

老人依然沉稳地坐着，每一次见到她，她都是面对一面墙坐着，眼睛总是有意无意地看一眼墙上挂的照片。

此时，预约来看房子的女孩走进来，如果我没有记错的话，这应该是第37个来看房子的女孩了。她的头发搭在肩上，一件白色的衬衫搭配一条黑色的裙子，一看就是刚出校门不久的女生。她笑着跟老人与我打招呼，眼睛纯净，如一汪清水。

老人在看到女孩的瞬间，眼睛顷刻间亮了一下。

姑娘，你能给我看一下身份证吗？

姑娘点头，将身份证从包里拿出来，有些小心地递给老人。

老人双手接过身份证端详着。突然，她双手不由自主地哆嗦起来，脸上飘过一丝激动而又抑制住的表情。她似乎在极力地控制着自己的某种感情，站起来走到女孩身边，说：像，真像啊！你跟我女儿同年同日出生的！

这声音肯定、悠长，里边夹杂着她抑制不住的激动，好像多日来，她所有的等待都变成了现实一样，房间里久久回响着她兴奋的余音。她说完将自己的目光转到那张照片上，泪水早已经不由自主地滑落脸颊。

老人对我说：姑娘，对不起，让你受累了！其实我就想找一个跟我女儿长得像的人，这样我就觉得女儿没有走，她还在我身边一样。

王若冰

寻找埃芬伯格

周六的下午,我刚刚从老人院回来,就接到了工作人员玛利亚的电话。在电话中,她平静地说:"那个德国老兵估计不行了!"

不行了?不是半个小时前还好好的吗?我急忙掉转车头再次奔往老人院。今年以来,我终于有了一点属于自己的时间,开始到老人院做义工了。这是我一直想做的工作,可是谁知道我从走进老人院的第一天起,就开始后悔。那天,我刚到前台,接待我的正是玛利亚,那是我们第二次相见。她当时正被一个老人缠着,脸上是一副无可奈何的表情。她不停地说:请您回去,我可以帮您给您的儿子打电话。

不,我不要跟我儿子说话!我要跟埃芬伯格说话!我要跟埃芬伯格说话……

那个老人就这样一直喊着,情绪激动,手舞足蹈,一只手向前伸着,像是要打人的样子,我吓了一跳。

我刚刚走到他的面前,他的情绪突然稳定下来了,他看着我说:你认识埃芬伯格是吗?我要跟他说话!

我看了看玛利亚,我想知道这个老人嘴里的埃芬伯格到底是什么人。可是玛利亚茫然地对着我摇头说:没有人知道,我到这里工作6年了,他过一段时间就要找这个人。可是,没有人认识。就连他唯一的儿子也不知道,他已经90多岁了,我们怎么知道这个人是谁呢？也许是他的亲人吧，不然也不会如此强烈地想见他。

好不容易将95岁的艾尔塔送回了房间，玛利亚长长地出了口气。她说：艾尔塔是参加过二战的德国老兵，在这里居住已经快20年了。这几年以来，他的脑子时而清楚，时而糊涂。似乎总有那么一段时间他喊着要找这个叫埃芬伯格的人。每一个人都曾经试图为他找到这个人，但是连他的儿子也没有听说过，问他他又什么也说不出来，到哪里去找呢？

玛利亚谈起艾尔塔，脸上满是厌恶，她说：简直难缠死了！以后你得离他远点，不然被他缠上就要烦死了！

从玛利亚的嘴里，我对这个叫艾尔塔的德国老兵有了初步的了解，因此我尽量躲着他。谁知道，在以后的义工过程中，艾尔塔每次看到我，都会叫住我，而且态度友好得似乎有点令人难以置信。他那张经过近一个世纪风雨的脸上，皮肤干枯，一条条的皱纹，顺着枯树皮一样的皮肤阡陌纵横。两只手上也是青筋暴起，毫无血色。第一次见到参加过二战的德国老兵，谁听了心理上都多少会有点反感吧。每次见到艾尔塔，我的脑海里都会闪现出电影中战火纷飞、同胞一个个倒在血泊中的镜头。因此，对这个近百岁的老人，很自然地产生厌恶。

因此，我每次都想尽力地回避他。

艾尔塔却偏偏有一双奇好的眼睛，每次看到他我都想悄悄走过去的时候，都会被他叫住。

你是中国人吗？

他每次都问我同样的问题。

在得到肯定后，他的脸上总是闪过一丝难以琢磨的表情。然后目光呆呆地望着院子里的大树说：我栽的树如果还活着，也应该这样粗了。院子里是一棵很大的法国梧桐，春天正花开旺盛。

他目光呆滞地望着树。

我在老人院干了很长时间，只看到他唯一的儿子来看过他一次，而且来去匆匆，脸色阴沉。两个人似乎还发生了激烈的争吵，隐约听到艾尔塔的儿子说：我到现在还觉得耻辱，也许你当时无可奈何，但是我就是觉得耻辱！

不久，他的儿子摔门而去。

自从那次以后，艾尔塔两天也没有吃东西，之后他又大病了一场。

以后很长时间，我都没有见到艾尔塔。

脑海里闪着各种各样的疑问，当我回到老人院的时候，艾尔塔已经走了。

在整理艾尔塔遗物的时候，我们发现了一本已经发黄的日记本，是用德语与英语两种语言穿插写成的。在日记中，他的儿子终于找到了埃芬伯格。

埃芬伯格是一个犹太人，我没有杀他，他逃到中国上海去了，我想找到他……

艾尔塔在他的日记中，他反复地写着这样的话。

魔鬼的忏悔

黄昏降临时，西边的天空布满残阳如血的盛景。44号房间的老人一直坐在轮椅上，树皮一般的脸，被纵横交错的皱纹覆盖得看不出表情。艾丽莎推开门，对着他的背影撇撇嘴，表情是无法掩饰的厌恶。

"他居然还能坐着，一整天他都在坐着。"

她一边说一边关门，我从门缝里看到那个苍老的背影，如同凝固了的雕像。艾丽莎转身说："一个人的意志力怎么可以这样强？真是不可思议。医生在3个月前就下了病危通知书，说他活不过一个星期了。可三个月过去了，他还活着！"

艾丽莎的声音不大，望着44号的房间，有些肆无忌惮。44号老人叫卢卡斯，今年已经97岁了，是一位参加过二战的德国老兵。据说他无儿无女，入住30年来没有一个朋友家人来看过他。他沉默寡言，一周也说不上一句话。他说话的时候就是对着工作人员发脾气，艾丽莎说：这个人前世一定是个魔鬼，给他泡茶的时候，一定要4分钟，有一次我拿给他，他喝了一口说："这茶才三分钟，重新泡！那表情分明就是个不会通融的魔鬼！"

艾丽莎每次讲起卢卡斯，额头都会拧成一个个的结。当有人提起卢卡斯的时候，艾丽莎就先用鼻子哼一声说："你是说那个德国魔鬼吗？谁知道呢，也许参加过战争的人都是魔鬼吧！不然他怎么又古怪又刻薄!

艾丽莎是犹太人,会讲英语和德语,是这座老人院里工龄最长的护理员,从25岁干到了55岁。她说刚来到养老院的时候,自己苗条得如一棵柳树,走起路来摇曳生姿。而今,随着年龄的增长,她的脸上有了明显的皱纹,走路开始一步三晃,像企鹅一般摇摆。她经过一茬又一茬的人从这里闭上眼睛,被抬上车送往医院的太平间。对于生死离别,她说起来跟吃饭睡觉一般自然。

她说:今天,请你去护理那个魔鬼吧。尽管我也是德国人!

说完,艾丽莎扭着一米多粗的腰,隐没在养老院的办公区。

秋日的太阳,懒洋洋地照着养老院陈旧的窗,映出一片苍凉的斑驳。

我每周来这里做一天义工,有时陪老人聊天,有时给他们读读报纸,或者根据老人的意愿推着他们在花园里走走听他们讲故事。卢卡斯的窗户正对着那棵硕大的茶树,青绿的叶子遮挡着大半窗。对卢卡斯的怪脾气多有耳闻,我看了看那个对窗而望的身影,犹豫了一下,还是绕到门前。

在得到允许后,我轻轻地推开房门,走到卢卡斯的身后问:卢卡斯先生,您已经坐了一天了,要不要我推你出去走走?

他缓慢地回过头,仔细地打量着我,眼睛闪了一下说:嗯,果然不是艾丽莎,谢谢你。

穿过养老院狭长的过道,来到花园里。几只鸭子在水边的草地上,慢悠悠地追逐。卢卡斯望着鸭子,出了一会儿神说:真自在啊,没有负担地活着才是一件自在的事儿。不能像我一样,活成了一把老骨头,内心里背负着这辈子卸不掉的罪恶。我想死,但是我害怕死,因为我知道我死后进不了天堂。

卢卡斯絮絮叨叨地讲述,又从怀里掏出一个厚厚的本子与一支笔,哆嗦着翻开其中一页,在上边颤悠悠地写了起来。尽管我就站在他的身后,可是我一个字也不认识,因为他写的是德文。他一边写,一边说:"我知道他们都叫我魔鬼,其实,我也觉得自己是魔鬼。因为我曾经杀死了很多人。我眼看着那些无辜的人在我面前一个个倒下去,就像电影里的慢镜头那样,双眼死死地盯着我,喷射出仇恨而又幽怨的火花。"

卢卡斯说,当年19岁的他被强制进了部队。那时,他正在跟一个犹太姑娘恋爱。他们爱得死去活来。不幸的是,他们的恋情被军队发现了,命令他必须将姑娘杀掉。他想方设法地将这个消息告诉了姑娘,并且告诉她如果无法逃跑就要配合他在开枪的时候倒下去,然后再想办法逃跑。

卢卡斯知道自己无力逃脱与辩驳,当时德国纳粹对犹太人的屠杀已经达到了疯狂的程度,使得几百万犹太人惨遭杀害。他们通过相貌、姓氏与信仰、习惯等特点就能判断出对方是否为犹太人。

卢卡斯果然没能躲过枪毙恋人的命运,他哆嗦着,手枪握在手里出了汗水,他被一次次地催促着开枪,他看到她的眼睛注视着他,他就按照他们事先的约定,她随着他的枪声倒下去,倒在一片横七竖八的尸体中间。

卢卡斯在断断续续的讲述中,永远地闭上了眼睛。第二天,艾丽莎读到卢卡斯写的那本自传后,她长长地叹息一声,沉默了很久。最后,她决定将卢卡斯的记录翻译成英文出版。

当艾丽莎将《魔鬼的忏悔》送到我手上时,她竟然呜呜地哭了。

王若冰

布朗太太的房子

春天开始的时候,我再次登门拜访布朗太太。

布朗太太来开门时,精神明显比前两次差了不少,但稀疏而发白的头发却依然整齐。她照旧礼貌地将我让到沙发上,不过她开门见山地对我说:年轻人,还是老话,房子我不能卖给你。抱歉。我这一次并没有急着回答她,而是看着布朗太太说:布朗太太,您知道您的这套房子已经50年了,按照现在本区域的价格,只值50万澳元。可是我上一次已经给到您150万澳元,您还是不同意。布朗太太,您今年多大岁数了?

我直视着她,内心有一股无名火往上蹿。但是我还是尽力地往下压了压。谁知,布朗太太却似乎一点也不急。她很淡然地在沙发上坐下,看着我说:我今年已经85岁了。有了这150万澳元,我的余生会过得很轻松。但是,房子,我是不会卖的!请回去吧!

去年初,我在这个区域看上了包括布朗太太家在内的6套老房子,准备建设大型公寓。这里位置好,正在吸引越来越多的海外投资者。其他的家庭都很痛快地把房子卖给了我。因为我每家几乎都是以双倍或者三倍的价格买下的,因此每家都非常高兴地拿着钱去买新房子了。但是,当我来到布朗太太的家时,尽管我说尽了好话,布朗太太也不松口,让她出价,她也根本不理会,只对我说:年轻人,我不会把房子卖给你!你就死了这条心吧!

我知道布朗太太无儿无女，布朗先生已经过世多年，她一个人在世上孤独度日，生活得并不富裕。况且布朗太太的房子在中间，计划一旦改变，我的损失将难以估算。就因为布朗太太不同意，我在这里的房地产开发项目难以进行，如今都快一年了，还毫无进展，我这一次要是再不成功，后果连我自己都难以想象。

布朗太太，我知道您对这座房子有感情，毕竟住了这么多年，留有许多美好的记忆，您的心情我都能理解。不过，这房子毕竟已经50多年了，其他的几户都已经搬走了，现在您的周围已经被夷为平地。您一个人在这里不寂寞吗？我可以出价300万澳元，这是我最后的底线，如果您同意，我们现在就可以签订合同。我还可以帮您找到一套满意的房子，帮您搬家！

但是布朗太太似乎一点也不为所动，她扭头望向窗外，顺着她的目光望过去，那是一个大大的葡萄架，上边已经长满了绿油油的叶子。布朗太太的目光在葡萄架上游移了一会，转过头对我说：年轻人，我都看到了，老邻居都搬走了。我的周围已经没有一点烟火气息。但是，我要告诉你，我一点也不孤单，相反我比以前更加充实与满足了，是发自内心地满足。我不知道我的人生还有多少时间，但只要我活着一天，我就不会离开这套房子的。她说得异常坚决，然后又把目光落在窗外的葡萄架上，久久不肯离开。

这一次我又失败而归。

因为再也不能等待下去，我放弃了布朗太太的房子，建筑计划也只能改变，决定绕过布朗太太的家，分成两部分来建筑。

然而，施工还没有开始，就传来了布朗太太过世的消息。布朗太太的代理律师给我打电话，让我去一趟。再次走到布朗太太的家，一种凄凉不由得升起。律师掏出一封信递给我，信是布朗太太写的,在信中,布朗太太说:她不把房子卖给我,与价格毫无关系,因为这套房子是她的丈夫布朗先生亲手盖起来的,布朗先生的骨灰就葬在后院的葡萄架下。这些年,她觉得丈夫一直在身边陪着自己,她已经习惯了每天坐在葡萄架下与丈夫对话的日子。布朗太太还说,她死后愿意把房子捐给我,只希望我能保留后院的葡萄架,并把她的骨灰也一起葬在那里,她就心满意足了。

我读完后,内心长久无法平静。我依然按照原来的计划施工,保留了布朗太太完整的家,并且将布朗先生与布朗太太的爱情写出来,将房子免费开放给人们参观。每天,葡萄架下都会有一些伴侣拿着鲜花来祭奠!

闲暇时,我喜欢走进后院的葡萄架,心里默默地说:布朗先生,布朗太太,愿你们安好!

祖父往事

江姓女子找上门时，祖母正坐在院子的枣树下缝着一件多年前的卡其色长衫。长衫是祖父年轻时穿过的，风花雪月地闲置了几十年。祖父突然找出来，里里外外、翻来覆去地看了半天，然后拿到祖母面前说：你把这件长衫修补修补。

祖母便接了过来，将一把竹藤椅搬到枣树下，然后缝补衣服。时值仲夏，树上的枣一串连着一串，压得枝枝蔓蔓弯着腰。祖母欢喜地看着满树的枣，自言自语地说：这枣树，年年都长这么多的枣，喜人呢。祖母的话音还在空中悬着，院门就被人推开了一条缝。一张女人的脸探进来，东张西望地扫了一圈，然后直接朝祖母走了过来。

祖母先是一愣，不过脸上很快就恢复了平静。她不慌不忙地穿针引线，一条咖色的线在她的双指之间打了一个结，然后就旁若无人地缝了起来。陌生女子走到祖母的身边，有点怯生生地蹲下身姿，打量了一下祖母。复又站起身，张了张口，却没有说出一句话。

祖母停下手里的针线，站起来，平视着女子。女子穿着一件看起来已经有些年头的中式上衣。衣领处的盘扣露出了白花花的毛毛边，黑色长裤的裤脚，也磨出了毛边。女子一头短发，白发时不时地跑到眼前来，她就时不时用手甩一下。那动作使她整个人看着有些不协调。祖母看完了,回头冲着厅门喊了一句:先生,你的客人来了。

说完,祖母拉过一把竹藤椅,放到女子的身边说:坐,坐,有话慢慢说吧,这么多年了,你也该好好说说了,不然憋在心里咽也咽不下去,难受!

祖母的话不轻不重,听不出语气有任何变化,她脸色平静如水。虽然眼前第一次出现这样一个女子,但是她仿佛早就认识了对方一样。祖父手里的两个核桃在掌心里转来转去,看到女子,往上推了推眼镜,平静地走过来,坐到了祖母给准备的竹藤椅上,看了看女子的脸说:哎哟,你看看这都多少年了?你的头发都白了?

女子自从看到祖父那一瞬间,脸上的表情就明显不淡定了。她的眼光一刻也没有从祖父的身上移开过,就那样旁若无人地望着祖父。祖母看到了,轻咳一声,对女人说:哎哟。您怎么还没有改改这毛病?一个女人这样看一个男人不合适。跟八辈子没见过男人似的。淡定,淡定。

女子脸红了,她低下头,不说话。

空气里有些沉重,树上的枣被风吹得发出了起伏不平的曲子。啪嗒一声,一颗青枣落在椅子边的地面上。祖母顺手捡起来,放在手心里自顾自地说:一颗枣等不到秋天成熟就掉下来了,废了!这就是命啊,它不成器,你非指望它长到秋天,也是受罪不是?祖母的话令人摸不到头脑。祖父悄悄地用一只手拉拉祖母的衣襟,然后又递过一个微笑,一个眼神。祖母便继续缝起了长衫。

女子的头几乎跌到了膝盖上。她搓着双手,脚也没地放一般,不安地动来动去。

祖父说:我师傅都走了20多年了,到死也没有原谅我。我们之间也的确该有个说法了。

祖父年轻时，聪明好学。因为生活所迫，他19岁就跟着别人从永平府出山海关，又入关到东北境内闯荡生活了。那时，他已经跟祖母成亲并有了两个女儿。后来，他在大连遇到一个正招学徒的江老先生。于是，祖父抱着试运气的心理去了，不想一表人才的祖父一下就被江老先生看重成了三位学徒之一。祖父聪明好学，才三个月的时间，就认识了全部的草药以及所有草药的药性。因此，深得江老先生的赏识，在其他两个学徒还在店里跑腿的时候，祖父就被江老先生带去一起出诊。江老先生家中只有一个16岁的小女儿江碧青。江老先生看上了一表人才而又聪明的祖父。经过几次暗中点拨，祖父终于明白了江先生的心思。他当即就跟老先生说：师傅，您这样对我，我是感恩不尽的，可是，我已经成家并有了两个女儿，我不能对不起妻子。老先生听后，也只有摇头叹息。他们的大师兄当时已经22岁，看到江老先生偏袒祖父，心有不甘。江碧青年轻漂亮，又家境殷实，往后谁跟她完婚，一辈子就衣食无忧了。有了这样的坏心思后，就开始暗中设计祖父。

三小姐因为试探祖父多次，却明里暗里遭到祖父的拒绝，由爱生恨。在大师兄的百般缠磨之下，三小姐与他私订了终身，并做出了越轨之事。江老先生发现异常时，江碧青却一口咬定是祖父所为，祖父百口莫辩，浑身是嘴也无人相信他。此时，那个大师兄更是火上浇油。江老先生说，祖父必须承担后果，要他跟江碧青成婚。祖父说：自己什么也没有做过，他毅然决然地拒绝了师傅。因此，祖父被赶了出来，他含恨回到永平府，并将事情原委全盘告诉了祖母。祖母对祖父的人品深信不疑，祖母说，你既然对医学这样感兴趣，就去另外拜师学习，家里有我呢。

祖父又几经周折跟名医学了3年，之后在永平府东门外开了一家中医堂，一开就是一辈子。而在祖父的内心里，关于江碧青的事一直是他心里的一种痛，于是，在他40岁那年，他带着祖母一起到了大连，几经周折才找到江老先生的家，不幸的是，他已经去世了。祖父只能到老先生的坟前祭奠了一番。

女子终于抬起头，对着祖父与祖母说：真对不起你，二哥，你就原谅我吧，其实，我爹早就知道不是你，他不过是太喜欢你了，希望你成为他的半个儿啊！

祖父听完，竟双手捧住脸呜呜地哭了。

此去经年

已经很久不回三人巷了。一只鸟在屋顶上飞过，掠过了几片叶子，发出稀疏的哗啦声后，随之就消失在清晨的光线里。

如玉对着窗户又重复一句：已经很久不回三人巷了。

她站起身，在屋子里转了一圈，走到房间角落里的古筝前，一伸手拉出古筝凳，将自己的半个身子坐下去。手指流水一般，在古筝上弹出了一串曲子。那也是这一生中，她弹得次数最多的一首曲子，名为《此去经年》。

隔壁的林奶奶在世的那些年，最喜欢听如玉弹古筝，但是她却最不喜欢听如玉弹《此去经年》。每次听了，无论是什么样的心情，眼睛里立刻就会流出泪，于是一边擦眼角，一边起身说：罢了，罢了，如玉啊，你什么时候能把这首《此去经年》忘了呢？哎，那也是不可能的，怎么会忘呢？忘是忘不掉的。

林奶奶操着一口带有大连口音的普通话，据说是早些年落脚在这里的。她说出这些话的时候，我总是觉得有几分陌生，甚至是有一些描述不出来的苍凉。尤其当那苍凉夹杂在秋风春雨中，就带上了丝丝缕缕的宋词的味道。林奶奶向院子外边走去，春天，她会在槐树前停几秒，抬起头认真地望着一树的槐花，悠悠地说：该做槐花饼了，不然，过几天落了怪可惜的。

林奶奶走出院子，又回了屋，如玉的《此去经年》还在继续。

从春暖花开到落叶纷飞，《此去经年》时常不经意间缠绕在永平府大街的空气里。有人从门前经过，都会不由自主地停下脚步，望一眼多数时间都关闭的朱色大门，轻叹一声，神情就会多少有些忧伤地走开了。有多少次，林奶奶生前听着《此去经年》，眼神变得落寞，随即会泪满衣襟。她神情哀哀怨怨的，也不管如玉听得见与否，都会说：其实，人人的心中都会有一首《此去经年》啊。

如玉的翠色旗袍，在岁月中逐渐淡了颜色，也淡了光景。那一年，我从京城回家前，先去大栅栏的老字号瑞蚨祥，买了一块翠绿色的丝缎送给如玉。走进去时，她正在铺满阳光的槐树下喝茶，午后的阳光透过槐树叶子，悠悠地落在她的身上，斑驳之中，觉得她看起来更如一幅画。身上依然是一件翠色的旗袍，头发盘得一丝不苟。她见我来，随手拿起一个青瓷茶杯递给我：知道你这会儿该到了。

她总是平淡的，甚至在别人看来是有些冷漠的。她自顾自地喝茶，她的岁月里似乎没有如同别人的家长里短与琐碎。

如玉的双手在丝缎上滑来滑去，仿佛沉浸在某种回忆中。

谢谢你，总想着我喜欢这个颜色的料子，只是城东那家旗袍店的手艺可是差远了，做出来的旗袍越来越没味道。以前大少爷在的时候，永平府旗袍店的手艺，跟上海与京城的旗袍相比也是毫不逊色的。可惜了，那么好的手艺，失传了……

那是我第一次亲耳听如玉说起大少爷。大少爷是她的丈夫，据说他当年从关外逃婚落脚到了这里，与如玉在同一所高中教书。他与如玉一样喜欢琴棋书画，两个人的爱情故事在小城里曾经演绎得沸沸扬扬。婚后不久，大少爷参军，临行前那一晚，他们共同谱写了一首曲子，浓郁地表达了各自内心的不舍与期待。

如玉在年复一年的等待中，将曲子命名为《此去经年》。

祖父在时，曾经说过，在永平府再也找不到像你姑奶奶如玉这样的女子了。祖父说这话的时候已经80岁，如玉那时刚刚过了75岁的生日，他们兄妹二人在院子里喝茶，我祖母端着青瓷茶杯，爱怜地看着如玉：妹妹啊，你这一辈子过得苦啊……话还没有说完，眼泪就吧嗒吧嗒地掉下来。

如玉却依然笑着说：二嫂，你看你哭什么呢？我这不是好好的？不是还能跟你和二哥一起喝茶吗？

在祖父与祖母先后走的那一年，见到过如玉的两次眼泪，哭得凄惨。自此后，没有人再看到过如玉流泪。只是，她弹《此去经年》的频率越来越高了。祖父母走后那年冬天，林奶奶也病危了。谁也没有想到林奶奶临终前，竟拉着如玉的手，让她再弹一次《此去经年》。林奶奶在如玉《此去经年》的缭绕中，安然地闭上了眼睛。

送走了林奶奶，如玉渐渐地很少出行，只有在清明节的前夕，一个人到家族的墓地去，一坐就是大半天。清明时节的墓地，笼罩在人来人往的忙碌之中，燃起的纸片如同落叶一般起伏、盘旋。如玉淡淡地说：爸爸妈妈、二哥二嫂，你们在那边要好好的。其实，我知道，大少爷早在1947年就走了，再也回不来了。

如玉最后一次去林奶奶的墓前，带了古筝。坟前的青草，高高矮矮地蔓延开。如玉轻轻地扒开一片青草，放好了古筝，又在草地上放上一个蒲团，双手拨动曲子。如玉一边燃起冥纸，一边说：你这个痴情的女人，等了大少爷一辈子啊。你还以为我不知道，也真是苦了你了。

说完，一首《此去经年》在林奶奶的墓前如泣如诉地飘荡，她似乎看到，大少爷正在向她走来。

王若冰

七彩屋顶

我就那样看着你倒在阳光照耀的屋顶上,那里一半是灰色的瓦,而另一半则色彩缤纷。你躺在那五颜六色的屋顶上,身子很快就弯成一只大虾状。我知道,你受伤了!

那一时刻,我伸出了双手,我很想像以前一样,抓住你的手,可我的双手在空中急切地摆了半天,却连空气也没有抓住。我就那样眼睁睁地看着你渐渐地摔倒了。你的身体如同一道弧线,在充足的光线下慢慢地划了一下,然后倒下去。你拼命地用双手抓住瓦片,才没有滚下去。

快,快点救命啊,来救救他啊!亲爱的,你要挺住啊,你一定要挺住!

我企图用我所有的力量喊出来,我想把周围的人都喊出来帮助你,可是我拼命地发出声响,却怎么也喊不出来。见鬼,为什么不能帮帮我呢?还好,这个时候,我看到你掏出手机,随后就听到你用微弱的声音叫警察。

才几分钟的时间,警察来了,急救车也来了,他们很快就将你抬下来,放到急救车上,然后医生给你做了简单的检查,就开走了。我突然感动于你当初的明智来。当时你指着这套房子说:这里离医院近,医疗条件方便。你身体不好,我们得为以后考虑。这里周边的路况也很简单,即使迷路了,也一定会很容易找到的。

　　这两个方面都是为我考虑的。你知道在我靓丽的外表下，其实身体的内在都被从小到大的疾病瓦解得七零八落，身体的各个零件均受损，谁知道哪天就会散架了呢？你总是比我想得深远。就是这样，我们才下决心买下这套房子。有多少次，在身体的各种疼痛中醒来，你急急地将我抱上车，直奔医院。因为有你，一次次地从死神的手里抢回了我的生命。每一次睁开眼睛，就会看到你焦急的眼神，在看到我醒来的一刹那，你会紧紧地抓住我的手说：上天保佑，终于醒了。你用一双大手在我的脸上抚摸，熟悉的温暖瞬间传遍我全身，我看到了你用爱带给我的力量，那股力量虽然无声无息，我却能时刻感受到你的存在。

　　医院里那些急救室的护士与医生换了一波又一波，但是他们每个人都记住了我们。确切地说，他们记住了你。以前都是你一次又一次地陪着我进入急救室，而这一次被推进去的却是你。

　　急诊室的门一下关了，红色的灯一闪一闪地晃眼，晃得许多人不敢看，晃得人心恐慌难耐。经常有这样的画面：进去的还是一个有温度的人，当门再一次打开之后却变成了噩耗。许多夫妻、朋友、父母家人，就在这扇门的一开一关中，阴阳两隔。而此时此刻，我的心里如同几只小鹿在剧烈地跳动，从前的那么多次，你看着我一次次地被推进这扇门，内心该是怎样地纠结与忧虑。我就那样远远地看着，你脸色惨白。你依然对那些推着你的护士说：谢谢你们！

　　我大声地哭喊着，我想上去给你一个拥抱，就像你从前对待我那样，轻轻地说：亲爱的，不要怕，你没事，我们的好生活还在后头呢。可是，你听不到，我的声音那么大，我似乎听到了自己胸腔的爆裂声，但是，你听不到。

过了很长的时间，你终于出来，你惨白的脸，在医院的灯光下，显得愈加白，愈加没有血色。你笑着，对抢救你的医生，对为你服务的护士说着谢谢。医生与护士都对你伸出了大拇指，说：你是最好的丈夫，你是最勇敢的男人。

安德鲁医生问：为什么要把房顶涂成彩色呢？你要知道，这个工作对你的年纪来说实在太危险了，你不该一个人去做这样的工作！你就算是要把房顶刷成彩色，也不该自己去做啊，你可以请个油漆工来帮助你！

你依然在笑，我想起来了，你总是笑的，你笑得一直是这样温暖、真诚而天真。你的笑就跟你的心一样，虽然你已经80岁了，可是你的心依然跟孩子一般，纯净得像一块玉。

你说：我们家的房顶很多年都没有刷过了，看起来灰蒙蒙的没有一点生机。我的妻子是一个爱迷路的人，以前都是我跟她在一起，我就是她的地图。她走的时候，曾经跟我说：我就这样一个人先走了，心里很害怕，担心以后找不到咱们的家了，如果我迷路了，还怎么回来看咱们的家，来看你呢？她当时哭得很伤心，眼泪都流干了，后来我答应她，我一定把我们家的房顶涂成七彩的颜色。你知道，还没有任何一座房子的屋顶是彩色的，只要我把我们家的房顶刷成七彩的颜色，我的妻子就能很容易地找到，那样她就不会迷路了！

安德鲁医生听着，眼角落下泪，他抓住你的手，悲伤地说：愿上帝保佑你！而我，只能在你看不见的地方，一遍遍地唤着你的名字。

漫天精灵

康熙的花瓶

叶子楣爱好瓷器，对古玩字画颇有研究，家中藏品甚多。最近，听说维多利亚州的淘金古镇淑芬山要举行一个拍卖会，电视上一闪而过的画面吸引了叶子楣，虽然只是那么一眼，她就觉得那图画上的一个瓷瓶好生眼熟。

叶子楣今年已92岁，祖上是清朝贵族正黄旗。她从小就看过祖父的各种古玩字画，深深地着迷于此。1945年，家中遭变，19岁的她辗转跟随父母亲人通过新加坡抵达达尔文，最后才在墨尔本定居下来。最令他们一家人痛悔的是，祖上几代传承下来的古玩，经过国内的战乱与家族命运的变迁，已经所剩无几。这几十年，叶子楣一看到有中国物件的影子就去跑拍卖会，陆陆续续地买回了一些东西。每天看到这些摆在异国他乡家中的物件，带着历史的沧桑，氤氲着岁月的烟尘味。叶子楣经常一件件抚摸过去，又摸过来，自言自语地说：哎，这要是乾隆爷知道了，大清国的宝贝都流落在外了，那心里该多难受！这件，哎哟，这可是康熙帝用过的瓷碗呢……

叶子楣将这些物品视为珍宝，但是她那些在澳洲出生长大的子孙完全不把这些当回事，还时常说她是想念旧社会和正黄旗的特权，那是八旗子弟的作风。叶子楣每次都会严肃地说：你们懂什么！

王若冰

周六早上不到5点，她就起来了。拍卖会在上午10点才开始，她早早地练完了气功，梳洗打扮完毕，就催促孙子早点出发。叶子楣的心思一直在淑芬山。从19世纪初叶到中叶，这个小小的淘金古镇上曾有过来自世界各地的淘金者，亚洲、欧洲、非洲等。叶子楣一边看着外边层层后退的风景，一边想着淑芬山的环境背景，这样一想就有些昏昏沉沉地靠在座椅上。

拍卖会在小镇的一套老房子里举行，里边已经陆陆续续地来了一些人。叶子楣是拍卖会上的常客，这些年只要有中国的东西出现，她就会到场。因此，她一进来，立刻有一些熟识的人上来打招呼。铺着大紫色金丝绒布的展台上，已经摆满了一些要拍卖的物品。叶子楣仔细搜寻了一圈，怎么也没找到在电视上那个一闪而过的物件的影子。

拍卖会开始后，一些无关紧要的东西陆续拍了出去。比如印度的铜高脚杯、中国近代南方的一些卷纸画，英国18世界的蜡台等。叶子楣等的那件东西却一直没有出现，压轴戏，等吧。果然，当拍卖师将最后一件拍卖品拿出来后，叶子楣的眼睛只扫那么一眼，就几乎失态，她暗自做了一个深呼吸。那件青花瓷瓶呈葫芦状，大小适中、做工饱满、苍劲、细腻而又雍容，一条云龙盘卧，气势恢宏，宛若真龙，给人一触即发的动感。叶子楣的眼前闪现出幼年时期，祖父的书房里那个云龙瓷瓶，祖父视若珍宝，不止一次地说：这是咱们家祖上的荣耀，想当初祖上在平定藩王叛乱时立过大功，康熙爷特意将自己收到的贡品赏给了他。这件珍宝一直都是咱们叶赫那拉家族的传家之宝。听祖父这样说，叶子楣多次想用手摸摸，但祖父发现后，都狠狠地打在了她的手上，说：这么贵重的东西，你碰坏了怎么办！

以后叶子楣总算等到了祖父不在的机会，将云龙花瓶小心翼翼地捧在手里，抱在胸前，仔仔细细地看了个够。青花云龙瓷瓶的底部，有"康熙御制"四个楷体字。只可惜，祖父去世后，家道衰落，那件青花云龙的花瓶不知怎么就失踪了。父亲临死之前，对此耿耿于怀，说自己对不起列祖列宗，是个不肖子孙。因此，叶子楣这些年一直在寻找家族中失落的宝贝。

拍卖师捧着这件云龙花瓶介绍它的情况，果然是康熙年间的御制，是从香港过来的，开价是30万澳元。叶子楣听到后，还是不放心要求仔细查看一翻。待她得到允许，走到近前，将云龙花瓶里外检查一遍后，尤其是瓶底的四个特有的楷体字，瓶身的云龙图案，跟自己脑海中的完全一样。这件东西原本是一对，据说当年康熙爷对此爱不释手，一个留下，另外一个赏赐给了自己的爱将，也就是叶子楣的祖上。叶子楣的心里一阵激动。

她最终以45万澳元的价格拍到了手，孙子一脸的疑惑：奶奶，您哪还有那么多钱啊？

叶子楣很快就将云龙花瓶抱到了自己家，摆放在博古架上，忍不住泪水横流。她对一直陪着自己的孙子说：你帮我把这几十年收集的东西，都认真地打包、小心装箱里。这些都是国家的珍宝，原本就属于国家，它们就像我一样，离开母亲的怀抱太久了，也该回归了！

那个晚上，叶子楣，走了。

她走得无声无息，表情安详，嘴角依然带着淡淡的微笑，如同熟睡了一般。

家人按照她的遗嘱，将她苦心收藏的东西连同她的骨灰一起运回了北京。

王若冰

离 婚

晚饭桌前,他一边偷瞄着她,一边有些心不在焉地往嘴里塞着菜。她依然与任何时候一样,满目温情,安静地吃着。他却想,吃吧,今天晚上就是我们7年婚姻时光里最后的晚餐了。

他想着,越来越有些心不在焉。借着看电视频屏幕,扫视了一下家。

家里依然是一尘不染,高大的青花瓷瓶里开着纯洁耀眼的白玫瑰,他若有所思地将注意力转到饭桌上,抬头说:"我明天要回国一趟,公司在国内的生意出了点麻烦,需要我去处理一下。你自己在家多注意。"说完,他内心还是多少有一些忐忑不安,赶忙将目光从她的脸上移开。

她依旧很安静,抬头直视着他,淡淡地说:"好的,我会注意的,这么多年,我都习惯了。倒是你,要多多注意,现在国内是冬天了,北京的气候变化又异常快,你的咽炎又要犯了,想着带些药吧……"

不知何故,他此刻听着她的话,总觉得内心不安,他不知道什么地方不对,但就是觉得她的语言里带着明显的异常。

窗外,一场大雨正在肆无忌惮地拍打着玻璃,窗前的月季被打落了一地的花瓣,丝丝缕缕地缠绕在哗哗啦啦的雨水里。他放下碗筷,借口说要收拾回国带的行李,走进了他的书房。

她也站起身，目光盯着他的背影，掩映在工作室的门后，内心浮起满地的苍凉。很快苍凉变成了快感，突然感觉柔弱了多年的自己强大了起来，动作麻利地将碗筷放到了洗碗机里，脑海里一幕幕往事历历在目。

　　想起，十年前，当他们刚刚从同一所大学毕业时，对前程茫然的同时又充满希望。他作为家里的独子，在父亲的安排下又跑到澳洲读硕士。临别时他们在机场依依惜别。他承诺毕业后一定回来结婚，她则早已暗下决心，要凭自己的努力，到澳洲与他团聚。

　　时光弯弯转转地流逝着，为他，她终于拿到了澳洲一所大学的录取通知书，继续她的学业。两个人在异国他乡相互依靠，再加上他家优厚的物质条件，他不需要去打工就过得很好，而她则在他的保护下，过得比想象得轻松。在紧张的学习之余，他们还有机会一起在澳洲这块神奇的土地上将风景看遍，两人的爱情也是与日俱增。

　　她想起从前的时光，眼睛终究还是有些不争气地湿润了。她将厨房里的水龙头打开，任水哗啦地流淌着，她用双手将一把水放到脸上，狠狠地捏了下鼻子。

　　他则在书房里将自己一直带在身边的几幅照片看了放下，又拿起来，最后还是放进了行李箱里。这时手机里的微信滴滴地有消息进来。他拿起来，"都准备好了吗？我可等着呢！"

　　他看了看手机，心里有了某种触动，很快就写了几行字回复过去，然后将手机关机，将那些文件都小心翼翼地装到箱子里，看到一切都准备好了，才将工作室的房门打开，走到客厅，准备最后一次跟这个相伴了自己多年的女人，这个自己爱了多年的妻子待一会儿。想法有点复杂，也有点鬼使神差，他说不清自己到底在想什么，到底在干什么。只是有一股难以言表的情愫，在内心里疯长。

"吃药了吗?"

他有点没话找话。

"你忘了,我早就不用吃药了。我不想白白受罪了,反正也没有希望。"

她坐下,在他的对面,神情恍惚地看着他。

"对,对,我一忙就忘了。"

"我知道,其实你非常喜欢孩子,你心里从来都没有放弃过,我知道。"

她此时低下头,无论如何,这毕竟是她内心里最深的痛。是痛不管在何时都是难以逃避的伤。

"都是过去的事情了,说好不提了。"

他的心头也是一震,他知道这个话题又碰到她的痛处了。这几年,她的痛处格外多,多到他说话要小心翼翼,哪怕是一句平常的话,也可能将她的心刺得生疼。他就是带着这样的疲惫不堪,在父母与她之间奔波着,两头应付,却两头都遭到埋怨。从何时起他的心迫切地需要一个港湾的?他已经无法想起了。外边夏雨依旧连绵不断,而他与她的哀愁也如这场大雨,一直从内到外地涌出。

对话就这样戛然而止。

雨,一夜未停。第二天清晨,他早早地起来,提起箱子要走的时刻,却发现,她已经准备好了早餐,坐在桌子前等他。"多少吃一点吧",她对着他,笑得有些难以捉摸。

他放下皮箱,坐下吃她准备的早餐,这是他们从相恋到结婚,这么多年来她第一次做早餐,因为她原本就是个不会做饭的女子。

他起身,给了她一个拥抱,那一瞬间,内心竟然有些颤抖。他说:"你自己多保重!"

她则看着他淡淡地说："祝贺你很快就要当爸爸了，离婚的事我会配合你，孩子出生后给我发张照片……"
　　他愕然地望着她。

入围作品

RUWEI ZUOPIN

胡炎，中国作家协会会员、平顶山市作家协会副主席。曾获首届河南文学期刊奖等，出版小说集四部。

何君华，湖北黄冈人。著有小说集《少年与海》等八部作品，曾获冰心儿童文学奖等。

曹洪蔚，河南开封人，开封市作家协会副主席。著有小说散文集《故乡的背影》等八部作品，获蔡文姬文学奖等。

陈振林，中国作家协会会员。出版作品集二十七部，获叶圣陶教师文学奖等。

袁省梅，山西河津人，中国作家协会会员，运城市作家协会副主席。著有小说集《羊凹岭风情》等。

骆驼，原名罗斌，四川省小小说学会常务副会长兼秘书长，四川网络作家网执行主编。作品见《北京文学》等报刊。

闫耀明，辽宁葫芦岛人，中国作家协会会员，辽宁省葫芦岛市文联主席。获冰心儿童文学奖等，出版《女孩的金秋》等。

韦名，广东饶平人，中国作家协会会员，广东省小小说学会副会长。出版小说集《老街》等八部作品。

莫小谈，原名李涛，全国公安文联会员，河南省作家协会会员。作品见《小说选刊》等报刊，曾获全国征文大赛第一、第二、第三等奖。

练建安，闽西客家人，中国作家协会会员，福建省传记文学学会创会副会长。出版小小说集《客刀谱》等。

漫天精灵

石狮子

胡 炎

一千年前,那个黑脸膛的石匠,在炽烈的阳光下雕刻着面前的巨石。后来,这块巨石变成了一头威严的石狮子。那个石匠反剪着双手,满意地欣赏着自己的作品,长满水泡的嘴里咳出一团污血,倒在了石狮子的脚下。

当然,历史里没有记下那个石匠的姓名。一千年后,我站在石狮子的面前,遥想着石匠炉火纯青的雕刻技艺和那张黑脸膛上纷飞的汗珠,试图还原岁月深处的现场。盛夏七月,毒日头正在我的头顶疯狂燃烧,所以我想当然地为石匠设置了一个燥热的季节。

这里埋葬着一个古代的将军。石狮子为他镇守着另一个世界。我在史志和碑文里早已领略了将军生前剽悍勇猛的风采。此时,他就躺在石狮子后面那个巨大的墓冢下,让人感觉他似乎依然活着,只是改变了肉体的形式,因为他的威名和这一派令人肃穆仰视的庄严从来都不曾消失,无论在文字里还是在人们的传说中。

消失的,只有那个平凡的石匠。

我坐在石狮子前方的石阶旁,那里正好有一棵树,投下了有限的荫凉。我承认,我像石匠一样平凡,甚至可以说,我连石匠也不如,简直可以称得上平庸。我想我用不了一千年,也许几十年后我就会在这个世界上消失得风过无痕。没有人会为我雕刻一头石狮子，我当然更不可能躺在那个雄伟的墓冢下，身穿驰骋疆场的铠甲，受万世瞻仰。就此而言，我有理由羡慕那个名不见经传的石匠，因为屹立千年的石狮子告诉我，那一定是个杰出的石刻艺术家，尽管他在浩瀚的历史中同样微渺如蚁。

  日光也许穿越了千年，保持着同当年一样的温度。我看着石狮子，仿佛听到叮叮当当的凿石声。石屑在石匠粗糙的手下像岁月一样飞扬、沉落，终化为寂灭。石匠是一个沉默的人，我想，因为凿斧是他唯一的语言。他的眼睛很大，但却经常眯起来，从不同角度观察着石头的造型、布局与线条。他双手的虎口由于不间断的摩擦和冲击而迸开了一道道血口，但他感觉不到疼痛。那些血珠和他的汗水一起融入了面前的巨石，而让那块沉默的石头获得了灵性。石匠就这样凿着寂寥而漫长的时光，生命在幽微的刻痕里变得瘦削、单薄而憔悴。他想象着石狮子的样子，而完全忘掉了自己的样子。

  我不知道这是否有些悲哀，那个石匠，让一块在地壳里沉睡亿万年的石头有了生命，而他却把自己凿成了一块人形的石头。在接到这个重大任务前，他可能是一个享誉民间的匠人，雕刻过不计其数的石兽、石碑甚至包括石碾这样的农具和石臼之类普通的家用器皿。在那个时候，他或许像寻常百姓一样，一面雕刻一面抽着旱烟、拉着闲话，考虑着是否把这个吃苦受累的手艺传给子孙，或者干脆什么也不想，只用这个手艺换得衣食，在雇主的家里饮着自酿的烈酒，直到乾坤倒悬酩酊大醉……

  但是某一天，他接到官府的指令，要为战死沙场的将军雕刻一头石狮子。

  石匠离开家的时候，回头久久地望着他的妻儿。他没说一句话，似乎预感到这将是一次永久的诀别。在这里，我猜测石匠当时的心情一定非常复杂,因为这个任务非同寻常,倘若失手必然性命难保。但我更愿意相信,石匠当时想的并不是这些,而是满怀着对将军的敬仰,他要为这个戎马一生、保家卫国的将军做点什么,那就是用一头骁勇无敌的石狮子镇守将军的仙府,让他的敌人和跃跃欲试的盗墓贼望而生畏。他要为这头石狮子献出毕生所学,用他的血和生命滋养艺术和精神,为石狮子安放一个充满血性的灵魂。

一千年后,石狮子高踞于我的面前,佐证着我的猜测。不仅如此,它随时准备冲跃的姿态还告诉我,石匠的想象力发挥到了极致。他也许把自己变成了一头石狮子,他平凡的生命和非凡的灵魂最终和一方巨石融为一体。

我站起来,走到石狮子跟前,抚摩着它滚烫的身躯。它的温度应该超过了40摄氏度,那是灵魂的体温,比日光更加炽烈。它看着我,穿过千年的风雨说:"如果没有他,我只是一块石头。"

我点点头:"我懂。"

石狮子微笑了,它微笑的样子竟然如此亲切,就像一个脸膛黝黑的石匠,在阳光中绽开密密的皱纹。一千年前他忘记了微笑,而在一千年后,他微笑着递给我一只凿斧和一把雕刀。我犹豫了一下,接过来。在我远离石狮子的时候,一方伟岸的巨岩从我生命的地壳里站起,对我说:"来吧,我一直在等你。"

兄 弟

胡 炎

秋风凉了。两个老人牵着手，在街头漫步。他们走得很慢，不时有一两片落叶飘过苍老的面颊。

瞎子喘着气，说："哥，走不动了。"

大奎说："哥也累了，那就歇会儿。"

路边的长椅上，覆盖着枯叶和灰尘。大奎拿袖子抹了几个来回，又俯下身吹了吹，扶瞎子坐下。

瞎子说："哥，咱说说话吧。"

"好啊，说说话。"大奎说。他把坎肩脱下，披在瞎子身上。瞎子身子骨弱，有点发抖。

"说啥呢？"瞎子翻翻白眼球，似乎在努力朝远处看，或者，是眺望遥远的过去，末了感慨一句，"一晃，60多年了。"

"可不嘛，"大奎点着头，"这一辈子，好像就那么一眨眼工夫，呵呵。"

大奎笑得有点凄凉，瞎子下意识地抓住他的手，说："你牵了我60多年，哥。"

"应该的。"大奎说，心里轻叹了一声。

瞎子出现在他眼前的时候，他还不到两岁，是个不记事的年龄。后来，他长大些，才知有人是天生看不见东西的，就像弟弟。打小，他就是瞎子的拐杖，除了到外地上大学的几年。那年爹死了,垂危时叮嘱他:"牵好你弟弟的手,一辈子别撒开。"他点着头,流了一脸泪。

"哥,那年你打了李狗娃,还记不记得?"瞎子转过脸,"看"他。

"这事儿你还没忘呢?"大奎笑笑。瞎子眼瞎,可心里透亮。

"哥替我出气,我可忘不了。"瞎子也笑了。

那年瞎子六岁,李狗娃这个坏小子装好人,给瞎子指路,结果让瞎子掉进一个坎里,鼻子都磕出了血。大奎踢了李狗娃两脚,让他赌咒。李狗娃指着天,说:"以后我要再欺负瞎子,就让老鸹屙我嘴里!"大奎说:"真是狗改不了吃屎!"瞎子当时抹着鼻血,差点笑岔了气。

风似乎停了,就像一个打鼾的人,突然出现了短暂的停顿。就在这个时候,一只豁口破碗伸了过来。

"行行好吧!"碗上下摇着,他们的面前,是一个衣衫褴褛的老乞丐。

大奎把手插进衣兜,瞎子也把手插进衣兜。然后,他们各自掏出一张纸币。瞎子投币的时候,用心摸了摸那只碗,以免投错了地方。

大奎把目光从老乞丐身上收回来的时候,看到瞎子眼角有了泪光。

"咋的了?"大奎问,用粗糙的手掌替瞎子揩了揩。

"哥,我心里难受。"瞎子哽咽着。

"好好的,难受个啥?"

"这么多年,我就是个累赘。"瞎子捶着大腿,"哥,我把你拖累了!"

大奎拍拍瞎子的背,喉结滚动着:"说啥傻话,你是我弟,我是你哥。"

瞎子摇着头，泪水从干瘪的眼窝溢出来："哥，你为了我，离过婚，是我害了你，我对不起哥！"

大奎眼眶也潮了，那还是30年前的事。成家后，他一直带着瞎子，同吃同住。妻子终于受不了，说："天天伺候个瞎子，这日子没法过了。"他劝，可劝不回。妻子下了最后通牒："不把瞎子弄出去，咱就离婚！"他咬碎了牙，硬是和妻子离了。后来再婚，他唯一的条件，便是在家里给瞎子留间屋。于是，一个乡下女人，成了他的第二任妻子。几十年，日子过得紧巴。

那期间，瞎子手里也曾经有个破碗。冬天，寒风如刀。瞎子跪在街边，举着破碗乞讨。大奎找到他，不由分说把那只碗摔得粉碎。那天，他抱着瞎子，两个人的哭声，压过了北风的尖啸。

"陈年旧事，别再提了。"大奎说，"我和你后嫂，不挺好吗？"

瞎子平静下来，低着头，不说话。

有汽车驶过，喇叭震耳。瞎子忽然想起什么，情绪一下子高了："哥，前几年你带我逛北京，我这辈子，不亏了！"

大奎知道，那是瞎子的梦。瞎子那阵儿老是自言自语："北京一定很大吧？听说那故宫慈禧太后住过呢，那长城都修到云彩眼儿里了……"于是，大奎带上他，坐火车，坐汽车，逛故宫，爬长城，把个大北京逛了个遍。瞎子说，他啥都看见了，真的看见了。

秋风又起，一阵紧似一阵。瞎子袖着手，噤若寒蝉。大奎像搂着一个孩子，把体温熨过去。

"回吧。"大奎说。

瞎子没动，沙哑地唤了声："哥！"

"有话家里说，暖和。"大奎想拉起他，可拉不动。瞎子得了绝症,没多少日子了。

"哥,有句话,我憋了几十年了!"瞎子一脸郑重。

"你说,弟。"大奎看着他。

"我不是你亲弟弟,"瞎子咬着嘴唇,"10岁那年我就知道了,我是咱爹从外面捡的,可我一直没敢说。"

"为啥?"

"我怕……我怕你知道了,会不管我……"

大奎揽着他,笑了:"傻弟弟,这事儿,打我记事起就知道了。"

他伸出手,牵着瞎子,一步一步走在秋风中。那两只紧握的手,就像一条脐带,任岁月的剪刀张开锐利的锋刃,终也剪它不断。

巴音诺尔的旗

何君华

只要看到学校的旗升起来,我们就知道该上学了。

升旗的除了老那,不会有别人,因为老那是我们嘎查(村)小学的校长。说他是校长是抬举他,因为他是个"光杆司令",他除了是校长,还是我们的蒙语课老师、汉语课老师、数学课老师和体育课老师,是我们各个正课副课的老师。是的,整个嘎查小学只有他一个人,他是他自己的校长。

老那叫那日苏,但没人叫他那日苏,也没人叫他那校长,包括我们学生在内,背地里都喊他老那。老那究竟在我们嘎查小学当了多少年校长，没人说得清，我爸上学的时候他就是校长，你说得有多久。

有人说，嘎查小学创立的时候老那就是校长。用现在流行的说法，他属于创校校长。老那有个雷打不动的习惯，那就是每天早上六点准时起床升旗。一旦哪天没升旗，那意思就是学校放假。起初我们连什么是星期都不知道，时间久了才知道一个星期是七天，只有星期天一天放假不上学。在我们嘎查，谁都不习惯按照星期过日子，因此每天还是看老那升旗没有，升旗了就赶紧催自家的孩子起床上学。

说起来，老那的"旗语"在我们巴音诺尔嘎查还真是挺实用的。我们嘎查虽然地势极平坦，但却是出了名地"幅员辽阔"（这个词当然也是老那用半生不熟的汉语交给我们的）。不夸张地说，我们嘎查可能是整个内蒙古自治区乃至全中国最大的嘎查，各家各户住得远，升旗确实是最简单有效的联系方式。

老那吃住都在学校，平时没事也很少离开学校，学校就是他千年不变的根据地。老那如果有事，通常就是作为优秀教师代表去苏木或是旗里乃至盟里领奖。老那有时候想不明白，他每天无非就是给孩子们教教课，水平也不高，能力也有限，很多知识他都没掌握，很多他掌握的知识也不一定对，比他优秀的应该大有人在，怎么他就评上"优秀教师"了呢？老那想不通，我们也想不通，完全不知道长年一脸严肃的老那"优秀"在哪里。

尽管想不通，但我们倒总是热切地盼望老那去参加颁奖大会。那样的话，不仅我们能放一天或是两天假，而且老那还会给我们带回一些我们喜欢的物件儿，有时是一副羽毛球拍，有时是一副乒乓球拍。我们就在操场上用粉笔画一条线，或是把课桌拼起来摆上砖头拉开架势打，别提有多高兴了。最让我们激动的是，有一次老那去自治区首府呼和浩特领奖,那次我们不光难得地一连放了三天假,老那回来后还给我们带回一只崭新的足球。这是我们第一次看见真的足球,所有人都疯抢着上去踢,人实在太多了,脚又不听使唤,经常一节课也踢不上几脚,但仍然乐此不疲。

后来我们才知道,这些东西都是老那用自己得奖的奖金买的。老那除了给我们带回这些礼物,每次还要买些粉笔三角板之类的教具、文具,因此他回来时肩上的帆布袋子总是鼓鼓囊囊的。除开这些,一定还能在袋子里找到一面崭新的国旗。

我们嘎查地处科尔沁草原腹地,夜间风大,每天傍晚老那都要把国旗降下来收好。尽管这般爱护,可国旗还是经不住每天的风吹日晒,因此只要有机会出门,老那就一定会买一面新国旗回来。

我们都不知道,一双破胶鞋穿了又穿的老那竟然如此慷慨。

我们不知道的事情还有很多。老那的两个儿子都非常有出息,一个是北京一所著名大学的博士,一个在国外一家顶尖科技公司任职,他们都想将老那接到他们身边去,但老那却从来没动过这种念头,一心只想留在嘎查小学当他的光杆校长。

这一晃多少年过去了,我们赶回去参加老那的葬礼时才偶然知道这些,一时都忍不住湿了眼眶。

如今,巴音诺尔嘎查小学早就不在了。政府落实精准扶贫政策,巴音诺尔嘎查也即将整体异地搬迁安置,但我们所有人都决定回去看一看,因为那里曾经有一面旗,指引着我们年少求学的路,也将永远指引我们人生的路。

细　花

何君华

我在城市街道的拐角偶然钻进一家名叫"转角遇见猫"的咖啡店，店里养了许多猫，少说有二十来只，各种品种、各种毛色的都有，猫的主人（当然也是咖啡店的主人）正在极耐心地用小勺给它们喂食。

我突然想起我们家曾经养过的一只猫。到城市生活以后，我似乎极少见到猫，也或许是我不曾留意的缘故吧。然而就在这一刻，我突然不能自已地想念起我家那只大花猫来。

它自然不是什么名贵的品种，而是极普通的本地猫。我甚至根本不清楚它属于什么品种，但在我们家乡，遍地都是那种猫。它甚至没有一个正式的名字，因为它毛色杂乱体形细小，我们便叫它"细花"。

在我们的方言里，"细"就是小的意思。一开始，细花确实当得起这个名字，因为它的体形确实太过于细小，跟隔壁四邻家的猫们相比，细花甚至整整小一圈。

细花虽然体形小，捉老鼠却是一把好手。是的，细花当然不是一只宠物，我们养它是指望它干活的——捉老鼠。那时我家的老鼠奇多，每天夜晚都能清晰地听到它们在房梁上游走的声音。不光我们家，隔壁四邻家也是如此。爸爸跟人开玩笑说，有天晚上他往澡盆子里蓄水，当他拎着第二桶水返回时，原先澡盆子里的水竟被老鼠们喝光啦！

如果说原先我们家楼顶是老鼠王国的话，那么细花来了以后，我们家楼顶则变成了细花的天下。别看细花身板细小，捉起老鼠来却勇猛无比，我经常看见它从三五米高的房梁甚至是房顶中间的桁条上跳下来，对一只惊慌失措的老鼠穷追猛打。

不消多长时间，老鼠在我们家绝了迹。这让我的邻居们羡慕不已，因为他们虽然也有猫，但老鼠们却照例在他们家为非作歹，丝毫没有善罢甘休的意思。让他们尤为气愤的是，他们家猫的个头甚至比细花大出不少，没想到却是如此不中用！这就好比拳击比赛中一个轻量级的选手战胜了一个重量级的选手一般，而这几乎是职业拳击比赛中不可能发生的事情，我们家细花却做到了！我们作为细花的主人，觉得格外扬眉吐气，谁叫他们之前总是笑话我们家细花呢！

爷爷对细花简直是宠爱有加。如果说在我们家最受爷爷宠爱的是老黄牛的话，细花则是毫无争议的第二名。用爷爷的话说就是，老黄牛是打江山的，细花是守江山的。打江山不易，守江山也不易啊。于是一旦从地里回来，爷爷就会去大同水库打鱼犒赏细花。

作为大功臣，细花十分享受爷爷对它的犒赏，总要叼着爷爷打上来的小鱼跑到别的猫面前吃，而且一定要慢悠悠地吃，简直要将别的猫们气坏啦！

细花就是在这个时候变胖的。它再也不是"细花"，而是"胖花"了。

与细花不受控制的体重一同增长的，还有它的懒惰。自从吃上爷爷从大同水库里打上来的鲜鱼后，细花就再也不上房梁巡视了，而是天天躺在屋檐下等鱼吃。细花此前积攒下的功绩毁于一旦，销声匿迹的老鼠们重新占领了我家房顶。

我感觉老鼠们简直要在我家房梁上开农产品博览会了，但细花一点反应都没有，照例窝在我的床上呼呼大睡。看来，细花是铁了心要躺在功劳簿上吃老本了。

细花彻底变成了一只不捉老鼠的大懒猫，这可把爸爸气坏了，他不止一次扬言要像扔簸箕里的蚕豆壳一样把它丢掉。

爸爸不是说说气话而已。有一天，爸爸终于动真格的了。他气呼呼地将细花扔到一辆突突冒烟的拖拉机上，将它扔到了二十公里外隔壁镇的一条破街上。

爷爷得知爸爸莽撞的抛弃行为后恼怒不已。爷爷生气极了，爷爷的胡子好像也生气了一般，跟着嘴唇一抖一抖："莫要说猫，你自己不也是好吃懒做吗？你怎么不把自己丢掉！"

说起来我们都对细花不满，可一旦真的没了它，我们心里反倒空落起来。就在我们失落不已时，没想到细花竟自己回来了。

我们只听说过认路的狗和识途的马，哪里知道还有认得回家之路的猫呢？我们又惊又喜，纷纷把细花抱在怀里摸了又摸。爸爸也"忏悔"般地赌誓，再也不会把它丢掉啦。

可是，仅仅过了一天，细花又给了我们一个"惊喜"——细花消失了。

我们将房前屋后找了个遍，也没能找到细花的踪影。一个月后，我们终于确信，细花是真的离家出走了。

后来我明白，细花之所以自己找回家来，也许是想告诉我们，我们别想把它丢掉，它自己能找到回家的路，但是如果我们觉得它已经没用、不想要它的话，那它就自己走掉好了。

我们感到怅然若失，感到难过、痛苦……但是一切都于事无补，细花是真的离开了。离开了，就再也没有回来。

直到今天,我偶然钻进这家咖啡店,突然不能自已地想起它——那只叫细花的大胖猫,那只终于选择离家出走的猫,它曾经出现在我的生命中,又消失在我的生命中。消失了,彻彻底底地,就像从不曾出现过一样。

祥符调

曹洪蔚

祥符调起源于汴梁城,乃豫剧的"母调"。从唱腔艺术上说,最初的祥符调唱腔高下疾徐、委婉曲折,粗腔大嗓,缺少美感。后经豫剧大师陈素真的不断推敲琢磨,汲取其他艺术流派唱腔风格,加以改造融合,创出了华丽明快、激越跳荡、细腻含蓄的新祥符调,其风格独树一帜。

学唱戏先学祥符调。当年,丹凤、丹阳到祥符剧社学戏的时候,同拜祥符调传承人韩美素为师。韩美素多年专工陈派唱腔,演唱时擅用衬字及颤音、滑音和停音,有一咏三叹之妙。

丹凤、丹阳并非姊妹,她们来自不同的地方,现在的名字是师父所赐艺名。俗话说,师父领进门,修行在个人。虽是同门同师,丹凤、丹阳因天生领悟有别,学起戏来,很快有了伯仲。那丹凤唱、念、做、舞演起来余音绕梁、行云流水,水袖、台步、闪身、甩辫做起来炉火纯青,且扮相俊俏,玉貌珠喉,一时脱颖而出。而丹阳做起这些来却逊色不少。

很快，丹凤成了祥符豫剧社的头牌旦角。正月里，祥符豫剧社在大相国寺同乐剧场演出陈派名剧《洛阳桥》，丹凤饰演的叶含嫣身法轻盈如燕，眼神顾盼生辉，道白精准传神，金嗓余音绕梁，博得个满堂彩。金嗓小丹凤在汴梁城名声大噪。

丹凤替丹阳着急，总想帮帮她。那天，师傅韩美素外出讲学，丹凤拉上丹阳来到城墙公园，指导她吊嗓、走台。一个教得认真，一个学得迫切，她们从日上三竿，一直练到日头偏西。回来时，途经鼓楼广场，俩人又热又饿，吃了一通冷饮，回到剧社后倒头便睡。第二天，清早起来吊嗓，丹凤依然声播云天，而丹阳却哑了嗓子，一喊，如麻绳敲破锣。师傅韩美素问明缘由，把丹凤狠批了一通，然后带上丹阳去了医院。

丹阳从医院回来，堵上屋门，将丹凤骂了个狗血喷头，丹阳说，你要头牌，出风头，还不够吗，为啥要往死路上逼我，你安的是啥心呀。

丹凤又悔又气，只是一个劲儿地哭，她是百口莫辩。

丹凤依然是剧社的头牌，表演风格已日臻成熟。

突然，老师韩美素病倒了，病得很重。临终时，把丹凤、丹阳分别喊到跟前嘱咐，语重心长。

不久，祥符豫剧社在相国寺旁边的人民会堂公演陈派名剧《宇宙锋》，这也是丹凤的拿手好戏，受过老师的真传。丹凤饰演"疯女"赵艳容，道白细腻，眼神绝妙，身法流畅，再加上独创的如言似语和水袖艺术，塑造了一个生动传神的"装疯女"形象，好评如潮。演出结束后，师妹丹阳送过去一杯泡好的菊花茶，祝贺师姐演出成功。

第二场演出，观众依然爆满。临开演，丹凤却突然哑了嗓子。情急之下，剧务只好安排丹阳救场。临危受命，丹阳如旱苗逢雨，一时激情四溢，把自己演唱功力发挥到了极致，让观者如赏初绽之梅，大感耳目一新。

自此，丹阳成了剧社的头牌。

丹凤哑嗓后，很少再去剧社，有人见她常到城北的黄河滩去，大概是内心烦闷，散心去了。

那天，丹阳演完《拾玉镯》，忽感嗓子胀疼，去医院诊疗，医生告诉她患了甲状腺瘤，恶性，需手术治疗。丹阳唱不了戏了，且有生命之忧。三个月后，丹阳病情加重，丹凤赶来探望。丹阳看见师姐，眼角处有珠泪滑落，只说了一句"对不起"，就抱病而去。

丹凤摇着已经闭眼的师妹，一时间泪雨滂沱："师妹，姐不怪你，你安心去吧。"

直到这时人们才知道，丹凤的嗓子其实并没有哑掉。当年，丹阳急于成名成角，却总以为是丹凤盖了自己的风头。那天，丹阳到鼓楼街的百草堂买毁嗓子的药，被抓药的人认出，这人是铁杆戏迷，知道丹凤、丹阳的一些事。丹阳走后，那人立马找到丹凤，说了实情，叮嘱她小心丹阳泡的茶水。来人走后，丹凤先是恼怒，后经左思右想，决计将计就计，把头牌让给师妹。那回，师妹端来的菊花茶，丹凤借故上厕所给倒掉了。

后来，丹凤常到黄河滩，是在背着人"吊嗓"。

丹阳走后，丹凤还是剧社的头牌，又收了金鸽、金凤为徒。丹凤知道，自己所做的这一切，都是为了师傅临终时嘱托的那句话：传承祥符调，莫为名利困。

古　槐

曹洪蔚

青龙背街有一处旧院，院中间生有一颗古槐。

住在大杂院里的人不把这棵古槐叫老槐树，而是称呼"老槐爷"或"老药槐"。

这些称呼是有来历的。据说，这棵槐树始栽于北宋年间，与陈桥驿的系马槐、招讨营的点将槐并称为"汴京三槐"。有年的夏夜，狂风大作，雷电交加，古槐一个被虫蛀空的枝丫，在狂风暴雨中突然折断，巨大的树枝掠过房屋，落在了一片空地上，没伤着人，也没砸着房。住户们说，是老槐爷仁义，护佑着咱们呢。

还有，古槐能治病。若是谁有个头痛脑热，或是心神不宁的，只要在老槐树下静站一会儿，顿感清凉馥香，沁人肺腑，很快就会痛消病除，六神归一。

古槐树身高大，表皮已呈碳化状，显出嶙峋的肌理，一派沧桑古朴。再看树冠，一边枝杈干枯，一边枝叶茂盛，让人生发对岁月无情的感叹和对于生生不息的理解。

正是为了享受古槐的护佑，汴梁人韩冷月和赵德厚就一直定居这里，过着优哉游哉的退休生活。

说起来，老韩和老赵这辈子还挺有缘。当年，老韩技工学校毕业后分配到了轴承厂工作，不久，老赵当兵退伍被安置到轴承厂上班。过了十几年后，老韩当上了厂长，老赵当上了副厂长，一辈子搁帮搭班子。俩人还有一个共同爱好：下象棋。只是，老赵是个臭棋篓子，一辈子没赢过老韩。

眼下，老韩老赵都退休了，又都住在一个大杂院里，每天上午到老槐树下杀棋，是雷打不动的事情。

开始，老赵依然是输家儿。连输了两盘后，老韩就又如往常一样数落他："知道你为啥一辈子当不了正职了吧，缺少大将风度。这棋道如官道，能反映出很多事情，啊。"

听罢，老赵依然显出口服心服的样子，谦卑地笑笑，说："诸葛亮再能，再能掐会算，就只能辅佐刘备，这是命中注定。何况我还不是诸葛亮，不聪明，也只能给你当一辈子副手了。离开你，我还真是六神无主了。"

老韩听罢，喝一口水，开心地笑一阵子，然后说："明白就好。来，再杀一盘。"

退休后的日子，每天就是这样过去的。

千年古槐依然挺拔而立，繁茂的枝叶依然浓荫蔽日。可老韩老赵的日子却有了变化。

这天，大杂院格外静寂。九点刚过，老韩老赵各自掂上小凳，聚坐在大槐树下，开始了今天的楚河汉界争锋。

可是，今天老赵第一盘就赢了。老韩只剩下一个老将、一个相、一个仕的时候，老赵居然还有三个兵。

老韩的头一时有些发蒙，站起来，拍拍。又抬头看看大槐树，不缺枝，也不少叶，这是怎么了？

"老赵，你是不是偷偷拜师，又学了两招，来对付我。"老韩的脸有些发青。

老赵嘿嘿地笑，就是不搭腔。

"再来，我不信你还翻天了。"老韩说着，又摆开了棋子。

有一袋烟的工夫，老韩又被杀得个人仰马翻。

"老赵，你肯定有啥事儿瞒着我，情况不对。咱俩一辈子搭帮，一辈子杀棋，有啥不能憋在心里头，快说，咋回事儿。"

老赵又笑，嘿嘿地，说："老韩，下棋不就是图一乐嘛，谁输谁赢别计较。看我，输给你一辈子，也没见少块骨头少块肉，有输有赢，愿赌服输，很正常的事儿吗。"

老韩听罢，眼皮儿像是被草棍儿撑了起来，瞪得老大："老赵，你怪委屈啊，你输我一辈子，是你棋艺差，又不是故意让我的，有啥可委屈的？"

老赵又嘿嘿地笑，说："你没动脑子想想，我再是臭棋篓子，能一盘也赢不了？我是不想赢，也不想打破这种格局。多少年了，谁都知道，你老韩是厂里的象棋冠军，打败全厂无敌手。"

老韩呆住了，像是被将死的老将。

"这棋没法玩了。"老韩先起身掂起凳子走了。

下午，老韩才弄明白老赵赢棋的原因：昨天，厂里搞竞聘，老赵的儿子把竞争对手老韩的儿子打败了，当上了厂长，老韩的儿子当副厂长。

这以后，古槐下面的棋摊儿消失了。人们常见两个老人轮流在古槐下面静站，一站就是老半天。

小牿子

陈振林

1987年暑假一过完,我就要上初中三年级了。大我三岁的姐姐,她将进入高三年级。

但是,这个暑假不好过,似乎天上总有乌云,就要下起暴雨的样子。我和我姐的学费没有着落,这件事困扰着我们一家人。

父亲和母亲跑了好几家亲戚,说是去借钱,让我和姐好去交学费。但这好几趟,他们都白跑了。我们的亲戚,和我们一样,手头上也没有多余的钱。

姐姐发话了,她不想读书了。听她一说,我也不想读书了。家中有两个孩子读中学,家里仅有的一点钱也会让孩子掏空。

爷爷躺在他那张旧床上,不停地咳嗽着。他的肺结核又犯了,不停地吐出一口又一口浓痰。他不肯上医院拿药,更不用说住院治疗了。他怕用钱。

晚上,父亲不停地抽着烟。那烟头,一明一灭,在黑夜里像夜空里飞机上闪烁的灯。可是,飞机是有航向的。我们的学费,应该在哪儿呢?

"还有小牿子啊。"不知什么时候,爷爷坐在了父亲面前的木凳上,发出了声音。

小牿子是我们家中的牛,是庄稼人的命根子。牿子,是对公牛的一种叫法。

父亲用力地扔掉手中的烟头,没有出声。他知道,眼下解决问题的办法只能卖掉家中的这头牛了。

我和姐姐知道,父亲要卖掉家中的牛了。

这头牛在我们家中已经五年多了。小牯子的力气大,下田犁地的时候,总是任劳任怨。每天放学,我就会放牛,我和小牯子成了好伙伴。它会低下头,让我踩了它的两只牛角,骑上它的牛背。在牛背上,我可以看书,可以背诵课文,还可以吹奏口琴。夕阳西下时,我们慢慢地回到家中。

爷爷又用力地咳嗽了一阵子,对父亲说:"两个孩子不读书是不行的。我前天就出去联系了,买家是清水村的吴老大,他还看了牛的,我们说好了730元的价钱,明天你就将牛送去吧。一手交牛,一手拿钱。"

父亲点了点头,算是答应了。

但父亲第二天并没有将小牯子送去十多里外的清水村。我也不去问,我仍然每天傍晚牵着小牯子,将它牵向青草茂盛的田埂,让它饱餐。我看着小牯子,小牯子也睁着大眼睛看着我。

分别的这一天还是到来了。父亲等到快要开学的8月31日,天还没有亮,他一个人就牵着小牯子上路了。中午的时候,父亲就回到了家。他的手中,捏着一把十元一张的"大团结"。

第二天,9月1日,是开学的日子。我和姐姐拿着钱,我230元,姐姐350元,到学校报了名。父亲做爷爷的思想工作,想让爷爷去住院治疗。爷爷拒绝了,父亲只好在医院帮他带回了几包中药。

几天之后,是星期天。我回到家中,突然,我看见了个熟悉的身影,从我家门前的田埂上走来。是小牯子,它鼻子上的栓子不见了,隐约有些血迹。它慢慢地走着,像以前我每天牵着它回来的悠闲神情。我高兴地跑着告诉家里人，我说："我们的小牯子真聪明，它回来了"

"小牯子真乖，它找得到回家的路呢。"姐姐也很开心地说。

"难怪，昨天在学校里，我在心中念叨着我家的小牯子，担心它在清水村生活得是否习惯，今天它就回来了。"我又说，几乎要跳起来了。

一旁的邻居铁成哥也替我们高兴："哎呀，这个小牯子真好，将它卖出了它也能回来，你们家这回赚了呢。"

爷爷从病床上起了身，他让我叫来了父亲。父亲见了小牯子，也有些惊喜。

"你，把小牯子今儿个就给人家吴老大送回去。"爷爷对父亲说。

我和姐姐的开心劲头顿时全没了，我们知道，爷爷是要将小牯子送回清水村去了。

父亲又找来一根牛绳将小牯子拴住，然后牵着它准备上路。谁知，小牯子却停下了脚步，立在我们家门口一动也不动。父亲越是向前拉，小牯子越是向后退。爷爷捡了根树枝，来抽打小牯子，想让它挪动脚步。可是，它宁愿受挨，仍旧岿然不动。

爷爷也知道这小牯子的脾性，它是不会动了的。

"这样吧，你和我一起去清水村找吴老大。"爷爷对父亲说，"牛回来了，人家肯定心里也急呢。还有，将前天没有花完的钱带上。"

那晚，父亲和爷爷回来时已是半夜，我也没有睡意。爷爷一回来就上了他的床，他咳嗽得更厉害了。父亲在灯下，不停地抽烟。我问父亲这小牯子的事怎么处理的，父亲扔了烟头，说："我们还没有花完的110元还给了人家，你爷爷让我给清水村的吴老大另写了张620元的欠条。不过,我们还是赚了,吴老大在家整了好大一桌子菜给我们吃呢。他们家,找这小牯子找了两天了没有找着,正心急。"

"那我们以后还将小牯子卖给他们家吗?"我又问。

父亲没有回答我。

我和姐姐知道,那时开始,我们家更加省吃俭用。两年之后的一个下午,父亲喝了点酒,脸红红地,他将一张620元的欠条拿给我和姐姐看:"你们看看,这就是两年前我写给吴老大的那张欠条,今儿个,再不用提将小牯子卖给他的事了。"

已经读了大学的姐姐问了父亲一句:"这两年,也没见清水村的吴老大来向我们讨账呢。"

我也不明白,620元,不是个小数目,那个吴老大就不担心我们赖账吗?

我望了望我们家门前柳树下的小牯子,哈哈大笑起来。

家　法

陈振林

家法请上来了,安安稳稳地放在了堂屋正上方的神龛上。

跪在下首的是我,龙大,家里的长孙。堂屋两侧靠壁坐了族里的五六个长辈,这都是爷爷请来的。堂屋门口,站着族里的我那些十多个兄弟,他们是来旁听的。爷爷的胡须长长的,像雪一样白,快要垂到胸前。这像雪样的长胡须,不停地颤抖着,我知道爷爷这回是真的气坏了。

"这次,听族人说,你骗取了十里外刘家墩人的二百两银子,这还得了?用家法!"八十多岁的爷爷将手中的拐杖在地上猛烈地击打着,他的青黑色的长衫,也跟着激烈地抖动。他今天还戴上了黄色小帽,只在那些祭祀的场合里才戴上的。

我们都盯着那家法。家法是个神秘的物件,是祖上一辈辈人传下来,据说有好几百年了。那是个藏青色的盒子,三尺长短,正像那剑匣。听长辈们说,那家法就是一把锋利的宝剑,在几百年里曾被请出来,杖伤过五个、处死过三个不肖子孙。

爷爷是族里的长者,家法就藏在爷爷的房间里。我这是第三次见到家法了。第一次和族里的叔辈龙天明有关系。那时我才五岁,叔辈龙天明十三岁了还不爱读书,胆大包天的他将学堂里的一本《论语》给撕毁了。记得当晚就请来了家法,龙天明给吓坏了,家法还没有拿出来,他跪着时就尿了裤子。第二天清早就开始了学习,到十八岁时,这家伙居然中了举,取得了功名。第二次是和我们家里的二弟龙二有关。在前年春节时,夜里偷偷赌博输钱了的龙二刚刚回到家,没有好心情,母亲和他说话,劝他多穿些衣服保暖,没想到他当时怒气冲冲地和母亲回话。爷爷当时亲自抱出了家法,龙二跪在地上哭诉,不停地叩头,检讨自己赌钱和不尊敬母亲的错误。爷爷将准备打开家法盒子的右手缩了回来,原谅了二弟。从那以后,龙二不再赌钱,对长辈总是恭恭敬敬的。

这次,请家法的事却和我相关了。我心里也害怕,我的心像鼓风机一样不停地颤动,害怕爷爷直接取出家法,对我实行最严厉的惩罚。爷爷的双手,已经按在了家法那藏青色的盒子上,准备随时取出家法。

可是，这次我的事，事情大，却是有冤情的。我跪着，直起了身子，据理申诉："爷爷，各位长辈，我确实在刘家墩拿了二百两银子，这没有错。但是，我所取之钱，是刘家墩刘武带人在山路上截获路人的银两。我所拿银两，已经全额捐助王家湾，正在修建王家湾桥……"

"确实，王家湾正在修桥，那条河上没有桥，出行的人太不方便了。修好了桥，实属造福当地百姓。"坐在一旁的五爷爷说。五爷爷经常在周边做木工活，熟悉各村落的情况。

爷爷听了，语气缓和了一些："龙大，你自己说说自己的问题，讲讲你拿走二百两银子的过程，讲讲你判断刘武截获路人银两的事。"

"爷爷，各位长辈，我掌握了一些重大事情不应该隐瞒不报，我来具体讲讲这件事情，说说过程……"

那一次，我确实害怕，害怕那家法出匣，落在自己的头上。我不停地讲，腿不停地颤抖着。爷爷的双手，从那藏青色的盒子上慢慢移开了。我松了一口气，后边的讲解才轻松一些。过了几天，爷爷派出两个叔叔去王家湾做了详细调查，总算是为我洗干净了身子。

三十三年之后，我成了家族中的长者，家法传到了我的手中，放在了我的房间里。族中二十岁的侄孙龙林擅自与邻村械斗伤了人，于是我请出了家法，准备对他进行惩处。

当我打开那藏青色的盒子时，我一惊：盒子，是空的。

焊　花

袁省梅

　　主任把常小俊带到老张跟前，说是他的徒弟时，老张和几个老师傅哈哈笑得说不出话来。主任骂了句"神经病"，走了。

　　主任一走，老张着急了，扯了嗓门喊主任，说是带徒费要一视同仁。主任早不见影子了。昨天，老张就听说车间分来十好几个技校生，有一个瘦小不说，还白净文雅，一看就不是能吃苦的料。他和几个老师傅猜测这个小个子会栽在谁的手上，他们认为，小个子来铆焊车间，班组待上几天就去坐办公室了，分给谁，谁的带徒费就泡汤了，算是谁走"红运"了。

　　老张气得直跺脚，常小俊哪里知道其中的故事，巴结地问师傅有啥事，他去帮忙给主任传话。老张不高兴地用下巴点着旁边的一个老师傅，说，你去给主任说给他当徒弟。常小俊说，为啥？老张说，他技术好呀。常小俊说，比您好？老张说，那当然。常小俊说，那我也要跟着您。做老张的徒弟，是常小俊自己选择的。他早打听到铆焊车间，老张的技术是最好的，没有之一。

　　老张脸上的肉就丝瓜样吊了下来，说，看你瘦得跟个焊条一样，还当焊工？你知道焊工有多苦多累吗？常小俊说，知道。老张骂他嘴硬，说，不见棺材不掉泪。抓起手边的焊枪朝他扔了过去，旋即，又是一个焊帽。常小俊赶紧伸手一一接过。老张眼皮不抬地叫他端半小时。常小俊一手端着焊帽，一手端着焊枪，等着师傅讲解。然老张自顾点了根烟，看也不看他一眼了。可焊枪焊帽稍微歪斜一点，老张的斥责就焊花般闪亮了。

常小俊觉察到师傅想撵他走，他就暗暗使了劲。然没有五分钟，手臂就酸了，手腕呢也酸麻的要抓握不住焊枪焊帽。师傅乜他一眼，说，放下回去找主任说说坐办公室吧，这不是你干的活。

这话常小俊不爱听，他的犟劲上来了，咬着牙把焊帽端得平平的，焊枪呢，也紧紧地攥在手里，斜睨一眼脸面如铁板样黑硬的师傅，心说，我偏不去办公室。只是他没有想到没一会儿，右手颤抖开了。怎么会出现这种状况呢？他傻眼了。

师傅的眉头皱了起来，还是回车间重新安排个活儿吧。

他倔倔地说，我不回去。

你不知道焊工对腕力的要求？要对着细如发丝的裂缝进行焊接，别说手上抖动一下，就是呼吸不均匀，情绪有波动，也会造成失误。

我知道。

那还犟啥？回去吧孩子，干焊工，你这是先天不足啊。

我不回去！常小俊大喊一声，扔下焊枪，跑到车间大院里，大院里一片雪白。雪花不知什么时候飘落了一层，树木白了，房顶白了，堆积在墙脚的钢管也苫了一层白毡的样子。看着雪花一片片孜孜不倦地往树上房顶上钢管上飘飞着，他把拳头握了又握，说，你不是早就发誓要当个最最好的焊工吗？

常小俊咬着牙开始了苦行僧般的练习。暖瓶里灌满水，双手一端就是十分钟、二十分钟；手腕上绑上沙袋，手上抓根筷子在墙上写字，一笔一画，横平竖直……终于，焊枪被常小俊稳稳地端了起来。

实习期满的考核，有一道题是对过滤机的外壳切割面进行焊接。18个学徒工一个个往工作面走，转眼又一个个灰溜溜地回来。焊缝宽12毫米，超过标准焊缝的4倍，熔滴滴下去，就顺着焊缝往下淌，他们根本没法焊接。别说是实习不到一年的学徒工，就是干了几十年的老师傅有时候也不能顺利完成。

主任喊老张，你的那个小个子呢，不会临阵蔫了吧？围观的人哈哈大笑。老张悄悄对常小俊说，咱不上了吧？常小俊说，为啥？老张说，有难度。常小俊说，我想试试。

几个老师傅也劝他不要去，学徒工也撺掇常小俊不要上，他们说，逞能干啥啊，你上也是叫人看笑话。

老张看着常小俊，说，你不上，我保证说动主任换考题，别影响你们学徒期的考核。

常小俊说，我想试试。

老张说，你要上，就不能给师傅丢人。

常小俊把手在耳朵边一划，嘻地一笑，遵命。

老张看常小俊下了决心，就说，焊缝宽，要的是速度和准头，但是不能冒进，只要你把焊点一点点叠加起来，焊缝一点点变窄，就成了。

常小俊又是嘻地一笑，问师傅，您看过《速度和激情》吗？

师傅说，啥？

常小俊已经戴上眼镜，抓了焊枪，走向了过滤机。

倏地，过滤机上绽放起了炫白闪亮的焊花。常小俊紧紧地抓握着焊枪，看着忽突突的焊花凝固的熔滴一滴滴落下，他突然觉得，焊枪，就是他的手，不是焊枪在焊接，是他的手在一颗颗地捡拾着珠子往切割面上放呢。有一刻，他甚至想回头告诉师傅，他有多么喜欢火星四溅的焊花。可是他不能。他必须要凝神聚气、一鼓作气地把焊缝焊接好,给师傅争气。

他的焊枪沿着焊缝慢慢前行,半小时过去了,他没有停下来;一个半小时后,老张的脸上露出了笑容,他想,他的这个小个子徒弟或许真的能成个好焊工。

一件趁手的工具

袁省梅

地里的草长蕪了,五婶催五叔锄草去。五叔却找不见锄头。他问五婶锄头放哪儿了?五婶气哼哼地说,我咋晓得,你问锄头吗?

五叔就仰起头喊了起来,锄头哎,锄头哎,你在哪儿呢?

五叔家和我家一墙之隔,我和小哥哥听见五叔喊叫锄头,还以为五婶怀里的小弟弟叫锄头,就跑了过去,问五叔。

五叔哈哈大笑着,摆摆手,叫我和小哥哥帮他找锄头去。

五叔带着我和小哥哥找了他家的猪圈,又到鸡棚子和茅厕找,都没有看到锄头。从茅厕出来后,他像大将军一般,挥挥手,说,走!

我和小哥哥小卒子般乐颠颠地跟在五叔屁股后,却没想到出了他家门,一迈腿,到了我家。

五叔来借父亲的锄头了。

我和小哥哥知道,他又要挨父亲训斥了。五叔每次来我家借镰刀锄头,父亲都要训斥五叔,可五叔的镰刀锄头还是随手乱丢,有时丢在照壁后,有时丢在屋檐下。风来了,能吹刮到,雨来了,也能把那些镰刀锄头淋洒得湿亮,院子的鸡呀鸟呀也随便地在上面便溺。新新的镰刀锄头没有几天就生了黄锈,再过一段,你去看去,那些工具还没有用几次,就被日月风霜咬噬得豁牙断口了,跟烂鞋破锅一样,被丢到了墙角的破烂堆里。更可笑的是有一次五叔去地里,走到村边的池塘边,听旁人说了句什么话,把手里的耙子扔在池塘边的柳树下,就走了。等他回来找耙子时,耙子上已经落了好几粒鸟屎。

今天父亲却没有训五叔一句,就叫他去柴房子里拿。

柴房子里有麦秸秆这些软柴,也有花柴秆玉米秆这些硬柴,还有父亲的工具,锄头,镰刀,镘头,木锨,铁锨……五叔进了柴房子,耸着鼻子,瞅一眼墙角的犁铧、荆条筐,翻一眼墙上的粗疙瘩绳,捡起锄头看看,又抓起二齿耙看看,等他把父亲的镰刀举在眼眉前看时,亮的镰刀把他扁阔的大嘴映照得越发扁细、狭长,很丑了。他看着镰刀上自己的大嘴,讪讪地说了句,看人家这活儿做的……

我和小哥哥听见五叔的半截话,就扔下手里的玻璃球不玩了,等着他往下说。五叔平日里最能说,谁家的长长短短,哪里的七七八八,似乎是,没有他不知道,也没有他不能说的。隔着一堵低矮单薄的土墙,我们经常能听见五婶骂五叔的嘴咋不是瓦片子呢,五婶说,你那嘴要是瓦片子就好了。我问小哥哥瓦片子嘴咋好呢?小哥哥就笑,瓦片子嘴一张一合,不打碎了吗?可是,今天五叔说了半截话,像是担心谁从他嘴里套话般,把嘴抿得紧紧的再也不说了。

父亲坐在桐树下,手里握着一拃二指宽的纸条卷旱烟,看见五叔出来,乜斜了一眼,漫不经心地说:干啥活,你都得先有件趁手的工具。

小哥哥拿肩膀碰碰我的肩膀，悄声说，爸开始了。

父亲排行老大，五叔最小。父亲训五叔，五叔从不生气，他说，长兄为父。父亲就常常以父亲的姿态训斥五叔。我和小哥哥喜欢看父亲在五叔跟前吹胡子瞪眼睛的模样，很好笑。五叔呢，在父亲跟前也常常像我和小哥哥一样，有时很张狂、顽劣，有时呢，也很乖巧很听话。

父亲只说了一句，五叔的头就如晒蔫了的草儿一样自卑地垂了下去，嚅嚅唇，没有说出话来。

父亲把卷好的旱烟扔给五叔，嗵嗵地走到柴房，抓了一把镰刀回来，在桐树下的磨刀石上噌噌地磨，头也不抬地说，没有个趁手的工具，你说你能干了个啥？

小哥哥趁父亲低头时，站在五叔脸面前，学着父亲的样子，皱着眉头，恨叨叨地小声说，没有个趁手的工具，你说你能干了个啥？

我笑，小哥哥也笑，五叔不笑。五叔的脸打了鸡血般红涨，点着头，嗯嗯地紧跟着应。多年以后，跟五叔说起父亲训斥他的事情，五叔感叹道，你父亲是有资格说五叔啊，别说地里的活儿，你父亲从不弱人，就是你父亲的那些摆放在墙角的工具，五叔掰着手指头说，镰刀，镬头，板斧，铁锹……哪一件不是干净、锋利的啊。我当然没有忘记，那些摆在柴房子里的镰刀锄头，每一件都闪着冷硬的光亮，一星锈迹也没有，一个豁口都没有，一个个也精神，也锋利，是很威武很有气势的。

父亲把手里的镰刀敲得嘭嘭响，说，可不能慢待了这些东西，加上咱的一把力，你还怕没个缸满囤满没个好生活？没有这些个东西，你说你能干了个啥？！父亲说话时，得意和豪迈像旗子般在脸上一扬一扬的，红艳黄亮，铿锵有力，怎么说呢？是很傲气了。

五叔拿着镰刀轻手轻脚地走时，看了我和小哥哥一眼，下巴轻轻地点着门。小哥哥拉着我跟在五叔的后面出去了。我们都喜欢跟五叔去地里耍。出了门，五叔转过身对我们说，没有个趁手的工具，你说你能干了个啥？！

我和小哥哥哈哈大笑，五叔不笑。五叔说，你俩小东西以后大了，不管干啥，都要给我记住这句话。

我想问我爸训你的话，为啥要我们记住呢？可是我没问。我担心他不带我去灌黄鼠。

叫上他吧

骆　驼

你等等，给你说个事。快到酒店时，父亲站在墙角，叫住了我。

我转过身，看着父亲。

父亲狠狠地吸了一口烟，说，今年叫上他吧。

我问，谁？

父亲说，叫上你姜叔吧。

不叫他！我口气生硬地说，他欺负我们一家人，欺负得还不够吗？叫他干吗？

父亲又深深地吸了一口烟，慢慢吐出来，说，就算我给你求个情了，叫上他吧。

我的心一下子就软了。但还是口气生硬地说，要叫你叫他，我不会像前些年请其他叔叔那样，去他家里请他。

父亲一下子笑开了，说，不用，不用，现在都是打个电话就行了。

往事如昨。

父亲退休前是老家乡政府的炊事员。那一年，县城某单位领导来乡镇指导工作，尝到父亲炒的菜后，执意要将父亲调到他们单位，但时任乡政府乡长的姜乡长不同意。他说，除非那个领导从县城给他调一个炊事员来换。那位领导只好摇摇头，悻悻地走了。父亲若到县城工作，我们一家完全可能去县城生活或学习的梦，瞬间破灭。

那时候，我刚读初中，姜乡长常常半夜来敲伙食团的门，叫父亲起来给他们弄吃的下酒。在假期，我常常看见姜乡长不到午饭时间，就早早来到伙食团，他手中拿着筷子和空碗，在正在厨房忙碌的、至少比他年纪大10多岁的我的父亲的头上乱敲。他边敲，还边唱着不着调的自编的歌曲，内容都是埋怨父亲还没有把饭做好。虽是冬天，我看见父亲的头上冒着热气，大颗大颗的汗水，顺着他的脸上流下来。

那时，姜乡长还在不着边际地唱着，父亲一边忙着手里的活路，一边要笑着躲着他一直敲打着的碗筷。我感觉自己的血瞬间要喷出体外！我以比当年争夺60米跑冠军还快的速度，飞奔过去。我在父亲面前一跃而起，一掌打飞了姜乡长手中还在叮当作响的搪瓷碗，又一掌扇飞了他手中那双作恶的筷子。

当时，父亲手中端着的筲箕跌落到地上。姜乡长像被恶狗咬了一口，呆呆地站着。我至今都找不到合适的词语，来形容他当时的表情。

膨胀的热血,促使我继续着我的行为,我一把拖起父亲用于铲灰的铲子,直指着姜乡长说:哪个以后再欺负我爹,老子就跟他拼命!

很快,我被前来准备吃午饭的两个叔叔架走了。他们一口气把我架到了小河边,丢在河滩上,一个叔叔骂道,小东西啊,你真是吃了豹子胆了,连他你也敢得罪。这下看你老汉儿咋个收场哦!

父亲如何收场的,我不知道。我只知道,当天下午,学校校长找我谈过话,什么话难听,就把什么话送给我听;班主任老师事后告诉我,不晓得你个娃儿咋个会命大面子大,要不是乡上书记来给校长说情,你刚才就回老家去打牛屁股去了……

时隔一年,父亲到了退休年龄,按照当时规定,我哥完全够条件顶班,去到乡广播站什么的,吃上国家粮。但还是这个姜乡长,用种种理由卡着,将我哥打发到一个当时"异军突起"的乡办企业上班去了。没多久,他五音不全的儿子,却成了乡广播站的播音员。听说,是父亲主动给姜乡长提出,自己的两个儿子,都不享受顶班政策。

这里需要补充几句,多年以来,每一年父亲生日那天,我都要早早地回到故乡,请上主要亲戚,请上父亲当年要好的同事,一起在镇上的那家酒店聚聚。父亲曾经连续三年,向我提出喊上当年的姜乡长,都被我断然回绝了。

生日晚宴当然与往年一样闹热。我心有芥蒂地与姜乡长打着招呼,敬着酒。多年不见,比父亲年轻10多岁的姜乡长,看上去比我的父亲还老很多。没喝几杯,姜乡长就醉了。他一个劲儿地对我说着感谢的话,一个劲儿夸奖我一直是那么聪明能干。

父亲要我与他一起将姜乡长送回住处。姜乡长还住在乡政府最早的住宿楼里，家里的陈设意想不到地简单。他的老伴儿与我们一起，将他扶到了床上。她笑着说，今晚，老头子可以睡个安稳觉了。

下了楼，父亲说，叫上他，就对了。你可能不知道，姜乡长的儿子，几年前出车祸，死了，老年丧子啊，哎。父亲又说，姜乡长经常说起前些年那些事，总说他对不起我们一家人。他现在也是七十岁的老人了，冤家宜解不宜结，这么多年过去了，还有什么事情过不去啊。

我长叹一声，说，嗯。抬起头，才发现姜乡长家的窗，正对着我们每年请大家相聚的那家酒店的那几个雅间！此时，雅间里，父亲的老同事们，把酒交谈正欢。

小呀小米牙

骆 驼

立夏当日，我们回到故乡，赴同学女儿的婚宴。

婚礼主场设在离故乡乡场约3公里的农家乐。我与熟识的亲友一一打过招呼后刚坐下，一袭红色便闪电般到了我的旁边：大作家，难得你亲自回来参加乡场上的活动啊！你老婆呢？怎么没来？一个红衣女子微笑着问我。

我忙转过身去，面生，但她的微笑，完全是故乡人特有的，真诚、亲切、发自心底。

我忙点点头说，你好啊，她在后面呢，一会儿就到。

她笑笑说，这么多年过去了，你还是记不起我是谁？她说，我也是后来在报纸和杂志上看到照片才知道，那年帮我扛包的，居然是你！

一排整洁的小米牙，展现在我的眼前！

小米牙！

原来是你？！

我一边与她和周围的亲友有一句没一句地交谈，一边迅速施展我多年来"一心可以二用"的技能，令思绪快速"走神"，回到了20多年前，回到了那个小镇。

那是1996年夏天的一个中午。当时，我在故乡的县报社上班。我奉命去某乡采访，需乘坐中巴车在国道线转乘另一趟车方可到达。

时值正午，炙热难耐。客车在一团烟雾中将我丢在了路边。我抬头望望四周，对几里外的乘车点恐惧万分——夏日正午，步行几里路，谈何容易！

我将沉甸甸的摄影包往肩上一搭，便开始了艰难之旅。

嗨，大哥。帮帮忙吧！

回头望去，在还未散去的灰雾中，一女子站在两只提包面前，手足无措。

我四下望望，周边空无一人。显然，那女子是在叫我了。我有些不情愿地往回走。这才隐约看见，这是一个可爱的女子，皮肤白净，面容姣好。

大哥，你是过河去吗？她笑着问我，一口小米牙整齐而可爱。

一起走吧。我朝她笑了笑，然后俯下身去，捡了个最大的包扛在肩上。

谢谢大哥了！女子说，那声音清纯而柔美。

不用谢，举手之劳。我淡淡地说。

负重的骆驼，就这样在前面艰难地走着。

大哥，女子甜甜地叫了一声说，你是在县报社上班吧？

我回过头去，满面狐疑地看着她。

其实，你不用回答我也知道。女子笑着说。

你认识报社的骆驼吗，大哥？小女子突然发问，并无比肯定地说，你肯定认识他！

我能不认识吗？我在心底嘀咕了一句。

你认识？我反问道，口气怪怪的。

当然认识！女子说。

哦？我惊讶万分。我说，你说说看？

女子满面羞涩，如数家珍。她说，我读过他写的很多诗歌和小说，看过他发在报纸上的好多新闻。女子列举了很多，并说出了几篇文章的名字和情节。

我异常惊诧。

女子看看我，继续说，大哥，你可能不知道吧，我与他老婆原来是一个单位，一个班组呢！

后来，她还说了关于骆驼的一大堆逸事，兴奋异常。只可惜路程太短，女子要在乘车点换乘与某乡政府所在地方向相反的客车。

上车时，女子说，大哥，谢谢你了，请你代我给骆驼捎个口信吧，说他有个朋友向他问好，永远为他祝福，希望他写出更多的好文章！

我说，行！行！行！这信我一定带到！我问，小妹妹，你叫什么名字？

女子在车窗口露出满口小米牙，笑笑说，名字叫什么不重要吧？我是他的朋友，永远都是。女子接着大声喊，是朋友还不够吗？

一团灰雾将我包围，骆驼犹如在沙漠遇见了沙尘暴，无助地闭上了双眼。

待烟雾散尽，那女子早已无了影踪。

虚伪的女子！我在心底恨恨地说。

回去后，我耀武扬威地将故事讲给朋友和同事听，但没有一人相信，他们还用鄙夷的眼神表示了对我编的虚假故事的不满。

老婆听了后说，她真的不知道那女子是谁。而后她淡淡地说，或许真的是朋友吧。

静下心来想想，管她是谁呢？

是朋友还不够吗？女子的话语又在耳旁响起。

说得多好啊！祝福你，满口小米牙的女子！祝福你，我的朋友！

哈哈，你终于来了！亲爱的！小米牙的声音打断了我的思绪。

仔细看时，小米牙已经握着我老婆的手，交谈正欢。

小米牙拉着我老婆的手，向我走来。她对我老婆说，那一年我回老家，你家大作家还帮我扛过行李呢，我给他说，我与你是好姐妹，他还不信！大作家，看看，是不是真的？

小米牙依然拉着老婆的手，她们的脸上，都洋溢着久别重逢的笑，看上去，她们真的好像姐妹！

我说，你们快加上微信号啊，以后有的是时间聊天呢。

她们连声说好！

午宴后，我问老婆，那个小米牙到底是谁啊？

老婆说，我真的说不出她的名字，只知道她也是我们这个镇的人，后来嫁到其他镇去了。我又不好意思问她。问了，多伤感情啊？

我说，你们不是加了微信吗？

老婆说，是加了。

我说，拿来我看看。

只见微信名一栏，老婆将原来的"薰衣草"，增加了一个备注：小米牙！

水

闫耀明

太阳热得像块烧红的铁板，悬在头顶，把地面烤得快冒烟了。田地边的女儿河水如败兵一样，几天工夫就逃走了大半。

春天快过完了，再不种地，就一切都晚了。家家户户都在用车拉女儿河里不多的水，抓紧播种。

坐水播种是累活儿，家有男人的干起来都很打怵，桃子就更犯愁了。

桃子有男人。桃子的男人是乡长。乡长已经三四天不见踪影了，桃子就愁容满面地来到自家地前，发呆。眼看着别人家的地都种上了，可眼前这片地，她一个人实在是没有能力播种。

没有能力也得种，谷雨早就过了，节气不等人，总不能眼看着错过时日。种一垄是一垄吧。倔强的桃子挑来一副水桶，到女儿河里挑水，淋在干花花的地垄里，然后撒上玉米种。

听天气预报说，今年的春旱是近20年没遇到过的，而且，这种烈日炎炎的天气还要持续一段时间。

从女儿河到地边，大概有200多米，桃子数了一下，她走了600多步。这600多步是她龇牙咧嘴一点点挪过来的。那一双铁皮水桶装上水原本没有多重，平日里桃子挑起来可以健步如飞。可此时两桶水简直比满满一麻袋玉米还要重。桃子生自己男人气呢，生着气干活，哪有精神？

步履踉跄的桃子刚走到地边，脚下一软，就一屁股坐在了地上，两桶水都洒了。看着很快渗进地里的水，桃子很委屈，鼻子一酸，泪水就涌了出来。

她没有起来，依旧坐着，从兜里摸出手机，给男人打电话。男人的手机号码她已经按过无数遍了，可这次还和以前一样，那个好听的声音再次告诉她：该用户无法接通。

桃子气愤地把手机丢在地上。她更加生气了。当乡长怎么了，当乡长就可以不管自己家里的事？播种对于农民来说就是天大的事情，天大的事情他居然可以不管不问，连个电话也不打回来，甚至这些天他在干什么，桃子都不知道！

桃子委屈的泪水又流了出来。

太阳偏西了，桃子已经累得筋疲力尽。可她连两条垄玉米都没有种完。桃子坐在地边，傻呆呆的，不知道自己在想什么。

四轮拖拉机的"突突"声由远及近，二嘎来到了地边。

"嫂子！"二嘎跳下车，拎起桃子的水桶就从车上往下放水。车厢里，放着一个大大的水箱。

"这是……"桃子愣愣地看着二嘎。

二嘎拎起两桶水，往地里走。"嫂子，你撒种。"见桃子仍在发愣，二嘎说，"我借的这个大水箱，还真挺能装的。"

二嘎洒水，桃子甩种，两个人配合很默契，活儿也干得很快。

"咋回事？"桃子心里满是疑惑，问。

可二嘎不说话，拎着水桶走得欢，水也洒得均匀。桃子不敢耽搁，紧跟着二嘎，撒种。

整块地快种完了，桃子趁二嘎走到身边，又问："咋回事？"

二嘎放下水桶，直起腰，歇歇。二嘎说："嫂子，没啥。"他抹了抹额头上的汗水，"我二嘎以前是个不着调的人嫂子最清楚。要不是乡长替我跑贷款做担保帮我置办这台拖拉机跑运输，我二嘎能有今天？前阵子有人给我提了个对象，我们已经见面，正式处上了。嘿嘿，我这心里，高兴着呢。乡长不在家，我应该来帮嫂子种地。"

桃子松了一口气，说："二嘎，嫂子祝福你。"

二嘎说："乡长正在女儿河上游的偏岭子村组织人力打井呢。那儿的女儿河已经干了，一滴水也没有了，好几个村的人正眼巴巴盼着打井种地呢。我上午去给他们送的红砖，明天还得去，送水泥。"

桃子气愤地说："我说呢，疯子似的好几天不着家，打电话也打不通。"

"那地方手机没信号，你根本联系不上他。"二嘎说，"乡长可是累坏了，他先是请县里的水利专家研究偏岭子村的水文资料，选打井的地点，然后联系机井队开始打井。他一直没离开工地，人瘦了一圈。"

桃子无语。桃子已经习惯了，男人经常不回家，忙起来经常忘记给家里打电话。

"二嘎，谢谢你。"桃子说，"不是你，嫂子累死也种不完。"

"嫂子，别客气。"二嘎继续洒水，"乡长在给偏岭子村打井送救命水，我帮你干这点活儿，不值一提。"

天擦黑，地种完了。二嘎发动起拖拉机，说："嫂子，上车。"

桃子拎着水桶，却走不动。她的鼻子有点酸。她把水桶放在车厢里，说："二嘎，明天你去偏岭子村送水泥，给他带去件厚背心。他胃寒，怕凉。"

　　坐在车上的桃子使劲忍着，可还是没有忍住，泪水簌簌地流了下来。

等待轮胎

闫耀明

　　轮胎是一个男人，是一个叫轮胎的男人。

　　等待轮胎的是小美。漂亮的小美固执地等待那个叫轮胎的男人。

　　那天，同办公室的龙坚和胖姐都发现小美有点发呆，目光直勾勾地盯着办公桌上的某处，但她的眼神是空的，里面空空荡荡，什么也没有。

　　龙坚草率地发出疑问："小美，在想什么？"

　　小美没有回答，眼神依然固执地空洞着。

　　胖姐显然经验更丰富一些，他在龙坚的胳膊上拨一下，轻声说："傻小子，你没见小美在走神儿吗？"

　　胖姐的话音刚落，小美却出人意料地接话道："我在等待轮胎。"语气平静。

　　胖姐和龙坚大惊，对视，无语。

小美依然平静地说:"我在等待轮胎。轮胎是一个男人,是一个叫轮胎的男人。"

小美的解释并没有减轻办公室里弥漫着的吃惊。那些吃惊拥挤着,碰撞着,余音袅袅。

从那天起,龙坚和胖姐乃至于整个办公室各个科的人都形成了一个共识:漂亮的小美恋爱了,她的男朋友叫轮胎。

接着,各种各样的猜测便纷纷滋生出来,随着茶水的热气在升腾摇曳,随着翻报纸时发出的"哗啦哗啦"声响到处游荡。

"小美等待的那个叫轮胎的男人在哪儿?"

"那个叫轮胎的男人会不会是个骗子?"

"小美一副痴痴的样子,轮胎肯定是她的真爱!"

"老不见面,痴情等待,能成就一个好爱情吗?"

"两情相悦,又岂在朝朝暮暮?"

关于小美等待轮胎的话题一直萦绕在众同事的生活中,仿佛急于等待结果出现的不是小美,而是大家。

主任出面了。主任出面是专门找小美谈话的。主任说:"小美呀,你年轻,可不能太大意了,现在的男人……"主任也许觉得后面的话不妥,咽了回去。

小美一笑:"谢谢主任提醒。"

主任探寻地问:"那,你就这么等待着?轮胎会不会……不出现?"主任的问话带有提醒的成分。

小美又一笑:"不会。我了解轮胎,他是个靠谱的人,他一定会来的。"

"那就好,那就好。"主任点头。感觉再无交谈下去的必要,主任走开了。

小美依然在等待,等待轮胎的到来。

一晃，小美等了很久。这个很久，是5年。

5年过去了，同事们的猜测不但没有减少，相反兴趣更加浓厚，比茶杯上方的热气更摇曳，比翻报纸的声音更清脆。

那天，小美高兴地告诉大家："我等到轮胎啦！"

摇曳与脆响轰然坍塌。大家都有了一种十分失望的感觉。

"我要见见那个叫轮胎的男人。"胖姐说。

"我也想见见。"龙坚坚定地说。

小美却莞尔一笑，说："你们见不到他。"

"为什么？"龙坚和胖姐一脸疑惑。

小美说："因为你们看不到他。这不，他就站在你们面前，可是你们看不到。"说完，小美一脸幸福地挽着轮胎的胳膊，扭着身子，婷婷而去。

第二天，主任就遗憾地告诉大家，小美已经辞职，不在这座城市生活了，跟着那个叫轮胎的男人去了省城，应聘到一家著名的全球五百强公司工作。

主任还说："漂亮的小美发呆的时候，她的智慧却没有发呆，她让自己变得更漂亮，更动人了。小美亲口告诉我，她只有让自己更漂亮，更动人，才配得上那个叫轮胎的男人。"

主任说这些话的时候，脸上全是沮丧。

听主任说这些话的时候，龙坚和胖姐的脸上也全是沮丧。

走开的时候，胖姐无奈地说："我们等了5年，我们等来了什么？"

龙坚则望着胖姐胖胖的背影，说："原来小美的眼神，不是空的。"

龙须巷

韦 名

巷是古巷，又宽又深，路面清一色的油麻石，光脚走着，啪啪响。

往里走，巷像大树，不断分叉，主巷分出小巷，小巷又分出若干小巷。

据说，一日来了个先生，先生在巷里走，走着走着，就走迷糊了。先生一出来便问："这叫什么巷？"

"树巷。"族长解释，"因像大树一样分叉。"

先生沉吟不语。

族长递烟上茶。

"此地为龙地，龙地树巷，树阻龙腾，可惜了！"先生捻须道。

"何解？"族长追问。

先生只捻须，又不语。

族长递上银子。

"叫龙须巷吧！"先生解释，此地衙门所在，衙门对面有一大照壁，左右各有冷巷一条。衙门为龙，二冷巷即为龙须。

"龙须巷？"族长醍醐灌顶，"须树音通，须前加龙，好！"

"龙须龙须，飞龙在兮！"先生赶紧收了银子。

叫了许多年的树巷从此改名龙须巷。

改名的巷虽然数百年出不了龙，却因县衙所在，永不贫瘠。

龙须巷里的人也多得教化，民风淳朴。

新中国成立后衙门改成了县政府。县政府在我很小的时候就搬走了。搬走后的衙门里面是公社，外面是派出所，一般人轻易不会到。1960年的夏天，我和几个小朋友却齐齐进了衙门里的派出所。

1960年的龙须巷，路面还是清一色油麻石，走在上面啪啪响。但那时，更响的是肚子，一天到晚，我们肚子咕咕响。见了路上像番薯一样的石块，眼睛都发直。

可石头就是石头，填不了肚子。巷子里的大人开始有人脚浮肿如水桶，我们小孩子个个皮包骨，面黄肌瘦。

"我找到吃的啦！"那天，高个子猴神秘兮兮地把我们几个叫在一起。

猴是我们这群孩子的头，能吃饱肚子的时候带着我们在龙须巷里"抓特务"。后来，没东西吃了，便带着我们到乡下山里摘野果找东西填肚子，到路上捡龙眼核带回家磨成粉蒸成粿——尽管很涩很涩，难以下咽，可还能填肚子。再后来，实在找不到东西吃了……

"在哪？"我们都伸出了手，搜猴的身。

"搜啥？找到了，关键还要看你们配不配合。"猴急了。

"配合！"只要有吃的，谁傻的不配合，大家异口同声。

猴告诉我们，每三天有个外地人挑着两筐东西经过龙须巷："我侦察过了，他挑的可是豆箍，能吃！"

猴讲的豆箍，是我们这里把花生压榨炼油后遗下的花生渣，箍成一个个圆饼状，晒干，用来当肥料或猪饲料。

"怎么才能弄到他的豆箍？他可警醒了。"猴这一提醒，大家都记起了这么一个人，可挑担的是个机灵的壮小伙，不好下手。

"大家听我的。"猴成竹在胸，咬着大伙的耳朵详说。

煎熬的两天后，是挑担人经过龙须巷的日子。我们按照猴的部署，早早到位。

大约后晌午，挑担人挑着担子来了。当他进入我们的埋伏区域后，猴给山羊使了个眼色。

山羊是我们这群人里跑得最快，也最能跑的一个。按照猴的计划，山羊在这时要及时出现，跟在挑担人的后面，找到机会，从挑担人筐里抽出一柄豆箍，然后狂奔——利用让外面的人走迷糊的龙须巷，甩开挑担人。万一，挑担人追得紧，山羊则扔下得手的豆箍，趁挑担人捡回豆箍，脱身……在挑担人追赶山羊的时候，其他人一哄而上，每人拿走一柄豆箍，分散跑开……

不得不说，猴的计划是一个完美的计划。我们埋伏在不同的巷子，等待山羊得手，挑担人中计。

山羊得手了，挑担人果然中计，放下担子，狂追山羊。

我们一哄而上，拿了东西又一哄而散。

我们得手了！山羊却未能脱身：挑担人一路追赶山羊，你左转他转左，你右拐他拐右……被追得紧的山羊只好扔下豆箍，以求脱身。挑担人却不按常理出牌，不去捡山羊扔下的豆箍，只追赶山羊。

山羊被"俘"了——被挑担人送到龙须巷派出所。

失手的山羊，供出猴的全盘计划和全部参与人。

我们全都落在了迷瞪眼的手里。

迷瞪眼是派出所的一名胖警察，话不多，长着个刀疤脸。据说是打日本鬼子时落下的伤疤。迷瞪眼是个有名的狠角色，他的狠招，龙须巷里传得很神乎。即抓住了人，先是一瞪。迷瞪眼的一瞪，眼里放青光，就像一把利刃，能把被抓的人剜得心虚发毛。再是一吼："老实从宽，抗拒从严！"这八个字，从迷瞪眼的嘴里吼出，字字如炮弹，打得屋里的蜘蛛网都会乱颤。当然了，被吼的人，很多腿脚也颤抖。一瞪一吼还解决不了问题，那就一拍。迷瞪眼拍烂过好多桌子，后来桌子都封上了铁皮，迷瞪眼一拍，简直是地动山摇，胆子小的当即尿裤子。这三招都还不行，那就用最后一招——上手段。龙须巷里传他的手段很多，但谁也不知道迷瞪眼上的什么手段——没人经历过。

狠角色的迷瞪眼，不仅小偷小摸犯罪分子怕他，龙须巷里的小孩子也惧怕他。小孩子半夜久哭不睡，大人们常常用"迷瞪眼来了"这话吓小孩。

许是有狠角色迷瞪眼在，许是龙须巷本就民风淳朴，迷瞪眼一年到头没多少案子可办。

落到了迷瞪眼手里，我们料想一定没有好果子吃，吓得面如死灰。

"把拿走的豆箍都交回来！"迷瞪眼一瞪，我们个个都把头垂到了裤裆里。

"同志，他们是抢不是拿！"挑担人纠正迷瞪眼。

"是你办案还是我办案？"迷瞪眼瞪了挑担人一眼。

挑担人嘴张了张没再说，脸却憋得通红。

"听到没有？赶紧把拿走的豆箍交出来！"迷瞪眼不看挑担人，朝我们吼，"再等待处理。"

除了山羊，我们赶紧离开派出所，去找刚刚藏起来的战利品。

六柄黑黑硬硬的豆箍完完整整交回派出所。

"还有这个。"迷瞪眼指着挑担人刚才连人带赃带回的一柄豆箍，"点点数，齐了没有？"

"齐啦。"

"齐了还不走？"迷瞪眼吼叫挑担人。

"他们，他们……"看着吓人迷瞪眼，挑担人欲言又止。

"他们会得到处理的！"迷瞪眼不耐烦了，转过身对着站了一墙的我们，"罚你们一周劳动改造。一周后回来派出所报到！"

挑单人满意地挑着担子走了。

一墙的芦柴棍齐刷刷低垂着头。

1960年的夏天，这是我第一次进衙门里的派出所，第一次和小伙伴们接受劳动改造。这一年，我6岁。

迷瞪眼给我们安排的劳动改造是，到一片旱地，帮派出所拔花生。

那是一周幸福的劳动改造，尽管头上烈日炎炎，每个人都汗流浃背，衣服湿了干，干了湿，但我们像掉进油缸里的老鼠，每天花生吃得饱饱的——当然了，花生壳都就地埋了，美其名曰积肥。

一周后花生拔完了，我们的劳动改造也到期了。我们齐齐到派出所，向迷瞪眼报到。

"滚！"迷瞪眼好像忘了我们的事，迷瞪着眼，大声喊着，赶我们走。

清一色的油麻石，啪啪声四起。

"您还记得我们当年偷豆箍的事吗？"多年后，我退休回到龙须巷，专门去看迷瞪眼。

衙门里面的公社改成了镇政府，派出所还在外面。古巷却依旧，走在清一色油麻石路面，啪啪响。

"是拿。"迷瞪眼很老了，眼睛更加迷瞪，人却异常清醒，一会儿反问我，"花生好吃吗？"

我双手紧紧握着迷瞪眼的手，一个劲点头："是您老当年可怜我们饿肚子，刻意安排幸福的劳动改造？"

"龙须巷民风淳朴！"迷瞪眼答非所问。

温煦阳光照进古朴的龙须巷,斑驳迷离,我瞬间泪眼蒙眬。

一群小孩远远从阳光中走来,龙须巷里啪啪的响声十分清脆。

鹅飞时

韦 名

湖不大,瘦瘦长长,湖水却和天空一样湛蓝。湖边,亭台楼榭,白杨挺立,新柳含露,翠竹摇曳。湖里鱼儿成群,时而浮出水面,时而没入水中。岸上的景象倒映在水里,恍如地上一个世界,水里一个世界。

一对被湛蓝湖水邀约而来的天鹅,如同两朵硕大的白莲般盛开在水面。

第一天上班,途经湖畔的那一刻,我惊叹这湖的美,真是人间仙境啊!

好景看久,竟然熟视无睹。要不是那日又一次走过,遇见一老者在湖边拍照,我竟对城里八景之首的掠燕园无动于衷了——也难怪,天天上班下班,日日忙忙碌碌,对美的生活疲倦了。

那天早晨,天空水洗般蓝。早早起来的太阳,又格外辛勤地照料着世间万物。

远远地,我就发现湖边亭子里,有个老者托举着相机,对着湖里。

走近了,才发现老者坐在轮椅上。老者梳着一头齐整的银发，穿着一件洁净的灰色夹克上衣，脖子上吊着相机，两个胳膊肘分别撑在轮椅上两腿膝盖处，一手托举着相机，眼睛全神贯注聚焦着湖里一对悠闲休憩的天鹅，一手似乎随时准备按下快门。

湖里的这对天鹅，长着白瓷般光洁的羽毛，曲颈低头，似沉思，似小憩，娴雅如仙子。

老者托举了一会儿相机，感觉湖里的这对天鹅睡熟了，一时半会醒不来，于是轻轻放下相机，拿起轮椅边地上的杯子，喝水。

"早上好。拍照呢？"我在老者身后驻足站了一阵子，不忍心打扰老者的专注，直到老者喝水休息，才和他打招呼。

"早上好。是的。"老者看了我一眼，点了点头，眼睛又盯回了湖里，生怕一不留神，湖里的天鹅被人盗了一般。

"这景好。蓝天白云，湖天水色，竹影倒映，鱼游鸟戏。"许多年没这么文艺，也没这么感叹了，人心情好，居然口出诗意。

"我在拍天鹅。"老者无意听我抒怀。

"天鹅之飞铁为翼，射生小儿空看得。"我随口吟出了辽人萧总管的诗。

"飞翔最美丽！"老者这回也诗意起来，"我只拍飞翔的天鹅。"

湖里的天鹅似乎听到了我们说话，一只伸了伸细长的颈，一只侧了侧脑袋，都露出了鲜红的喙。

"您继续。"我抬起匆匆走路的脚，和老者话别。

那日下午，下班回家又经湖边。太阳已掉落山下，只留西边一片彩霞。万丈霞光下，湖里披上了金纱，蓝蓝的水，绿绿的树，瞬间都变成金黄色。湖里白如雪的天鹅也镀上了一层金。坐在轮椅上的老者，霞光一半落在身上，一半被树叶掩着，整个人被分成了两半，一半金黄，一半灰黑。

"还在拍呢？"

"是的。是的。"

有了早上的交流，我和老者俨然像老朋友一样。

"拍到天鹅飞翔了吗？"

"没呢！"

霞光隐去，天地间渐渐暗淡下来，湖里的一对天鹅也把头藏在了翼下，似乎准备入睡。

"天鹅要休息了。"

"我也回家了。"

"我帮您。"我走前两步，准备帮老者推轮椅。

"不用了。谢谢！"老者说着利索地收拾东西，然后两手推着轮椅，缓缓朝亭子外走，"我就住在附近。"

又是一个晴空万里的日子，我如常出门上班。

远远的，我又发现了湖边亭子里的老者。

"又来拍照。"

"是的。"

这一天，我急着上班，没和老者多聊，匆匆走了。

当天傍晚，天上无晚霞，天黑得快。下班前有人找，迟了点离开，经过湖边时，天几乎黑了，不见了老者。

我心想，老者或许拍到天鹅飞翔，早早回家与人分享了。我也似乎看到了湛蓝的湖面上，一对天鹅迅速张开宽大的翅膀，逆着微风，优雅地、轻盈地腾空而起，直冲云霄的壮美画面……

不料，第三天上班，我又遇见了老者。还是坐在轮椅上，还是脖子上吊着相机，还是两胳膊肘分别撑在轮椅上两腿膝盖处，一手托相机，一手准备按快门。

"还没拍到呢？"

"还没呢。"老者毫不沮丧。

那天晚上，我有应酬，吃完饭坐车回家，没经过湖边。随后几天，我出差了。出差回来，早晨上班，我又远远看见了坐在轮椅上的老者。还是每天见到的标准动作，不同的是，那天早上秋风起，老者一头齐整的银发被风吹散了，耷拉着，如乱云飞渡。

老者却如我第一次见到般从容。

"还来拍照呢。"

"是的。习惯了。"我没问老者定格到了天鹅飞翔没有，老者却主动说，"一周了，相机里还是空白呢。"

"……"我有点吃惊。

"天鹅一定会起飞的。"老者从容地安慰我，"一定能拍到飞翔的天鹅。"

岸边，风停了，空有一身高大挺拔枝干，却长出无数弱不禁风枝条的柳树，静静伫立着。

我为老者感到惋惜，我也惊叹老者的执着与坚守。心里突然怨恨起湖上这对不谙人情世事的天鹅。我真想从地上捡块小石子朝水里扔，把正在湖里挺脖昂首、如将军般悠闲游荡的这对天鹅惊吓起飞。

"被惊吓起飞的天鹅，眼里写满恐惧，全然没有天鹅应有的雍容华贵和优雅大气，更少了那种王者之尊，这样的照片，不拍也罢。"老者似乎看出了我的心思。

我更惊叹老者的执念，不敢俯身捡石头，连说话的声音也小了下来，生怕惊吓到湖里的天鹅。

"我会天天来的，直到拍到天鹅起飞。"老者看看我离开时失落的神情说。

如是一月，老者天天来湖边亭子里拍照。

我知道，这一个月里，老者一次也没拍到湖里那对天鹅起飞——我问了公园管理处,为什么没见天鹅起飞?管理处的工作人员告诉我,天鹅不会飞。因为,湖里的这对天鹅是从外面引进来的,公园管理处怕它们飞走了,对它们进行了特殊处理——断翅,即把这对天鹅各一侧翅膀尖端的指骨截断。这样,既不影响天鹅其他活动,又能使天鹅产生不平衡感,不能起飞。

原来如此!得知真相的那一刻,我如坠冰窟窿。我想告诉老者,让他不再徒劳,天天来湖边守着天鹅起飞。可我又不忍心毁灭老者的执念。

"早上好,又来了。"

"早上好,上班呢。"

往后,这两句成了我和老者每天见面频率最高的话。

转眼,我到这个城市工作一年了。一年里,老者天天如是,每天早早到亭子边,守着天鹅起飞。在一个无阳光无晚霞的下午,我再也忍不住了,告诉老者真相。

"我知道。"听完我憋了大半年,又恨又气的叙述,老者居然一脸平静。

"您知道这事?"

"这是我经手的。"老者刻意把事情说得轻描淡写,"那时我是这个公园管理处的管理员。"

"……"

"鸟没了翅不能飞翔,就如人断了腿不能走一样不幸。"老者拍了拍他坐在轮椅上的腿,"没了腿,我更感同身受。"

"知道了,您还来?!"

"我就是来陪陪它们,或许有一天,它们会起飞。"老者停了停又说,"我坚信,我一定会拍到天鹅逆风而起,优雅又大气的雄姿。"

我怔怔看着老者。

老者一如既往，每天如上班般，风雨无阻，来湖边亭子里守候天鹅起飞。

抓　药

莫小谈

那天，我去济世堂为爷爷抓药，发现除了纪先生与药铺伙计外，还有几个人立着，气氛有些凝重。搭眼一看，供堂上药师爷的牌位也扣放在那里。

之前，我和父亲也曾来过几趟。纪先生总是乐呵呵的，抚摸着我的脑袋：小鬼，又长高了。父亲一笑：过些时候，就能单独来了。随后父亲又说：再抓几服药，我爹还是咳得厉害。

接下来，纪先生口述药方子，药铺伙计照方抓药：丹参6钱，当归3钱，白术4钱，砂仁、七叶一枝花各2钱，胆南星1钱……记着，加水煎15分钟，滤出药液，再加水煎20分钟，去渣，日服2次。

父亲收起药方和药包，又补问一句：去哪里买药引子？

中医注重药引子，纪先生也不例外，他要么说去西街百货店里找赵四爷买白酒半斤；要么说到大王村洪恩家讨几只蝎子蜈蚣；要么说晚饭时再遣人送来一味配伍的药，等等不一。

回家后，父亲总是把药包放在案台上，随后取出药方揣到怀里，捂了捂，又按了按，对爷爷说：我去取个药引子。

爷爷一阵猛烈地咳,而后咯痰,声音大得四邻八舍都听得到。好久喘匀实了气儿,说:去吧,快去,路上小心些。

我隐约觉得,爷爷与父亲都非常在意纪先生开的药方子。

一切妥当后,父亲开始煎药,空气中的中药味儿像雾一样弥散开。

有一次,父亲把我叫到身边:臭小子,几岁了?

九岁。

都成小伙了。

嗯。

以后能自己为爷爷抓药不?

能。

父亲笑笑:兔崽子,出息了。

一天半夜醒来,我听见父亲和爷爷谈话,大多数话都听不懂。最后,父亲冲着爷爷磕了三个头,爷爷扶起他低声说:走吧,快走,路上小心些。

父亲没有和我告别,但我清晰记得头天与他的对话:你单独抓药时,要注意什么?

看到药师爷牌扣着放时,不多说话,听纪先生的,他问啥我答啥。

父亲点了点头。

今天,药师爷的牌位是扣着的。

我瞟了一眼立着的几个人,又看了看纪先生。

喔,小鬼,是来给爷爷抓药的吧?

是。

这几天还咳得厉害?

厉害。

带血不?

带。

喊疼不?

喊。

纪先生面朝立着的几个人说:他爷爷肺痨,老病号了。

立着的几个人相互看看,打头的人示意纪先生开药方。

纪先生对药铺伙计说:乌骨藤、槲寄生各6钱,前胡、苦参、山慈姑各3钱,白及、花蕊石各4钱,松香、乳香各3钱……还按之前的方法煎服,1日1剂。

包好药,纪先生特意交代我:我这里冰片成色不好,你去东桥头栓祥药铺买1钱冰片入药,就妥当了。

嗯。我正要接过药方,却被一个胖子抢先夺了去。

纪先生冲胖子笑笑:就是一药方,别吓哭了孩子。

我一听,当即哇哇大哭,伸手和那人抢:还我,还我,这是爷爷的救命方子。

打头的人向胖子发话:你拿着方子,陪孩子一起去。

到了栓祥药铺,我说:栓祥叔,纪先生药铺没了冰片,让来补个方子。

栓祥医生看看我,又看看我身后的胖子,说:把方子给我看看。

胖子不给,一脸严肃地说:只缺1钱冰片,你只管抓就是了。

那不行,冰片有毒,肝肾虚者不宜用,气血虚者忌用,慢惊属虚寒者不可用,小儿吐泻后成惊者切不可服。栓祥叔态度坚决,不让我看药方,我万不敢抓药。

我又哭了:爷爷咯血,还喊疼,没药吃会死的。我哭喊着去抢胖子手里的药方,还不给,就咬他,哭着求他救救爷爷。最后,胖子无奈,把药方给栓祥医生。栓祥医生细致,默念着方子，反复核对每一味药的每一种剂量。

补完药方后，胖子又随我回家。爷爷注视着胖子，问我：他是谁？我说：从纪先生药铺跟来的，还陪我去了栓祥叔那里抓药。

爷爷"哦"了一声，又咳，身子一颤一颤。

又咯血没？我问爷爷。

一阵剧烈地咳嗽后，爷爷抹一把嘴角，有血。

疼吗？我又问。

疼。

我忙为爷爷煎药。至此，胖子神情才稍放松些，问爷爷：病多久了。

爷爷只顾咳，喊疼，不理他。

胖子站在旁边看我煎完药，才打算离开，走到门口时，又突然折身回来，蹲在爷爷身边，冷冷地问：为什么不喝药？

爷爷不理会，好大会儿，等到药汤温热正好时，才一饮而尽。

胖子还不放心，又在我家左瞧右看了半天，实在没什么可疑，才悻悻地离开。

这一天，我觉得所有人的表现都很异常，但又觉得所有人的表现都很正常。

当晚，街坊来我家串门，和爷爷闲聊着说：纪先生被捕了。听说，是地下党。街坊压低声音。

街坊走后，爷爷摸索着起身熬药，并将那张药方子烧成灰烬。

从此，我再也没有看见过父亲。但令人欣喜的是，爷爷的病好了。

买米的钱不能买布

莫小谈

连一文趴在母亲的怀里哭,像是一个孩子。其实,那时他就是一个孩子,才9岁。

连一文想要一条喇叭裤,穿上给芳草看。当然,这个小心思他没敢和母亲说。他只是一个劲地哭,说想要一条像山娃一样的喇叭裤。

母亲纳着鞋垫儿不理会。母亲知道,没钱已不是借口,家里刚卖了两只羊和三棵泡桐。

哭久了,母亲才开腔:那钱是留给大妞置嫁衣的。

能给姐姐置嫁衣,就不能给我买裤?连一文的哭声更大,还抹了一把眼泪。

不能,买米的钱不能买布。母亲的态度坚决,不容商量。

没有喇叭裤,连一文当然就没了追求芳草的底气。至于后来二人的亲事,还是芳草托人提的。婚后不久,他们生了一个儿子。

连一文在一家广告公司上班,每天的任务就是巡街,查看路边广告牌是否完好。每到一处,他就会一手持着相机,一手举着当日的报纸,将报头和广告牌共同置于镜头内,"咔嚓"拍一张照片,证明当天自己确实来过。

一个月1800元的工资,不多,一部分用于儿子的学费,一部分花到父亲的医药上,每一分钱都能派上用场。有人提议他跳槽，找一份钱多的工作。但他不会，因为这份工作有大把的空闲时间，能让他在家照看父亲。

母亲常熬夜纳些鞋底儿，带到芳草的货摊儿卖，补贴家用。母亲懂儿子儿媳的苦，总是起早贪黑地搭把手，用母亲的话说，帮不上啥大忙，添一把老力气还行。

今天，父亲一个人去医院做透析，母亲在外面拾掇着行李，连一文则将自己关在房间里。他坐在床边，双手扯抓着头发，脑袋埋进双腿之间，硬憋屈着不出声，他不停哽咽，憋得心和肺都疼。

许久，连一文听见母亲敲门：出来吧，时间不早了。他赶紧抹一把眼泪，清了清嗓子：知道了妈，芳草的一件衣服再也找不到了。

母亲在外面"哦"了一声：该出发了。又说：你是家的顶梁柱，可不能倒。

三个月前，芳草被医院查出病情，当天就住了院。从此，他们家就乱了章法。母亲依然熬夜纳着鞋底儿，只是再没有出过摊。

芳草住院的前十天，花光了家里所有的活泛钱；芳草住院的第一个月，家里的银行卡全部透支；芳草住院的第二个月，连一文盘出了百货摊儿。

第三个月，芳草转院到了省城。第一周，连一文卖掉了代步车；第二周，连一文支取了父亲的养老金；第三周，连一文走遍了所有的亲戚家，借钱。今天到了第四周，母亲要取回他们买墓地的钱。

连一文不同意。

母亲抹着泪念叨，要说服他。这是连一文第二次见母亲流泪。第一次，是老人选定墓地的那一天。这里有选"活人墓"的风俗，人健在的时候，能为自己寻一个中意的归宿，怎能不高兴？那天，母亲欢喜得直掉泪。

母亲看好的那片儿"府上"，开发商的政策也好，交钱后五年内不满意，随时退款，但要扣除相应的违约金。

这回，母亲要去退掉买墓地的钱。

妈，这不能退。连一文否定了母亲的意见。但他不知，母亲在他回来之前已经办完了所有的手续：别傻了，救命要紧。

妈，万万不行，我不能不孝到这般田地。连一文连连摇头。

孝就是顺，顺就是孝，听妈的话。

妈。连一文叫了一声妈，再也没有说出一句话。

我和你爹一时半会儿死不了，那"府上"晚几年再买，不迟。母亲最后说。

连一文没有再推托——他已经无路可择。

望一眼母亲打包好的背包，他又扫视一遍整个家，空落落的，除了墙角堆放的那包未卖的鞋垫儿，几乎找不到一件值钱的物件。连一文背起背包，强忍住不哭：妈，我走了，别忘了按时接孙子。

母亲坐在沙发上没起身：放心去吧，早去早回。随即又说：钱在背包里，路上小心。

连一文一个激灵，他突然觉得背上的包裹很重，使他迈不开步子。

他回过头来，母亲却抬手指指门口：快去，一定要把一个好好的芳草，还给我。

一听这话，连一文再也控制不住自己的情绪，转身扑到母亲的怀里哭，放声大哭，像一个9岁的孩子：别怪我，我要用买米的钱，去买布。

鸳鸯帕

练建安

九月初三,黄道吉日,诸事皆宜。

清晨,汀江两岸芦荻在江风吹拂下起起伏伏。

七里滩云高寨方向传来鞭炮炸响,在静谧的山野回荡,唢呐声声,跳动欢快的音符,一群人簇拥着一顶大红花轿在乡间土路上缓缓行走。

为首的,是福娣婶,头插红花。她在书帖上被尊称为冰人先生,俗称媒人婆。随后,是新娘子的细老弟,为送嫁公,拖动一根杉树尾,这叫"拖青"。杉,客家话有"多快生子"的寓意。一二十步之后,有两人合拉一块红毡,遇到路口或者不吉祥物,就用红毡挡住,护卫花轿通过。迎亲花轿前,左右有大红灯笼。

新娘子是李屋寨的玉招,此时端坐在花轿内,轿帘的飘动,让她可以瞥见外头移动的景致。她掏出一块鸳鸯戏水手帕,轻轻地擦拭眼角。

大行嫁前,好命婆婆替她梳头,说:"妹啊妹,你就要嫁出去啦,你吃过一井水,要交好一村人哪。妹啊,你人好心好,心直口快,凡事都要忍一忍,让一让啊。妹啊妹,爷娘养育你一十八年,嫁出去的女儿泼出去的水啊……"玉招听着听着,大哭。这就是客家婚俗哭嫁了。

一座新造石拱桥横在面前,村人阻拦,说是族老还未剪彩,岂可让花轿通过?绕道误时。福娣婶给管事的递上大红包,笑着高喊:"新人过新桥,百年夫妻万年桥。"哎呀,好口彩!村人也笑了,让道放行。

过桥,走了二三里地,不远处,有一顶同样的花轿迎面而来。

唢呐不停,脚步不歇。一对花轿相向而行,就在并排的那一刻,两位新人按习俗交换手帕。玉招看到,那一只年轻的手,粗糙,乌黑,无名指有一道裂痕。

她送来的,恰巧也是鸳鸯戏水手帕。

绣工精良,色泽艳丽。想不到一个常年干粗活的女子,竟也有这等手艺。玉招很感慨,小心折叠收好。

玉招嫁入的人家,是武邑大族。夫君是河头城茂盛记木纲行大掌柜,人称金旺大哥。

河头城也叫峰市,是汀江黄金水路的一个物资集散地,上接杭城,下达茶阳三河坝。货船之多,民谚形容为"上河三千,下河八百"。

凤栖楼建在河头城的半山腰上,青砖黑瓦,二进,上下厅。上厅阁楼,俯视蜿蜒大江。

半年前,金旺以一万三千块银圆高价从潮州盐商的手上盘下了凤栖楼。看中的是这里的清静和风景。

三朝回门后,玉招随金旺来到了河头城,住入凤栖楼。

汀江岸边多枫荷,连绵数十里。入夜,江风微寒,江上渔火,星星点点。

金旺总理木纲行生意,忙累,热乎劲儿过后,平日极少着家。玉招清闲,就不时坐在阁楼窗前眺望。

这个夜晚,月光清冷。金旺外出未归。玉招闲得无聊,翻检嫁箱衣物。鸳鸯戏水手帕跳入眼帘,托起细看,色泽依旧艳丽。她想起了那只年轻的手,粗糙,乌黑,无名指有一道裂痕。玉招鼻子酸楚,怔在那里。

忽听敲门声。金旺回家了,带回一位文质彬彬的中年人。金旺说,这是老家来的族兄,叫金宝,双手都会打算盘,左右开弓。金宝笑笑说,早听说老弟妻才貌盖汀州,果不其然!

金旺生意顺遂,高兴,邀请金宝上阁楼看江景,又叫来天香楼酒菜,与金宝大碗对饮,很快,他们喝光了整坛子全酿酒。金旺喊,玉招,玉招,俺那武邑花雕呢?

上酒上汤热菜,玉招不声不响地走开了。

这一晚,金旺和金宝双双醉倒,交臂眠在楼板上。叫不醒他们,玉招就给他们添盖了一床棉被。

金旺又要出远门了。这次是和金宝族兄合伙,做一笔木材大生意。

三天后,传来不幸消息:茂盛记木排行经悬绳峰江面时,遭土匪打劫,人货失踪。

玉招强忍悲痛,求助木纲行,不料,行内空无一人。玉招来到河头城巡检司,呈上状子,恳请破案追凶。

半个多月过去了,悬绳峰窃案如石沉大海。

玉招苦楚、憔悴。她打算回武邑求救。金宝出现了,他来到凤栖楼,寒暄过后,金宝叙说了他跳水逃生的经过,安慰说金旺命旺,不会有事的。然后,吞吞吐吐的,出示了一份借据。借据写明:张金旺借到张金宝银圆三万九千块,以河头城凤栖楼及茂盛记全部股份抵押,空口无凭,立字为据。金宝哽咽流泪:"俺欠得更多,这也是债主逼的呀!"

木纲行诸同人一致认定借据属实。

玉招无话可说，收拾包裹，出风栖楼，沿河头城石阶到码头，租篷船回七里滩。

艄公一老一少，似闷葫芦。

篷船顺流而下，途经松屋寨上岸。

枪声骤响，一匹快马卷过土冈，抓起玉招绝尘而去。

玉招醒来时，发现自己躺在稻草铺上。屋角泥炉火红，砂锅噗噗，逸出小米粥清香。

灯下，一位粗壮女子坐在木凳上，十指翻飞，编织竹篮。

那只手，粗糙，乌黑，无名指有一道裂痕。

"这是啥地方？"

"悬绳峰。"

玉招半晌不语。

女子说："啥也不要说了，俺大哥不会伤害你。该你的，都会还给你。"

渡 亭

练建安

水西渡在汀江及杭川城之东，古十二景"三折回澜"附近。号为"水西"，不知何故。

水西渡背靠连绵青山，一条的石砌路，鹅卵石铺就，曲折漫长，沿江直达黄泥垅。

"白漈滩头，白屋白鸡啼白昼；黄泥垅口，黄家黄犬吠黄昏。"

河头城上行的篷船，木船加盖谷笪，俗称"鸭嫲船"。远看，似鸭嫲漂浮江面。篷船经三五日的水上跋涉，到了黄泥垅，杭川城已遥遥在望。

黄泥垅上行水路难行，需清空货物，雇佣脚夫挑担、纤夫拖船。办完这些事，船工师傅就手提褡裢，晃悠悠地望城而去。沿途，有诸如兜汤、鱼粄、肉甲哩、簸箕粄等客家风味小吃摊点迎候着，做他们的生意。

麦尾头次随阿爹石桥妹挑盐。客家人的乳名，很独特。麦尾或麦尾拐子、满子，通常是家庭中最小的儿子。石桥妹，却是壮汉。

石桥妹挑八包盐，包是蒲草编织的，四向有角，似牛头，叫作牛头包。每包合老秤二十四斤。麦尾人小，上嘴唇刚长出绒毛，挑四包。

这一日，天上落毛毛雨，路滑。盐船到黄泥垅，船工师傅戴起斗笠，上岸入城。脚夫都是些固定的伙计，老熟人，早就等在那里了，就一拥而上，开始忙碌。

石桥妹挑担在前，麦尾在后。麦尾新上肩，步子摇摇晃晃。就有同行的脚夫笑了，个只细牛仔啊，上牛轭铁链啦。

挑了五里多地，到了渡亭。

渡亭也就是水边渡口的茶亭了。老炳泰常年在这里卖花生糖果，又用几块河石垒砌炉子，架起铁锅，油炸薯包子。客家茶亭摆放有茶桶，一年四季都有人义务挑来茶水，谓之"施茶"。

《杭川县志》总纂荷公先生说："凡有渡必有亭，长途跋涉……风雨欲来，炎燠交逼……忽有亭翼然。"因其"嘉惠行人"，可见杭川"风俗醇厚"。

雨越来越大，落后的石桥妹和麦尾，躲入了渡亭。

老炳泰忙着炸薯包子。他的身边，今天多了一个扎羊角辫子的细阿妹。细阿妹捡拾枯枝败叶，照看灶火。

"这鬼天，咋落大雨了呢？"

"交秋啦，要落十天半月的。"

"哦。往年也是。"

"天冷。来一二块热的？"

"没带现钱。"

"乡里乡亲的，拿去吃呀。"

石桥妹就拿了二块给麦尾，又说自家牙疼，怕上火，吃不得，转到亭角灌了几竹筒免费的茶水。

雨停了。石桥妹父子赶往杭川城。

黄昏，石桥妹父子拿着竹签到盐商行结账。

噼啪噼啪，账房先生拨拉算盘珠子；哗啦，扔出一把铜钱。账房先生头也不抬，说，少走两趟，多个人，少四包。石桥妹，会算账吗？籴米换番薯。

石桥妹数好铜钱，憨笑。

麦尾拿着铜钱，一阵小跑，来到了渡亭。

老炳泰收拾物件，麦尾就把铜钱交到了细阿妹的手上。老炳泰说，这后生，实诚。

三年后，麦尾如竹节挺拔。他已经赶上老爹了，挑八个牛头包。又过了两年，麦尾孔武有力，竟挑得十二包。石桥妹却显出了老态，减到八包。他们日复一日地从渡亭经过，若非刮风下雨，少有停歇。

春日晴暖。麦尾一伙挑担途经渡亭。渡亭空落落的。听人说，老炳泰前些时不在了。麦尾一口气力提不上来，歇担，站立原地好一会儿。

八月秋风渐渐凉。八月秋高气爽，汀江水清浅，两岸芦花飞落，一行大雁在长空鸣叫，飞向远方。

麦尾挑十四包海盐，噔噔踏在河边的石砌路上，身后，是被甩得老远的挑夫伙伴。

路过渡亭，麦尾习惯地放缓脚步。忽然，他听到了一声尖叫。

渡亭八角，八面采光。麦尾看到一群人推推搡搡。

发出尖叫的，是细阿妹。细阿妹早已出落成了一个大姑娘。她被几个粗汉逼到渡亭一角，欲哭无泪。

最凶狠的，叫大拉虎。大拉虎就是大老虎。汀江流域的客家话，通常把老虎发音成拉虎。大拉虎是个人物，杭川城西门市场的大小肉铺，都归他管。当面，众人都称他文德哥。

大拉虎把半截薯包子摔打在细阿妹的胸脯上，大骂吃出了绿头苍蝇，要索赔。

"文德哥，叫俺怎样赔啊？"

"怎样赔？还用俺教你？"

粗汉们哈哈大笑。

麦尾跨入了渡亭。

大拉虎二话不说，冷不防双拳齐出，猛击来人的咽喉与心窝。

拳如铁钵，霸气威猛。

麦尾不躲不闪，双拳迎击。

"嘣嘣"二声闷响。

大拉虎倒退了几步，额上渗出汗珠，定定神，牙缝里迸出："走！"

粗汉们簇拥着他，很快消失了。

大拉虎的双手废了，多处粉碎性骨折。赛华佗说，你碰到南少林铁脚僧的高徒了,俺救不了你。他无奈地失去了西门市场肉铺的管辖权,远在他乡。听说去了韩江下游的潮州,卖兜汤谋生。

这一日,盐船泊黄泥垅。麦尾来挑盐,有人给他捎来了一个大包裹,打开,荷叶垫底,满满当当的薯包子,色泽金黄,喷香扑鼻。

麦尾明白了。

麦尾挑盐长年经过渡亭,偶尔进去歇歇。有时,提起茶缸边的竹筒,竟会忘记喝水。

渡亭,空荡荡的。

许多年以后,麦尾也像老爹石桥妹一样,带着自家满子到黄泥垅挑盐。村口,他看到了一个熟悉的身影,那是细阿妹,也显老了。细阿妹穿戴一新,挎香篮、持布伞,和一群叔婆叔婶来黄泥垅做客走亲戚。细阿妹大概说起了啥开心事,哈哈大笑,笑声高亢而尖锐。

细阿妹走远,一直没有看见麦尾。